ZARZUT

REMIGIUSZ MRÓZ
ZARZUT

Copyright © Remigiusz Mróz, 2023
Copyright © Wydawnictwo Poznańskie sp. z o.o., 2023

Redaktorki prowadzące: Monika Długa, Zuzanna Sołtysiak
Marketing i promocja: Joanna Zalewska
Redakcja: Karolina Borowiec-Pieniak
Korekta: Joanna Pawłowska, Aleksandra Deskur
Projekt typograficzny, skład i łamanie: Stanisław Tuchołka / panbook.pl
Projekt okładki i stron tytułowych: © Mariusz Banachowicz
Zdjęcie autora: © Olga Majrowska
Fotografie na okładce: © lanych / Shutterstock
© Nejron Photo / Shutterstock
© Marcus Lindstrom / iStock by Getty Images

Wszelkie podobieństwa do prawdziwych postaci i zdarzeń są przypadkowe.

Zezwalamy na udostępnianie okładki książki w internecie.

Książkę wydrukowano na papierze Creamy HiBulk 53 g/m² vol. 2,4 dostarczonym przez firmę **ZiNG** S.A.

ISBN 978-83-67815-32-1

CZWARTA STRONA
Grupa Wydawnictwa Poznańskiego sp. z o.o.
ul. Fredry 8, 61-701 Poznań
tel.: 61 853-99-10
redakcja@czwartastrona.pl
www.czwartastrona.pl

Dla Karoliny,
która z pełną powagą i profesjonalizmem
będzie musiała przeczytać tę dedykację w audiobooku.

Contra ius fasque.
Sprzeczne z prawem ludzkim i boskim.

Rozdział 1

Fides et ratio

1

Wrońsk, powiat ciechanowski

Ulicę rozświetlały jedynie przydrożne lampy na słupach energetycznych, kiedy czarna iks piątka powoli minęła niewielką rzekę. Siedzący w środku Chyłka i Oryński starali się wyłowić z mroku wieżę świątyni, do której się kierowali – ujrzeli ją jednak dopiero, kiedy Kordian zaparkował pod nieco zaniedbanym ogrodzeniem kościoła.

Jako pierwsze otworzyły się drzwi pasażera, a zaraz potem Joanna wysiadła z auta, wyraźnie niezadowolona.

– Naprawdę musisz? – spytał Zordon, zamykając samochód.

– Co?

– Manifestować dezaprobatę całą sobą?

– Nic nie robię – odburknęła Chyłka, po czym ruszyła w stronę otwartej furtki.

Ten, kto na nich czekał, najwyraźniej nie pofatygował się, by zamknąć ją z powrotem po tym, co stało się tutaj nie więcej niż dwie godziny temu.
– Nic? – rzucił Zordon, zrównując się z żoną. – A kto przez całą drogę pomstował?
– Siedziałam cicho.
– To prawda – odparł pod nosem Kordian, otwierając jej główne drzwi do kościoła. – Rzecz w tym, że czasem potrafisz naprawdę głośno milczeć.
Joanna zatrzymała się w progu i na moment zawiesiła wzrok na jego oczach. Z wnętrza budynku do jej nozdrzy dotarła charakterystyczna piżmowa woń, kojarząca się ze starymi świątyniami.
– Zordon – rzuciła.
– No?
– Można by powiedzieć, że jechałeś tu z określoną prędkością, ale byłoby to poświadczenie nieprawdy. Jechałeś z określoną wolnością.
Oryński pokręcił głową i zamaszystym ruchem ręki zasugerował Chyłce, żeby szła przodem. Skorzystała od razu, przekraczając próg kruchty, po czym nabrała nieco wody święconej z kropielnicy i szybko się przeżegnała.
– To trzeba było wieczorem nie pić – odparł. – Mogłabyś sama nadawać tempo iks piątce i…
– Wierz mi, gdybym wiedziała, jaka gehenna mnie czeka, byłabym wzorem abstynencji.
Kordian mruknął coś pod nosem.
– Co tam starasz się wykrztusić?
– Nic.
– Mhm – skwitowała z niezadowoleniem Joanna. – Tyle lat cię edukuję w sztuce łamania przepisów, Zordon, i wszystko jak…

– A widziałaś drogi, którymi tu jechaliśmy?
– Widziałam.
– I zauważyłaś, jakie pipidówy mijaliśmy?
– Zauważyłam – przyznała.
– Jedna z nich nazywała się Komory Błotne, Chyłka.
– No i? Całkiem niezgorsza nazwa.
– Ale dająca pojęcie o tym, jaka była kondycja nawierzchni.
– Iks piątka by sobie poradziła, gdybyś tylko dał jej szansę – oznajmiła Joanna, a potem wskazała wzrokiem kropielnicę.
Kordian zignorował ją i dał krok naprzód. Miał zamiar postawić kolejny, jednak ręka Chyłki na jego piersi skutecznie mu to uniemożliwiła.
– Przeżegnaj się.
Oryński zerknął na wodę święconą.
– Nie wypali ci skóry – dodała Joanna. – Chyba.
– Ale dostarczy mi wszystkich zarazków, które zostawili tam ludzie wpychający wcześniej do niej łapy.
– Daj spokój.
– A jak ktoś wcześniej drapał się po tyłku, a potem...
– Żaden przykładny katolik tego nie robi.
Kordian zmierzył wzrokiem swoją żonę.
– Nawet jeśli, to tych przykładnych nie ma wielu.
Stali naprzeciw siebie, patrząc sobie w oczy i czekając na rozwój wypadków.
– Zamocz badyla, Zordon.
– Bo?
– Bo inaczej jedynym, co będziesz moczył dziś w nocy, okażą się naczynia w zlewozmywaku.
Oryński powiódł wzrokiem po ozdobnych łukach, bogatym żyrandolu i w końcu utkwił wzrok w równie okazałym

ołtarzu. Cały ten przepych mocno kontrastował z faktem, że znajdowali się na wsi, która mogła mieć w porywach tysiąc mieszkańców.

– Nie powinnaś stawiać takiego ultimatum w kościele – zauważył Zordon.

– Nie?

– To niemoralne.

Chyłka zbliżyła się o krok.

– Nikt nigdy nie mówił, że jestem moralna – zauważyła.

Nagle powietrze między nimi zdawało się zmienić. To, co przed momentem było pustą przestrzenią, teraz stało się wypełnione jakąś magnetyczną siłą, która ciągnęła ich ku sobie.

Joanna przesunęła dłonią po ręce Oryńskiego i poczuła, jak przyjemny impuls przecina całe jej ciało na wskroś. Jakim cudem w okamgnieniu przeszli od wody święconej i durnego komentarza do preludium zbliżenia? Nie miała pojęcia. Podobne rzeczy działy się jednak za każdym razem, kiedy Zordon był obok.

Zrobił krok w jej kierunku, a ona kompletnie zapomniała, gdzie się znajdują. Gdyby zaczął ściągać jej bluzkę, pozbyłaby się jej zupełnie bezrefleksyjnie, a potem zwyczajnie by się na niego rzuciła.

– O – rozległ się głos od strony ołtarza. – Szczęść Boże.

Chyłka natychmiast się cofnęła, Kordian nerwowo kaszlnął. Oboje zwrócili się ku prezbiterium, skąd powoli nadchodził ku nim duchowny, dla którego się tu zjawili.

Ksiądz Kasjusz. Nie zmienił się wiele, od kiedy Joanna widziała go ostatnim razem. Wciąż był mocno otyły, chybotał się na boki przy chodzeniu i oddychał tak ciężko, jakby samo noszenie tak wydatnego brzucha wyczerpywało wszystkie jego siły.

Chyłka znała go dobrze, on ją także. To u niego spowiadała się od wielu lat – ostatnim razem tuż przed ślubem. Pamiętała, że imię dostał po jakimś ściętym wczesnochrześcijańskim męczenniku z Rzymu, Kasjuszu, choć sam nigdy nie przywodził na myśl żadnego cierpiętnika – przeciwnie, jego fizys wskazywała, że lubi sobie dogodzić.

Aż do dzisiaj.

Dzisiaj bowiem jego koloratka była zakrwawiona, a twarz znaczyły mu liczne rany. Utykał, jakby za moment miał się przewrócić, mętny wzrok zaś świadczył, że kapłan jest w szoku.

Joanna natychmiast ruszyła główną nawą w jego kierunku, Zordon potrzebował chwili, by pomiarkować, że patrzą na kogoś, kto za moment może osunąć się na posadzkę.

Chyłka nie zdążyła w porę. Ksiądz zachwiał się, a potem nogi się pod nim ugięły. Zamortyzował nieco upadek, próbując uchwycić się jednej z ławek, ale wyrżnął na podłogę z cichym jękiem.

Mimo to uniósł uspokajająco dłoń, kiedy dwoje prawników znalazło się przy nim.

– Jezus Maria – rzuciła Chyłka. – Kto...

– Proszę cię – uciął ksiądz, wskazując wzrokiem ołtarz.

Uklękli przy duchownym, a Joanna dopiero teraz uzmysłowiła sobie, w czym rzecz.

– To nie było branie żadnego imienia nadaremno – odparła ostro. – Kto księdza tak urządził?

– Urządził?

Pomogli mu wstać, a potem posadzili go na ławce. Trzymał się z trudem i sprawiał wrażenie, jakby miał z powrotem zsunąć się na podłogę, jeśli go nie podtrzymają. Nie zajął się ranami, ledwo otarł krew spod nosa – na niewiele się to jednak zdawało, bo ten wciąż krwawił.

Chyłka omiotła wzrokiem twarz księdza Kasjusza.
- Maksyma „szukajcie, a znajdziecie" ewidentnie się sprawdza – zauważyła. – Tyle że nie zawsze znajduje się to, czego się szuka.
- Słucham?
- Ksiądz ewidentnie nie szukał wpierdolu, ale go dostał.

Duchowny zmarszczył brwi i w końcu na jego twarzy pojawił się przebłysk człowieka, którego Joanna znała. Najwyraźniej szok u księży ustępował, jeśli zaczynało się bluzgać w kościele.
- Spokojnie – dodała szybko Chyłka. – Mnie się jeszcze może wymsknąć kilka razy, ale Zordon jest wege.

Kasjusz znów spojrzał na nią nierozumiejącym wzrokiem.
- Nie rzuca mięsem – wyjaśniła Joanna. – Co najwyżej kalafiorem.
- Ale...
- Kto księdzu to zrobił? – włączył się Kordian.

Duchowny zerknął na Chyłkę, a potem na Oryńskiego. Skupił na nim swoją uwagę na dłużej, jakby od dawna czekał, by wreszcie się z nim spotkać. Może istotnie tak było.
- Miło mi cię poznać, Kordianie – odezwał się charakterystycznym łagodnym głosem pasterza, który dba o swoje owieczki.
- Wzajemnie – odparł szybko Zordon. – A teraz może zajmijmy się...
- Nic mi nie jest.

Oryński wyciągnął komórkę, co właściwie samo w sobie stanowiło komentarz, po czym zaczął wprowadzać numer alarmowy.
- Nie – rzucił czym prędzej Kasjusz. – Nie trzeba dzwonić po kogokolwiek.

– Tyle że ksiądz krwawi. I ma obrażenia, które...
– Proszę – uciął duchowny. – Bez policji.
– Planowałem raczej wezwać karetkę.
– Nie trzeba – zapewnił Kasjusz. – Naprawdę nic mi nie jest, potrzebuję tylko chwili, żeby dojść do siebie.

Chyłka bezsilnie westchnęła, a potem czujnym wzrokiem rozejrzała się po kościele.

– Dobra – rzuciła. – Macie tu jakieś środki opatrunkowe i inne takie?

– Na zakrystii coś się znajdzie.

Dwoje prawników pomogło księdzu wstać, a potem poprowadziło go w kierunku drzwi znajdujących się przy ołtarzu. Stękał i syczał z bólu, a Joannie przeszło przez myśl, że część obrażeń może nie być widoczna gołym okiem.

– Powie ksiądz w końcu, kto go tak załatwił? – rzuciła, kiedy wchodzili do zakrystii. – I dlaczego zadzwonił do mnie, a nie na policję?

Telefon był tyle niespodziewany, ile dramatyczny. Kasjusz właściwie nie potrafił złożyć jednego zbornego zdania – powiedział tylko, że potrzebuje pomocy. I że nie wie, do kogo innego mógłby się zwrócić.

Chyłka i Kordian wyjechali z Argentyńskiej zaraz potem. Joanna sądziła, że skierują się do kościoła na Pradze, w którym dotychczas pełnił posługę Kasjusz – okazało się jednak, że jakiś czas temu został przeniesiony do Wrońska.

Gdyby ona prowadziła, dotarliby tu w niecałą godzinę.

Gdyby Zordon wiedział, w jakiej kondycji zastaną duchownego, z pewnością też by przycisnął.

Zamiast tego zjawili się jednak półtorej godziny po telefonie. Czasu upłynęło całkiem sporo, mimo to duchowny wciąż nie potrafił do siebie dojść.

– Proszę księdza? – upomniała go Chyłka, czekając na odpowiedź.
– Miałem... niespodziewaną wizytę.
– Tyle widać. Kto konkretnie ją złożył?
– Cóż, nie znam tego człowieka, ale...

Urwał, kiedy Zordon nagle zatrzymał się w zakrystii, a wraz z nim reszta. Ksiądz nadal wspierał się na ramionach prawników, mimo to znów wydawało się, że osunie się na podłogę. Joanna chwyciła go mocniej.

Potem podniosła wzrok, by stwierdzić, co sprawiło, że Kordian raptownie stanął.

Cała zakrystia była we krwi.

Kielichy, pateny i inne naczynia liturgiczne leżały rozrzucone na podłodze, szaty do mszy również, razem z wieszakami. Joanna ujrzała komżę kapłańską, która powinna być biała, a zamiast tego niemal w całości przesiąkła szkarłatną posoką. Tuż obok znajdował się poszarpany ornat, główna szata noszona podczas liturgii.

Wszystko to sprawiło, że Chyłce na moment odebrało dech w piersiach. Upiorne wrażenie pogłębiło się jednak jeszcze bardziej, kiedy zobaczyła niedbale porzucone, zachlapane krwią Pismo Święte.

Co tu się wydarzyło, do kurwy nędzy?

– Muszę chyba na moment usiąść... – odezwał się słabo Kasjusz.

Kordian szybko potrząsnął głową, a potem postawił jedno z przewróconych krzeseł. Jak w transie pomogli księdzu zająć miejsce, po czym spojrzeli na siebie z przerażeniem.

– Chyłka...
– Wiem.

Nie musiała nawet się upewniać, co chce powiedzieć Zordon. Było tutaj zbyt dużo krwi jak na jedną ranną osobę.

Spojrzała na Kasjusza, ale niemal od razu zrezygnowała z dalszych prób dowiedzenia się od niego czegokolwiek. Zamiast tego powiodła wzrokiem po czerwonych śladach ciągnących się w kierunku bocznej kruchty.

Dopiero teraz uświadomiła sobie, że drzwi są niedomknięte.

Ruszyła ku nim, a potem razem z Kordianem wyszła na zewnątrz.

W tym samym momencie dostrzegli mężczyznę w jeansach i bluzie z kapturem, który leżał przed bocznym wyjściem z kościoła. Był cały we krwi wciąż wypływającej z głębokiej rany w czaszce. Kończyny miał ułożone nienaturalnie, a szeroko otwarte oczy wbijały martwe spojrzenie w nocne niebo.

2

ul. Ciechanowska, Wrońsk

Kordian potrzebował ułamka sekundy, by otrząsnąć się z dojmującej niemocy. Dopadł do mężczyzny, po czym natychmiast przyłożył mu palec do szyi, poszukując tętnicy. Wydawało mu się, że ją odnalazł, ale niczego nie wyczuł. Szybko chwycił za nadgarstek.
– Zordon...
Nadal nic.
Spojrzał na twarz tego człowieka. Na pustkę w jego oczach, na szeroko otwarte usta. Mimowolnie dostrzegł poczerniałe plomby z tyłu szczęki i ukruszone zęby z przodu. Wzdrygnął się i poderwał na równe nogi.
– Kurwa mać – rzucił.
Spojrzał na Chyłkę, która całkowicie pobladła.
– Kurwa mać! – powtórzył.
– Spokojnie...
– Spokojnie?
– Nie wiemy, co się stało, i...
– Chyba żartujesz – uciął, mimowolnie ocierając dłoń o spodnie, zupełnie jakby śmierć mogła coś na niej pozostawić. Zaraz potem znów wyszarpnął z marynarki komórkę.
– Poczekaj – rzuciła Joanna.
Nie miał zamiaru tego robić. Wprowadził numer i już chciał przycisnąć symbol wybierania, kiedy telefon nagle zniknął z jego dłoni. Kordian podniósł wzrok na Chyłkę, która trzymała go ostrożnie, jakby dzierżyła materiał wybuchowy.

— Poczekaj chwilę — powtórzyła.
— Na co? — odparł ostro, wskazując ręką zwłoki. — Cokolwiek sie tu stało, ten ksiądz przed momentem zajebał człowieka!
— Ciszej, do kurwy...
— Daj mi ten telefon.
— Nie — odparła stanowczo Joanna.

Zmierzyli się wzrokiem, a Oryński wstrzymał oddech. Wpatrywał się w twarz żony intensywnie, poszukując jakichkolwiek oznak tego, że Chyłka przeżywa równie silne emocje jak on. Zupełnie jakby potrzebował tego, by potwierdzić, że jego reakcja nie jest przesadzona.

Joanna oddychała nieco nierówno, poza tym jednak sprawiała wrażenie osoby zupełnie nieprzejętej tym, że właśnie znaleźli się na miejscu zabójstwa.

W dziwny sposób sprawiło to, że Zordon także uspokoił bicie serca.

Rozejrzał się, zupełnie jakby istniała szansa, że ktoś im się przygląda. Okolicę spowijała jednak cisza, na ulicach nie było widać żywej duszy. Oboje mieli tego pełną świadomość, widzieli po drodze, że nikogo tu nie ma.

— Nie wiemy, co się stało — powtórzyła Chyłka.

Oryński wbił wzrok w zwłoki mężczyzny leżące tuż obok.

— Fakt — przyznał. — Nie wiemy.
— Więc...
— Więc powinniśmy jak najszybciej wezwać tych, którzy mają ustawowy obowiązek wyjaśniania takich rzeczy. My go nie mamy. Więcej, nie mamy nawet prawa, żeby...
— Uspokój się, kurwa, na moment.
— I? — rzucił cicho. — Co wtedy? Dojdę do wniosku, że...
— Po prostu ustalmy najpierw jakieś podstawowe fakty.

Kordian wciągnął powietrze głęboko do płuc, ale te od razu zaprotestowały, zupełnie jakby jego organizm chciał zasugerować, że wszystko wokół przesiąknięte jest śmiercią. Przez moment trwała pełna napięcia cisza, przerywana jedynie przez ujadanie psa w którymś z dalszych domostw.

– Podstawowe fakty są takie, że twój kumpel ksiądz kogoś zamordował, a my zamiast dzwonić na policję stoimy tu jak...
– To nie żaden kumpel ksiądz – przerwała mu Joanna.
– A kto?
– Gość, u którego spowiadam się od paru dekad – odparła. – Gość, który zna wszystkie moje sekrety, Zordon. A nie muszę ci chyba mówić, że nie powierzam ich byle komu.

Kordian otworzył usta, ale nie skomentował.
– Ufam mu, rozumiesz?
– Ale...
– I prędzej uwierzyłabym, że ty kogoś zabiłeś, niż że on miałby to zrobić.

Oryński nie bardzo wiedział, jak się do tego odnieść. Owszem, ksiądz Kasjusz pojawiał się od czasu do czasu w ich rozmowach, ale właściwie nigdy nie były one pogłębione. Kordian znał jedynie parę podstawowych faktów na jego temat.

Może powinien bardziej się zainteresować? Szczególnie po tym, jak to właśnie ten człowiek pomógł im w organizacji ślubu? Nie dość, że znalazł odpowiedni kanon w prawie kościelnym, to jeszcze załatwił z ordynariuszem właściwie wszystko, co było trzeba.

Zordon trwał w bezruchu, patrząc na Chyłkę i licząc, że wyjaśni mu nieco więcej. Ta płytko nabrała tchu.
– Pomógł mi bardziej, niż mógłbyś sądzić – odezwała się.

– To znaczy?
– Kiedy przyjechaliśmy z ojcem do Warszawy, zajął się mną.
Kordian uniósł brwi, bo słyszał o tym pierwszy raz. Właściwie nie było to nic dziwnego, Chyłka bowiem niechętnie wracała do tamtych czasów. Jej matka razem z Magdaleną mieszkały w Niemczech, założyły praktycznie nową rodzinę – ona zaś została tu całkowicie sama, z ojcem, od którego chciała jedynie uciec.
– Gdyby nie on, mogłoby być różnie – dodała Joanna, a potem skrzywiła się i pokręciła głową. – Nie, nie „mogłoby". Byłoby różnie, Zordon.
Na moment urwała, a potem lekko uniosła rękę w kierunku kruchty.
– Ten facet uratował mi życie – rzuciła. – Wyciągnął mnie z życiowego gówna, postawił na nogi i kazał mi wziąć się w garść.
Kordian słuchał, nie wiedząc, czy powinien cokolwiek powiedzieć.
– Ojciec wszystko przepijał, na nic nam nie starczało – ciągnęła Chyłka. – Jeżeli w ogóle udawało mi się wyciągnąć od niego jakieś pieniądze, to tylko w trakcie szarpaniny. Ksiądz Kasjusz przez lata starał się załatwiać mi to, czego potrzebowałam do szkoły czy na studia. A kiedy moja siostra przyjechała, pomagał nam obu. I nigdy nie chciał niczego w zamian.
– Okej...
– To ci wystarczy?
Zordon zerknął na ciało leżące kilka metrów dalej, a potem na wejście do zakrystii.
– Żeby dać mu kredyt zaufania? – spytał.
– Mhm.

– Wystarczy.

Mimo że uśmiech na twarzy Joanny był blady, zdawał się emanować spokojem i zwiastować, że wszystko skończy się dobrze. Chyłka przesunęła dłonią po ramieniu Kordiana, a potem oboje powoli weszli z powrotem do budynku. Duchowny wciąż siedział tam, gdzie go zostawili. Teraz jednak lekko się trząsł, jakby dopiero schodziły z niego emocje. Joanna kucnęła obok niego, a kiedy Oryński podsunął im dwa krzesła, zajęła jedno z nich. Siedzieli naprzeciw Kasjusza, czekając, aż ten zogniskuje na nich wzrok. W końcu to zrobił.

– Co tu się stało, proszę księdza? – odezwał się Kordian.

Duchowny z trudem przełknął ślinę.

– Musimy wiedzieć o wszystkim – dodała Chyłka. – Od początku do końca.

– Tak, oczywiście...

Wciąż był jak ogłuszony i nie sposób było liczyć na to, że usłyszą od niego zborną wersję zdarzeń. Przez moment kluczył, zaczynając opisywać cały dzień, od momentu porannej modlitwy, przez przygotowania do mszy, aż po kolację.

Kordian nie mógł skupić się na jego słowach.

Wciąż myślał o tym, że na zewnątrz leży martwy człowiek. Formalnie już uchybiali zarówno przepisom ogólnie obowiązującym, jak i kodeksowi etyki. Zapewniał się jednak w duchu, że w praktyce nie przekroczyli jeszcze Rubikonu.

Gdyby powiadomili policję nawet za pół godziny, udałoby się ułożyć przekonującą wersję. Weszli do kościoła, zastali zakrwawionego duchownego, zajęli się nim. Nie wychodzili na zewnątrz, nie odkryli zwłok.

– W porządku – rzuciła Joanna, wyrywając Oryńskiego z przemyśleń. – Zjadł ksiądz kolację, wrócił tutaj pogasić wszystko i...

Zawiesiła głos z nadzieją, że podejmie wątek tam, gdzie go urwał.
– Ktoś załomotał do głównych drzwi, więc podszedłem i otworzyłem – powiedział automatycznie Kasjusz.
– I?
– Mężczyzna od razu je popchnął. Wpadł na mnie. Duchowny potrząsnął głową, sprawiając, że kilka kropel krwi spadło na jego sutannę.
– Zapytał, czy ksiądz Kasjusz, a kiedy potwierdziłem, zaczął mnie okładać – kontynuował. – Próbowałem uciekać, ratować się, ale on dalej bił...
Zamrugał kilkakrotnie, jakby sam w to wszystko nie wierzył. Jakby nie był gotów przyjąć, że bliźni jest w stanie tak po prostu bez powodu się na niego rzucić.
– Udało mi się dostać do zakrystii, ale byłem już... Ledwo trzymałem się na nogach. Chwyciłem lichtarz i...
– Co? – rzucił Kordian.
– Świecznik kościelny...
– I co ksiądz zrobił? – drążyła Joanna.
– Próbowałem jakoś się obronić, próbowałem...
Zawiesił wzrok gdzieś w oddali, potem zacisnął mocno powieki.
– Ugodziłem go gdzieś – wydusił. – Chyba w głowę, ale nie mogę być pewien.
Nagle Kasjusz poderwał się na równe nogi. Zrobił to tak szybko, że żadne z prawników nie zdążyło zareagować, nim go zamroczyło. W ostatniej chwili wsparł się jednak na krześle.
– Muszę go znaleźć!
– Spokojnie, niech ksiądz...
– On może być ranny!

Rozglądał się jak szaleniec, a Oryński mimowolnie przywołał w myśli ranę, którą dostrzegł na głowie ofiary. Jeśli ten lichtarz był pojedynczym, długim świecznikiem zakończonym ostrym szpikulcem, z pewnością pasował na prawdopodobne narzędzie zbrodni.

– Musimy natychmiast go znaleźć – dodał Kasjusz nieco mniej roztrzęsionym głosem. – Uderzyłem go czymś, mocno krwawił.

– Niech ksiądz siada.

– Na pewno potrzebuje pomocy. Na pewno.

Duchowny zaczął uważnie się rozglądać, jakby zachodziło duże prawdopodobieństwo, że człowiek, z którym się starł, nadal gdzieś tu jest.

– Nie stójcie tak – rzucił. – Musimy...

– Już mu nie pomożemy, proszę księdza – uciął Kordian.

– Słucham?

– Ten człowiek nie żyje.

– Jak... Ale...

Oryński analizował zachowanie rozmówcy, starając się odnaleźć w nim coś, co da pojęcie, czy cały ten szok nie jest udawany. Niczego takiego nie dostrzegł. Kasjusz zdawał się całkowicie nieświadomy, że odebrał komuś życie.

– Ale... – powtórzył.

Spojrzał na prawników, po czym nagle połączył jedno z drugim i raptownie wyrwał się w kierunku wyjścia z zakrystii. Chyłka zareagowała równie szybko, jakby się tego spodziewała. Zatrzymała go, nie mając zamiaru puścić.

– Muszę... – wydusił Kasjusz.

– Nic już ksiądz nie zrobi.

– Muszę przecież... Nie... To niemożliwe...

Mamrotał jeszcze przez jakiś czas, a kiedy wreszcie dotarło do niego, że odebrał komuś życie, znów osunął się na podłogę. Kiedy odzyskał nieco równowagi, zaczął upierać się przy tym, że musi go zobaczyć, musi zmówić modlitwę.

– Nie ma bata – ucięła Chyłka. – To w tej chwili miejsce przestępstwa i więcej księdza śladów tam nie potrzeba.

– Joanno...

– Niech mi ksiądz nie joannuje. Od teraz to ja mówię, co i jak robimy.

Potrzebował jeszcze chwili, nim w końcu pogodził się z jej słowami. Kordian widział, że ma do niej pełne zaufanie – podobnie jak ona do niego. Duchowny wrócił na krzesło, a potem pochylił się i ukrył twarz w dłoniach.

Chyłka stanęła obok i położyła mu rękę na plecach. Nie zareagował, zupełnie jakby przebywał w innym świecie.

– Dobra – rzuciła. – Zacznijmy od tego, co...

Urwała, kiedy nagle uniósł głowę.

– Zadzwoniliście po policję?

– Jeszcze nie – odparła Joanna.

– Dlaczego?

– Musimy najpierw omówić parę spraw.

– Ale...

– Niech ksiądz zamknie się, kurwa, i mnie posłucha – wpadła mu w słowo. – W tej chwili wygląda to...

– Nieistotne, jak wygląda – uparł się. – Trzeba natychmiast wezwać odpowiednie służby. One ustalą, co zaszło.

Chyłka uniosła bezradnie wzrok i zawiesiła go na krucyfiksie wiszącym przy wejściu.

– Chryste Panie – rzuciła. – Gdybym miała telefon ładowany zbliżeniowo naiwnością, zawsze trzymałabym go w pobliżu księdza.

– Co takiego?
– To, że wleciała księdzu niezła odkleja.
Kasjusz zamrugał nierozumiejąco.
– Dochodzeniowcy przyjadą tu z gotową hipotezą śledczą – włączył się Kordian. – A potem zrobią wszystko, żeby dopasować do niej fakty.
– My jesteśmy od tego, żeby ich nie przeinaczyć – uzupełniła Joanna.
Duchowny nie wydawał się przekonany, ale wyraźnie nie miała zamiaru się tym przejmować. Póki jeszcze balansował na granicy skrajnego osłupienia, mogła pokierować jego zachowaniem w odpowiednią stronę.
– Niech ksiądz mówi, co było po tym, jak uderzył gościa tym lichtarzem – poleciła.
Kasjusz znów skrył twarz w dłoniach.
– Ja… nie wiem…
– Zaczął uciekać?
– Boże mój, Boże mój… nie pamiętam…
– Tak po prostu odpuścił?
Kiedy nie nadeszła żadna odpowiedź, Joanna pochyliła się, złapała duchownego za ręce i odsunęła je z jego twarzy. Kordian dostrzegł łzy cieknące po policzkach i rozbiegany wzrok, zwiastujący ponowną falę szoku.
– Zatoczył się – wydusił Kasjusz. – Chwycił za coś, znów mnie uderzył…
Duchowny złapał się za żebra, jakby to tam wylądował cios. Być może tak było, być może miał jeszcze jakieś obrażenia, których nie czuł z powodu adrenaliny.
– Szarpaliśmy się tutaj, w zakrystii…
– I?
– Mówił coś. Kasląc krwią, rzucał oskarżenia.

– Jakie oskarżenia? – spytał Zordon.
– On... – Duchowny urwał i ścisnął mocniej dłonie Chyłki. – Twierdził, że dopuściłem się... Że zgwałciłem jego syna...

Oryński znał swoją żonę na tyle dobrze, że dostrzegł mimowolną, machinalną chęć cofnięcia rąk nawet pomimo tego, że Joanna się nie poruszyła.

– Że przyszedł, żeby mnie ukarać, żeby wymierzyć sprawiedliwość... Mówił, że wielokrotnie molestowałem jego dziecko...

Chyłka przez moment nie reagowała, zupełnie jakby sama potrzebowała czasu, by to przetrawić. W istocie jednak dawała duchownemu czas, by ten z własnej i nieprzymuszonej woli powiedział coś więcej.

Kasjusz wszelako ewidentnie dotarł do końca opowieści. Prawniczka w końcu oderwała wzrok od księdza i zerknęła na Kordiana. Ten w odpowiedzi posłał jej jedno ze spojrzeń, których znaczenie mogli odczytać wyłącznie oni. Mówiło: „jesteś pewna, że powinniśmy go reprezentować?".

Joanna skinęła lekko głową.

– On się bronił, Zordon – powiedziała.

Ignorowała przy tym zarzut, który właśnie usłyszeli, Oryński jednak wiedział, że nie musi werbalizować tej myśli. Chyłka bowiem automatycznie przyjęła, że jest bezpodstawny.

Kiedy na powrót skupiła wzrok na duchownym, dało się dostrzec, że chce przejść do konkretów. I ustalić, jakie ślady zostawił na miejscu zbrodni.

– Dobra – rzuciła. – Słyszy mnie ksiądz?
– Słyszę...
– To niech mi ksiądz teraz powie, gdzie jest ten lichtarz.

Kasjusz obrócił lekko trzęsącą się głowę w jedną, a potem w drugą stronę. Wyraźnie nie miał pojęcia, co zrobił ze świecznikiem. Nie trzeba było jednak geniusza, by stwierdzić, że musi znajdować się gdzieś w pomieszczeniu.

Chyłka i Oryński zaczęli szukać, ale po jakimś czasie stało się jasne, że ich starania są daremne.

– Wychodził ksiądz z zakrystii po tym, co się stało? – rzuciła.

– Nie... tylko do was.

Kordian mimowolnie pomyślał o tym, że kiedy weszli do kościoła, duchowny nie sprawiał wrażenia, jakby właśnie kogoś zabił. Może jednak wstrząs był zbyt duży. Ludzie przedziwnie zachowywali się w obliczu śmierci, przekonał się o tym nie raz.

– Jest ksiądz pewien? – odezwał się.

– Tak... przecież... Dokąd miałbym iść?

Zasadne pytanie, uznał w duchu Oryński.

Stało się jeszcze zasadniejsze, kiedy przeszukali cały kościół i nigdzie nie odnaleźli narzędzia zbrodni.

3

XXI piętro Skylight, Warszawa

W największej kancelaryjnej sali właśnie miała odbywać się telekonferencja w sprawie transgranicznego przestępstwa dokonanego przez jednego z klientów – kiedy jednak troje imiennych partnerów musiało się spotkać, miejsce natychmiast się zwalniało.

Artur i Mariusz usiedli po jednej stronie stołu, patrząc na Joannę i Oryńskiego, za którymi wisiała okazała grafitowa tablica z nazwą kancelarii: „ŻELAZNY CHYŁKA KLEJN".
– Co on tu robi? – odezwał się pierwszy z imiennych partnerów, patrząc na Kordiana.
– Siedzi – odparła Joanna.
– Tyle jestem w stanie sam zaobserwować, ale...
– Jest niezbędny.
– Do czego?

Chyłka otworzyła usta, ale zawahała się, jakby uświadomiła sobie, że sama nie zna odpowiedzi na to cokolwiek życiowe pytanie. Posłała pytające, proszące o pomoc spojrzenie Zordonowi, ten jednak tylko wzruszył ramionami.
– Do zmieniania godziny na piekarniku – oznajmiła w końcu.

Klejn bezsilnie westchnął, Żelazny tylko uniósł wzrok.
– W takim razie być może odbylibyśmy tę rozmowę...
– A, nie, czekaj – ucięła. – Potrzebuję go też do wyciągania włosów z odpływu pod prysznicem.

Oryński cicho odchrząknął.

– Który zatyka się co dwa dni – zauważył.
– Nie moja wina.
– Nie? To skąd się tam biorą te długie na kilkadziesiąt centymetrów włosy?
– Nie wiem.

Kordian poszukał nieco zrozumienia i męskiej solidarności u dwóch siedzących naprzeciwko partnerów, ale na próżno. Sprawiali wrażenie, jakby za moment mieli opuścić salę konferencyjną.

Skupił się więc na powrót na żonie.
– Swoją drogą to fascynujące – stwierdził.
– Niby co?
– Że jeszcze nie jesteś łysa.

Chyłka uniosła brwi, jakby właśnie rzucił jej wyzwanie, a potem obróciła się do niego.
– Mnie bardziej fascynuje twoja strategia mydlana.
– Że niby jaka?
– Mydlana.
– I co to twoim zdaniem znaczy?

Joanna przełożyła rękę przez oparcie krzesła i zmrużyła lekko oczy.

– Zamiast wyrzucić ogryzek mydła do kibla, jak normalny człowiek, i pozwolić mu się spokojnie rozpuścić, kleisz jeden do drugiego, ściskasz, starasz się zespolić, jakby od tego zależało twoje życie. A potem ja wchodzę pod prysznic i nagle zastaję, kurwa, mydło Frankensteina.

Oryński prychnął, ale dwóm pozostałym mężczyznom nie było do śmiechu.

– Możemy przejść do rzeczy? – odezwał się Klejn. – Bo jeśli macie zamiar dalej ciągnąć ten cyrk, to…

– To nie cyrk, to dramat – ucięła Joanna, patrząc na Zordona. – Za kilka lat w tym małżeństwie zostanie mi w głowie albo gówno, albo nierówno. Trzeciej możliwości nie ma.

Mariusz się podniósł, Chyłka jednak szybko zgromiła go wzrokiem.

– Siadaj – poleciła.
– Spasuję. Mam lepsze rzeczy do roboty niż przyglądanie się waszym grom wstępnym.
– Oho.

Joanna skrzyżowała ręce na piersi, a potem zerknęła na Oryńskiego.

– Chyba nas rozpracował – dodała.
– Tak myślisz?
– Mhm – potwierdziła. – Wie, że muszę cię lekko nakręcić, zanim zaczniesz rąbać mnie na wiór jak bóbr.

Kordian znów się zaśmiał, Żelazny zaś przesunął dłońmi po twarzy w geście bezradności.

– Powiesz nam, po co to spotkanie? – rzucił.
– Niewykluczone.
– To spróbuj to z siebie...
– Mamy dość kontrowersyjnego klienta – ucięła Joanna.

Klejn popatrzył na nią niepewnie, jakby nie dowierzał w to, co właśnie usłyszał. Ostrożnie z powrotem zajął miejsce.

– Znaczy? – spytał.
– Znaczy, że zamierzamy z Zordonem reprezentować kogoś, kto wprawdzie jest niewinny, ale sprowadzi na nas nieco ogólnego zainteresowania.

Żelazny wymienił się z Mariuszem krótkim spojrzeniem.

– I chcesz to... – zaczął – z nami skonsultować?
– Tak.

Mina Artura dowodziła, że spodziewa się wprowadzenia na jakąś minę.
– Nie rozumiem – odparł.
Joanna litościwie skinęła głową.
– Nie winię cię – skwitowała. – Zresztą nauczyłam się doceniać ten ujemny intelekt, bo dzięki niemu sama się rozwijam.
– Jak to? – włączył się Kordian.
– Zastanów się nad tym, Zordon. Praktycznie przy każdej rozmowie z idiotą inteligentna osoba musi wymyślać nowe sposoby na to, jak wytłumaczyć skomplikowane rzeczy w na tyle prosty sposób, żeby rozmówca je pojął.
Żelazny sięgnął do spinki przy mankiecie i zaczął ją obracać.
– Rzeczywiście – przyznał Oryński.
– Przestaniesz sobie robić jaja?
– A ty przestaniesz mieć inteligencję na poziomie podeszwy mojego buta?
Artur już otwierał usta, żeby odpowiedzieć, Chyłka jednak nie zamierzała mu na to pozwolić.
– Konsultuję z wami tę sprawę w myśl nowej polityki całkowitej transparentności – oznajmiła.
W sali konferencyjnej zaległa cisza.
– W myśl czego? – jęknął Żelazny.
– Jeśli już musimy współpracować, to chociaż współpracujmy dobrze.
Było to równie absurdalne, co niewiarygodne, ale nikt nie skwitował. Jasne było, że o ile Joanna jest w stanie dogadać się z Żelaznym, o tyle żadne z nich nie chciało wyciągać ręki do Klejna.
Fakt, że właśnie ich nazwiska znalazły się na szyldzie, wymusiła sytuacja. Nie było innego wyjścia.

I nikt nie miał wątpliwości, że Klejn przy pierwszej lepszej okazji postara się pozbyć pozostałych. A oni jego.

– Okej – odezwał się Mariusz. – Co to za klient?

– Ksiądz pedofil oskarżony o zabójstwo.

Żelazny pozwolił sobie na ciche parsknięcie, ale uśmiech zastygł na jego twarzy, gdy uświadomił sobie, że nikt się nie śmieje.

– To znaczy rzekomy pedofil – sprostowała Joanna. – A na to zabójstwo znajdzie się jakiś kontratyp.

– Chyba sobie…

– Bynajmniej – ucięła. – Jestem poważna jak twoje problemy z prostatą.

Artur z irytacją trącił spinkę, jakby zamierzał wyrwać ją z koszuli i cisnąć prosto w Chyłkę. Nie miał pojęcia, ile tym samym dostarczał jej satysfakcji.

– Ofiarą jest ojciec molestowanego dziecka – dodał Kordian.

– Rzekomo molestowanego.

– Tak – potwierdził jakby nigdy nic Oryński.

Przez chwilę w sali konferencyjnej trwała cisza. W końcu przerwał ją Klejn.

– Zwariowałaś? – odezwał się.

– Lata temu pod biurowcem, kiedy natknęłam się na tego tu bakłażana – odparła i zarzuciła głową w kierunku Zordona.

Mariusz przysunął się do stołu.

– Nie widzisz, jaka jest atmosfera polityczna? – zapytał. – Skończyła się wreszcie pobłażliwość dla Kościoła, jest sezon na księży.

– I?

– I to, że ktokolwiek ich broni, tapla się w tym samym co oni.

– To był zamierzony rym? – rzuciła Joanna.

Żelazny chrząknął cicho, wciąż bawiąc się spinką.

– Dobrze wiesz, jak jest – podjął nieco bardziej koncyliacyjnym tonem. – Przez lata władze kościelne starały się załatwiać to w swoim łonie, nic nie trafiało do prokuratury. A nawet jeśli, to było umarzane. Teraz jednak wszystko wraca ze zdwojoną mocą. Ujawniają się kolejne ofiary, powstają kolejne dokumenty, media i reporterzy w całym kraju biorą się do roboty, a…

– Wiem, co się dzieje, Żelbetonie.

– To może powinnaś wziąć to sobie do serca.

– A może ty powinieneś sobie wziąć to, że prokuratury i sądy wciąż niespecjalnie się tym zajmują – wpadła mu w słowo. – Wiesz, ilu pedofili siedzi w więzieniach w Polsce?

– Przesadnie się tym nie interesuję.

– Jakichś dziewięciuset – zauważyła Chyłka. – A wiesz, ilu z nich to księża?

– Nie.

– Dwóch.

Artur w końcu zostawił spinkę w spokoju i położył dłonie na stole.

– Ci ludzie wciąż są chronieni – dodała Joanna. – Albo przez władze kościelne, albo państwowe. Rządzącym nie uśmiecha się iść z nimi na wojnę, bo uderzą w instytucję, która dalej zapewnia im stały przypływ głosów w wyborach.

– Daj spokój…

– Z naszego punktu widzenia to sytuacja idealna – ciągnęła Chyłka. – Mamy sprawę medialnie głośną i kontrowersyjną, ale jednocześnie statystycznie wygraną w sądzie.

– W dupie mam sąd – oznajmił Artur. – Wszystkie centrowe, lewicowe i liberalne stacje, gazety i portale przerobią nas na karmę dla świń.

Klejn skinął głową, co stanowiło dość niecodzienny widok, rzadko bowiem zgadzał się z czymkolwiek, co mówił Żelazny.

– Chcesz narazić firmę na PR-owe samobójstwo – zauważył.

– Niezupełnie.

– Jasne. Bo wydaje ci się, że masz jakąś przebiegłą linię obrony, którą...

– Nie – wpadła mu w słowo Chyłka. – Bo ten duchowny jest niewinny.

– Oczywiście.

Joanna również przybliżyła się do stołu, skracając dystans.

– Znam go, od kiedy byłam gówniarą – powiedziała, sięgając po rzadko używany, poważny ton. – Nigdy nawet na nikogo krzywo nie spojrzał, nigdy nie zrobił choćby jednej dwuznacznej rzeczy. Przeciwnie, pomagał każdemu, kto znalazł się pod jego opieką.

Artur i Klejn wymienili się krótkimi spojrzeniami.

– A jednak zabił kogoś, kto...

– Kto zjawił się u niego w kościele, by go zaatakować. Bronił się.

Żelazny skrzywił się lekko, po czym spojrzał na parę prawników.

– Jesteście tego pewni? – mruknął.

– Tak – odparła Joanna, nim Oryński miał okazję zareagować. – Byliśmy na miejscu zdarzenia.

– Mimo wszystko mogliście nie widzieć wszystkiego.

– Bo?

– Bo policja zazwyczaj nie dopuszcza nas do wykonywanych czynności?

Chyłka czuła na sobie ciężkie spojrzenie Zordona i wiedziała, doskonale wiedziała, dlaczego tak się w nią wślepia. Kilkakrotnie zastanawiali się nad tym, co konkretnie powiedzieć dwóm imiennym partnerom – a w rezultacie, co powiedzieć całemu światu.

– Byliśmy tam przed policją – oznajmiła Joanna.
– Że co? – wtrącił się Klejn.
– Duchowny był w głębokim szoku – podjął Kordian. – Zadzwonił do Chyłki właściwie bezrefleksyjnie, a kiedy dotarliśmy na miejsce, okazało się, że jeszcze się nie pozbierał.
– Chcecie powiedzieć, że byliście tam zaraz po tym, jak zamordował człowieka?
– Tak – odparła lekkim tonem Joanna.

Klejn potrzebował chwili, by to przetrawić. I kolejnej, by upewnić się, że nie robią sobie z niego jaj.

– Czy wyście całkowicie oszaleli? – rzucił w końcu. – Zdajecie sobie sprawę, co tym samym daliście prokuraturze?
– Na razie nic – powiedziała Chyłka. – Ale zamierzamy dać wpierdol.

Mariusz przesunął dłonią po włosach i z niedowierzaniem uniósł wzrok.

– W najlepszym wypadku będą argumentować, że instruowaliście klienta, co ma mówić i jak się zachowywać – zagrzmiał. – W najgorszym, że zmanipulowaliście materiał dowodowy.
– Niczego nie ruszaliśmy – zapewnił Kordian. – I zaraz po przyjeździe, jak tylko zorientowaliśmy się, co się stało, zadzwoniliśmy na policję.
– Zgadza się – włączyła się Joanna. – Radiowóz przyjechał z Ciechanowa po jakimś kwadransie, który spędziliśmy na uspokajaniu naszego klienta.

Dwóch imiennych partnerów popatrzyło po sobie, nie było jednak w tym wzroku ani joty porozumienia. Przeciwnie, łypali na siebie, jakby jeden starał się wyzwać drugiego, by to on zaczął drążyć.

– Nie ruszaliśmy materiału dowodowego – zapewniła Chyłka.

– I nie instruowaliśmy klienta w żaden sprzeczny z prawem sposób – dodał Oryński.

Nie trzeba było czytać w myślach Żelaznego i Klejna, by wiedzieć, że nie pokładają w słowach dwójki prawników wiele wiary. Ich wyrazy twarzy mówiły same za siebie.

– Co było potem? – odezwał się w końcu Artur.

– Nic – odparła Joanna. – Policjanci zastali krwawą łaźnię, więc zamknęli księdza w radiowozie i wezwali posiłki. Potem już same nudy. Zjawił się jakiś lokalny prokurator, potem technicy i inne sępy.

– I? Zamknęli tego księdza? – chciał wiedzieć Żelazny.

– Nie.

Przez twarz Klejna przemknął pełen niedowierzania wyraz.

– Żartujesz sobie?

– O dziwo nie – odparła Chyłka.

– Jakim cudem pozwolili mu zostać na wolności?

– Widocznie mu ufają.

– Na tyle, żeby zastać go w morzu krwi i nawet nie...

– Prokurator z Ciechanowa uznał, że nie zachodzi potrzeba stosowania aresztu tymczasowego – ucięła Joanna. – I że to wszystko wygląda na obronę konieczną.

Fakt, było to dziwne, ale tylko o ile brało się pod uwagę to, jak organy ścigania traktują ludzi bez koloratek. Ci, którzy je nosili, nieraz korzystali z taryfy ulgowej, szczególnie kiedy dłużej przebywali wśród lokalnej społeczności i się z nią zrośli. W tym wypadku tak jednak nie było, więc Chyłka zakładała, że nocą telefony na linii kuria–prokuratura rozgrzały się do czerwoności.

— Poza tym nie sposób było stwierdzić, do kogo należała ta cała krew — uzupełnił Zordon. — Ani co spowodowało obrażenia.

— Dlaczego?

— Bo nie znaleziono narzędzia zbrodni — powiedziała Chyłka.

Jeśli do tej pory dwóch siedzących naprzeciwko adwokatów rozważało, czy obrona Kasjusza jest dobrym pomysłem, to właśnie przestali to robić.

— Pozbył się go? — jęknął Żelazny. — Toż to, kurwa, dość jasno sugeruje, że miał powody do obaw.

— Nie pozbył się.

— Czyli tak po prostu zniknęło? Rozpłynęło się w powietrzu?

— Na to wygląda.

— Świetnie. Po prostu cudownie.

Joanna lekko rozłożyła ręce.

— Mówi, że nie wyrzucił narzędzia zbrodni — powiedziała. — A ja mu wierzę.

Chciałaby, żeby Kordian był równie pewny — nie mogła jednak na to liczyć. Dla niego sytuacja była równie podejrzana jak dla Klejna i Artura. W odróżnieniu od nich jednak darzył Joannę tak głębokim zaufaniem, że tyle mu wystarczało.

— Niewykluczone, że ktoś inny pojawił się na miejscu zdarzenia — odezwał się Oryński. — Ksiądz był w takim szoku, że nawet by tego nie odnotował.

— Dodatkowo po wszystkim wyszedł z zakrystii, gdzie doszło do szarpaniny, a drzwi były otwarte.

Żelazny ani Mariusz się nie odzywali, czekając na konkret, po który na tym etapie zazwyczaj sięgała Chyłka. Sprowadzał się do dowodu świadczącego na korzyść potencjalnego klienta.

Problem polegał na tym, że słowa Kasjusza były jedynym, co mogła zaoferować.

– W porządku... – podjął Artur. – Więc mamy z jednej strony ofiarę zabójstwa...

– Domniemanego.

– ...a z drugiej kogo? Jakieś dzieci, ofiary molestowania?

– Właściwie to dziecko – skorygowała Joanna. – Jedna sztuka. W dodatku syn tego, co poległ.

Zaległa kłopotliwa cisza, a Chyłka spodziewała się, że przerwie ją cały korowód pytań o to, czy to wszystko aby nie jakaś kpina. Zamiast tego jednak imienni partnerzy wymienili się zaniepokojonymi spojrzeniami.

– Czy ty zdajesz sobie sprawę z tego, jak to będzie wyglądało w mediach? – jęknął Artur.

– Co konkretnie?

– To, że osierocone i zgwałcone dziecko będzie opowiadać o tym, co się wydarzyło – rzucił wprost Żelazny.

Miał rację, optyka nie będzie przesadnie korzystna. Ale wymiar PR-owy niespecjalnie Chyłkę interesował. Liczyły się fakty, a one były takie, że Kasjusz nigdy nie dotknął żadnego dziecka, a w starciu z agresorem jedynie się bronił.

– Słuchaj – powiedziała. – Sam widzisz, że nie ma aresztu tymczasowego.

– To tylko pogorszy sprawę w mediach – odparował Żelazny. – Będą podnosili, że prokuratura jak zwykle stosuje taryfę ulgową wobec kleru.

– No i chuj.

Artur syknął cicho.
– To twój zawodowy, poparty latami doświadczenia, profesjonalny komentarz?
– Tak.
– A może pokusisz się o bardziej rozwinięty?
– A może nie.

Żelazny błagalnie spojrzał na Kordiana, jakby ten jako jedyny miał do dyspozycji środki, którymi mógłby przymusić Chyłkę do lepszej kooperacji z pozostałymi imiennymi partnerami.

– Gówno mnie obchodzi wymiar medialny sprawy – powiedziała. – Liczyć się będzie to, co na sali sądowej.
– Czyli?
– Całkowite uniewinnienie.

Wbijała wzrok w Artura, zastanawiając się, ile jeszcze potrzeba, by przekonać go, że to sprawa, która może przysłużyć się kancelarii. Sytuacja w jej strukturach była niestabilna, Joanna nie chciała podejmować się obrony klientów, przez których Żelazny opuściłby jej narożnik.

Trwała wojna, choć nie rozległ się żaden wystrzał. Każdy dzień był walką z Klejnem i należało uważać, gdzie stawia się kroki.

Chciała jeszcze raz zapewnić o swojej absolutnej wierze w niewinność klienta, kiedy w sali konferencyjnej rozległy się dźwięki solówki z *Afraid to Shoot Strangers*. Joanna powoli sięgnęła do kieszeni po telefon.

Zobaczywszy połączenie od Kasjusza, od razu odebrała.
– Może byś przeprosiła i powiedziała, że... – zaczął Żelazny.
– Halo – rzuciła do słuchawki. – Tutaj Chyłkowy głos w twoim domu.

Duchowny nie odpowiedział.
– No jaja sobie tylko robię – dodała.
Wciąż nic.
– Jest tam ksiądz?
– Jestem – potwierdził cicho. – Ale obawiam się, że nie tam, gdzie bym chciał…
Chyłka zmarszczyła czoło, a cała wesołość nagle opuściła jej oblicze. Kordian nerwowo drgnął, wyczuwając, że coś jest nie tak.
– To znaczy gdzie ksiądz jest? – spytała.
– W Kalwarii.
Joanna podniosła się z krzesła i odeszła w kierunku przeszklonej, dźwiękoszczelnej ściany. Po drugiej stronie przemykali prawnicy, posyłając jedynie przelotne i mętne spojrzenia w stronę sali konferencyjnej.
– To naprawdę nie jest moment na wycieczki po stacjach drogi krzyżowej – odparła Chyłka.
– Nie to mam na myśli.
– A co?
– Miasto na Litwie.
– Co takiego?
– Musiałem…
– Wyjechał ksiądz, kurwa, z kraju?
Ledwo to powiedziała, mogła poczuć na plecach piorunujące spojrzenia wszystkich trzech mężczyzn siedzących przy stole.
– Joanno, proszę cię…
– Poprzestawiało się księdzu we łbie?
– Musiałem.
Chyłka położyła dłoń na karku i mocno ścisnęła.

– Musiał to ksiądz siedzieć na dupie, do kur... do cholery – syknęła.
– Nie rozumiesz – odparł z niepokojem. – Z samego rana dostałem telefon z archidiecezji...
– I?
– Moja sprawa została przekazana prokuraturze w Warszawie – wydusił. – Jest tam jakiś nowo powstały zespół, który zajmuje się *stricte* przestępstwami popełnianymi przez duchowieństwo.
– Zaraz...
– Powiedziano mi, że trafię do aresztu.
Prawniczka przygryzła usta, starając się powstrzymać stek przekleństw, który się na nie cisnął. Nadaremno.
– Więc postanowił ksiądz spierdolić za granicę?
– Joanno... – zaapelował, jakby wulgaryzmy były największym problem.
Chyłka obróciła się i bezsilnie oparła plecami o ścianę.
– Niech ksiądz natychmiast wraca – poleciła.
– Ale...
– Daleko to jest?
– Jakieś cztery godziny drogi. Zatrzymałem się u znajomego wikarego, którego poznałem na misji w...
– Pozna ksiądz kolejnych na misji w ciemnej dupie, jak zaraz nie wsiądzie do auta i nie ruszy w drogę powrotną – ucięła.
Nie nadeszła żadna odpowiedź.
– Jasne? – upomniała się o uwagę.
– Ale... Oni mnie zamkną.
Chyłka lekko skinęła głową, bo akurat z tym musiała się pogodzić.
– A ja księdza wyciągnę – zapewniła.

Chwilę później się rozłączyła, a potem bez słowa opuściła salę konferencyjną i szybkim, zdecydowanym krokiem przebiła się przez prawniczą masę na korytarzu. Dotarłszy do jednego z gabinetów, otworzyła drzwi bez pukania.
- O, co za miła...
- Zakleszcz otwór gębowy, chudzielcu – ucięła. – I znajdź mi wszystko, co możesz, o jakiejś nowej komórce w prokuraturze, która poluje na księży.

4
Droga wojewódzka 632, okolice Nasielska

Chyłka i Oryński ledwo uniknęli prawniczej tragedii. Kiedy tylko warszawska prokuratura okręgowa wydała postanowienie o tymczasowym aresztowaniu, policjanci stawili się w kościele. Nie znalazłszy tego, kogo szukali, właściwie mieli tylko jedno wyjście – puścić w ruch formalną procedurę, by przymusowo doprowadzić podejrzanego do aresztu śledczego.

Gdyby nie to, że Joanna niemal natychmiast zadzwoniła do Paderborna i zapewniła, że własnoręcznie dostarczy księdza w ich ręce, tak by się stało. Ugrali nieco czasu, ale nic ponadto. Prokuratorka prowadząca postępowanie nie miała zamiaru się z nimi spotykać – nie przystała nawet na rozmowę telefoniczną.

A opinie, które zebrał na jej temat Kormak, nie napawały optymizmem.

Jakby na potwierdzenie tego, że Chyłka potrzebuje niewielkiego doładowania pewności siebie, wybrała kawałek *Montségur*, który ostatnimi czasy traktowała jako motywacyjny hymn.

Uderzała dłonią w kierownicę, wystukując rytm i sprawiając wrażenie kogoś, kto doświadcza wrażeń niedostępnych dla nikogo innego.

– Ten numer można by wrzucić na którykolwiek z najlepszych albumów Ironsów – odezwała się.

– Tak, wiem.

— Czujesz tego kopa, Zordon?
Oryński zerknął na prędkościomierz bmw.
— Ja nie, ale iks piątka z pewnością tak.
Sypali sto pięćdziesiąt po drodze, na której teoretycznie obowiązywało ograniczenie do dziewięćdziesięciu kilometrów na godzinę. I właściwie było to dość optymistyczne, wziąwszy pod uwagę stan nawierzchni.
— Ups — rzuciła Joanna.
— Ups?
Wciąż nie zwalniała.
— Wiesz, że noga mi się ciężka robi przy takich kawałkach.
— To może włączmy coś lżejszego, bo...
Urwał, kiedy wjechali na niewielki wiadukt, przed którym widniała tabliczka z ograniczeniem do siedemdziesięciu. Nawierzchnia zrobiła się jednak nieco lepsza, więc czarne bmw nie zwolniło ani o jotę.
— Muszę korzystać, póki mogę — odparła Chyłka.
— A co? Planujesz celibat w kwestii łamania przepisów?
— Poniekąd.
Zerknęła na niego, a on znaczącym wzrokiem wskazał, by wbiła oczy przed siebie.
— Jak będę cysterną, nie mam zamiaru zapierdalać — zauważyła. — Siebie czy ciebie mogę narażać, ale naszego intruza nie.
— Mało sensowne.
— Bo?
— Bo jak nas usuniesz z tego świata, nie będzie miał kto sprowadzić na niego rzeczonego intruza.
Joanna zawahała się, a potem zwolniła. Nieznacznie, ale Zordon nie spodziewał się cudów.
— Dobra — rzuciła. — Włącz coś lżejszego.

Oryński sięgnął po jej telefon, a potem zerknął na playlisty na Spotify. Przewinął jeden ekran, potem drugi i trzeci.
– To jak szukanie igły w stogu siana – oznajmił.
– Czyli dość łatwa rzecz.
– Raczej nie.
– Raczej tak – odparła Joanna. – Wystarczy mieć przy sobie pudełko zapałek.

Kordian otworzył usta, ale się nie odezwał, dochodząc do wniosku, że od tej strony na ten frazeologizm nie patrzył. W końcu zrezygnował z przeglądania playlist Chyłki i włączył coś, co nie wiązało się z niebezpieczeństwem, że dociśnie pedał gazu do podłogi.

– Co to ma być? – rzuciła Joanna.
– *Bo jo cię kochom*.
– Co proszę, słucham?
– Osica mi polecił, jak byliśmy w…
– Próbujesz mi to zareklamować czy zohydzić?

Oryński uśmiechnął się pod nosem.
– Sama powiedz, że ci go brakuje – odparł.
– Łasicy? Jak odcisku na dużym palcu lewej stopy po łażeniu cały dzień w za małych szpilkach.
– Chętnie byś się z nim spotkała.

Chyłka rzuciła mu błyskawiczne, pełne dezaprobaty spojrzenie.
– Szczerze? – spytała.
– Zawsze.
– Chętniej spotkałabym się z Jakimowiczem na rozmowy o ontologicznej naturze wszechrzeczy.

Kordian nadal trwał z niewielkim uśmiechem, który starał się ze wszystkich sił powstrzymać.

- Lubisz go – ocenił.
- No jasne. On i Jola Rutowicz to była ultymatywna *power couple* w polskim…
- Miałem na myśli Osicę.

Chyłka spojrzała na Oryńskiego tak, jakby właśnie z pełną premedytacją obrzucił ją najgorszym werbalnym łajnem. Wzdrygnęła się, po czym wbiła wzrok w wyświetlacz na desce rozdzielczej.

- Nie zabrałam cię ze sobą, żebyś mnie obrażał, Zordon.
- Nie? To w sumie dlaczego?

Joanna doceniła tę uwagę pełną satysfakcji miną.

- Też się nad tym głowię – odparła. – Ale koniec końców chyba chodzi o to, że czuję się przy tobie bezpieczna.

Nie miał dla niej żadnej riposty, bo właściwie nie spodziewał się, że uderzy w takie rejestry.

- Mam na myśli to, że jesteś wege.
- Hę?
- Nie ma ryzyka, że mnie zeżresz.
- Ahm.
- „Ahm" co?
- Nic – odparł. – Po prostu myślałem, że zebrało ci się na romantyzm.
- Później – skwitowała. – Teraz musimy zrobić porządek z naszym księdzem i ustalić, dlaczego zachowuje się, jakby był winny.

Zordon nie przypuszczał, by miało się to okazać łatwym zadaniem. Dotychczasowe posunięcia Kasjusza sugerowały raczej, że jest sporo rzeczy, o których nie powiedział swoim prawnikom. Zasadniczo Oryński nie był nawet pewien, czy zastaną księdza na plebanii.

Czekał jednak na nich zgodnie z planem. Stał przed kościołem z niewielką torbą w ręku, zupełnie jakby wybierał się na krótki urlop.

– Co to jest? – rzuciła Joanna, kiedy wgramolił się z tyłu do iks piątki.

– Szczęść Boże.

– Na motorze – odparła. – Co ksiądz przytargał?

Kasjusz uniósł lekko torbę podróżną.

– To? – spytał. – Szczoteczka, Pismo Święte i parę najpotrzebniejszych...

– Rozumie ksiądz, że idzie do aresztu?

– Rozumiem, ale...

– Wszystko tam mają – ucięła Chyłka. – To wyjątkowo dobrze wyposażony kurort.

Kasjusz skrzywił się, a potem z trudem przełknął ślinę. W oczach Oryńskiego wciąż nie sprawiał wrażenia, jakby wiedział, co w istocie się dzieje. Szok dawno go opuścił, ale jego miejsca nie zajęło zrozumienie.

Kiedy ruszyli w kierunku Warszawy, Joanna zaczęła klarować mu, czego może się spodziewać. Niemal natychmiast pobladł, jakby nie był gotów znieść tej myśli. Ostatecznie jednak przyjął wszystko, co miała do przekazania.

– Dobra – rzuciła. – Teraz parę konkretów od księdza.

– Dobrze.

– Dlaczego ksiądz spie... dał drapaka?

Kasjusz wyjrzał za okno.

– Obawiałem się.

– Jak każdy, kto ma iść do aresztu – odparowała Joanna. – Ale jakoś nie słyszy się, żeby większość uciekała.

Duchowny potarł twarz dłońmi, a Kordian bez trudu rozpoznał skrajne wycieńczenie. Oznaki były nader widocz-

ne – podkrążone, zaczerwienione oczy, mętny wzrok, skóra podrażniona.
– Bywałem w więzieniach – podjął. – Wiem, jak wygląda tamtejsze życie. I jak traktuje się ludzi oskarżonych o pedofilię.
Kaszlnął nerwowo.
– Nie chcę nawet...
– Spokojnie – przerwała mu Chyłka. – To tymczasowe aresztowanie, nie trafi ksiądz na blok.
– Zadbamy o to, by zachowane były wszystkie środki ostrożności – dodał Oryński.
– Będzie ksiądz bezpieczny jak kierowcy ubera pod lotniskiem.
– Słucham?
– Tam mają najlepiej – odparła Joanna. – Wszyscy klienci, którzy wsiadają, są po drobiazgowej kontroli osobistej.
– Mimo wszystko...
– Będzie dobrze.
– To samo mówiłem osadzonym, którzy trafiali za kratki za takie czyny – zauważył ciężko Kasjusz. – Ich doświadczenia dowiodły, że moje słowa były na wyrost...
Duchowny znów kaszlnął, a na jego twarzy pojawił się wyraz bólu, zupełnie jakby zmagał się z silnym kłuciem w gardle.
Nie odzywał się, ale jego ostatnie słowa wciąż odbijały się głuchym echem w aucie. Kordian zastanawiał się, co więcej dodać, ale właściwie żadna gwarancja nie byłaby wystarczająca.
Kasjusz wiedział, co może go spotkać za kratkami. I miał świadomość, że nikt nie zapewni mu stuprocentowego bezpieczeństwa.

Czy mogli go winić za to, że próbował ucieczki? Że włączył się jakiś instynkt, który kazał mu zbiec za granicę?

Oryńskiemu trudno było znaleźć odpowiedź na to pytanie, bo na dobrą sprawę nie potrafił postawić się na miejscu księdza. Owszem, przebywał w więzieniu. Ale daleko temu było do sytuacji, w której znajdzie się osoba z łatką pedofila.

Przez chwilę jechali w milczeniu, które Chyłka z pewnością przeznaczała na ułożenie w głowie kolejnych porad dla Kasjusza.

Ten jednak odezwał się jako pierwszy.

– Policja znalazła narzędzie zbrodni? – spytał.
– Nie – odparł Zordon.

Duchowny nadal wyglądał na zewnątrz.

– Przecież nie mogło wyparować – zauważył.

Dwójka prawników zerknęła na niego w lusterku.

– Ktoś musiał je zabrać – dodał ksiądz. – Może gdyby udało się ustalić kto, moja sytuacja byłaby trochę lepsza?
– Może – odparł Kordian.

Znów zaległo milczenie.

– A sekcja zwłok? – dorzucił duchowny. – Wykazała coś pomocnego?
– Jeszcze nie mamy w nią wglądu.
– Rozumiem…

Szukał jakiegoś koła ratunkowego, czegoś, co mógłby potraktować choćby jako szczątkowy zwiastun nadziei. Niczego takiego Oryński jednak nie mógł mu zaoferować. Przeciwnie, musiał uważać, by nie wzbudzić w nim nader nieuzasadnionego optymizmu.

– Więc nic nie potwierdza, że tylko się broniłem? – dodał Kasjusz.

Zordon spojrzał na Joannę, ale ta wyraźnie nie miała zamiaru podejmować tematu. Prowadziła zamyślona, wpatrując się w jakiś punkt na pustej drodze przed nimi.

– W tej chwili mamy jeszcze za mało informacji – podjął Kordian. – Kiedy otrzymamy wgląd w materiał dowodowy, będziemy mogli powiedzieć więcej.

– Ale ksiądz z pewnością nie pomaga – odezwała się w końcu Chyłka.

– Ja tylko…

– Gdyby ktoś się dowiedział, że ksiądz spierdolił na Litwę, byłoby pozamiatane.

Duchowny tylko się skrzywił.

– Koniec z podobnymi wyskokami, jasne?

– Jasne. Oczywiście.

– Od teraz robi ksiądz dokładnie to, co mówię.

– Dobrze.

Muzyka w samochodzie grała cicho, stanowczo za cicho. Kordianowi przeszło przez myśl, że jeśli pogłośni, w jakiś sposób przełamie tę grobową atmosferę. Były to jednak zwykłe mrzonki.

– Jakie mamy szanse? – zapytał w końcu Kasjusz.

Chyłka rzuciła mu szybkie spojrzenie przez ramię, a potem wróciła do kontrolowania, co dzieje się na szosie.

– W mediach zerowe – zauważyła. – Zjedzą księdza wszyscy, od lewa do prawa.

– A w sądzie?

– Całkiem niezłe – odparła Joanna. – Szczególnie że ma ksiądz najlepszą reprezentację z możliwych.

Bynajmniej nie wyglądał na uspokojonego, a w głosie Chyłki zabrakło tej nuty pewności, która normalnie w nim pobrzmiewała. Oryński doskonale zdawał sobie sprawę z tego, co wywołało ten deficyt.

– Znacie tego, kto będzie oskarżał? – zapytał Kasjusz.

Dwoje prawników wymieniło się krótkimi spojrzeniami.

– Nie – odparł ciężko Oryński. – Ale dowiedzieliśmy się na jej temat co nieco.

– To znaczy?

– Nazywa się Klaudia Bielska. Obiegowa wieść głosi, że to młoda Chyłka prokuratury.

– Słucham?

Joanna głośno westchnęła, przyspieszając nieco, jakby chciała zadać kłam temu, czego dowiedział się chudzielec.

– Kormak zrobił research – oznajmiła.

Kasjusz jedynie skinął głową ze zrozumieniem, co jasno sugerowało, że wie, o kim mowa. Oryński się tego nie spodziewał, choć właściwie może powinien. W końcu rozmawiali z duchownym, który był spowiednikiem Chyłki. W niektórych sprawach mógł wiedzieć nawet więcej niż jej bliscy.

– Wygląda na to, że dziewczyna jest całkiem niezła – dodała Joanna. – Na razie same wygrane sprawy. Nic nie upadło w apelacji, nic nie poszło do Sądu Najwyższego.

– W środowisku mówi się, że jest bezkompromisową, wyzutą z emocji, chodzącą po trupach do celu, bezwzględną...

– Suką – dokończyła Joanna.

Duchowny głęboko nabrał tchu i przytrzymał powietrze w płucach.

– Czyli faktycznie młoda Chyłka – zauważył.

Joanna zerknęła w lusterko.

– Nie wiedziałam, że ma ksiądz poczucie humoru.

– Minimalne.

– Dobre i to – skwitowała pod nosem. – W każdym razie ta gówniara ewidentnie dobrze sobie radzi.
– Na tyle dobrze, że umieścili ją w specjalnym zespole do spraw pedofilii w Kościele.
– Jest taki zespół? – spytał Kasjusz. – Co grają?
Wyraźnie czekał na przynajmniej minimalnie rozbawione reakcje, dwoje prawników jednak trwało z kamiennymi wyrazami twarzy.
– Musi ksiądz jeszcze popracować nad tym swoim dowcipem – zauważył Zordon.
– Mhm...
– I tak, jest taka grupa – dodał Oryński. – Sformowano ją w prokuraturze po ostatniej aferze, którą niestety przegapiła parlamentarna komisja powołana do badania takich spraw.
– To niezbyt dobrze.
– Ano nie – przyznała Chyłka. – Szczególnie że wezwali już tego młodego, któremu ksiądz odebrał zarówno dziewictwo, jak i ojca.
– Joanno...
– Rzekomo – podkreśliła. – Tak czy siak jego rewelacje na wasz temat są dość długie i przekonujące, a przynajmniej tak twierdzą informatorzy Kormaka.
– Którzy zazwyczaj nie wprowadzają go w błąd.
Chyłka ściszyła nieco Iron Maiden, co nie zdarzało się przesadnie często. Żadna odpowiedź jednak nie nadchodziła.
– Więc? – dodała.
Kasjusz spojrzał na jej odbicie w lusterku.
– Co mam powiedzieć?
– Prawdę – rzucił nagle Oryński, czym naraził się na pełne dezaprobaty reakcje zarówno ze strony Joanny, jak i duchownego.

Wiedział, że Chyłka zaraz sprostuje to pytanie.
— Miał ksiądz kontakt z tym dzieciakiem? — odezwała się.
— Nie wiem.
— To tak łatwo się zapomina o wychowankach?

Kasjusz przysunął się do przednich foteli na tyle, na ile pozwalał mu pas.
— Był moim wychowankiem? — spytał.
— Na to wygląda — odpowiedziała Joanna. — Organizował ksiądz jakieś zajęcia i wyjazdy dla dzieciaków w ramach praskiej parafii, nie?
— Zgadza się.
— Młody twierdzi, że brał w nich udział. W dodatku, że bywał u księdza, a ksiądz wtedy, że tak powiem, u niego.

Kasjusz ściągnął brwi z dezaprobatą.
— Musisz to wszystko obracać w żart? — spytał.
— Oskarżenia są dęte, więc czuję się usprawiedliwiona.
— Mimo wszystko...
— Wróćmy może do konkretów — uciął Oryński. — Kojarzy ksiądz tego chłopaka czy nie?
— Ale...
— To proste pytanie.

Duchowny wbił wzrok w Kordiana i przez moment trwał w bezruchu.
— Dość proste — przyznał. — Tyle że nadal nie wiem, o kim mowa. Człowiek, który napadł mnie w kościele, się nie przedstawił.

Dwoje prawników wymieniło się krótkim spojrzeniem.
— Chłopak nazywa się Daniel Gańko — odezwał się Zordon.
— Co takiego?
— Kojarzy ksiądz?

Właściwie intonacja tego pytania była prawie oznajmująca. Reakcja Kasjusza mówiła sama za siebie.

– Oczywiście, że kojarzę – odparł. – Przychodził do Dziecięcego Kościoła.

– Do czego?

– To te zajęcia, które organizowałem dla różnych grup wiekowych – wyjaśnił duchowny. – W ich ramach robiliśmy rozmaite rzeczy, od nauki modlitwy, poznawania historii biblijnej, przez śpiewy, tańce, aż po ćwiczenia plastyczne i sportowe.

Samochód z naprzeciwka mrugnął długimi, a Chyłka machinalnie zwolniła, jakby uruchomiła się jakaś genetycznie zakodowana reakcja.

– Do tych rozmaitych rzeczy molestowanie też się zaliczało? – rzuciła.

– Joanno...

– Tylko pytam. Nie mówię, że od razu ze strony księdza.

Nie odpowiedział, zawieszając wzrok gdzieś za oknem.

– Trudno mi uwierzyć, żeby Daniel twierdził coś takiego – odezwał się w końcu. – To dobry chłopak, nigdy nie było z nim żadnych problemów... Chętnie przychodził, brał udział we wszystkich wyjazdach, chciał zostać ministrantem i rozważał, czy jego przyszłość nie jest aby związana z seminarium.

Przez umysł Kordiana przemknęły same niespecjalnie optymistyczne wnioski. Taka osoba w rękach prokuratury będzie jak ładunek wybuchowy tylko czekający na to, by eksplodować.

– Nie wyobrażam sobie, żeby mógłby przedstawiać tak fałszywe świadectwo – dodał Kasjusz.

– Nie musi ksiądz – odparła Joanna. – Chłopak sam chętnie opowiada o tym każdemu, kto go zapyta.
– To wciąż po prostu…
– Nigdy mu niczym ksiądz nie podpadł? – ucięła Chyłka.
– Nie. Miałem z nim dobrą relację, podobnie jak z innymi dziećmi. Większość przychodzi tam przecież z własnej woli. Owszem, czasem zdarza się, że jakichś chłopaków przysyłają rodzice, żeby przestali broić, ale tacy szybko się z nami żegnają. Daniel Gańko do nich nie należał.
– A mimo to powiedział ojcu, że ksiądz go zgwałcił – oznajmiła Joanna.
– Gwałcił – sprostował Oryński. – Mowa o wielokrotnych przypadkach współżycia.
Kasjusz przez moment trwał w bezruchu, a potem zwiesił głowę.
– W dodatku opowiadał o tym na tyle przekonująco, że facet przyjechał księdza ubić – dorzuciła Chyłka.
Duchowny milczał.
– Nie chce o tym ksiądz gadać, co? Ani do tego wracać?
– Niezbyt.
– Ale będzie ksiądz musiał zrobić zarówno jedno, jak i drugie – skwitowała Joanna. – W przeciwnym wypadku klękanie dość szybko przestanie się księdzu kojarzyć z modlitwą.
Kordian ostrożnie na nią zerknął, chcąc zasugerować, żeby nieco spasowała. Ostatecznie jednak to ona znała lepiej Kasjusza i wiedziała, gdzie leżą jego granice. Jakkolwiek by było, należało czym prędzej je przesunąć – wywiedzieć się wszystkiego na temat jego relacji z chłopakiem, przebiegu zdarzeń w kościele i wreszcie tego, co zrobił z narzędziem zbrodni.
Chyłka wzięła na warsztat pierwszą z tych kwestii i po kilku pomocniczych pytaniach ksiądz w końcu zaczął mówić

nieco więcej. Ewidentnie lubił chłopaka, ale nie dało się wyczuć w jego relacji niczego, co wykraczałoby poza normę. Meandrował trochę, opowiadając także o innych chłopakach i dziewczynach z Dziecięcego Kościoła. Zdawało się, że zbudował prawdziwą społeczność wśród tych młodych ludzi. W końcu uzmysłowił sobie, że nieco odbiegł od tematu, i urwał.

– Przepraszam – powiedział po chwili. – Te wszystkie dzieciaki to dla mnie naprawdę...

Zawiesił głos, szukając odpowiedniego terminu. Nie zanosiło się na to, by udało mu się go znaleźć.

– Są dla księdza jak własne dzieci – pomogła mu Chyłka.
– Być może...

Znów zaległo milczenie.

– Być może wypełniają w moim życiu tę pustkę, która przecież każdemu z nas doskwiera – dodał po chwili, a potem spojrzał na Joannę i Oryńskiego. – Modlę się też nieustannie o to, by Pan pobłogosławił was potomstwem. Wznoszę intencje do Świętego Dominika, aby wstawił się za wami.

Kordian lekko otworzył usta, ale nie wiedział, jak skomentować. Na dobrą sprawę nie spodziewał się, że Kasjusz wie o ich staraniach. A z pewnością powinien był.

– Są jakieś postępy? – odezwał się duchowny.

Przez moment nie padała żadna odpowiedź, jakby każde z prawników liczyło na to, że drugie zabierze głos.

– W sprawie nasciturusa? – spytał wreszcie Kordian.
– Słucham?
– Tak go czasem nazywamy – odparła Joanna.
– Nasciturus?
– Zgodnie z definicją zawartą w artykule 927 paragrafie 2 Kodeksu cywilnego dziecko poczęte, ale nie narodzone – wy-

jaśnił Oryński. – I jesteśmy ponad dwa tygodnie po ostatnim transferze.

– Udanym?

Właściwie ton głosu Oryńskiego wskazywał, że dalsze drążenie tematu powinno być zbędne. Ksiądz jednak zdawał się tego nieświadomy.

– Test beta hCG z krwi nie wykazał ciąży – odparł Zordon.

– Rozumiem.

Kordian spojrzał na niego kontrolnie, starając się przesądzić, czy to „rozumiem" pochodzi od progresywnego, zawiedzionego takim finałem duchownego, czy może od konserwatywnego, niezdziwionego brakiem skuteczności in vitro przedstawiciela kleru.

Przesądzenie tego nie było mu do niczego potrzebne. Zasadniczo w ogóle nie zamierzał rozmawiać na ten temat z kimkolwiek poza Chyłką.

Ich konwersacje były bowiem dostatecznie dojmujące. Oboje przez ostatnie miesiące żyli nadzieją graniczącą z pewnością, że tym razem się uda. Tymczasem starali się już kolejny raz, a efekt był identyczny.

Zapewniali się, że będą próbować do skutku, ale Kordian miał świadomość, że to tylko wzajemne podnoszenie się na duchu.

Na którymś etapie będą musieli uznać, że wystarczy tej męczarni.

Kolejne zabiegi bowiem z całą pewnością się z nią wiązały. Znajdowali się na nieustannym rollercoasterze skrajnych emocji. Wygórowane nadzieje mieszały się z bólem wywoływanym brakiem ciąży, sprawiając, że momentami nie mogli odzyskać równowagi.

Być może także dlatego Chyłka tak bardzo parła, by bronić księdza. Potrzebowali tego. Praca była wytchnieniem, które dobrze znali – i które zapewniało im stabilne ramy funkcjonowania.

– Cierpliwość to owoc Ducha Świętego – odezwał się nagle Kasjusz. – Powinna być obecna u wszystkich naśladowców Chrystusa.

Gdyby nie to, że Chyłka dostrzegła w oddali traktor czekający na wyjazd z jakiejś gruntowej drogi i skupiła na nim całą swoją uwagę, z pewnością by skomentowała.

– To także przejaw naszej ufności do Boga – dodał duchowny. – Ufności w jego miłość, w jego wszechmoc i dobro.

– Dobra, ale...

Joanna urwała, kiedy ciągnik nagle wyjechał na drogę. Wbiła mocno hamulec, a całą trójkę rzuciło do przodu.

– Skurwysyn – syknęła. – Widział przecież, że, kurwa, jedziemy.

Fakt, musiał przynajmniej rzucić okiem, a ciężko było przegapić duże czarne bmw mknące naprzód z nieprzepisową prędkością.

Zanim ktokolwiek w aucie zdążył skomentować, Chyłka odbiła do środka jezdni.

Naraz jednak traktor wykonał ten sam ruch.

– Co jest? – rzuciła niepewnie prawniczka. – Popierdoliło go?

– Joanno, proszę cię...

– Ale nie widzi ksiądz, co się dzieje?

– Widzę – przyznał Kasjusz. – To jednak nie znaczy, że musisz obrażać tego człowieka.

– Nie obraziłam go.

– Jeszcze – dodał Kordian.

Znów trąciła lekko kierunkowskaz i wykonała ruch kierownicą w lewo. Także tym razem ciągnik zajechał im drogę. Był pusty, nie miał przyczepy. Jakiś nowy model, w zielono--żółtej kolorystyce. Kordian kojarzył niejasno jakieś reklamy, w których pojawiały się takie traktory. Firma produkowała też chyba kosiarki i inne tego typu rzeczy. Jakkolwiek by było, wyglądało to na całkiem niezły sprzęt.
– Pojebany? – rzuciła Chyłka.
– Może poczekajmy, aż…
– Nie ma mowy – wpadła księdzu w słowo.
Przełączyła tryb na sportowy, ale zanim silnik na dobre rozhulał się na wysokich obrotach, ciągnik znów zajechał im drogę. Nie musiał robić wiele, był na tyle duży, że wystarczał nawet niewielki skręt.
Chyłka spróbowała ponownie. Tym razem pojazd przed nimi nie drgnął, za to Joanna natychmiast odbiła z powrotem w prawo, bo z naprzeciwka mknął inny samochód.
– Kurwa jego mać!
– Trucizno, może faktycznie…
Wychyliła się, szarpiąc kierownicą w lewo, a potem kopnęła pedał gazu. Tym razem iks piątka wyrwała do przodu tak szybko, że prowadzący ciągnik nie zdążył zareagować w porę. Zrobił to jednak moment później, zjeżdżając prosto na nich.
Joanna uderzyła nogą w hamulec, zapierając się o fotel, by utrzymać kierownicę.
– Pierdolony – wycedziła. – Prawie nas zepchnął na pobocze.
– Dobra, odpuśćmy.
– Chyba żartujesz.
– Sama widzisz, że to jakiś chory…
– Moi drodzy… – włączył się siedzący z tyłu Kasjusz.

– Zobaczył bmw na warszawskich blachach i się w nim zagotowało – ciągnęła Chyłka, jakby nie usłyszała duchownego.
– I co z tego? Dajmy temu spokój.
– Ja mam dać spokój? Niech lepiej on...
– Spójrzcie, proszę, do tyłu – wpadł jej w słowo Kasjusz.
Zamilkli, a potem oboje w jednej chwili zrobili to samo. Zorientowali się, że od strony wsi, którą minęli, podjeżdżał do nich nieduży bus, wyładowany po brzegi jakimiś mężczyznami. Wszyscy wpatrywali się w jadącą przed nimi iks piątkę, a niektórzy trzymali jakieś kije.
W aucie zaległa cisza.
Ciągnik zaczął stopniowo zwalniać, zjeżdżając na środek jezdni i skutecznie uniemożliwiając wyprzedzenie go.
– Co to ma być? – odezwała się niepewnie Joanna.
Traktor zwalniał jeszcze bardziej i jego kierowca wyraźnie miał zamiar się zatrzymać, bynajmniej nie przejmując się tym, że zatamuje ruch w obydwu kierunkach.
Z tyłu tymczasem pojawiło się kolejne auto, tym razem na drugim pasie. Jechało tuż obok busa, tym samym blokując jakąkolwiek drogę ucieczki.
– Zordon...
– No?
– Dzwoń na sto dwanaście. I każ im natychmiast przysłać policję z najbliższej komendy.
Kiedy Kordian wyciągał komórkę, Chyłka rozejrzała się na boki. Nie było dokąd uciekać.
Zaraz potem zostali zmuszeni, by się zatrzymać.

5

Droga wojewódzka 632, powiat ciechanowski

Z niewielkiego busa wyszło sześciu rosłych facetów, ze stojącego obok samochodu dostawczego kolejnych czterech. Kilku niosło jakieś deski lub pałki, jeden szedł ku iks piątce z metalowym prętem.

– Jasny chuj – syknęła nerwowo Joanna. – Kto to jest?

Siedzący z tyłu Kasjusz rozglądał się raptownie to na lewo, to na prawo. Nie otrzymawszy odpowiedzi, Chyłka obróciła się w jego stronę.

– Zna ich ksiądz? – rzuciła szybko.
– Chyba... chyba tak.
– Więc?
– To wierni z okolicznych wsi.
– Którzy najwyraźniej dowiedzieli się, że po księdza przyjechaliśmy – odezwał się Kordian.

Spojrzał na Joannę, a potem na drzwi, jakby szukał przycisku, by je zaryglować. W istocie jednak z pewnością pamiętał, że system działa automatycznie.

Mężczyźni zbliżali się w ich stronę, jakby nie stanowiło to najmniejszej przeszkody. Szli wolno, ewidentnie czerpiąc satysfakcję z tego, że zamknięci w aucie ludzie zaraz zaczną odchodzić od zmysłów.

– Zakładam, że prowadził tu ksiądz jakieś zajęcia dla dzieci – rzuciła Chyłka.

Kasjusz nerwowo skinął głową, podczas gdy Oryński nadal czekał na nawiązanie połączenia z policją.

Mijały cenne sekundy, a Joanna zaczynała odnosić wrażenie, że po drugiej stronie linii nikt nigdy nie odbierze.

– Urządziłem coś w rodzaju świetlicy dla dzieci z gminy – podjął niepewnym głosem duchowny, wciąż nie odrywając wzroku od zbliżających się mężczyzn. – Poznaję dwóch z nich, to ojcowie...

– Wreszcie! – rzucił Zordon, kiedy w końcu ktoś odebrał. Otworzył usta, ale najwyraźniej osoba po drugiej stronie coś powiedziała i urwał.

– Niech mnie pani posłucha – podjął szybko. – Zostaliśmy zatrzymani na drodze przez grupę agresywnych mężczyzn.

Wyjaśnił, gdzie się znajdują, a potem włączył głośnik, by pozostali mogli słyszeć. Kobieta po drugiej stronie linii miała głos znużony, typowo urzędniczy. Nie sprawiała wrażenia, jakby zrozumiała powagę sytuacji.

Grupa mieszkańców tymczasem dotarła do iks piątki.

Stanęli po obydwu stronach samochodu i zajrzeli do środka. Kiedy ich uwaga skupiła się na księdzu, ich twarze momentalnie się zmieniły, a Chyłka pomiarkowała, że ci ludzie do tej pory nie mieli pewności, iż zatrzymali właściwe auto.

– Słyszy mnie pani? – rzucił nerwowo Kordian.

– Tak.

– Niech pani natychmiast wysyła tu policję!

– Już przekazałam pańskie zgłoszenie i...

– Nie rozumie pani – uciął natychmiast Oryński. – Oni zaraz wybiją szyby.

Zwykłe przełknięcie śliny przychodziło Joannie z coraz większym trudem. Zerknęła do przodu, potem do tyłu. Nie było dokąd uciekać, po jednej stronie drogi bowiem znajdował się rów, po drugiej drzewa.

Nachyliła się lekko w kierunku komórki, powoli i ostrożnie, zupełnie jakby jakikolwiek gwałtowny ruch mógł wyzwolić reakcję u otaczających ich mężczyzn.

– Niech jak najszybciej tu zapierdalają – rzuciła. – Rozumiesz?

– Zapewniam, że…

– Już zapewniałaś – ucięła Joanna. – A teraz zrób wszystko, żeby tak się stało. Inaczej będziesz mieć na sumieniu trójkę ludzi pobitych do nieprzytomności.

– Proszę się uspokoić, w tej chwili jedzie już…

– Jak długo?

– Słucham?

– Ile czasu zajmie im dojazd?

Kobieta zamilkła, a Chyłka spojrzała na faceta stojącego po jej stronie. Dzierżył łom i nie wyglądał na trzeźwego.

Niedobrze. Bardzo, kurwa, niedobrze.

– Halo! – krzyknęła.

– Radiowóz jest w drodze.

– Radiowóz? – syknęła Joanna. – Ślij tu cały oddział, do chuja złamanego. Otacza nas ponad dziesięciu chłopa.

– Rozumiem, ale…

– Natychmiast! – przerwała jej.

Znów odpowiedziało im chwilowe milczenie.

Samo w sobie napełniało ich coraz większą obawą, ale prawdziwie przygniatający ciężar przybrało, kiedy jeden z mężczyzn z całej siły uderzył w okno iks piątki po stronie pasażera. Drugi przywalił w tylną szybę, a ten stojący obok Chyłki chwycił za klamkę i mocno pociągnął.

– Kurwa mać…

– Drugi radiowóz również jest w drodze – odezwała się kobieta.
Joanna zrobiła wszystko, by powściągnąć emocje.
– Kiedy tu będą? – rzuciła czym prędzej.
– Za kilka minut.
– Za kilka minut nie będzie co zbierać – wycedziła.
– Przekazałam, że...
Dyspozytorka mówiła coś jeszcze, ale Chyłka nie zwracała na to uwagi. Chwyciła za telefon, a potem uniosła go tak, by mężczyzna z metalowym prętem mógł zobaczyć, co znajduje się na wyświetlaczu.
Nie zrobiło to na nim żadnego wrażenia.
– Otwieraj! – krzyknął.
Joanna poczuła, jak przełyk kurczy się jej jeszcze bardziej.
– Już! – ryknął jeszcze głośniej. – Albo rozpierdolę szybę!
Kilku stojących po drugiej stronie znów uderzyło w okna.
– Słyszałaś? – rzuciła do komórki Chyłka.
– Tak.
– Więc dzwoń jeszcze raz do tych...
– Zapewniam, że robią, co w ich mocy – ucięła dyspozytorka. – Proszę postarać się jakoś uspokoić sytuację i...
Joanna rozłączyła się, uznając, że nic więcej na tym froncie nie może zrobić. Spojrzała na Kordiana, starając się ignorować walenie w okno.
Zerknął na nią niepewnie. Żadne się nie odzywało.
– Co teraz? – rozległo się pytanie Kasjusza.
Jedynymi głosami, które dało się usłyszeć, były te z zewnątrz.
– Otwieraj te jebane drzwi! – wydarł się jeden z mężczyzn.
– I tak go, kurwa, dorwiemy!

Chyłka wciąż milczała, ze wzrokiem wbitym prosto w oczy Oryńskiego. Nie miała pojęcia, co robić. Jedynym sensownym rozwiązaniem wydawało się unikanie spojrzeń tych wszystkich ludzi. Niczego to jednak nie zmieniało.

– Zaraz wybiją szyby… – rzucił trzęsącym się głosem Kasjusz.

Wciąż nie doczekał się żadnej odpowiedzi.

– Słyszycie mnie? – dodał jak w transie.

– Tak – odezwał się Kordian.

– Więc co robimy?

– A co ksiądz proponuje? Wyjść na zewnątrz i liczyć na to, że nas nie pozabijają?

Joanna w końcu zmusiła się do tego, by przyjrzeć się agresywnym mieszkańcom. Znała te wyrazy twarzy, kojarzyła te spojrzenia. Ci ludzie nie mieli zamiaru rozważać niuansów tego, co się działo.

Chcieli wymierzyć sprawiedliwość za to, co w ich przekonaniu było niezaprzeczalnym grzechem Kasjusza.

Nie spędził tu dostatecznie dużo czasu, by liczyć na lokalną solidarność. Nie wszczepił się w społeczność, nie zdobył zaufania. Wciąż stanowił obcy element, który w tej chwili wedle tych ludzi mógł skrzywdzić ich dzieci.

Jeden z mężczyzn położył ręce na karoserii, po czym mocno popchnął. Stojący obok facet zrobił to samo, a zaraz potem dołączył do niego kolejny. Ci po drugiej stronie szybko załapali.

Iks piątka zaczęła kołysać się na boki, a siedzący wewnątrz ludzie wraz z nią.

– Niech ich chuj… – syknęła Joanna, przytrzymując się kierownicy.

– Może powinniśmy…

– Co? – przerwała księdzu.
– Spróbować z nimi porozmawiać, wyjaśnić…
– Że nie skrzywdził ksiądz ich bachorów? Powodzenia.

Auto kołysało się coraz mocniej i Chyłka odniosła wrażenie, że przy nieco większym wysiłku tym ludziom uda się je przewrócić.

Naraz rozległ się dzwonek telefonu Kordiana, a ten czym prędzej odebrał.

– Tak? – rzucił.
– Pierwszy z radiowozów będzie za dwanaście minut – rozległ się głos dyspozytorki.

Joanna zaparła się o kierownicę, by nie rzucało nią na boki.

– Że co?! – krzyknęła.
– Nie wytrzymamy tyle – dodał szybko Oryński.
– Robią, co mogą, ale…
– Nie ma nikogo bliżej?
– Nie. Proszę spróbować zasygnalizować tym osobom, że…

Tym razem to Kordian się rozłączył, choć przy wyginaniu się to w jedną, to w drugą stronę przyszło mu to z pewnym trudem.

Mężczyźni na zewnątrz nadal do nich krzyczeli, zdawali się coraz bardziej nakręcać świadomością, że nic nie może im przeszkodzić w tym, co zamierzają zrobić. Zarazem musieli zdawać sobie sprawę, że czas nie jest po ich stronie.

– Posłuchajcie… – odezwał się Kasjusz. – Może…
– Nie ma mowy – ucięła Joanna.

Próbował utkwić w niej wzrok, ale bezskutecznie.

– Nie dałaś mi dokończyć.
– Nie musiałam. Chce ksiądz do nich wyjść.

– Tak.
– To całkowite, kurwa, szaleństwo.

Duchowny kurczowo trzymał się zapiętego pasa, jakby dzięki temu mógł w jakiś sposób zapewnić sobie większe bezpieczeństwo.

– To jedyne rozwiązanie – powiedział. – Oni za moment stracą cierpliwość.

Niczym na potwierdzenie jego słów mężczyźni zaczęli wkładać w bujanie auta coraz mniej siły. Jakby uświadomili sobie, że niczego w ten sposób nie wskórają, i podjęli decyzję, że czas wybić szyby.

Chyłka dostrzegła w lusterku, że ksiądz odpina pas.

– Nie ma mowy – rzuciła.

Kasjusz sięgnął w kierunku klamki, ale prawniczka była szybsza. Włączyła blokadę od wewnątrz, po czym zgromiła duchownego wzrokiem.

– Joanno…
– Niech ksiądz siedzi na dupie.
– Nie mogę tak po prostu pozwolić…
– Potraktują nas tylko trochę lepiej niż księdza – włączył się Oryński. – Prawnicy broniący pedofilów z pewnością nie są w ich oczach dużo lepsi od ich klientów.

Duchowny otworzył usta, ale się nie odezwał. Na jego twarzy zarysowały się bolesna bezsilność i poczucie winy, z którymi ewidentnie nie mógł sobie poradzić.

Joanna zerknęła na wyświetlacz. Miała wrażenie, że minęła wieczność, tymczasem upłynęły jedynie dwie krótkie minuty, które w niewielkim stopniu przybliżały ich do ratunku.

Radiowóz nie zdąży w porę.

– Tak czy inaczej się tutaj dostaną – odezwał się Kasjusz.

Nie miała dla niego żadnej odpowiedzi.

Dziesięć minut to dostatecznie dużo czasu, by wybić szyby, wyciągnąć ich na zewnątrz i zrobić z nimi wszystko, czego tylko ci ludzie zapragną.

– Lepiej, żebym sam do nich wyszedł – dodał ksiądz. – Może dzięki temu uda się wam jakimś cudem odjechać lub...

– Nie.

Kategoryczność w głosie Chyłki okazała się tak duża, że Kasjusz zamilkł. Nawet jednak gdyby chciał dalej prowadzić polemikę, mężczyźni na zewnątrz nie mieli zamiaru na to pozwolić.

– Otwieraj! – ryknął ten z łomem. – Albo rozpierdolę to auto!

Przestali kołysać iks piątką, a Joanna spojrzała na faceta, który ewidentnie wiódł tutaj prym. Ten dał krok do tyłu i wziął zamach, celując w jej okno.

– O kurwa... – zdążyła tylko jęknąć.

6
Droga wojewódzka 632, powiat ciechanowski

Kordian zdawał sobie sprawę, że ma tylko sekundę, by zareagować.
Nie było się nad czym zastanawiać. Gdyby nie zrobił nic, łom uderzyłby w szybę po stronie kierowcy, rozbijając ją na kawałki, które z impetem trafiłyby w twarz Chyłki.
Nie miał zamiaru na to pozwolić.
Chwycił za klamkę, a potem z całej siły popchnął drzwi. Mężczyźni stojący tuż przed nimi musieli minimalnie się cofnąć, a jemu właściwie nie było potrzeba niczego więcej.
– Zordon! – rozległ się krzyk Joanny.
Zignorował go, natychmiast wyskakując na zewnątrz. Nim którykolwiek ze skonsternowanych mieszkańców zdążył zareagować, Oryński szybko zatrzasnął za sobą drzwi.
Ich zaskoczenie nie trwało jednak długo.
Zanim Kordian się zorientował, dwóch złapało go za fraki i obróciło nim jak szmacianą lalką. Nie było szans, by utrzymał równowagę. Upadając na jezdnię, starał się stwierdzić, czy aby nie słyszy dźwięku rozbijanego szkła.
Nic takiego jednak nie dotarło do jego uszu. Zaraz potem zobaczył nad sobą mężczyznę z łomem.
Odetchnął. Udało się ugrać cenny czas.
Kordian położył dłoń na nierównym asfalcie, czując, jak jakieś drobiny wbijają mu się w skórę. Podniósł się w momencie, kiedy facet z metalowym prętem znalazł się tuż przy nim.

– Policja już jedzie – rzucił Zordon.
Nie doczekał się żadnej odpowiedzi. Wszyscy na niego patrzyli, większość trzymała swoją prowizoryczną broń w gotowości.
Ci ludzie nie mieli najmniejszego zamiaru rozmawiać. Złapali go, zanim zdążył cokolwiek dodać, a potem cisnęli nim na maskę samochodu. Nie udało mu się choćby trochę zamortyzować uderzenia, dwóch bowiem wykręcało mu ręce na plecach.
Uderzył z impetem, zdołał jedynie obrócić głowę w bok. Ze skroni rozeszły się igły bólu, a w uszach mu zaszumiało. Udało mu się lekko podnieść, ale tylko na tyle, by spojrzeć na Chyłkę. Przerażenie na jej twarzy mieszało się ze skrajną wściekłością, a Oryński zdawał sobie sprawę, do czego popchnie ją ta druga.
– Nie! – rzucił, orientując się, że Joanna sięga do klamki.
Nie kalkulowała, podobnie jak on przed momentem. Oboje nie myśleli racjonalnie, na dobre nie rozumieli, że tak naprawdę niczego nie mogą zmienić.
Kordian liczył wyłącznie na cud. Na to, że w jakiś sposób uda mu się nawiązać z tymi ludźmi rozmowę na tyle długą, by doczekać do przyjazdu policji.
Nie było na to najmniejszych szans, a radiowóz wciąż znajdował się kawał drogi stąd. Zanim tu dotrze, minie osiem, może dziewięć minut. W tym czasie mieszkańcy będą mogli zrobić z nimi, co im się będzie żywnie podobało.
– Otwieraj! – darł się jeden z mężczyzn.
Teraz Kordian mógł wyczuć woń alkoholu, która sporo tłumaczyła. Choć nawet bez podlania nim swoich emocji ci ludzie z pewnością gotowi byliby do linczu. Z ich punktu widzenia ksiądz bez wątpienia skrzywdził któreś z dzieci.

Mężczyzna z łomem znów wziął zamach, mając zamiar uderzyć w przednią szybę.

W tym samym momencie Joanna chwyciła za klamkę i otworzyła drzwi.

— Nie! — krzyknął powtórnie Kordian.

Z całych sił próbował się wyrwać, zamiast tego jednak sprawił, że mężczyźni mocniej przycisnęli jego twarz do maski.

Kątem oka dostrzegł jeszcze, jak któryś z nich łapie Chyłkę i wyciąga ją na zewnątrz.

— Zabieraj brudne łapy, skurwysynu! — krzyknęła.

Kolejny natychmiast wpadł do środka i próbował dostać się do księdza.

Tragedia była nieuchronna.

Boże, z tylu sytuacji udawało im się z Joanną wyjść obronną ręką, tylu katastrof uniknąć. I mieli wreszcie polec w starciu z jakimś rozjuszonym tłumem, który ich zlinczuje?

Kordian rzucał się na boki, starając się jakimś cudem wyswobodzić. Każdy ruch jednak powodował efekt wprost przeciwny do zamierzonego.

W końcu zrozumiał, że niczego nie osiągnie.

Nie było żadnego sposobu, by się wyrwać. Żadnego sposobu, by uratować sytuację.

— Dawaj go na zewnątrz, kurwa! — ryknął ktoś.

Inny mężczyzna bez ogródek rzucił Chyłkę na maskę, ale jakimś cudem udało jej się sprawić, że nie uderzyła w nią głową.

— Bronicie jebanych pedofilów? — krzyknął ktoś z tyłu. — To, kurwa, zobaczycie, co takich spotyka.

Oryński wbił wzrok w oczy Joanny, a potem dostrzegł, że jeden z agresorów łapie ją za kark.

– Puszczaj ją, skurwielu! – ryknął Kordian, z całych sił próbując się wyrwać.

Świadomość całkowitej bezsilności była dewastująca. Zordon usłyszał, jak Chyłka coś krzyczy, ale nie rozpoznał konkretnych słów. Był w amoku, robił wszystko, by jakimś cudem pokonać trzymających go mężczyzn. Ledwo jednak wyrwał się choćby minimalnie z uścisku jednego, drugi przychodził mu w sukurs.

Mimo to próbował. Wbrew logice, wbrew swoim szansom. Liczył na cud, świadomy, że jeśli tylko dostałby okazję, choćby najmniejszą, zabiłby tych ludzi, zanim zdążyliby wyrządzić Joannie krzywdę.

– Jebnij ją w głowę! – krzyknął ktoś. – Inaczej nie przestanie się tak…

Nagle urwał, a Oryński poczuł, że chwyt unieruchamiający jego ręce lekko zelżał. Nie miał zamiaru tracić czasu. Natychmiast wyswobodził się, obrócił do Chyłki i złapał za ramię jednego z tych, którzy ją unieruchamiali.

Ten jednak cofnął się tak samo jak ci, którzy przed momentem trzymali Kordiana. Zaszła nagła zmiana, której Zordon do końca nie obejmował rozumem.

Joanna była wolna, on także.

Minęła chwila, nim Oryński uświadomił sobie dlaczego. Przy ciągniku stało dwóch umundurowanych policjantów z wyciągniętą bronią.

Tuż obok nich kobieta w cywilnych ciuchach, również z pistoletem.

Wszyscy mierzyli do mężczyzn, którzy przed momentem byli o krok od samodzielnego wymierzenia sprawiedliwości.

Kordian natychmiast zbliżył się do Chyłki.

– Wszystko okej?

— Tak — rzuciła i szybko objęła go spojrzeniem. — A z tobą?
Analityczny wzrok przesuwający się po jego ciele właściwie sprawiał, że nie musiał odpowiadać.
— Oprócz tego, że jesteś największym debilem, jakiego znam? — dodała Joanna.
— Bez przesady. Poznałaś wielu, którzy...
— Ale nigdy takiego, Zordon.
— Cóż...
— Co ci, kurwa, strzeliło do głowy?

Wzruszył lekko ramionami, a ona przeciągnęła dłonią po jego twarzy, jakby dzięki temu mogła ustalić, czy nie doszło do żadnego uszkodzenia.

— Znudziło mi się czekanie — odparł Kordian.
— Żeby mi się nie znudziło życie z tobą.
— Raczej nie ma takiej możliwości.

Chyłka nabrała głęboko powietrza, starając się uspokoić nieco oddech, po czym oboje zerknęli w kierunku księdza. Wciąż tkwił w samochodzie, przypięty pasem. Wyglądał, jakby miał za moment zemdleć, ale nic mu nie było.

Przenieśli spojrzenie na trójkę, która ich uratowała.

Kobieta miała na sobie T-shirt z charakterystycznymi białymi krzyżami, ognistym niebem i jasnym napisem „Metallica" na samej górze. Okładkę płyty *Master of Puppets* kojarzyli nie tylko fani zespołu, była dość charakterystyczna.

Na koszulkę kobieta narzuciła czarną skórzaną kurtkę z dużymi pagonami. Włosy miała krótkie, farbowane na jasny blond, oczy mocno pomalowane, a pod dolną wargą widoczny był dość pokaźny kolczyk. Podwinięte rękawy odsłaniały szereg tatuaży na przedramionach.

Mimo że celowała z broni do grupy kilkunastu rozjuszonych mężczyzn, sprawiała wrażenie dość opanowanej.

Z pewnością bardziej niż dwóch stojących obok mundurowych.

Kordian szybko zakwalifikował ją jako policjantkę wydziału kryminalnego lub oficerkę CBŚP. Ale co tutaj robiła razem z tymi dwoma? Nikt nie zdążyłby dojechać tak szybko, a dyspozytorka z numeru alarmowego z pewnością nie przesadzała, kiedy podawała im czas dotarcia.

– Cofnąć się – poleciła kobieta.

Mężczyźni popatrzyli po sobie.

– Już! – rozkazała.

Nie doczekawszy się żadnej reakcji, zrobiła krok w ich kierunku. Dwóch funkcjonariuszy z wyraźną rezerwą zrobiło to samo, a grupa mężczyzn automatycznie się cofnęła.

– Postawmy sprawę jasno – oznajmiła kobieta. – Jeśli któryś z was wykona jakikolwiek ruch, który mi się nie spodoba, zostaniecie nie tylko zamknięci, ale także oskarżeni o utrudnianie pracy wymiarowi ścigania.

Żadnego odzewu.

– Każdemu z was grozi za to nie tylko grzywna, ale i odsiadka – ciągnęła. – Żony będą wam przygotowywać paczki, dzieci zobaczycie dopiero, jak wyrosną.

Urwała, podeszła bliżej, a potem wskazała wzrokiem łom.

– A takie pręty współwięźniowie będą wpychać wam w dupy na dzień dobry i dobranoc – dorzuciła.

Oryński skontrolował odległość od agresorów, a potem zerknął na Joannę. Wciąż trwali we względnym bezruchu, zupełnie jakby jeden nieroztropny krok mógł wyzwolić w nich jakąś reakcję.

– Zabierajcie się stąd, póki możecie – dodała ta z koszulką Metalliki.

Mężczyzna trzymający łom syknął coś pod nosem, a potem spojrzał na siedzącego w aucie księdza.
- Ten skurwiel gwałcił małe dzieci – syknął.
- Dlatego tu jestem.
- Co?
Kobieta powoli opuściła broń, a potem sięgnęła do kieszeni i wyciągnęła z niej legitymację.
Chyłka i Oryński natychmiast poznali charakterystyczny wzór.
- Klaudia Bielska, Prokuratora Okręgowa w Warszawie, Wydział Śledczy.
Mężczyzna zbliżył się nieznacznie, a potem zerknął na dokument. Kobieta schowała go równie szybko, jak wyciągnęła, po czym niedbale wskazała Kasjusza.
- Zabieram go do aresztu śledczego – oznajmiła. – A wy możecie być pewni, że jak z nim skończę, będzie wyglądał znacznie gorzej niż po tym, co wy byście mu zrobili.

7

Bielany, Warszawa

Gdy dojeżdżali do aresztu śledczego, Chyłce udało się uporać ze wszystkimi emocjami, które jeszcze godzinę temu nią targały. W pewnym momencie była bowiem pewna, że nie wyjdą z tego cało.

Mieli co zawdzięczać Klaudii Bielskiej, mimo że ta bynajmniej nie kierowała się dobrą wolą – wprost przeciwnie. Ruszyła z Warszawy krótko po tym, jak usłyszała, że dwójka prawników ma zamiar przetransportować swojego klienta do aresztu śledczego.

Planowała pokazać, że to ona będzie rozdawać karty, i zwinąć Kasjusza w asyście policji, zanim Chyłka i Zordon będą mieli okazję to zrobić. Oni jednak pospieszyli się nieco bardziej, dzięki czemu dotarli na miejsce jako pierwsi.

Szczęśliwie nie była daleko za nimi.

– I co myślisz? – odezwał się Kordian, kiedy szukali miejsca pod zakładem karnym na Białołęce.

– Że...

– Pytam o Bielską.

Joanna zerknęła na niego z zaskoczeniem.

– Wiem, że o Bielską – odparła.

– Jasne.

– Co „jasne"?

– Miałaś zamiar udawać, że pytam ogólnie, a potem rzucić jakiś fakt, ciekawostkę lub przemyślenie zupełnie z tym niezwiązane.

Dokładnie tak było.
- Nigdy w życiu – odparła Chyłka.

W końcu Oryński wypatrzył miejsce i wskazał je wzrokiem, a Joanna szybko je zajęła. Kiedy silnik zgasł, spojrzeli na siebie w milczeniu.
- Mów – rzucił Kordian.
- Co?
- Widzę przecież, że musisz.
- Niczego nie muszę, Zordon.
- Ale chcesz.
- Chcę co niby?
- Powiedzieć to, co przyszło ci na myśl, kiedy zapytałem, co…
- Zastanawiałeś się kiedyś nad tym, że w czasie jednego dnia słyszymy więcej muzyki niż większość ludzi w historii w ciągu całego swojego życia?

Oryński pokręcił bezradnie głową, a potem wysiadł z samochodu. Chyłka zrobiła to moment po nim.
- Albo że wcale nie musisz podnosić ręki, kiedy chcesz gdzieś zapukać?
- Jakoś nie.
- Nie szkodzi – odparła. – Od myślenia w tym związku masz mnie.
- Tak?
- Oczywiście.
- A ja od czego jestem?
- Mówiłam ci. Od zmieniania godziny na piekarniku i czyszczenia odpływu.
- Nie zapominajmy o rąbaniu cię na wiór jak bóbr.

Chyłka potwierdziła stoickim skinieniem głowy, a on przyjrzał się uważnie masce iks piątki, przywodząc na myśl ojca, który bada swoje dziecko po niewielkim i stosunkowo niegroźnym upadku. Joanna też skorzystała z okazji i powiodła wzrokiem po lakierze. Wcześniej nie było sposobności, Bielska bowiem niemal od razu ruszyła do samochodu, a oni nie chcieli zostawać z tyłu.

Przez moment Chyłka nie była pewna, czy napastnicy odpuszczą. Widok księdza prowadzonego do auta przez dwóch policjantów jednak ich uspokoił – a może zrobiła to legitymacja prokuratorska i trzy sztuki broni.

Jakkolwiek by było, Klaudia nie siliła się nawet na powitania. Zwyczajnie odeszła bez słowa, jakby wykonała zadanie i nie miała tam nic więcej do roboty. Chwilę potem na miejscu zjawili się lokalni stróże prawa, którzy z pewnością puszczą całą tę zgraję po krótkim pouczeniu. A wieczorem wszyscy spotkają się na piwie w jakimś miejscowym barze.

– Jak dla mnie wygląda groźnie – odezwał się Kordian.
– Powiedział człowiek, który boi się kawałka mięsa na talerzu.

Oryński posłał jej krótkie spojrzenie, podczas gdy z samochodu zaparkowanego pod wejściem do aresztu wysiadł Kasjusz w towarzystwie policjantów. Para prawników od razu ruszyła w ich kierunku.

– Nie mięsa, tylko martwego zwierzęcia – odparł Kordian. – I akurat ono mnie żadną obawą nie napełnia.
– A Bielska tak?
– Tak.
– To przez tę koszulkę?
– Raczej przez broń.

Chyłka wzruszyła ramionami, przypatrując się wychodzącej z auta kobiecie w skórzanej kurtce.

– Załatwiła sobie pozwolenie, nic wielkiego – zauważyła. – Każdy prokurator może z łatwością wykazać, że potrzebuje broni ze względów bezpieczeństwa, i na zasadach ogólnych uzyskać prawo do jej noszenia.
– Mhm.
Joanna przelotnie na niego spojrzała.
– I po co mruczysz?
– Tak tylko.
– Jej broń w porównaniu z naszą to bzdura, Zordon.
– Masz na myśli...
– Nasze zdolności erudycyjne, erystyczne i retoryczne – powiedziała, przyspieszając kroku. – Że już nie wspomnę o zaawansowanych technikach manipulacyjnych, pozwalających na sterowanie innymi ludźmi.
– Które chyba zaraz będziemy musieli zastosować – zauważył Oryński. – Bo ta kobieta wyraźnie nie ma zamiaru pozwolić nam na jakiekolwiek rozmowy z księdzem.
Nie mylił się. Bielska otworzyła drzwi, wskazała aresztantowi drogę do środka, a potem przepuściła dwóch funkcjonariuszy.
– O, ni chuja – rzuciła Chyłka.
– Czekaj...
– Na co? Nie będzie fan Metalliki pluł nam w twarz.
Zordon złapał ją za rękę, nim zdążyła włączyć wyższy bieg. Posłał jej długie, niemal błagalne spojrzenie.
– Pozwól mi to załatwić.
– Tobie?
– A co? – mruknął pod nosem. – Masz wątpliwości co do moich zdolności?
– Jedynie co do szczerości. Tego, co śpiewasz.
Kordian zmarszczył brwi, wyraźnie nie łapiąc, o co chodzi.

– Taka piosenka Partii, *Hiszpański Elvis*.
– Nie znam.
– Wielu rzeczy nie znasz, Zordon. Mimo że od lat cię usilnie edukuję w sprawach kluczowych dla całego rodzaju ludzkiego.

Mocniej ścisnął jej dłoń i przyciągnął ją do siebie.
– To pozwól, że teraz ja cię wyedukuję w tym, jak radzić sobie z takimi typami jak Bielska.
– Doprawdy?
– Mam duże doświadczenie w radzeniu sobie z podobnymi ludźmi.
– Znaczy?
– Z antyspołecznymi, upartymi i wrogimi kobietami. Konkretnie z jedną.
– To nie pora na komplementy, Bakłażanie.

Uśmiechnął się lekko.
– Po prostu zostaw to mnie – powiedział. – Wiem, co robię.

Joanna się zawahała, ale ostatecznie musiała spasować. Patrzące na nią oczy kota ze *Shreka* zawsze robiły swoje.

Ruszyli przed siebie i po chwili zatrzymali się przed prokuratorką, która zamknęła drzwi do aresztu śledczego.

– Będziesz nam utrudniać kontakty z klientem? – spytała od razu Joanna.

Bielska wsunęła ręce do kieszeni wytartych, lekko poszarpanych jeansów, które dopełniały wizerunek kogoś, kto na pierwszy rzut oka nie ma wiele wspólnego z żadnym prawniczym zawodem.

Klaudia zerknęła na koszulkę Chyłki przedstawiającą okładkę płyty *Dance of Death* Iron Maiden, a Joanna przelotnie spojrzała na tę z *Master of Puppets*.

— Może najpierw jakieś formalne przedstawienie? — odparła prokuratorka.

Chyłka skierowała wzrok na Kordiana.

— Mecenas mąż — oznajmiła.

Oryński odpłacił się podobnym spojrzeniem.

— Mecenas żona.

— Genialnie...

— A teraz przejdźmy do rzeczy — dorzuciła Joanna. — Jakim prawem...

— Może najpierw podziękujecie za to, że...

— Może najpierw przestaniesz przerywać, bo...

— Jeśli tylko...

— ...bo...

— Jeśli...

— ...to dałoby ci...

— Jeśli tylko przez...

— ...szansę na...

— Moment — włączył się Zordon, unosząc dłonie. — Jak tak dalej pójdzie, nikt tu się niczego nie dowie.

Chyłka i Klaudia spojrzały na niego, jakby dopiero teraz niespodziewanie wynurzył się spod ziemi. Obydwie otworzyły usta, wyraźnie zamierzając kontynuować próby przebicia się przez upór drugiej strony.

Kordian jednak natychmiast posłał żonie spojrzenie jasno proszące o to, by zostawiła to jemu.

— Jesteśmy wdzięczni za pomoc — rzucił czym prędzej do prokuratorki. — Ale chcielibyśmy porozmawiać z klientem.

— Mieliście na to aż nadmiar czasu i okazji.

— Mimo wszystko...

— Przepisy obowiązują was tak samo jak wszystkich innych — ucięła Bielska. — Choć może zdążyliście o tym zapomnieć, wziąwszy pod uwagę całe to bagno bezprawia, w którym nieustannie się babracie.

Klaudia zerknęła na Chyłkę, ewidentnie spodziewając się jakiejś riposty. Joanna jednak trwała w milczeniu. Analizowała.

– Złożycie odpowiedni wniosek, to go rozpatrzę – dodała Bielska.

– O ile mnie pamięć nie myli, prawo się nie zmieniło i nie ma czego rozpatrywać – zauważył Kordian. – Jesteśmy obrońcami ustanowionymi w sprawie, więc...

– Więc ostatecznie muszę wydać zgodę, tak – znów wpadła mu w słowo. – I zapewniam, że uszanuję moje obowiązki wynikające z norm prawa. Jak tylko otrzymam odpowiednie dokumenty.

– Czy w takim razie...

– To wszystko, co mam do powiedzenia.

To rzekłszy, odwróciła się od prawników i ruszyła w kierunku samochodu, którym tu przyjechała. Kordian powiódł za nią wzrokiem w milczeniu, a Chyłka powoli się do niego obróciła.

– Ale slaynąłeś – oznajmiła.

Oryński unikał jej spojrzenia.

– Naprawdę, Zordon, jestem pod wrażeniem.

– Musisz?

– Ale co? – odparła niewinnie. – Chwalić cię? Jak mogłabym tego nie robić, kiedy tak bohatersko rozwalcowałeś przeciwnika na placek?

Ruszył w stronę iks piątki, mrucząc coś pod nosem.

– Została z niej miazga – dodała Joanna.

– Daj mi spokój – odburknął.

– Nawet nie ma czego zbierać.

– Mhm…
– Rozbiłeś ją w trzy strzępy.
Kiedy zatrzymali się przy bmw, Chyłka nie miała zamiaru odblokowywać zamka. Przynajmniej dopóty, dopóki Kordian na nią nie spojrzy. W końcu westchnął i to zrobił.
– Otworzysz?
– Za moment – zapewniła. – Najpierw chciałabym jeszcze przez chwilę pochylić się nad tym, jak ją unicestwiłeś, zrównałeś z ziemią, zaorałeś i zrobiłeś wszystko inne, co mieści się w ogólnie pojętej anihilacji istot ludzkich.
Oryński milczał.
– Czuję się taka wyedukowana – ciągnęła Joanna. – Spłynęło na mnie tyle nowej wiedzy w zakresie tego, co…
– Sprawia ci to przyjemność?
– Oczywiście. Lubię być tak ubogacana.
– Otwieraj.
Chyłka z uśmiechem skrzyżowała ręce na piersi.
– Może przekonasz mnie, wykorzystując swoje wybitne zdolności oratorskie?
– Nie odpuścisz, co?
– Na razie nie.
– I jak długo to będzie trwało?
– Tak długo, jak będę chciała, panie „umiem postępować z takimi ludźmi".
– Dobra, dobra…
Chwycił za klamkę z wymowną miną, ale w niczym mu to nie pomogło. Joanna nadal trwała w bezruchu, wpatrując się w niego z satysfakcją. W końcu jednak odpuściła i skierowali się w stronę centrum.
Na dwudziestym pierwszym piętrze Skylight panowało zwyczajowe poruszenie. Każdemu prawnikowi wydawało

się, że jego sprawa jest najważniejsza, jego terminy najbardziej naglące i bardziej zawite od innych, a sędzia najmniej przychylny.

Chyłka i Oryński sprawnie przebili się przez tłum, po czym bez pukania weszli do Jaskini McCarthyńskiej. Siedzący tam Kormak nawet nie musiał podnosić wzroku, by wiedzieć, kto przyszedł.

— I jak sytuacja? — rzucił zza dwóch dużych monitorów ustawionych obok siebie.

— Kupiłam dwie butelki tequili — oznajmiła Joanna. — Jedną z Guanajuato, a drugą z Jalisco.

Chudzielec oderwał wzrok od ekranu i spojrzał na prawniczkę.

— Niech chociaż moja wątroba trochę popodróżuje — wyjaśniła.

— Chodziło mi bardziej o klienta niż wasze plany na wieczór, ale okej.

Chyłka przysiadła na biurku, Zordon zaś zajął swoje zwyczajowe miejsce na leżance. Westchnął głęboko, a potem założył ręce pod głową i wbił wzrok w sufit.

— Były pewne komplikacje — odparł.

— Jakie?

— Wściekły tłum lokalsów chciał popełnić akt wandalizmu na szkodę iks piątki, a nas zlinczować — wyjaśniła Chyłka.

— Aha.

— Tylko tyle? — rzucił pod nosem Kordian.

— A co mam więcej powiedzieć?

— Mógłbyś chociaż zapytać, czy wszystko okej.

— Widzę przecież, że żyjecie.

Chyłka przesunęła kilka książek na blacie, by zrobić sobie więcej miejsca.

— Dobra, nie pora na wasze sprzeczki małżeńskie — oznajmiła. — Musimy skonsolidować siły.
— Bo? — spytał Kormak.
— Bo mamy przeciwko sobie wyjątkową żmiję.

Oryński mruknął potwierdzająco.

— Swoją drogą żałuj, że nie widziałeś, jak Zordon się z nią rozprawił — dodała Joanna.
— Tak?
— A jakże. Rozpadła się na kawałki, jak tylko usłyszała jego argumenty.
— Mhm...
— Obrócił ją wniwecz — kontynuowała Chyłka. — Ledwo padły pierwsze słowa z ust Zordona, sama zamieniła się w perzynę.

Kordian wciąż wślepiał się w sufit, jakby za punkt honoru postawił sobie nieodrywanie wzroku od jakiegoś punktu.

— Co o niej wiemy? — rzucił w końcu. — Oprócz tego, że jakakolwiek próba komunikacji z nią to rozmowa chuja z butem?
— Cóż...
— No? — ponagliła go Joanna. — Wyjęzycz się, kościotrupie.

Kormak chwycił za skraj biurka i przesunął się nieco na krześle, by lepiej widzieć obydwoje prawników.

— Profile w mediach społecznościowych miała poukrywane, w dodatku wysyłanie zaproszeń od nieznajomych zablokowane — podjął. — Ale dodałem parę osób z jej liceum, a potem ją. Zaakceptowała.
— I?
— Przekopałem wszystko na jej wallu, oznaczenia, zdjęcia i... — Chudzielec urwał, a potem cicho westchnął. — Wystarczy

powiedzieć, że zorientowałem się, jak daleko zescrollowałem, dopiero kiedy chciałem wrócić na górę.
– Czyli standard – rzuciła Chyłka. – Coś z tego wynikło?
– To, że nie jest wam specjalnie przychylna.
– Znaczy?
– Kilkakrotnie komentowała jakieś wasze sprawy – odparł ciężko Kormak. – A przynajmniej tyle przypadków namierzyłem. Robiła to z dość dużym zaangażowaniem i przekonaniem, więc przypuszczam, że podobnych sytuacji było więcej.

Kordian zmienił pozycję i usiadł na szezlongu, po czym pochylił się nieco.
– Przyglądała się nam? – spytał.
– O tyle, o ile. Raczej waszej aktywności sądowej, oceniając ją... niezbyt życzliwie.
– Może to nic dziwnego – odparł Oryński.

Chyłka od razu posłała mu ostrzegawcze spojrzenie.
– Mam na myśli to, że jest młoda.
– I?
– I praktycznie przed chwilą była na studiach czy aplikacji, a tam często omawia się głośne sprawy sądowe. Jak może pamiętacie, kilka ich mieliśmy.

Joanna lekko zmrużyła oczy, patrząc na chudzielca.
– Nie ma z nami żadnego związku? – spytała. – Nie przecięliśmy się z nią nigdzie?
– O ile wiem, to nie.
– To się upewnij.
– Tak jest – odparł Kormak i niedbale zasalutował.

Przysunął się z powrotem do jednego z ekranów, a potem zaczął miarowo stukać w klawiaturę, zupełnie jakby w ciągu kilku sekund miał wykonać otrzymany rozkaz. Chyłka

i Kordian wymienili zdezorientowane spojrzenia, które nie uszły uwagi chudzielca.
- No co? – rzucił. – Kazałaś się upewniać.
Joanna pochyliła się w jego kierunku i zerknęła na monitor. Czekała w milczeniu na to, aż Kormak wyjaśni, na co patrzy.
- Przestudiowałem większość rzeczy, które były do znalezienia na temat Klaudii Bielskiej – dodał w końcu. – Gdyby coś tam było, wypatrzyłbym.
- Więc co robisz?
- A nie widzisz?
- Widzę tylko mrowie tekstu, suchotniku, i nie mam pojęcia, jak cokolwiek z tego wyciągasz.
- To być może czas na okulary.
Kordian nerwowo kaszlnął, jakby w ułamku sekundy zaczął obawiać się o los przyjaciela. Całkiem słusznie.
- Igrasz z ogniem, Kormaczysko – zauważyła Chyłka.
- Przyzwyczaiłem się. Poza tym…
Urwał i zmarszczył czoło, jakby coś w całym tym cyfrowym lawinisku zwróciło jego uwagę. Machnął myszką po biurku, jego palce znów prześlizgnęły się po głośnej klawiaturze, a on wydał z siebie pomruk zaciekawienia.
- Co jest? – odezwał się Oryński.
- Ciekawe.
- Co konkretnie?
- Nie mogę znaleźć Klaudii Bielskiej na wykazie absolwentów uczelni, którą rzekomo kończyła.
- Hm? – zainteresowała się Joanna.
Kormak nie rozwinął, wciąż wykonując nerwowe ruchy myszką.
- Szczypiorze?

– Dajcie mi chwilę.
– Jak długą?

Z dezaprobatą oderwał wzrok od monitora, po czym w znaczący sposób skierował go ku drzwiom.

– Idźcie do Hard Rocka albo coś – podsunął.
– Aż tyle ci zejdzie?
– A chcesz mieć strzępki informacji czy konkrety?

Chyłka nie zamierzała polemizować – i po chwili wraz z Zordonem opuścili Jaskinię McCarthyńską. Nie obrali jednak kierunku ku Złotym Tarasom, zamiast tego zamknęli się w gabinecie imiennej partnerki i poświęcili czas na zbieranie materiałów do pierwszej rozprawy.

Kormak zgłosił się po niecałej półgodzinie. Wszedł do gabinetu bez słowa, zamknął za sobą drzwi, a potem oparł się o nie plecami. Pod ręką miał laptopa, co nie było dość częstym widokiem, bo zdecydowanie preferował sprzęt stacjonarny.

– Nie rozumiem – rzucił.
– Nic nowego – odparła od razu Joanna. – Nie jesteś najbystrzejszym potokiem w okolicy.

Chudzielec zdawał się nie odnotować uwagi i podszedł do biurka. Postawił na nim laptopa, otworzył go i obrócił przodem do dwójki prawników.

– Jeśli chcesz się chwalić tym, jak prowadzisz msze w Robloxie, to…
– Nigdzie jej nie ma – wpadł jej w słowo Kormak, a potem stanął tak, by również widzieć monitor. – Przeszukałem wszystko.
– I? – włączył się Zordon.
– Wygląda to tak, jakby Klaudia Bielska nie kończyła żadnej uczelni w Warszawie.
– To może kończyła gdzie indziej?

— Niemożliwe.
— Bo? — rzuciła Joanna.
— Bo wedle wszystkiego, do czego się dokopałem, jest po tutejszym prawie.

Chyłka lekko zmarszczyła czoło. Dziwne, ale niespecjalnie podejrzane — Bielska nie miała przecież obowiązku wpisywać prawdziwej uczelni w sekcji bio w mediach społecznościowych.

— Wygląda, jakby studiowała na UW — dodał szczypior.
— Znaczy?
— W czasach, kiedy na Facebooku zgłaszało się akces do różnych dziwnych rzeczy, polubiła szereg stron związanych z tą uczelnią, dołączyła do grupy swojego rzekomego rocznika i...
— To wszystko wyjątkowo fascynujące, badylaku, ale może po prostu miała tam znajomych.

Kormak wyprostował się i stanowczo pokręcił głową.
— Prokuratura z pewnością dokładnie ją sprawdziła — poparł Chyłkę Kordian. — Nie mogłaby przedstawić lewego dyplomu.
— Poza tym wyłożyłaby się jak długa na aplikacji.
— Nie wspominając już o sądzie.
— Zgadza się — dodała Joanna. — Koniec końców wywęszyłeś taki sam spisek, jak przy nowym tomie *Pieśni Lodu i Ognia*.
— Znaczy? — zainteresował się Oryński.
— Nie słyszałeś?
— Chyba nie.

Chyłka się ożywiła, jakby właśnie miała oznajmić Zordonowi, że gdzieś istnieje nowy, całkiem obcy świat na wyciągnięcie ręki.

– Kormak twierdzi, że zna odpowiedź na pytanie, dlaczego George R.R. Martin tak długo pisze ostatni tom.
– I jaka to odpowiedź?
– Sensowna... – mruknął chudzielec. – Jego zdaniem w serialu opowiedziano historię, którą już wtedy pisał, jeden do jednego – wyjaśniła Chyłka. – I kiedy Martin zobaczył, jak wszyscy wieszali na niej psy, skasował całość i zaczął pisać od nowa.
W gabinecie zaległa cisza. Kordian spojrzał z zaskoczeniem na przyjaciela.
– No co? – spytał Kormak. – To tłumaczy, skąd taka obsuwa.
– Hm...
– Nie mów, że nie.
– Może – przyznał z wahaniem Oryński. – W sumie nawet niegłupie wyjaśnienie.
Szczypior obrócił się do Joanny i posłał jej lekki uśmiech.
– Widzisz? – rzucił. – Nawet twój osobisty małż przyznaje mi rację.
– Bo darzy cię większym uczuciem niż mnie – skwitowała Joanna, a potem podniosła się i ruszyła w kierunku drzwi. – Więc jeśli nie chcesz, żebym wykipiała z zazdrości, znajdź mi coś na temat tej Bielskiej.
Oryński ruszył za nią, ale Kormak powstrzymał ich ruchem ręki.
– Więcej pewnie wam udałoby się ustalić – odparł.
– Znaczy? – rzucił Zordon.
Chudzielec przysunął się w ich kierunku.
– Ewidentnie doszło do zmiany danych osobowych – podjął.
– Ewidentnie – skwitowała Chyłka, trzymając klamkę.

– Najlogiczniejszy wniosek, jaki się nasuwa, jest taki, że...
– Bielska padła ofiarą pedofilii w Kościele i chciała grubą linią oddzielić przeszłość.
– Myślałem raczej o tym, że wyszła za mąż.
– Boś jest prostolinijnym prowincjuszem – skwitowała Joanna. – A ja kombinuję o kilka płaszczyzn wyżej.

Przyjęta przez nią hipoteza wydawała jej się całkiem sensowna. Tłumaczyłaby przynajmniej parę rzeczy, w tym podejście Bielskiej do sprawy.

– W dokumentach nic nie znajdę – podjął Kormak. – Takie rzeczy są chronione klauzulą tajności.
– To się gdzieś włam.

Chudzielec poprawił niewielkie okulary.

– To już tak nie działa – odparł niezadowolony, jakby z rozrzewnieniem wspominał jakieś czasy minione. – W każdym razie więcej możecie osiągnąć, rozpytując w środowisku.
– Prokuratorzy nic nam nie powiedzą – zauważył Oryński.
– To spróbujcie u siebie, przecież musiała...
– Zrób nam listę wszystkich z jej rocznika, którzy studiowali na UW – ucięła Joanna. – I którzy pracują u nas.
– Jasne.

Chyłka otworzyła drzwi, ale zanim wyszła na korytarz, posłała długie i znaczące spojrzenie Kormakowi.

– Wychodzisz? Czy zamieniamy się na gabinety?

Szybko się poderwał, a potem zostawił dwójkę prawników samych. Ci poświęcili nieco czasu na rozważania, które właściwie donikąd nie prowadziły, po czym zabrali się do typowo prawniczej roboty. Wynikło z niej jednak mniej więcej tyle, ile ze starań polityków, by zmniejszyć dziurę budżetową.

Sprawa wyglądała beznadziejnie, Bielska miała w ręce wszystkie karty.

Historia o molestowanym chłopaku, z którego gwałciciel uczynił sierotę. Przeniesienie księdza z Warszawy do Wrońska. Tajemnicze zniknięcie narzędzia zbrodni. Cała zakrystia we krwi.

Chyłka siedziała przed laptopem, przeglądając wszystkie materiały, które na temat chłopaka zebrał Kormak.

Daniel Gańko, lat jedenaście. Zamieszkały na Pradze- -Południe, matka nieco młodsza od ojca, bezrobotna. Ten był mechanikiem, pracował w centrum serwisowym przy Wersalskiej na Saskiej Kępie, niedaleko mieszkania Joanny i Oryńskiego. Dobry zakład, porządni ludzie, Chyłka była tam kilkakrotnie, szczególnie kiedy potrzebowała szybkiej pomocy w weekendy, bo otwarte mieli właściwie zawsze.

Z materiałów chudzielca wyłaniał się jasny obraz porządnego ojca, który haruje dniami i nocami, żeby zapewnić rodzinie godne życie.

– Kurwa mać – rzuciła pod nosem Joanna, a jej ręka machinalnie powędrowała na prawą stronę biurka.

To tam niegdyś zawsze leżała paczka marlboro, tuż obok popielniczki. Chyłka zerknęła na puste miejsce i pozwoliła sobie na ciche westchnienie. Potem na powrót skupiła się na dokumentacji.

Zatraciła się w robocie na tyle, że przestała odnotowywać upływ czasu. Kiedy rozległ się dzwonek jej telefonu, była pewna, że minęła raptem godzina, tymczasem zbliżała się pora końca pracy. Przynajmniej teoretycznie.

Spojrzawszy na komórkę, chciała ją odłożyć, nie kojarząc numeru. W ostatniej chwili jej uwagę przykuły jednak ostatnie cztery cyfry. 1980. Rok premiery debiutanckiego albumu Iron Maiden.

Widziała je już dzisiaj. Widniały na materiałach przygotowanych przez Kormaka, tuż pod nazwiskiem prokuratorki, z którą mieli się zetrzeć w sądzie.

Chyłka podniosła telefon i odebrała.

– Najwyższy czas, żebyś zrobiła się rozmowna – rzuciła.

Bielska przez moment nie odpowiadała.

– Włącz TVN24 – poleciła. – I zastanów się, czy na pewno chcesz reprezentować takiego potwora.

Rozłączyła się, zanim Joanna zdążyła sformułować jakiekolwiek pytanie. Nie miała także czasu na to, by wejść na stronę stacji, drzwi do jej gabinetu otworzyły się bowiem raptownie, a w progu stanął Kordian.

Minę miał grobową. Zupełnie jakby właśnie pochował nadzieję na to, że bronią niewinnego człowieka.

8
ul. Argentyńska, Saska Kępa

Wieczorne oglądanie dokumentów zazwyczaj dostarczało dwójce prawników nieco wytchnienia, choć gdyby mieli powiedzieć dlaczego, raczej trudno byłoby ustalić wspólną wersję.

Chyłka twierdziła, że dzięki temu zgłębia meandry kryminalnych spraw, które mogą przydać jej się w pracy. Zordon stał na stanowisku, że w ten sposób oswajają swoje strachy i uzyskują wgląd w psychikę ludzką, na który normalnie mogą liczyć tylko przy wyjątkowo otwartym kliencie.

Jakkolwiek by było, tego wieczora dokument oglądali jak za karę. Nie był długi, trwał raptem dwadzieścia parę minut. Na antenie głównej TVN24 była tylko zajawka – nawet ona wystarczyła jednak, by uzyskać niepokojący obraz sprawy.

Zgłosił się kolejny chłopak, właściwie już mężczyzna. Miał dwadzieścia dwa lata, problemy z prawem i ledwo wiązał koniec z końcem, po wyjściu z więzienia bowiem trudnił się tym, czym nie powinien.

Twierdził, że wszystko, co go spotkało, było wynikiem molestowania, którego swego czasu dopuścił się zatrzymany niedawno ksiądz Kasjusz. Opisywał ze szczegółami, jak lata temu duchowny zapraszał go, żeby został na noc w parafii. Jak kładł się z nim, wsuwał mu ręce do majtek, rozbierał go, kazał leżeć razem nago.

Opowieść postępowała jak wiele innych. Na początku budowanie zaufania i zapewnianie, że nic złego się nie dzieje.

Ksiądz miał wykorzystywać swoją pozycję, swój status w społeczności, swoją moralną nieskazitelność. I użyć ich, by dopuścić się rzeczy zgoła ohydnych.

Bohater dokumentu opowiadał, jak ksiądz Kasjusz kazał mu przed sobą klęczeć, a potem wpychał mu penisa w usta. Jak stopniowo uczył go seksu analnego, jak dawał kieszonkowe za każde zbliżenie – i w końcu jak to samo robił z innymi.

Chyłka i Kordian obejrzeli całość na TVN24 GO, a potem oboje zamilkli. Na stoliku przed kanapą stały dwie nieruszone szklanki z tequilą. Nie było jej wiele, od pewnego czasu oboje mocno ograniczali alkohol. I liczyli na to, że za moment będą mieć powód, by przejść na całkowitą abstynencję.

Kiedy napisy skończyły płynąć po ekranie, Oryński obrócił się do Joanny.

– To wygląda jak poważny problem – odezwał się.

Chyłka się podniosła, a on odniósł wrażenie, że niepotrzebnie sięgał po eufemizmy. Być może należało to bagno zdefiniować bardziej dosadnie.

– Nie z takimi dawaliśmy sobie radę na sali sądowej – odparła Joanna.

– Nie to mam na myśli.

– A co?

– To, że już dwóch chłopaków...

– Znam tego człowieka, Zordon – ucięła. – Ile razy mam ci powtarzać?

– Do skutku.

Chyłka zatrzymała się przy oknie, wyjrzała na zewnątrz, a potem obróciła się do Kordiana.

– Znaczy, że masz jakieś problemy z ufnością w moją ocenę? – rzuciła.

– Mam problemy z tym, czego możesz nie dostrzegać.
Również się podniósł i zbliżył, jakby skrócenie dystansu fizycznego mogło sprawić, że nie wejdą na kurs kolizyjny.
– I co konkretnie twoim zdaniem mi umyka? – zapytała Chyłka.
– Prawdziwy obraz sytuacji.
Joanna nie odpowiedziała.
– Który jest taki, że ten duchowny najwyraźniej…
– Co? – przerwała mu. – Gwałci dzieci?
– Na to wygląda.
– Pojebało cię?
– Mnie? – mruknął Kordian.
Chyłka zgromiła go ostrzegawczym spojrzeniem, kiedy stanął obok.
– Mam do niego pełne zaufanie – oznajmiła. – I to powinno ci wystarczyć.
– Wystarczyłoby, gdyby chodziło tylko o pojedyncze oskarżenie. Ale mamy już dwa przypadki molestowania i zabójstwo.
Joanna obróciła się i przysiadłszy na parapecie, nadal wwiercała spojrzenie prosto w oczy Oryńskiego. Nie skwitowała jednak w żaden sposób.
– I? – dodał.
– I co?
– Nie masz żadnej odpowiedzi?
– Już ci jej udzieliłam, Zordon.
Pokręcił głową, niegotowy przyjąć tej namiastki tłumaczenia.
– Nie patrzysz na sprawę obiektywnie – odparł.
– To znaczy?

– Postrzegasz ją przez pryzmat wiary w to, że jakaś wszechmogąca figura stworzyła świat w kilka dni, a potem pojawił się gość, który umarł i wrócił do żywych, żeby...
– Nie zaczynaj.
– Chętnie bym tego nie robił – odparował Kordian. – Ale kiedy rzutuje to na twój ogląd sprawy, którą prowadzimy, chyba muszę.
– Nie rzutuje.
– Nie? Więc gdyby Kasjusz nie nosił sutanny i koloratki, dalej uważałabyś, że bronimy niewinnego faceta?
– Jeśli znałabym go tak samo dobrze, to tak.
– Gówno prawda.

Chyłka skrzyżowała ręce na piersi, zupełnie jakby nie ufała, że zdoła powstrzymać się przed rękoczynami.

– Poza tym jak dobrze tak naprawdę go znasz? – dorzucił Oryński.
– Dostatecznie.
– Z konfesjonału? Tam zazwyczaj to ty jednak mówisz więcej.
– Nie tylko – odparła. – Spędziłam z nim sporo czasu, Magdalena też. I nigdy nawet krzywo na nas nie spojrzał.

Kordian cofnął się o parę kroków i przysiadłszy na oparciu fotela, skopiował gest Joanny, krzyżując ręce.

– Bo ewidentnie woli chłopaków – zauważył.
– Kurwa, Zordon...
– Mówię tylko, że twoja irracjonalność może przesłaniać ci prawdziwy obraz sytuacji.
– Irracjonalność?

Wzruszył ramionami, właściwie nie chcąc zagłębiać się w sprawy światopoglądowe. Nieczęsto wpływali na te wody,

doskonale wiedząc, że są tam jedynie rafy, na których mogą ugrzęznąć.
— Wiarę nazywasz irracjonalnością? — dodała Joanna.
— A jak inaczej określisz uznawanie, że ludzkość zaczęła się od dwójki ludzi, Adama i Ewy, którzy zostali wypędzeni z raju, bo ona zjadła jabłko, skuszona przez węża?
Chyłka lekko pokręciła głową.
— I co było dalej, hm? — spytał Kordian. — Według tych wszystkich świętych tekstów tych dwoje miało synów. Kaina, Abla i Seta. Trzech facetów.
— Mhm.
— Którzy wzięli sobie na żony jakieś tam kobiety, nie pamiętam imion.
— Tylko Kain i Set.
— Świetnie — odparł pod nosem Oryński. — I skąd one się wzięły? Skoro na świecie byli tylko potomkowie Adama i Ewy?
— Daj, kurwa, spokój.
— To zasadne pytanie.
— Tylko jeśli chcesz rozważać mit o stworzeniu świata jako opracowanie historyczne.
— A nie jest nim?
— Nie — odparła Joanna i się podniosła. — Biblię definiuje się jako księgę objawioną, ale mającą dwóch autorów. Boskiego i ziemskiego. To nie Koran, który uznaje się za bezpośredni przekaz.
Ruszyła do kuchni. Kordian zawahał się, po czym zrobił to samo.
— A jednak dość bezpośrednio brzmią takie rewelacje jak to, że Adam żył ponad dziewięćset lat.

Chyłka otworzyła szafkę i wyjęła butelkę tequili. Postawiła ją na blacie, a potem machinalnie odkręciła. Dopiero kiedy miała wyciągnąć jakieś szkło, przypomniała sobie, że zostawiła nieruszoną szklankę w salonie.

– To wszystko tak samo sensowne jak wiara w to, że Kasjusz nigdy nie dopuścił się żadnego molestowania – dodał Oryński. – I nie mam pojęcia, jak osoba tak racjonalna jak ty, kierująca się czystą logiką, może…
– To nie kwestia logiki.
– A czego?
– *Fides et ratio*.
– Hm?
– Wiary i rozumu – odparła. – Jedno bez drugiego do niczego nie doprowadzi.

Joanna schowała butelkę, a potem położyła dłoń na drzwiczkach szafki, jakby dzięki temu mogła sprawić, że już ich nie otworzy.

– Zordon – rzuciła, jakby samo w sobie niosło to prawdziwe bogactwo znaczeniowe.

Oryński odsunął sobie krzesło przy stole i ciężko na nie opadł.

– Nie będę się z tobą kopać w temacie wiary – oznajmiła.
– Nie musisz. Wystarczy, że…
– Naprawdę nie widzisz, co tu się dzieje?

Położył ręce na stole tak, jakby znajdował się przed ławą oskarżonych na sali sądowej.

– Chyba nie – odparł.
– Dzisiaj padła decyzja o tymczasowym aresztowaniu i nagle, zupełnym przypadkiem, w mediach pojawia się dokument na temat księdza?

Kordian bynajmniej nie był gotowy przyjąć tego, co właśnie zasugerowała.
– Nie wyczuwasz tego charakterystycznego swędu, który...
– Świadczy o jakimś spisku? – dokończył za nią. – Jakoś nie.
– Więc to zwykły zbieg okoliczności, że wczoraj duchowny został zaatakowany?
– Nie.
Chyłka lekko rozłożyła ręce.
– Ani chybi dziennikarze od dawna przygotowywali ten materiał – dodał Oryński. – Najpierw być może dotarli do tego dwudziestodwulatka, a potem do Daniela Gańki. Kiedy ojciec tego drugiego dowiedział się o wszystkim przed emisją, pojechał do Wrońska, żeby...
– Tak po prostu się dowiedział?
– Nie tak po prostu – odparował nieco ostrzej Kordian. – Przecież jego syn jest nieletni, musiał podpisać jakieś zgody i inne bzdury. A ci reporterzy w końcu musieli mu powiedzieć, w czym rzecz.

Joanna milczała.

– Jakkolwiek by było, to od nich się dowiedział. I postanowił wziąć sprawy w swoje ręce. – Zordon płytko nabrał tchu. – Nie ma tu żadnej konspiracji, żadnego spisku. Nikt nie wrabia w nic Kasjusza, sytuacja jest przejrzysta. Problem polega na tym, że zza religijnej mgły trudno to dostrzec.

Patrzył w jej oczy, licząc na to, że Chyłka choćby dopuści winę ich klienta. Zrobiłaby to w każdym innym wypadku, Kordian wątpił bowiem, by kiedykolwiek trafili na człowieka, do którego miałaby tak głębokie zaufanie.

– Jeśli jest pedofilem...
– Nie jest – ucięła Joanna.
– ...to nie wygrzebiemy się z tego.

Chyłka milczała, unikając jego spojrzenia – a przynajmniej takie wrażenie odnosił. Być może wślepiała się w okno, bo zwyczajnie zatraciła się w myślach.

– To twoja pierwsza sprawa sądowa jako imiennej partnerki – podjął Oryński. – Jeżeli przegramy, to na zawsze będziesz kojarzona jako prawniczka, która nieskutecznie broniła księdza gwałcącego swoich podopiecznych.

– Więc dobrze, że nie ma takiego zagrożenia.

– Jest – odparł Kordian. – I to dość duże, bo ta sama prawniczka, zamiast kierować się zdrowym rozsądkiem, daje się omamić duchownemu, który podał jej pomocną dłoń, kiedy jako dziecko jej potrzebowała.

Wstrzymał oddech, patrząc na Joannę. Spodziewał się błyskawicznej i ciętej riposty, Chyłka jednak milczała.

Jego umysł wykorzystał tę chwilę ciszy, by na dobre przyswoić to, co wydobyło się z ust.

Nie było to coś, co Kordian kiedykolwiek wcześniej werbalizował. Nie miał ku temu powodów. Nie był wojującym antyklerykałem, nigdy nie próbował deprecjonować niczyjej wiary ani zaszczepiać komukolwiek ateistycznego pierwiastka. Przeciwnie, kiedy rozmawiali z Chyłką na te tematy, zawsze szanowali swoje stanowiska. Ona nigdy nie prowadziła krucjaty, nie starała się wpoić mu żadnego aspektu swojego światopoglądu – więcej, pomijając uszczypliwości i przekomarzanki, nie naciskała nawet na to, by brali ślub kościelny. To on wyszedł z inicjatywą, świadomy, jak ważna to dla niej sprawa.

Co więc takiego się zmieniło, że teraz formułował tak kategoryczne sądy?

Dopiero po chwili dotarła do niego odpowiedź. Podniósł się i powoli zbliżył do nadal milczącej Joanny.

Ujął lekko jej rękę, a gdy jej nie cofnęła, przyciągnął ją do siebie. Spojrzała mu prosto w oczy z niewielkiej odległości i już otwierała usta, by się odezwać. Postanowił ją uprzedzić.

– Nie możemy myśleć tylko o sobie – odezwał się.
– Hm?
– Niedługo cała nasza sytuacja się zmieni, Trucizno.

Chyłka trwała z lekko rozchylonymi ustami.

– I nie możemy narażać naszego dziecka na to, żeby za kilka lat słyszało od wszystkich wokół, że jego rodzice wyciągają pedofilów z więzienia.
– Zordon...
– Po prostu nie możemy.

Uniosła dłoń, a potem położyła mu ją na klatce piersiowej.

– Na razie nie wiemy nawet, czy się uda – odparła.
– Uda się.

Na moment uciekła wzrokiem, ale szybko na powrót popatrzyła mu w oczy.

– Tak czy inaczej to bez znaczenia – powiedziała, przesuwając ręką po jego piersi. – Naprawdę wydaje ci się, że broniłabym Kasjusza, gdybym miała choćby cień podejrzeń, że zgwałcił tych chłopaków?

Przy tak postawionym pytaniu właściwie trudno było mu trzymać się dotychczasowej wersji.

– Gdyby to ode mnie zależało, z automatu kastrowałabym wszystkich pedofilów w sutannach – dodała. – I nie tylko.
– Wiem, ale...
– To, że ten człowiek mi pomagał jako kapłan, nie ma tu nic do rzeczy.

Oryński cicho nabrał tchu, a potem przesunął dłonią po twarzy Chyłki. Boże, tak bardzo nie chciał, by dzieliła ich jakakolwiek sprawa, choćby najbardziej błaha. Czuł wtedy, jak cały świat zaczyna wymykać mu się z rąk.

– A jeśli się okaże, że to prawda? – spytał.
– To pierwsza dostarczę prokuraturze materiały w anonimowej teczce.
– Okej.

Zbliżyła się tak, że ich usta niemal się stykały. Mimo to żadne z nich nawet minimalnie nimi nie poruszyło. Kordian czuł na wargach powietrze wydychane przez Chyłkę i odniósł wrażenie, że ono samo wystarcza do upojenia.

– A teraz przestań robić do mnie maślane oczy – poradziła. – I zajmij się zaspokojeniem wierzyciela.
– A mam jakiś dług?
– Dość duży – odparła Joanna, przesuwając rękę niżej.

Kordian cicho się zaśmiał, a potem złapał Chyłkę za uda i podniósł. Jej reakcja była szybka, jakby całkowicie naturalna. Zaplotła nogi na jego talii, a on zaczął przenosić ją w kierunku sypialni, jednocześnie całując.

Ich oddechy się złączyły, a ciała pulsowały, jakby znalazły się w stanie całkowitej rozkoszy. W jednym momencie znikły wszystkie inne rzeczy, zastąpione wyłącznie zmysłową manifestacją łączącego ich uczucia.

Uczucia, które pchało ich do siebie i kazało jak najprędzej się scalić, stać się nierozerwaną jednością.

Nie dotarli do sypialni, zatrzymali się już po kilku krokach, a potem wykorzystali blat kuchenny do tego, do czego normalnie służyło im łóżko.

Wyrwali się ze świata, oderwali od wszystkiego, co się działo. Kochali się długo i namiętnie, jakby wzajemna miłość zastąpiła im tlen i inne niezbędne do życia rzeczy. Sama w sobie wystarczała, nie potrzebowali niczego innego.

Cały wieczór i noc przerodziły się w upragnione wytchnienie od ostatnich zdarzeń. Oplotły ich przyjemnym i bezpiecznym kokonem na tyle szczelnie, że kiedy zasypiali, oboje mieli wrażenie, iż stan błogości będzie trwał zawsze.

Rankiem przed zebraniem się do pracy jedli zwyczajowo dwa różne śniadania – Oryński na słodko, Joanna na słono. Jakakolwiek odmiana w tym względzie ani chybi sprawiłaby, że świat zatrząsłby się w posadach.

Akurat o to jednak nie musieli się martwić. Co innego wyzwoliło poważne tąpnięcie.

W odpowiedzi na materiał wyemitowany na antenie TVN24 kuria wystosowała oficjalne pismo do mediów, twierdząc, że to jedyny komentarz, jakiego jest w stanie udzielić w sprawie księdza Kasjusza.

Przekaz był boleśnie klarowny.

Wiele miesięcy temu odbył się sąd biskupi w przedmiocie przypadków gwałtów, których miał dopuścić się ksiądz Kasjusz. Nie podano do wiadomości wyroku, ale jednoznacznie oświadczono, że właśnie z jego powodu duchowny został przeniesiony do Wrońska.

To, co najbardziej druzgocące, znajdowało się jednak w dalszej części komunikatu. Kuria przyznawała bowiem, że duchownemu zakazano jakichkolwiek kontaktów z dziećmi.

Wydźwięk był jednoznaczny.

Kasjusz molestował zarówno Daniela, jak i dwudziestodwulatka, który ujawnił swoje przejścia.

I z pewnością nie były to ostatnie osoby, które stały się jego ofiarami.

9
Kancelaria Żelazny Chyłka Klejn, XXI piętro Skylight

Przez pierwsze dwa tygodnie Klaudia Bielska skrupulatnie korzystała ze swojego prawa, by uczestniczyć w każdym widzeniu, które dwójka obrońców odbywała z księdzem Kasjuszem.

Sama instytucja tej kontroli niespecjalnie do Chyłki przemawiała – wydawało się bezsensowne, że przez czternaście dni uzasadnione jest nadzorowanie, czy oskarżony nie dopuszcza się matactwa ze swoimi prawnikami, a piętnastego dnia uznawanie, że takie niebezpieczeństwo nie zachodzi.

Było to upierdliwe, w porównaniu jednak z innymi rzeczami, które budziły w Joannie irytację, wcale nie najgorsze. Taki status osiągały tylko komplikacje jednej natury – te związane z wykonywaniem kolejnych testów ciążowych.

Dziś wypadał kolejny.

Kolejny, który nie przyniesie rezultatów innych niż wszystkie poprzednie.

Ledwo Chyłka uświadomiła sobie, że ta myśl zaświtała w jej głowie, skarciła się. Nie powinna tak myśleć. Powinna wierzyć.

To samo powtarzali jej od początku zarówno lekarka, jak i ksiądz Kasjusz. I ten drugi za każdym razem mówił to nie tylko z realną wiarą w oczach, ale także racjonalnym przekonaniem, że jego modlitwy o obdarzenie Chyłki i Kordiana potomstwem zostaną wysłuchane.

Do kurwy nędzy, był jednym z tych porządnych duszpasterzy. Takich, jakich w Kościele powinno być więcej.

Nie doił wiernych, ba, nawet nie przyjmował żadnych opłat za pogrzeby od ludzi znajdujących się w kiepskiej sytuacji finansowej. Formalnie Watykan za Franciszka odżegnywał się od płacenia za sakramenty, system finansowania Kościoła katolickiego był jednak jasny – nie istniały rady parafialne zawiadujące budżetami jak w Stanach czy Wielkiej Brytanii. Nie płacono podatków na Kościoły jak w Niemczech.

Biskup rozliczał Kasjusza tak, jak każdego innego księdza, w nadziei, że wpływy będą jak największe. Mimo to ksiądz nieraz odmawiał choćby symbolicznych opłat przy sakramentach.

Organizował zrzutki dla potrzebujących, sam kupował im niezbędne rzeczy. Jak niegdyś młodej Chyłce, której brakowało na zeszyty czy przybory szkolne, bo ojciec przepił wszystko do cna.

Nawet po tym, jak został proboszczem na Pradze, jeździł jakimś starym dezelem. Większą część pensji oddawał, miewał okresy w życiu, kiedy prowadził naprawdę ascetyczną egzystencję. I nigdy nikogo o nic nie prosił.

Z jednym wyjątkiem – podczas ostatniego widzenia w areszcie poprosił Chyłkę o to, by wyciągnęła go z tego piekła.

Wyglądał coraz gorzej, współwięźniowie ewidentnie nie stosowali żadnej taryfy ulgowej dla duchownego. Wszelkie próby przeniesienia go lub zapewnienia mu lepszych warunków spaliły na panewce.

Bielska była nieugięta, a Chyłce skończyły się narzędzia, dzięki którym mogłaby cokolwiek wskórać. Był to jeden z najbardziej dojmujących momentów w pracy adwokata.

Całkowita bezsilność, totalne odcięcie od klienta. Ten znajdował się w zupełnie innym, teoretycznie dostępnym, ale w istocie odseparowanym od realnego świata miejscu.

Joanna zrobiła, co mogła. Nie było to jednak choćby częściowo wystarczające.

Wraz z Zordonem starali się przyspieszyć kwestie proceduralne i doprowadzić do tego, by sprawa jak najszybciej stanęła na wokandzie. Była nośna medialnie, więc wszystko wskazywało na to, że tak się stanie.

Molestowanie dzieci przez człowieka w sutannie, a w tle zabójstwo. Tym pierwszym miano się zająć najpierw, dopiero potem przyjdzie czas na to, co wydarzyło się w zakrystii wrońskiego kościoła.

Gazety, portale i programy telewizyjne miały używanie. Na Kasjuszu nie zostawiono suchej nitki, robiąc z niego personifikację całej choroby, która toczyła polski Kościół.

Chyłka zaczynała odnosić wrażenie, że jest jedyną osobą wciąż wierzącą w jego niewinność. Nawet Zordon, który postanowił ufać jej osądowi, zaczynał coraz bardziej się wahać.

Joanna odgięła oparcie fotela przy biurku do tyłu i zablokowała je tak, by móc na moment odetchnąć w pozycji półleżącej.

Zaraz jednak rozległ się dzwonek telefonu. Rzuciła okiem na wyświetlacz i zobaczyła zdjęcie siostry sprzed paru lat, kiedy były na koncercie Dawida Podsiadły na Narodowym. Magdalena wyciągnęła ją siłą, twierdząc, że jest on dla polskiej muzyki tym, kim Radek Kotarski dla polskiego YouTube'a. Cokolwiek miała na myśli, Chyłka poszła. I oprócz całkiem niezłych wspomnień miała ujęcie rozdziawionej siostry z zamkniętymi oczami, przywodzącej na myśl groupie w ekstazie.

– Co jest? – rzuciła Joanna, odebrawszy połączenie.

– Oho.
– Co „oho"?
– Trafiłam chyba na zły moment.
– Bo?
– Bo masz głos, jakbyś zamierzała zaszlachtować kogoś samym spojrzeniem, napluć na jego zwłoki, poćwiartować je, a potem rozrzucić na bagnach.

Chyłka przesunęła dłońmi po włosach.

– Zawsze taki mam.
– Fakt – przyznała Magdalena.
– Poza tym jestem głodna.
– I to wszystko usprawiedliwia?
– W pewnym sensie – odparła Joanna, odblokowując fotel i pozwalając, by wrócił do poprzedniej pozycji. – To genetyczne uwarunkowanie. Nasi przodkowie musieli być trochę wkurwieni, kiedy przychodził głód, żeby mieć siłę i wolę do polowania.
– Mhm...
– A ty dzwonisz w jakiejś sprawie? – dorzuciła Chyłka. – Czy tak tylko masz ochotę pomarnować mój czas?
– Dzwonię, bo jestem dobrą siostrą.
– Aha.
– I wiem, że dziś masz testy.
– Ano mam.
– Chcesz, żebym...
– Nie – ucięła Chyłka. – Jadę sama.
– Nie z Zordonem?
– A ile razy mam go tam ciągnąć? – odparła.
– Mimo wszystko lepiej, żeby tam był, jeśli...
– Wyniki są, jakie są – weszła jej w słowo Joanna. – Po południu nie będą inne niż rano.

– Rano?
– Robiłam test.
Odpowiedziało jej chwilowe wahanie.
– Ale ten na siku? – zapytała Magda.
– Tak, kurwa, na siku.
– To nie to samo. Wiesz dobrze, że...
– Bardzo dobrze wiem – przerwała Chyłka. – Więc zastanawiam się, po co chcesz mi to mówić.
Magdalena cicho odchrząknęła.
– Dobra – powiedziała. – Gdybyś potrzebowała towarzystwa, daj znać.
– Jasne.
– To na razie.
– Na razie.

Rozłączyła się, zanim siostrze przeszło przez myśl upewnianie się, by Joanna dała jej znać po badaniu, bez względu na to, jaki będzie wynik testu.

O ile Chyłka wiedziała, sprawdzanie stężenia beta hCG we krwi było najwcześniejszym sposobem ustalania, czy doszło do zapłodnienia. Pobierano krew z żyły łokciowej, a potem oznaczano jakiś hormon.

Stawiała się w klinice za każdym razem, kiedy minęły dwa tygodnie od punkcji. Dotychczas jeździła razem z Kordianem, ale obserwowanie jego twarzy, kiedy lekarka przekazywała niechciane wieści, było zbyt dojmujące.

Oboje otrzymywali cios za ciosem, do czego Joanna nie była przyzwyczajona. W końcu postanowiła zrobić coś, by nie dać się zaskoczyć.

Nikomu nie mówiła, że zaczęła kupować w aptece test Babycheck 1-WB. Był znacznie czulszy niż te, które badały mocz, i sprowadzał się do prostego nakłucia palca i samodzielnego pobrania próbki krwi. Miał dziewięćdziesiąt osiem procent skuteczności.

Wykonała go dziś rano. Dał wynik negatywny.

Właśnie z tego powodu nie miała zamiaru ciągnąć Kordiana do kliniki. Zasadniczo sama mogłaby odpuścić sobie tę wizytę, lekarka jednak wysuszyłaby jej głowę. Dla spokoju zamierzała się stawić.

Zmieniła jednak podejście, kiedy zobaczyła, jak Zordon wchodzi do jej gabinetu. Minę miał wesołą, pełną nadziei.

Oboje obudzili się dziś w podobnym stanie. Chyłka łudziła się jednak tylko do momentu wykonania testu, on wciąż dał się mamić nierealnej wizji, że to właśnie ten dzień zapamiętają jako najważniejszy w ich życiu.

– Jest przed dwunastą – oznajmiła.

Oryński zamknął za sobą drzwi.

– Wiem – odparł.

– Nie mówiłam ci nigdy, że nie zawraca mi się dupy przed południem?

– Pierwsze słyszę.

Wciąż ten uśmiech, błysk w oczach. Kordian był praktycznie pewien, że dziś nastąpi przełom.

Przysunął sobie krzesło do biurka i usiadłszy na nim, założył nogę na nogę.

Chyłka patrzyła na niego w milczeniu, coraz trudniej znosząc fakt, że jej mąż nie wie tego, co ona.

– Mam dobre przeczucia – rzucił.

Joanna zamknęła oczy, jakby nie tyle wbił jej szpilę prosto w serce, ile otworzył klatkę piersiową i je wyrwał.

– O której jedziemy? – dodał.

Nie potrafiła dłużej poradzić sobie z tym, co przed nim ukrywa. I nie miała zamiaru narażać go na to, że dowie się wszystkiego w klinice od obcej osoby.

Nabrała głęboko tchu i przysunęła się bliżej biurka, zupełnie jakby skrócenie odległości między nimi mogło w czymkolwiek pomóc.

– Robiłam test dziś rano, Zordon – powiedziała.
– Hm?
– Wyszedł negatywny.

Kordian krzywo się uśmiechnął i sprawiał wrażenie, jakby miał zaraz zbyć to machnięciem ręki.

– Te testy strumieniowe po dwóch tygodniach nawet nie...
– Zrobiłam z krwi.
– Co?

Joanna westchnęła, a potem otworzyła jedną z szuflad biurka i sięgnęła po opakowanie. Położyła je przed Oryńskim.

– Kupiłam w aptece – powiedziała. – Nie miałam zamiaru czekać.
– Ale... Moment...
– Nie jestem w ciąży, Zordon.
– Ale to nie może być...
– Są praktycznie tak samo dokładne jak te w klinice.

Widziała, jak w jego głowie ścierają się dwie zupełnie odwrotne reakcje. W jednej pozwalał sobie na to, by przygniotły go rozczarowanie i smutek. W drugiej upominał się, że są ważniejsze rzeczy niż jego zawód.

Chyłka miała świadomość, która z nich przeważy.

– Nie szkodzi – rzucił szybko. – Jesteśmy dopiero na początku.

Joanna lekko skinęła głową.

– Wiedzieliśmy, że nie będzie łatwo – dodał.
– No tak.
– Przynajmniej zdążymy osiągnąć jakieś porozumienie w kwestii koloru ścian w pokoiku dziecięcym.
– To nie pokoik dziecięcy, tylko mój gabinet, Bakłażanie.
– Jeszcze.

Zgromiła go spojrzeniem, choć nawet gdyby nie wyskoczył z tym pomysłem, kiedy tylko zaczęli procedurę in vitro, sama by go podsunęła. Było to jedyne pomieszczenie w domu, które nadawało się dla dziecka. A Chyłka chętnie oddałaby mu nie tylko to, ale też wszystkie inne.

Zamknęła oczy i skupiła się na tym, by uspokoić emocje.
– Zjadłabym coś – oznajmiła.
– Znowu? Przecież napchaliśmy się na śniadanie jak księża na kolędzie.

Joanna posłała mu pełne powątpiewania spojrzenie.
– No co? – mruknął. – Przez tę sprawę mam same kościelne analogie.
– Mniejsza z tym. Idziemy.
– Poważnie?

Chyłka podniosła się i wzruszyła ramionami.
– Mam dzień gastronomiczny – wyjaśniła.

Zeszli na dół, po czym skierowali się do Hard Rocka. Joanna uznała, że skoro o tej porze i tak miało jej nie być w kancelarii, nie będzie się zajmować robotą.

Kwadrans po wyznaczonej porze zadzwoniła lekarka, zaniepokojona, że się nie zjawili. Chyłka wyjaśniła jej, jak wygląda sytuacja, a ona przyjęła to milczeniem. Mimo wszystko chciała się z nią zobaczyć, choć nie nalegała, by było to dziś czy jutro. Mieli czas. I długą drogę przed sobą.

Kobieta zapewniała, że in vitro przyniesie spodziewane rezultaty, i większą część rozmowy poświęciła na klarowanie, dlaczego Joanna nie powinna podupadać na duchu. Kiedy skończyła, Chyłka z ulgą odłożyła telefon na stół i zabrała się do swojego breakfast burgera.

Zordon siedział z miseczką fruit vegan muesli, właściwie tylko przerzucając zawartość łyżeczką.

– I co mówiła? – spytał.
– Rzeczy, przez które mój *bullshit detector* rozkręcił się na całego.
– Chyłka...
– Co poradzę? – odparła, biorąc kęs. – Mój jedyny alergen to gównoprawda.

Przez moment Kordian po prostu przyglądał się, jak przeżuwała.

– Musisz? – spytała z pełnymi ustami.
– Nic nie robię.
– Gapisz się – skwitowała. – A właściwie to wywalasz gały jak cielę na malowane wrota.
– Fakt.
– I co masz na swoje usprawiedliwienie?
– Że cię kocham.

Chyłka uniosła bezradnie wzrok.

– Spierdalaj – wymamrotała. – Nawet spokojnie zjeść nie dasz.

Oryński uśmiechnął się, a potem nabrał trochę płatków owsianych na mleku migdałowym. Tym razem to Joanna nie odrywała od niego wzroku, przez co kąciki jego ust jakby nie chciały opaść.

– Poradzimy sobie – rzucił, kiedy przełknął porcję.

– To akurat jest bardziej oczywiste niż to, że pijany Klejn kiedyś upadnie i sobie głupi ryj rozwali.

Kordian zaśmiał się, a atmosfera na dobre zakończyła proces zwrotu o sto osiemdziesiąt stopni. Ostatecznie szczęście było na wyciągnięcie ręki. Mieli siebie, niczego więcej nie potrzebowali.

Przez nadchodzące dni, które przechodziły w tygodnie, musieli jednak od czasu do czasu sobie o tym przypominać.

Łatwo było popaść w defetyzm i poczucie, że warunkiem osiągnięcia całkowitego spełnienia jest zyskanie tej jednej rzeczy, która z jakiegoś powodu była dla nich niedostępna.

Chodzili na widzenia z Kasjuszem, a ten właściwie za każdym razem zaczynał od tego tematu. Chyłka odnosiła wrażenie, że stało się to dla niego ważniejsze niż jego los.

Zdawał się nieco przyzwyczajać do więziennej egzystencji, o ile w ogóle było to w jego wypadku możliwe. Nie miał zakazu pełnienia posługi, więc starał się być dla przynajmniej części współosadzonych tym, kim był dla parafian na wolności.

Zyskał sympatię kilku, większość wciąż jednak traktowała go w najlepszym wypadku jak trędowatego, w najgorszym jak uosobienie Sodomy i Gomory.

Po nieco ponad miesiącu w końcu doszło do wyznaczenia terminu rozprawy – i należało postrzegać go jak błogosławieństwo, Chyłka bowiem była pewna, że zajmie to o wiele więcej czasu.

Media jednak nie traciły zainteresowania.

Jeśli jeden portal odpuścił, drugi odkrywał nowe fakty. Ktoś nagrał i wrzucił na YouTube'a długi i wyczerpujący film o pedofilii w Kościele, w którym jako głównego bohatera osadził Kasjusza. Inna osoba napisała obszerny tekst do jednego z tygodników. Kolejna poświęciła cały odcinek swojego cyklu w telewizji na omówienie tego konkretnego przypadku.

Nadal jednak nie zgłosił się nikt poza Danielem Gańką i dwudziestodwulatkiem. W debacie publicznej zasadniczo panowała zgoda co do tego, że w żaden sposób nie wpływa to na umniejszenie aktowi oskarżenia.

Ludzie nie chcieli mówić. Kasjusz działał od lat, większość jego ofiar wiodła już dorosłe, rodzinne życie, którego nie zamierzała narażać na szwank.

Praktycznie każdy komentator stawiał pytanie, które spędzało Joannie sen z powiek: „dlaczego tych dwóch miałoby kłamać?".

Nie miała żadnej dobrej odpowiedzi, choć wiedziała, że będzie musiała jakiejś udzielić na sali sądowej.

Tych rzeczonych dwóch się nie znało. Nie mieli żadnego interesu w tym, by mijać się z prawdą. Życie jednego i drugiego po ujawnieniu rzeczy, które miał robić im Kasjusz, zmieniło się nie do poznania. I trudno było uznać, że na lepsze.

W przyszłości być może tak będzie, teraz jednak musieli stać w światłach jupiterów i opowiadać o tym, co ich spotkało. I to ze świadomością, że najgorsze dopiero przed nimi, termin rozprawy zbliżał się bowiem wielkimi krokami.

Czy Bielska przygotowała ich na to, jak ostro zostaną potraktowani przez Chyłkę? Z pewnością.

A przynajmniej tak sugerowały ich miny, kiedy w dniu rozprawy Joanna i Oryński zobaczyli ich na korytarzu sądowym.

Młodszy z nich był absolutnie przerażony. Starszy sprawiał wrażenie, jakby chciał być gdziekolwiek indziej.

Kordian patrzył na nich w milczeniu, Chyłka jednak doskonale wiedziała, co by od niego usłyszała, gdyby się odezwał.

– Może...
– Nawet nie próbuj – ucięła od razu.
– Ale...
– Wiem, co chcesz powiedzieć.

Przesunęła dłonią po szyi i lekko odciągnęła togę, bo momentalnie zrobiło jej się gorąco.

– Chyłka...
– Daj mi spokój.

Zordon zbliżył się o krok z doskonale jej znaną konspiracyjną miną.

– Ale spójrz na nich – rzucił szeptem.
– Patrzyłam.
– I?
– I zamknij japę, póki jeszcze możesz zrobić to samodzielnie.

Ujął lekko jej rękę w sposób, który sprawiał, że teoretycznie nikt nie powinien zwrócić na to uwagi. Jeśli jednak o Chyłkę chodziło, nie musiał się powstrzymywać. Nie miałaby nic przeciwko, nawet gdyby rzucili się na siebie pod salą sądową. Były ważniejsze rzeczy niż utrzymywanie wizerunku prawniczych profesjonalistów.

– Czy oni ci wyglądają, jakby kłamali? – spytał w końcu Oryński.
– Tworzą pozory.

Joanna odciągnęła kołnierz, dochodząc do wniosku, że najchętniej pozbyłaby się żabotu. Najlepiej całej togi. Była wykonana z czystej wełny, powinna całkiem nieźle oddychać.

Mimo to, od kiedy zobaczyła małego Daniela i tego drugiego, robiło jej się coraz bardziej gorąco.

Wzrok Zordona zaś bynajmniej nie poprawiał sytuacji.

– Nie łyp tak na mnie.
– Jak?
– Oskarżycielsko.
– Przecież nie...
– Starasz się tego nie robić – przyznała. – Ale jakoś niespecjalnie ci wychodzi.

Na Boga, ona też czuła, jakby jakiś głos z tyłu głowy formułował wobec niej dość niewybredne inwektywy w odpowiedzi na to, co zamierza. Tych dwóch wyglądało niewinnie. A ona planowała zrobić wszystko, by ich zdyskredytować i...

Fala gorąca szarpnęła nią tak mocno, że zacisnęła oczy.

– Wszystko okej? – rzucił Kordian, przesuwając dłoń w stronę jej ramienia.

– Nie.
– Może ja zacznę?

Chyłka ściągnęła usta, wstrzymując oddech.

– Trucizno?
– Zordon...
– No?
– Muszę się wyrzygać.
– Co? – rzucił kompletnie zdezorientowany.

Zamiast odpowiedzieć, Joanna natychmiast ruszyła w kierunku toalety. Nie miała pojęcia, czy wytrzyma. Zakryła dłonią usta, jakby to mogło pomóc, i z szybkiego chodu przeszła w trucht.

Tylko pogorszyło to sprawę.

Kiedy łapała za klamkę, wiedziała już, że nie zdąży. Szarpnęła za drzwi, czując coś paląco nieprzyjemnego w gardle.

Zdołała jedynie dopaść do pierwszej z umywalek, zanim targnął nią spazm i całe śniadanie wylądowało pod kranem. Tuż za nią otworzyły się drzwi i do środka wpadł jak huragan Kordian.

Chyłka natychmiast włączyła wodę, jakby mogło to sprawić, że wszystko zniknie z umywalki. Przepłukała usta, oddychając ciężko. Kiedy podniosła lekko głowę, spojrzała na odbicie Kordiana w lustrze.

Stał przy niej zasapany, nie mogąc złapać oddechu. Oboje nie do końca rozumieli implikacje tego, co się właśnie wydarzyło.

– Chyłka?

Nabrała nieco wody do dłoni i opłukała umywalkę. Nie odpowiadała, nie wiedziała bowiem, którą z miliona myśli miałaby zwerbalizować.

Kordian podszedł o krok, a potem delikatnie położył dłoń na jej plecach. W tym samym momencie otworzyły się drzwi i do środka weszła jakaś kobieta w żakiecie.

Joanna zgromiła ją wzrokiem, ta jednak skupiła się na Oryńskim.

– Przepraszam bardzo – rzuciła. – Co pan tu robi?

Zordon już otwierał usta, ale nowo przybyła nie miała zamiaru pozwolić mu się odezwać.

– Proszę natychmiast stąd wyjść – poleciła.

– Oczywiście, ja tylko…

– On zostaje – odparła Chyłka, prostując się. – A ty wypierdalaj.

– Co takiego?

Joanna ruszyła w jej kierunku, ale Oryńskiemu udało się złapać ją za rękę w ostatniej chwili.

– Wyłaź stąd albo cię wyniosą – rzuciła.

Kobieta musiała pomiarkować, że szaleństwo w oczach adwokatki nie zwiastuje niczego dobrego, a toalet w sądzie jest dużo więcej. Wycofała się, zostawiając Chyłkę i Kordiana samych.

Spojrzeli na siebie w milczeniu.

– To może być ta wczorajsza paneer korma… – odezwała się w końcu Joanna. – Ten sos śmietanowo-orzechowy był trochę podejrzany.

Ale z nerkowców, więc się na niego skusiła. Przy okazji złamała świętą zasadę, by w przeddzień ważnej rozprawy zasadniczo niczego nie zmieniać, a szczególnie nie wypróbowywać nowych knajp.

Oryński się rozejrzał, jakby gdzieś miał znaleźć odpowiedź. Szybko kartkował w głowie wszystkie informacje, jakie miał na temat porannych mdłości. Mogły występować już po czterech tygodniach? Wydawało mu się, że tak. Teoretycznie więc…

– Nie masz testu? – zapytał.

– Zazwyczaj nie zabieram ich do sądu, Zordon.

– Ale robiłaś przecież po ostatnim zabiegu…

– Robiłam.

Wciąż na siebie patrzyli, a ich serca biły niemiarowo w unisono.

– Kurwa, czekaj – rzuciła Chyłka, jakby nagle ją olśniło. – Kupiłam wtedy więcej. Jedno opakowanie powinno dalej być w samochodzie.

Zerknęła nerwowo na zegarek, Kordian zaś nawet nie zainteresował się tym, ile czasu zostało im do rozprawy. Zanim cokolwiek dodała, już był gotów puścić się pędem w kierunku korytarza.

– Gdzie jest? – rzucił czym prędzej.

– W kieszeni za moim siedzeniem.

Sięgnął po jej torebkę, jakby miał zamiar wygrzebać z niej kluczyk. Zamiast tego zabrał całą ze sobą i wybiegł z łazienki.

Chyłka oparła się o blat i pochyliła.

Nie zdąży przed rozpoczęciem rozprawy, nie było na to szans.

W dodatku każda minuta, w której Joanna na niego czekała, zdawała się przeciągać w nieskończoność. Miała ochotę chwycić za telefon i zadzwonić, choć po pierwsze byłoby to bezsensowne, po drugie komórka tkwiła w torebce.

Chyłka chodziła po toalecie w tę i we w tę, starając się uspokoić tornado myśli. W końcu zatrzymała się na środku, a potem uniosła lekko rękę. Zawahała się, po czym położyła ją na brzuchu.

Nie wariuj, powiedziała sobie. Niczego w ten sposób nie ustalisz.

Kiedy Kordian wrócił cały zdyszany, było już właściwie po godzinie wyznaczonej do rozpoczęcia rozprawy.

– Nikt jeszcze nie wszedł – rzucił, podając jej torebkę.

Chyłka odłożyła ją na blat, dostrzegając, że na samej górze jest opakowanie testu. Zrobiła krótki wdech, a potem otworzyła różowo-białe pudełko i wyciągnęła to, co znajdowało się w środku.

Rozerwała niewielką aluminiową saszetkę, po czym położyła płytkę do badania na blacie, wyjęła pipetę i nakłuwacz. Dłonie jej się trzęsły, zupełnie jak w jakimś delirium. Skrzywiła się, oddychając nierówno i nie potrafiąc poradzić sobie z drżeniem całego ciała.

Pomógł dopiero dotyk Kordiana.

Złapał jej dłonie i trzymał je tak długo, aż w końcu popatrzyła mu w oczy. Jakimś cudem zdołał posłać jej uspokajające spojrzenie, które mówiło, że pozytywny lub negatywny wynik niczego by nie zmienił.

Miał rację. W najgorszym wypadku będą próbować dalej. Na moment zaległa cisza, zaraz potem jednak została przerwana przez protokolanta, który wywoływał sprawę Kasjusza.

– Kurwa mać... – syknęła Chyłka.

Zerknęła nerwowo w kierunku drzwi.

– Nie pali się – rzucił Oryński.

Drgnęła lekko, a potem na powrót skupiła się na trzymanych elementach testu.

– Zaczynają – powiedziała słabo.

– Nie szkodzi.

– Zordon...

– Są ważniejsze rzeczy.

Nie mylił się, choć jeszcze kilka lat temu nigdy by tego nie przyznała nawet przed sobą. Pozwolenie z jakiegokolwiek powodu, by ława obrony była pusta? By klient zjawił się na sali sądowej bez swoich prawników? Nie do pomyślenia.

Teraz jednak nawet się nie wahała.

Z korytarza dobiegł odgłos zamykanych drzwi, Chyłka jednak całkowicie go zignorowała. Nakłuła opuszkę palca, po czym pobrała pipetą odpowiednią ilość krwi. Wymieszała ją w niewielkim pojemniku z diluentem, a potem głęboko nabrała tchu.

– Co teraz? – zapytał niepewnie Kordian.

Wskazała płytkę testową, a on od razu podał ją Chyłce. Zerknęła na dwa kluczowe miejsca – jedno, w którym należało umieścić krople krwi, i drugie, gdzie powinien pojawić się wynik.

Za pierwszym razem ileś tygodni temu się pomyliła. W nerwach wypuściła surowicę z pipety w niewłaściwe okienko. Tylko dlatego ostatnim razem kupiła jeden dodatkowy test.

Podniosła wzrok i spojrzała najpierw na Oryńskiego, potem na drzwi.

– Zordon – powiedziała. – Musimy iść.
– Za moment.

Serce biło jej jak szalone.

Skinęła głową, a potem zaczęła wypuszczać krew do dołka próbkowego. Trwało to jakieś pół minuty, nim opróżniła zbiornik. Potem odłożyła jedno i drugie i zamknęła oczy.

Boże, spraw, żeby to się udało.

– Ile trzeba czekać? – spytał słabym głosem Kordian.
– Pięć minut – odparła Chyłka. – Minimum.

Tyle co wieczność.

Zarówno dla nich, jak i dla Kasjusza, który znalazł się teraz w całkowicie niespotykanej sytuacji.

Media już przygotowywały nagłówki o tym, że obrońcy porzucili pedofila. Sędzia z pewnością sam nie wiedział, co się dzieje. I zastanawiał się już nad tym, jaką karę porządkową nałożyć na dwójkę mecenasów.

Ci zaś patrzyli na test, jakby od jego wyniku zależało ich życie.

Rozdział 2

Wynik

1

Sąd Okręgowy w Warszawie, al. Solidarności

Kordian wodził wzrokiem po sądowej toalecie, myśląc o tym, że to właśnie tutaj dane im jest przeżyć jedną z najważniejszych chwil w życiu. Ale czy było to tak odległe od doświadczeń innych ludzi? Wydawało mu się, że większość testów ciążowych wykonywano właśnie w takich miejscach. Może jedynie nie tak publicznych.

Kiedy jakaś kobieta starała się wejść do środka, znów spotkała się z dość jednoznaczną reakcją Chyłki i zawróciła.

Przez około dwie minuty oboje wpatrywali się w test, licząc, że pojawi się na nim to, czego tak bardzo pragnęli.

Potem oboje zrezygnowali. Joanna ustawiła minutnik w telefonie, który miał odmierzać czas pozostały do pojawienia się jednej lub dwóch linii.

Na płytce testowej w okienku wyniku znajdowały się tylko dwie litery: „T" po lewej stronie i „C" po prawej.

Jeśli linia pojawi się po drugiej, będzie to oznaczało wynik negatywny. Jeśli po obydwóch, pozytywny.

W instrukcji, którą chorobliwie przeglądał Kordian, były też inne możliwości, oznaczające wynik nieważny. Oczywiste jednak było, że Chyłka wykonała badanie dokładnie tak, jak należało.

– Powinniśmy tam iść – odezwała się, nerwowo robiąc rundki między kabinami a umywalkami.

– Zaraz.

– Kurwa, Zordon, rozprawa się zaczęła…

– Mam w dupie rozprawę.

Joanna zatrzymała się, podparła pod boki i zwiesiła głowę.

– Robiłam ten sam test dwa tygodnie temu – powiedziała. – Wszystko identycznie.

– Wiem.

– Więc nie mamy co się nastawiać, że teraz wynik będzie inny. On jest w dziewięćdziesięciu ośmiu procentach miarodajny.

Zanim Oryński zabrał się do czytania instrukcji, byleby czymś zająć uwagę, też miał to z tyłu głowy. Wszak właśnie tak było napisane na pudełku.

– Tu jest uszczegółowione, że to średnia – zauważył. – Bywa, że jest w dziewięćdziesięciu pięciu procentach miarodajny, i dodają, że „pomimo wiarygodności testu istnieje możliwość uzyskania wyników fałszywie pozytywnych lub fałszywie negatywnych".

– Bo muszą mieć prawną dupokrytkę.

– W dodatku test daje wynik negatywny, kiedy stężenie hCG nie przekracza dwudziestu pięciu jednostek na litr.

– No i?
– To tylko wartość referencyjna WHO. Poza tym mogłaś mieć wtedy na przykład dwadzieścia cztery. Może za mało czasu minęło.

Chyłka głośno wypuściła powietrze z płuc, wciąż trwając w niezmienionej pozycji na środku toalety.

– Ile jeszcze? – rzucił Kordian.

Joanna powoli podniosła telefon, zupełnie jakby nagle zaczął ważyć kilka kilogramów. Nie chciała znać wyniku, a jednocześnie niczego na świecie bardziej nie pragnęła. Oryński doskonale to rozumiał.

Czuł to samo.

– Już – powiedziała Chyłka.

Oryński poczuł, jak serce mu się zatrzymuje, powietrze przestaje docierać do płuc i cały organizm przechodzi w stan zupełnej apatii.

– Sprawdź – dodała Joanna.

– Jesteś…

– Sprawdź ten, kurwa, test, Zordon.

Na trzęsących się nogach podszedł do blatu. Starał się nie patrzeć na to, co znajdowało się w okienku wyniku, zupełnie jakby dzięki temu wciąż wszystko było jeszcze możliwe. Jakby nadal mieli szansę.

Po tak długim czasie wydawało się nierealne, by na teście widniały dwie pionowe linie. Jakiekolwiek pokłady wiary czy nadziei nie mogły pokonać gigantycznego tsunami pesymizmu, które wzbierało przez ostatnie miesiące.

Kordian podniósł płytkę.

Kątem oka zobaczył jedną linię. Znajdowała się po prawej stronie.

Negatywny.

Poczuł, że coś ściska mu gardło i pcha łzy do oczu.
- I? – spytała Chyłka.
Jej głos był jak dodatkowe uderzenie, które odebrało mu mowę.
Kordian zamrugał, a potem spojrzał prosto na okienko kontrolne.
Zamiast ujrzeć jedną linię, dostrzegł także drugą, choć ledwo widoczną.
- Zordon?
Potrząsnął głową, jakby dzięki temu mógł odzyskać władzę nad umysłem. Co to oznaczało? Przed chwilą czytał przecież instrukcję, do kurwy nędzy, powinien…
- Zordon?!
- Czekaj…
- Na co?
- Jest jedna mocna i druga niewyraźna linia.
Chyłka natychmiast znalazła się przed nim i wyrwała mu test z ręki, jakby tylko dzięki naocznemu sprawdzeniu mogła potwierdzić, że mąż nie mija się z prawdą. On tymczasem natychmiast rozłożył instrukcję.
- Co to ma być? – rzuciła Joanna. – W chuja sobie lecą?
Kordian nerwowo przesuwał wzrokiem po informacjach znajdujących się na kartce.
W końcu odnalazł to, czego szukał.
- No? – ponagliła go Chyłka. – Piszą tam, co…
- Piszą.
- I?
Zordon z trudem przełknął ślinę, odnosząc wrażenie, że serce za moment rozsadzi mu klatkę piersiową. Nie pamiętał, kiedy ostatnim razem tak się czuł. Nie potrafił przyrównać tego do żadnej stresującej sytuacji na sali sądowej,

do żadnego przypadku, kiedy jego życie znajdowało się w niebezpieczeństwie.
Postarał się o to, by nabrać jak najwięcej tchu. I by słowa nie ugrzęzły mu w gardle.
Nie potrafił sklecić jakichkolwiek samemu. Był w stanie jedynie odczytać to, co znajdowało się w instrukcji.

– Intensywność linii w obszarze testowym T może być mniejsza niż intensywność w obszarze C – wydusił. – Oznacza to, że poziom hCG jest równy dwudziestu pięciu jednostkom na litr lub wyższy, co z kolei...

– No?

Kordian miał tak ściśnięte gardło, że nie wiedział, czy zdoła wydusić kolejne zdanie.

– Co świadczy o ciąży – dokończył.

2
Toaleta, Sąd Okręgowy w Warszawie

Chyłka stała jak zastygnięta. Jedynym, co poruszało się na jej ciele, były łzy cieknące po policzkach. Patrzyła na Kordiana nieruchomo, zupełnie jakby oboje zostali znokautowani jakąś przemożną, niemożliwą do pokonania siłą.

On ocknął się jako pierwszy.

Natychmiast się na nią rzucił, obejmując ją tak, jakby był przekonany, że zaraz ugną się pod nią nogi. Obawy nie były uzasadnione. Joanna sama nie wiedziała, co w tej chwili dzieje się z jej ciałem.

Odsunął ją na moment, śmiejąc się, a potem otarł szybko jej łzy.

– Zordon...

Nigdy nie widziała, by tak się uśmiechał. Przeżyli razem wiele pięknych, cudownych chwil, ale w jego oczach nigdy nie zakołatało tak czyste i bezbrzeżne szczęście. Pocałował ją, najwyraźniej nie potrafiąc zrobić niczego innego.

Joanna mocno zacisnęła powieki. Wydawało jej się to nierealne, jak niesamowity sen, który za moment bezpowrotnie ucieknie.

Odsunęła się tylko na tyle, by spojrzeć na Kordiana. Na ojca jej dziecka. Dziecka, które w niej rosło.

Oboje oddychali nierówno, brakowało im tchu. Zdawali się całkowicie bezsilni wobec emocji, które ich znokautowały.

– I co powiesz? – odezwał się w końcu Oryński.

Nic. Nie potrafiła powiedzieć absolutnie nic.

Kordian przeciągnął przedramieniem po twarzy, zbierając z niej swoje łzy. Musieli wyglądać osobliwie, oboje w togach, stojąc na środku sądowej toalety. Żadne z nich jednak nawet o tym nie pomyślało.

– Chyba jesteśmy w ciąży – dodał ze śmiechem Oryński.

Joanna zamrugała kilkakrotnie.

– My?

– Liczba mnoga świadczy o wsparciu ze strony mężczyzny i…

– Znaczy będziesz nosił nasciturusa? – ucięła, klepiąc się po brzuchu. – Bo to jedyne, co uprawniałoby cię do tej liczby mnogiej.

– Mogę nosić was oboje.

Chyłka poczuła, jak znów wzbiera w niej wzruszenie. Do kurwy nędzy, wystarczyło, by ten człowiek powiedział jedno proste zdanie, a całym jej jestestwem zdawał się targać jakiś spazm.

Musiał dostrzec to bez trudu, bo natychmiast znów przyciągnął ją do siebie i mocno otoczył ramionami. Joanna miała ochotę w nich zniknąć. Być jak najdalej od sądu, nie zajmować się niczym, co nagliło.

Nie mogła jednak odsunąć od siebie świadomości tego, że kilkanaście metrów od nich znajduje się ktoś, kto na nich liczy. I jego życie zależy od tego, czy się stawią.

– Musimy iść – wydusiła.

– Wiem.

– O ile nie jest jeszcze za późno.

Poczuła, jak Kordian kiwa głową. Mimo to jedno ani drugie się nie poruszyło.

Chyłka nie miała pojęcia, jakim cudem ma skierować myśli na tory zawodowe. Upominała się w duchu, że musi znaleźć sposób, ale szukała go na próżno. W końcu zebrała się w sobie i odwróciła w kierunku lustra.

Makijaż jej się rozmazał, ale nie było czasu do stracenia.

– Chodź – rzuciła do Zordona, zanim zdążył się odezwać.

Zaraz potem oboje wyszli na korytarz. Ledwo to się stało, przyspieszyli kroku, zupełnie jakby uruchomił się w nich jakiś inny tryb działania.

Przed wejściem do sali Joanna pociągnęła nosem, a potem otworzyła drzwi. Wpadli do niej, jakby się paliło, skupiając na sobie uwagę wszystkich zebranych.

Składowi przewodniczył stary sędziowski wyga, Janusz Hernas. Chyłka kilkakrotnie miała z nim do czynienia i właściwie nie mogła powiedzieć na jego temat złego słowa. Orzekał sprawiedliwie, nie faworyzował żadnej ze stron – nie słyszała także, by kiedykolwiek zjawiał się na jakichś imprezach, na których bawili się prokuratorzy czy adwokaci, i fraternizował się z tym czy innym.

Porządny sędzia z czasów, kiedy zawód ten cieszył się większą niż teraz estymą.

– Przepraszamy za spóźnienie, Wysoki Sądzie – odezwał się Kordian, idąc środkiem sali.

Hernas opuścił okulary na nos i znad nich spojrzał na dwoje prawników. Ewidentnie chciał ich zrugać, kiedy jednak zobaczył rozmazany tusz pod oczami Chyłki, powstrzymał się.

Gdyby trafili na Tatarka lub kogoś jego pokroju, napytaliby sobie wyjątkowej biedy. Janusz jednak sprawiał wrażenie, jakby miał zamiar puścić im to płazem.

– Sytuacja awaryjna – dodała Joanna.

– Doprawdy? – spytał przewodniczący.
– Związana ze szczęśliwą kopulacją.
– Słucham?
– Z udaną apelacją, Wysoki Sądzie – włączył się Oryński.
– Mecenas Chyłka się przejęzyczyła.

Sędzia Hernas zmarszczył krzaczaste brwi, które zdawały się znacznie bujniejsze od przerzedzonych włosów na głowie. Szczęśliwie nie dopytywał o szczegóły, a dwoje prawników nie spieszyło z ich udzieleniem.

Kiedy jednak usiedli przed Kasjuszem i pilnującymi go policjantami, ten pochylił się do przodu.

– Czy to znaczy, że Bóg obdarzył was najcudowniejszym z darów? – szepnął.

Chyłka obejrzała się przez ramię, rozkładając przed sobą materiały.

– Mogę księdzu powiedzieć, czym konkretnie kto mnie obdarzył i w jakiej pozycji, ale nie wiem, czy…

– Rozumiem – uciął cicho duchowny. – Pozostańmy może przy tym, że Bogu niech będą dzięki.

– Amen – odparła Joanna.

Powiodła wzrokiem po dokumentach, odnosząc wrażenie, jakby nagle stały się dla niej całkowicie obcą materią. Nie wiedziała, czego dotyczą, co oznaczają ani dokąd mają ją zaprowadzić.

Nie pamiętała mowy otwierającej, nie mogła wyłowić z pamięci argumentów, których chciała użyć.

Sędzia tymczasem właśnie domykał ostatnie formalności. Akt oskarżenia najwyraźniej został już odczytany, bo Hernas wprowadzał do protokołu korekty w kwestii sprawdzenia listy obecności, nie omieszkawszy przy tym posłać krytycznego spojrzenia dwójce adwokatów.

Potem przeniósł wzrok na oskarżonego, który nawet nie drgnął. Chyłka też trwała w całkowitym bezruchu.
– Trucizno? – szepnął Kordian.
– Wszystko okej.
Jego krytyczne spojrzenie, kiedy się ku niej pochylał, mówiło, że nie do końca jej wierzy.
– Możemy wnieść o odroczenie rozprawy – zauważył.
– Nie ma potrzeby.
Zerknął na księdza, potem na nią.
– Daj mi tylko chwilę na zebranie myśli – dodała.
Nikt niestety nie mógł jej zapewnić dostatecznie dużo czasu. Owszem, Kasjusz zamierzał złożyć wyjaśnienia, ale nie były długie. Uzgodnili, że im więcej powie na tym etapie, tym gorzej.

W oczach całej opinii publicznej był winny. A jeśli zacznie się tłumaczyć, to wrażenie się pogłębi. Potrzebowali krótkiej, zdecydowanej deklaracji.
– Czy oskarżony zrozumiał istotę zarzucanych mu czynów? – odezwał się sędzia Hernas.
Duchowny się podniósł.
– Tak, Wysoki Sądzie.
– Czy oskarżony przyznaje się do winy?
Kasjusz od razu krótko zaprzeczył, a przewodniczący dopytał, czy ten zamierza złożyć wyjaśnienia. Chyłka obróciła lekko głowę i skontrolowała wyraz twarzy swojego klienta.

Na tym etapie bywało z nimi różnie. Potrafiła przypomnieć sobie zarówno takich, którzy nie byli w stanie wydusić wcześniej przygotowanych formułek, jak i tych, którym odbijało po usłyszeniu aktu oskarżenia. Ci drudzy zaczynali robić wszystko, by zapewnić o swojej niewinności, co zazwyczaj kończyło się niezbyt dobrze.

Ludzie nie byli przyzwyczajeni do funkcjonowania w takich okolicznościach. Nawet jeśli byli oswojeni z patrzącą na nich publiką i kamerami, to zazwyczaj nie radzili sobie z presją tłumaczenia się przed nimi. Zaczynali kluczyć, wypadali mało przekonująco, za bardzo się starali.

Kasjusz jednak nie sprawiał wrażenia, jakby miał odejść od ustalonej wersji.

– Chciałbym powiedzieć tylko parę słów, Wysoki Sądzie – odezwał się.

Hernas skinął dłonią, by mówił.

– Jako duszpasterz starałem się wykonywać swoją posługę najlepiej, jak umiałem. Pomagając tym, którzy pomocy potrzebowali. Wyciągając rękę do tych, którzy tonęli. I oddając to, co sam dostawałem. Prędzej skrzywdziłbym siebie niż kogokolwiek, kto pozostawał pod moją opieką.

Podziękował i usiadł, a Joanna odetchnęła. Tyle w zupełności wystarczyło, całą resztę przedstawią w trakcie przesłuchań, bo argumentów do zbicia było stanowczo zbyt wiele, by Kasjusz robił to sam.

– Dziękuję – rzucił właściwie w pustkę Hernas. – W takim razie przechodzimy do przesłuchania świadków. Proszę wszystkich o opuszczenie sali i pozostanie na niej jedynie księdza Dąbrowskiego.

Chyłka poczuła na sobie pełne ulgi spojrzenie Kordiana. Nie dziwiła się. Oboje głowili się nad tym, jak sędzia stoi z religią – a fakt, że odniósł się do pierwszego świadka tak, a nie inaczej, świadczył o tym, że sytuacja jest nie najgorsza.

Ksiądz Dąbrowski zjawił się tutaj z inicjatywy obrony. Był proboszczem w parafii, gdzie Kasjusz przez lata pełnił funkcję wikariusza. Działali w sprawnym tandemie i zaprzyjaźnili się na tyle, że kiedy Dąbrowskiego mianowano dziekanem wikariatu rejonowego, ten postarał się, by to Kasjusz objął po nim schedę w parafii.

Praktycznie zrobił go proboszczem, a kiedy doszło do konfliktów z kurią, stanął po jego stronie i oponował przed przeniesieniem do Wrońska. Nie opuścił go także po tym, jak postawiono mu zarzuty. Trwał przy nim, przynosząc mu do aresztu, co tylko mógł, i zabiegając o widzenia.

Nawet gdyby Joanna nie była tego świadoma, już przy pierwszej rozmowie wyczułaby, że ma do czynienia z porządnym gościem. Jej radar w tym względzie nie szwankował, zresztą ksiądz Dąbrowski nie bez powodu trzymał z Kasjuszem – obaj byli ulepieni z tej samej gliny.

Klaudia Bielska jako pierwsza miała wziąć go na celownik, Chyłka jednak nie obawiała się o przebieg przesłuchania. Skupiała się na tym, o co sama miała zapytać świadka. Szczególnie że konkretne myśli wciąż ulatywały jej z głowy.

– Niech będzie pochwalony Jezus Chrystus – zaczęła Klaudia.

Dziekan lekko się uśmiechnął, bez trudu wychwytując przewrotny ton. Nie umknął żadnemu z zebranych.

– Na wieki wieków – odparł.

– Zacznijmy może od tego, jak dobrze zna pan... Przepraszam, jak dobrze zna ksiądz oskarżonego.

– Bardzo dobrze.

– Jak długo?

– Och, od parunastu lat.

– I uważa ksiądz oskarżonego za osobę o nieposzlakowanej opinii?

– Jak najbardziej.

Bielska skinęła głową, przyjmując tę ocenę z obojętnością.

– A więc nie ma ksiądz żadnych wątpliwości co do tego, że oskarżony kieruje się zasadami wiary? – spytała.
– Najmniejszych.
– Jest głęboko wierzący?
– Tak.
– I zawsze postępuje w zgodzie z tym, co mówi Katechizm Kościoła Katolickiego?
– Zgadza się.

Po raz pierwszy Chyłka podziękowała w duchu losowi za to, że ma do czynienia z księżmi. Szczególnie takimi. Ten był z pewnością zaprawiony w odpowiadaniu na nawet najbardziej toporne, powtarzające się pytania. Okazywał cierpliwość i gotowość do tego, by ciągnąć to przedstawienie godzinami, o ile taka będzie wola prokuratorki.

– Rozumiem, że ksiądz Kasjusz nigdy nie złamał żadnej normy?
– Żadnej.

Klaudia lekko rozłożyła ręce i bezradnie się uśmiechnęła.
– Święty – oceniła.
– Och, z pewnością nie.
– A więc jednak czymś zgrzeszył?
– Wszyscy grzeszymy, pani prokurator – odparł spokojnym głosem Dąbrowski. – W życiu nie chodzi wcale o to, by tego nie robić. Tylko o to, by nieustannie się poprawiać, żałować za nasze błędy i starać się ich nie powtarzać. Nigdy jednak nie osiągniemy doskonałości, a Bóg jej od nas bynajmniej nie wymaga. On bowiem jest idealny, ale my nie. I kocha nas dokładnie takimi, jakimi jesteśmy.

Bielska otworzyła szerzej oczy i wstrzymała oddech. Przez moment na sali sądowej panowała cisza.
– Pani prokurator? – odezwał się Janusz Hernas.

– Przepraszam, Wysoki Sądzie – odparła szybko Klaudia. – Myślałam, że kazanie będzie jeszcze trochę trwało.
W odpowiedzi dziekan znów uraczył ją uprzejmym uśmiechem.
– No dobra – dodała Bielska. – Więc ustaliliśmy właściwie co?
– Słucham?
– Że oskarżony grzeszył, ale nie za bardzo?
Dąbrowski szybko nabrał tchu, chcąc odpowiedzieć, ale prokuratorka nie dała mu ku temu okazji.
– A skąd ksiądz właściwie wie? – spytała.
– Słucham?
– Spotykacie się wieczorem przy resztkach wina mszalnego i opowiadacie, kto co nawywijał?
Joanna zerknęła na sędziego, który na tym etapie mógł spokojnie upomnieć Bielską, by sobie nie folgowała. Zastosował jednak taryfę ulgową.
– Faktycznie trochę podobna do ciebie – rozległ się szept Kordiana.
– Zamknij paszczę – rzuciła w odpowiedzi Chyłka.
Oboje na powrót skupili się na próbie ustalenia tego, co próbowała osiągnąć Klaudia.
– Więc jak? – dodała. – Skąd ksiądz wie?
– Jestem spowiednikiem Kasjusza.
– O rany, naprawdę?
Joanna poczuła pewien niepokój.
– Ale czy nie jest tak, że jeśli oskarżony w trakcie spowiedzi wyznałby, iż ukradł długopis, ksiądz nie mógłby nam o tym powiedzieć? – spytała Bielska.
– Zgadza się. Obowiązywałaby mnie pieczęć sakramentalna, czyli tak zwana tajemnica spowiedzi.

– A co mogłoby ją uchylić?
– Nic. Jest ona nienaruszalna i obowiązuje mnie aż do śmierci. I to bez względu na to, czy penitent żyje, czy nie.

Klaudia sprawiała wrażenie, jakby chciała zagwizdać.

– Nieźle – przyznała. – A więc gdyby ksiądz Kasjusz pewnego dnia przyszedł i oznajmił, że gwałcił młodego chłopaka...

– Wysoki Sądzie – zaoponowała Joanna, podnosząc się.

Hernas uniósł rękę, sugerując, by z powrotem zajęła miejsce, ale Chyłka nie miała zamiaru tego robić.

– Pani prokurator grilluje mi świadka – oznajmiła.

Sędzia przyjął pełną dezaprobaty minę, trudno było jednak przesądzić, czy jest spowodowana postępowaniem jednej, czy drugiej strony.

– W dodatku jeśli ma dyplom prawniczy z uczelni wyższej, powinna znać treść artykułu 178 punktu 2 Kodeksu postępowania karnego, klarownie definiującego bezwzględny zakaz przeprowadzania dowodu z rzeczy, których duchowny dowiedział się w trakcie spowiedzi.

Hernas nabrał tchu.

– Pani mecenas usiądzie – polecił, a potem spojrzał na Bielską. – A pani prokurator powstrzyma się po pierwsze od powtórki z kapeku, a po drugie od stawiania pytań z tezą.

– Oczywiście, Wysoki Sądzie.

Przyjęła teatralnie przepraszający wyraz twarzy, a Chyłka odniosła wrażenie, jakby przez moment przejrzała się w lustrze. Kurwa mać, Zordon miał trochę racji. Ale ta siksa wyglądała na nieopierzoną, nie udoskonaliła sztuki, nad którą Joanna pracowała latami. W dodatku nie korzystała z pomocy Kordiana.

W starciu z nimi była bez szans.

– Czy pani prokurator ma jeszcze jakieś pytania do świadka? – spytał sędzia Hernas.
– Tak, Wysoki Sądzie.
– Zatem proszę.

Wykonał uprzejmy ruch ręką, w którym nie przebijało się najmniejsze poczucie wyższości, towarzyszące niektórym znanym Chyłce sędziom.

W zachowaniu Klaudii było jednak doskonale widoczne, szczególnie kiedy zogniskowała wzrok na księdzu. Uważała się za lepszą, oświeconą, kierującą się wyłącznie rozumem racjonalistkę. On był dla niej jak relikt średniowiecza.

– Co sądzi ksiądz na temat in vitro? – rzuciła do świadka.

Joanna natychmiast poczuła na sobie alarmujące spojrzenie Oryńskiego.

– Słucham?

– Chodzi o procedurę połączenia komórki jajowej i plemnika poza żeńskim układem rozrodczym. W warunkach laboratoryjnych.

– Tak, wiem, czym jest in vitro.

– Czy moglibyśmy poznać zdanie księdza na ten temat?

Kordian lekko się podniósł, przykuwając uwagę wszystkich.

– Wysoki Sądzie, co to pytanie ma wspólnego ze sprawą? – rzucił.

Chyłce wydawało się, że nawet gdyby się nie odezwał, Hernas sam poruszyłby tę kwestię. Patrzył na Bielską wymownie, ewidentnie tracąc cierpliwość.

– Pani prokurator? – ponaglił.

– Zapewniam, że związek istnieje.

– Jaki?

– Za moment to wykażę, jeśli tylko Wysoki Sąd pozwoli.

Przewodniczący nabrał tchu, a dwójka adwokatów wymieniła się zaniepokojonymi spojrzeniami. Rzucenie tego tematu przez Klaudię nie mogło być przypadkowe. Dążyła do czegoś konkretnego, co miało związek z nimi.

– Dobrze – odezwał się Janusz Hernas. – Ale proszę mieć na uwadze, że moja cierpliwość nie jest nieskończona.

Klaudia skinęła pokornie głową, a potem spojrzała na Dąbrowskiego.

– Więc co ksiądz sądzi na temat tej metody?
– Podzielam stanowisko Kościoła, oczywiście.
– Czyli?

Duchowny się zawahał i Joanna odniosła wrażenie, że robi wszystko, by na nią nie patrzeć. Naraz zrozumiała, co się dzieje, przynajmniej częściowo. Dąbrowski był nie tylko spowiednikiem księdza Kasjusza – był także jego długoletnim przyjacielem. Wiedział o wszystkim, co działo się w jego życiu.

– Chyłka? – szepnął Kordian, nachylając się do niej. – O co tu chodzi?

Joanna zacisnęła usta.

– O to, że Bielska zaraz wprowadzi nas na minę – syknęła.
– Przez in vitro?

Chyłka patrzyła w oczy Klaudii, ale ta nie zwracała uwagi na adwokatkę.

– Tak – potwierdziła Joanna. – Bo mamy do czynienia z wyjątkową suką.

3

Sala rozpraw, Sąd Okręgowy w Warszawie

Kordian nie miał wątpliwości, że temat został podniesiony ze względu na życie prywatne strony przeciwnej. Bielska jakimś cudem zwiedziała się, że stosują procedurę zapłodnienia pozaustrojowego. Ale jakie to miało znaczenie dla sprawy? I jakim prawem w ogóle...
– Więc jak? – rzuciła prokuratorka, patrząc wymownie na księdza.
Ten po raz pierwszy poruszył się nerwowo, zupełnie jakby z jakiegoś powodu nie potrafił dłużej utrzymać emocji na wodzy. Powiódł wzrokiem dookoła, a Oryński zrozumiał, że świadek wie, dokąd jest prowadzony.
– Czy zdaniem księdza ta procedura jest moralna? – dodała Bielska.
Nie mógł się migać, nie mógł się wykręcać. Musiał udzielić odpowiedzi zgodnej ze swoim sumieniem – i dla każdego było to oczywiste. Wciąż jednak nijak nie mogło się to przysłużyć Klaudii.
– Nie uważam, by stosowanie jej mieściło się w ramach moralnych – odpowiedział w końcu duchowny.
– Dlaczego?
– Z wielu powodów.
– Może pan wymienić choć... dajmy na to, trzy?
Dąbrowski lekko skinął głową, a z jego twarzy bezpowrotnie zniknął uprzejmy wyraz.

– Przede wszystkim to ingerencja w sferę boską – powiedział. – Próba obejścia natury, wejścia w kompetencje, które człowiekowi nie przysługują.
– Znaczy życie nie powinno powstawać w laboratorium?
– Zgadza się.
– Co jeszcze?

Kordian obejrzał się w kierunku klienta, sądząc, że może z jego twarzy zdoła cokolwiek wyczytać. Tak się stało. Ksiądz Kasjusz ni stąd, ni zowąd zaczął sprawiać wrażenie, jakby przegrał cały proces.

– Największe obiekcje budzi sam przebieg procedury, przynajmniej w Polsce – wyjaśnił Dąbrowski.
– A konkretnie?
– Od kobiety pobieranych jest sześć komórek jajowych, z których powstaje tyle samo zarodków. Statystycznie rzecz biorąc, cztery rozwiną się prawidłowo, jednak do jamy macicy transferuje się tylko jeden lub dwa zarodki.

Duchowny w końcu zerknął na Joannę, ale tylko na ułamek sekundy.

– Sprzeciw Kościoła budzi to, co staje się z pozostałymi – dodał.
– Bo to życie?
– Tak. To zarodki, jak sama nazwa wskazuje.
– Ale nie człowiek.

Dąbrowski nabrał głęboko tchu, jakby miał zamiar wygłosić długi wywód. Zrezygnował, kiedy sędzia wymownie uniósł dłoń.

– Zostawmy rozważania etyczno-egzystencjalne – powiedział Hernas. – A panią prokurator proszę o dobicie do brzegu.

– Oczywiście, Wysoki Sądzie – odparła Bielska. Wykonała ruch ręką sugerujący, by ksiądz mówił dalej.

– Pozostałe zarodki są zamrażane – podjął. – Nie są unicestwiane, co już samo w sobie świadczy, że nawet osoby przeprowadzające procedurę nie traktują ich instrumentalnie. To nie są pojedyncze komórki, ale, podkreślmy jeszcze raz, zarodki. Nikomu nawet przez myśl nie przechodzi, by się ich pozbyć, stosowana jest więc droga pośrednia. Sami lekarze mówią o ich „niezabijaniu". Słowa są ważne.

Kordian nerwowym ruchem poprawił żabot, poniewczasie uświadamiając sobie, że zaczyna się wiercić.

Chciał zabrać głos. Podkreślić, że zarodki mogą być przekazane innej parze. Że nie można arbitralnie przesądzić, kiedy powstaje życie. Nie na podstawie przeterminowanej o dwa tysiące lat książki, którą pisano bez pojęcia o tym, co potrafi współczesna nauka.

Milczał jednak, czekając na kolejny ruch ze strony Bielskiej.

– To dwa powody – zauważyła. – Ma ksiądz jeszcze jakiś?
– Owszem. Wątpliwości budzi to, co może się wydarzyć podczas laboratoryjnego powoływania ludzi do życia.
– Czyli?
– Zna pani historię holenderskiego lekarza, Jana Karbaata?
– Nie.
– W ramach procedury in vitro zapładniał pacjentki własną spermą. Urodziło się w ten sposób czterdzieścioro dziewięcioro dzieci. Podobnie było w przypadku amerykańskiego doktora, Donalda Cline'a, który w ten sam sposób wywołał ciąże u stu kobiet. U stu.

Bielska pokiwała głową ze zrozumieniem.

– Zbyt szerokie możliwości stwarzają człowiekowi zbyt duże pole do nadużyć – dodał ksiądz. – Szczególnie kiedy wchodzi się na ścieżkę sprzeczną z naturą.

Chyłka poruszyła się nerwowo, wyraźnie tracąc resztki cierpliwości. Musiała przywoływać w pamięci wszystkie te wypowiedzi niektórych hierarchów, twierdzących, że dzieci z in vitro nie mają duszy. Był to margines, ale jego głos z pewnością donośnie rozbrzmiewał w głowie Joanny.

– Proszę mnie źle nie zrozumieć – kontynuował Dąbrowski, jakby to dostrzegł. – Daleki jestem od formułowania tez, że dzieci poczęte w ten sposób jakkolwiek różnią się od tych, które są wynikiem naturalnego współżycia małżeńskiego. Twierdzę tylko, że w trakcie powoływania ich do życia giną inne.

Bielska wypuściła głośno powietrze.

– Czyli to grzech? – rzuciła.

– Słucham?

– Stosowanie in vitro?

– Cóż… Podstawowym założeniem naszej religii jest to, że to nie człowiek jest dawcą życia, ale Bóg.

– Prosiłabym o jasną odpowiedź.

Dąbrowski westchnął bezsilnie.

– Penitencjaria Apostolska określa tę procedurę jako jeden z grzechów ciężkich, owszem – powiedział.

– *Ouh là là…*

Joanna w końcu się podniosła, rozkładając ręce.

– Wysoki Sądzie, nie jesteśmy w sądzie biskupim – rzuciła.

– Jestem skłonny się przychylić do tej oceny – odparł Hernas i spojrzał spode łba na Bielską. – Ostatnie pytanie, pani prokurator.

– Można dwa?

– O ile doprowadzą do celu, dla którego w ogóle podejmuje pani temat.

Klaudia znów posłusznie skinęła głową, a potem skierowała wzrok na Chyłkę i poczekała, aż ta z powrotem usiądzie. W jej oczach dawało się dostrzec rosnącą satysfakcję.

– Proszę księdza – podjęła. – Czy może ksiądz potwierdzić, że obrońcy oskarżonego stosują procedurę in vitro?

Oryński natychmiast zerwał się na równe nogi.

– Pani prokurator – zagrzmiał Hernas, uprzedzając go. – Właśnie przekroczyła pani linię, za którą rozpoczyna się odpowiedzialność zawodowa.

– Przepraszam, Wysoki Sądzie, ale…

– Tu nie ma żadnego „ale".

– Obawiam się jednak, że jest – uparła się. – Mecenas Chyłka przyjaźni się bowiem z oskarżonym, co sprawia, że pewne fakty z jej życia są kluczowe dla sprawy. Konkretnie właśnie ten.

– W jakim zakresie?

– Wysoki Sądzie, to jakiś absurd – rzucił Kordian.

– Proszę siadać, panie mecenasie.

Oryński wskazał ręką Bielską, jakby ten gest sam w sobie miał stanowić jego osobisty akt oskarżenia względem niej.

– Przecież to zakrawa na…

– Niech pan usiądzie.

– Wysoki Sądzie…

– Albo pan zajmie miejsce, panie mecenasie, albo nałożę na pana karę porządkową.

Kordian zacisnął mocno usta, starając się powstrzymać wszystkie słowa, które się na nie cisnęły. W końcu, poczuwszy dotyk na dłoni, usiadł obok Chyłki.

Klaudia zaś nie traciła rezonu.

– Nie zadawałabym tego pytania, Wysoki Sądzie, gdyby nie to, że od odpowiedzi zależy przesądzenie okoliczności kluczowej dla prowadzonego postępowania.

Hernas również sprawiał wrażenie, jakby gdzieś w głębi targały nim silne emocje. I jakby był o krok od wywalenia Bielskiej z sali.

Mimo to lekko skinął głową.

– Mam powtórzyć pytanie? – odezwała się do duchownego Klaudia.

– Nie.

– W takim razie mogę prosić księdza o odpowiedź?

Dąbrowski uniósł wzrok, jakby gdzieś sponad nich miała nadejść pomocna dłoń.

Jeśli był blisko z Kasjuszem, mógł wiedzieć o staraniach Chyłki o dziecko. Jeśli dowiedział się tego przy spowiedzi, nie zająknie się słowem na ten temat. Jeśli informacje padły w zwykłej rozmowie, raczej nie skłamie. Wyglądał bowiem na duchownego, który nie minął się z powołaniem – a więc zazwyczaj nie mijał się też z prawdą.

Dąbrowski poruszył się nerwowo i z przepraszającym wyrazem twarzy spojrzał na Joannę i Oryńskiego.

– Tak, mogę potwierdzić, że dotarły do mnie takie informacje – powiedział.

– Od księdza Kasjusza?

– Zgadza się.

– A skąd ksiądz Kasjusz miał taką wiedzę?

– Jak pani słusznie zauważyła, przyjaźni się z mecenas Chyłką.

Bielska lekko się uśmiechnęła.

– Więc zdawał sobie sprawę z tego, że bez procedury in vitro mecenas Chyłka w ciążę nie zajdzie?

Kordian nie miał zamiaru dłużej na to pozwalać. Znów zaczął się podnosić i tym razem nie planował odpuszczać, dopóki sędzia nie ukróci tej hucpy. Zastygł jednak w bezruchu, kiedy Joanna położyła mu dłoń na udzie.

Jej oczy jasno mówiły, że nie ma sensu się szarpać. Klaudia dotarła do momentu, w którym cała ta linia przesłuchania okazywała się w istocie kluczowa dla sprawy.

– Tak – potwierdził Dąbrowski.
– I dowiedział się o tym ksiądz w rozmowie czy w trakcie spowiedzi?
– W rozmowie. Inaczej nie przedstawiłbym tych faktów.
– Oczywiście.

Oryński poczuł, że koncentruje się na nich uwaga wszystkich wokół. Kiedy jednak obejrzał się przez ramię, przekonał się, że patrzą nie na niego, ale na Joannę. Naraz dotarło do niego, że robią to nie tylko ludzie obecni na sali. Kamery także zwróciły się w kierunku Chyłki.

Kordian zaklął w duchu, doskonale potrafiąc wyobrazić sobie zbliżenia, które w tej chwili są robione na jej twarz.

Bielska wydęła lekko usta i zrobiła pauzę, jakby zapomniała, do jakiego miejsca zmierzała. W końcu przekrzywiła głowę na bok.

– W porządku – powiedziała. – Może mi zatem ksiądz powiedzieć, czy oskarżony modlił się o to, by mecenas Chyłka zaszła w ciążę?
– Słucham?
– Czy ksiądz Kasjusz, mając pełną świadomość, że jedynie in vitro doprowadzi do zapłodnienia, modlił się w intencji poczęcia?
– Cóż...
– Nie rozmawiał ksiądz o tym z oskarżonym?

– Rozmawiałem.
– I?
Dąbrowski się zawahał, a Kordian zaczął się zastanawiać, czy sama taka rozmowa nie stanowiła jakiegoś przekroczenia ich prywatności. Być może nie, mógł przecież wyobrazić sobie, że Magdalena też podejmowała ten wątek w rozmowach z bliską przyjaciółką. Czy Kormak z kimś z rodziny. Tych dwóch było dla siebie jak bracia. Mogli powiedzieć sobie o wszystkim.
– I owszem, ksiądz Kasjusz kierował takie intencje – odparł w końcu Dąbrowski.
– By zabieg się udał?
Dziekan przez moment się wahał.
– Czy to milczenie mogę przyjąć za odpowiedź twierdzącą?
– Pani prokurator... – rzucił sędzia.
– Przepraszam, Wysoki Sądzie. Po prostu chciałabym mieć jasność.
Na moment zaległa cisza.
– Świadek udzieli odpowiedzi na pytanie – pouczył wreszcie duchownego Hernas.
Jego głos był chłodny, urzędowy i nie ulegało wątpliwości, że sam najchętniej zakończyłby wszystko to, co się działo.
– Tak, ksiądz Kasjusz zmawiał za to modlitwę – odparł w końcu Dąbrowski.
– A pan? Przepraszam, ksiądz?
– Nie.
Bielska żerknęła na kamery, z których część wciąż pokazywała Joannę.
– Oczywiście – powiedziała prokuratorka. – Przecież nie mógłby się ksiądz modlić o coś, co, jak ustaliliśmy, jest grzechem ciężkim.

Dziekan milczał.
— Ale w takim razie chyba potrzebuję pomocy w zrozumieniu czegoś — dodała Klaudia. — Skoro ksiądz Kasjusz jest tak modelowym duchownym, jak słyszeliśmy, to jak może dopuszczać się tak podstawowego błędu? Herezji, można by rzec.

Wciąż nie padła żadna odpowiedź.

— Przecież to najgorsze, co można zrobić — ciągnęła prokuratorka. — Modlić się o grzech? Do Boga?

— Pani prokurator — włączył się Hernas. — Wystarczy.

— Ale...

— Wykazała pani, co zamierzała.

Klaudia podniosła się, skinęła lekko głową sędziemu, a potem zajęła swoje miejsce. Skrzyżowała ręce na piersi, jakby tym samym chciała postawić kropkę nad i.

Przewodniczący miał rację — osiągnęła zamierzony cel. Zdyskredytowała nie tylko Dąbrowskiego jako świadka, ale także Kasjusza jako przykładnego księdza. Wykazała, że nie można ufać słowom ani jednego, ani drugiego.

— Pani mecenas — rzucił Hernas. — Jakieś pytania?

Oryński spojrzał na Joannę, ona jednak trwała w bezruchu ze wzrokiem wbitym prosto przed siebie. Nie sprawiała wrażenia, jakby w ogóle usłyszała słowa sędziego.

— Pani mecenas? — upomniał się o uwagę.

Chyłka w końcu się ocknęła i powoli wstała.

— Nie, Wysoki Sądzie — odparła nieobecnym głosem. — Dziękuję.

4

al. Solidarności, Wola

Po przesłuchaniu kolejnych świadków nastąpiła przerwa, z której Chyłka skwapliwie skorzystała. Przeszła szybkim krokiem przez korytarz, ignorując dziennikarzy, którzy podsuwali jej mikrofony, po czym zbiegła schodami na dół. Momentami nie wiedziała, czy uda jej się utrzymać balans na obcasach, ale korzystała z dekad doświadczenia w tej materii.

Kiedy znalazła się na alei Solidarności, odeszła kawałek w lewo, a potem oparła się plecami o mur budynku i zamknęła oczy. Nabrała głęboko tchu, jakby znajdowała się nie w samym środku zasmogowanego miasta, ale na łonie natury.

Nie musiała otwierać oczu, by wiedzieć, że Kordian jest tuż obok. Kiedy podniosła powieki, zobaczyła, że wsparł się pod boki i rozglądał tak, jakby szukał kogoś, komu może dać w mordę.

Mimo to milczał.

Chyłka nie miała zamiaru tego robić.

– Pierdolona cipa – rzuciła.

Zordon głośno odetchnął, jakby z jakiegoś powodu potrzebował usłyszeć dokładnie to.

– Za jednym zamachem wytrąciła nas z uderzenia, pozbawiła wiarygodności najważniejszego świadka i podała w wątpliwość jakąkolwiek prawdomówność naszego klienta – dodała Joanna.

– W dupie to mam – odparł pod nosem Kordian.

Chyłka zerknęła na niego z powątpiewaniem.

– Interesuje mnie wyłącznie to, że wywlokła coś, co powinno być tylko nasze.

Nie mylił się.

Kiedy to wszystko na dobre nabrało rozpędu, Chyłkę znokautowała jedna niepokojąca myśl. Że ich dziecko kiedyś, za wiele lat, obejrzy ten materiał. W internecie nic nie zginie. Zobaczy wszystko, co się wydarzyło. Usłyszy każde słowo. O poczęciu z grzechu, o tym, że są ludzie, którzy traktują dzieci z in vitro jako gorsze.

Na samą myśl o tym Chyłka się zagotowała. Zacisnęła dłonie w pięści, zwalczając przemożną potrzebę, by odwrócić się i z całej siły przywalić w ścianę.

– Nie miała prawa tego robić – dodał Zordon.
– Wiem.
– Nikt nie ma prawa.

Joanna tylko skinęła głową, nie chcąc bardziej nakręcać Oryńskiego.

– O tym, jak zostało poczęte dziecko, mają prawo wiedzieć tylko rodzice, do kurwy nędzy – rzucił, a potem gwałtownym ruchem wskazał budynek. – Po jakiego chuja on na to pozwalał?!

– Zordon…
– Jakim prawem zezwolił ciągnąć ten wątek?

Starając się uspokoić nerwy, Chyłka doszła do wniosku, że to jedna z niewielu sytuacji, w których emocje targają nim mocniej niż nią.

– Powinien dbać też o dobro prawne nienarodzonego dziecka – wycedził Oryński. – Pójdziemy z tym, kurwa, do apelacyjnego, a jak będzie trzeba…

– Nie wiedział.

Kordian spiorunował ją nierozumiejącym wzrokiem.

– Co? – rzucił.

– Hernas nie wiedział, że jestem w ciąży. Nie miał strzec czyjego interesu prawnego.

Zordon otworzył usta, nie dobył jednak głosu. Musiało dotrzeć do niego to samo, co do niej – byli jedynymi osobami, które wiedziały, że procedura się udała. I że istnieje dobro nasciturusa, które trzeba chronić.

Po chwili Oryński zwiesił głowę, zbliżył się i oparł o ścianę obok Chyłki.

Nie mieli wiele czasu, a musieli pozbierać resztki linii obrony, która im się całkowicie rozsypała. Oczywiste było, że Bielska wytoczyła ten oręż nie tylko ze względów merytorycznych – chciała wybić przeciwnika z uderzenia, pozbawić go racjonalności i zmusić, by emocje wzięły górę.

Rozchwiała ich psychikę, przejęła inicjatywę i sprawiła, że od teraz walka między nimi stała się osobista. Należało jak najszybciej wykoncypować odpowiedź, a potem wcielić ją w życie.

Mimo to dwójka adwokatów długo trwała w milczeniu.

– Potrzebujemy jakiegoś świadka – odezwał się w końcu Kordian. – Kogoś, kto potwierdzi, że Kasjusz nigdy nawet nie...

– Nie znajdziemy nikogo takiego.

– Może po prostu...

– Nie – ucięła Joanna. – Po pierwsze nikt poza Dąbrowskim nie zgodził się zeznawać. Po drugie nie mamy już czego wykazywać. Ta sucz dowiodła, że nasz klient dopuszcza się rzeczy fundamentalnie niezgodnych z posługą.

Oberwie za to od kurii, ale to w tej chwili stanowiło najmniejsze zmartwienie Kasjusza. Jego obrońcy znów na moment zamilkli, gubiąc się we własnych myślach.

— Kurwa mać, Zordon… — odezwała się w końcu Chyłka. — To przeze mnie.
— W żadnym wypadku.
— To moja wina — uparła się.
— Nawet tak nie…
— Nie rozumiesz — ucięła, obracając ku niemu głowę.
Dostrzegając powagę w jej oczach, spasował. Zmarszczył jedynie czoło, niepewny, z jakiego konkretnie powodu przypisuje sobie winę.
— To ja go o to prosiłam.
— O co?
— Żeby pomodlił się za powodzenie in vitro.
Na twarzy Zordona wciąż dostrzegała wyraźną wątpliwość.
— Gadałam z nim o tym nie raz — dodała. — I kiedy zeszło na temat tego, że wszystko w rękach Boga…
— No?
— Mówił, że modli się, by ten obdarzył nas cudem życia. Ale tak, jak stoi to w zgodzie z nauczaniem Kościoła.
— I? Co z tego?
— To, że nie dałam za wygraną. Uparłam się. Praktycznie wymusiłam na nim, żeby przestał pierdolić, bo naturalne poczęcie w naszym wypadku nie wchodzi w grę, rozumiesz?
Oryński nie odpowiedział, a Joanna zacisnęła usta i się rozejrzała.
— Wyłożyłam mu, że bez in vitro nie mamy szans — wyjaśniła. — I że jeśli chce jakkolwiek nam pomóc, niech pomodli się o to, by któryś z zarodków się rozwinął.
Dopiero kiedy to powiedziała, odniosła wrażenie, że Kordian na dobre zrozumiał jej reakcję na sali sądowej. To, co się wydarzyło, było dla niej podwójnym ciężarem. Bielska

wykorzystała przeciwko niej wszystko, co tylko mogła, odnosząc całkowite, bezapelacyjne zwycięstwo.

Chyłka podwinęła rękaw i zerknęła na zegarek. Powinni powoli się zbierać. Drgnęła, ale Zordon szybko ją powstrzymał, kładąc dłoń na ramieniu.

– Zrobił to wbrew sobie – dodała. – Tylko i wyłącznie dla mnie.

– Dla nas.

Joanna uniosła lekko głowę i uświadomiła sobie, że barki jej opadły, zupełnie jakby do tej pory mimowolnie się kuliła.

– Jeśli więc chcesz komukolwiek przypisywać winę, to podziel ją między nas dwoje – dorzucił Oryński.

– Zordon…

– Od tego też mamy siebie – uciął. – Rozpisać ci to matematycznie? Na dzielenie smutku i pomnażanie szczęścia?

Mimowolnie się uśmiechnęła.

– O ty sukinsynu – rzuciła.

– Co?

– Nic. Po prostu jak na radiościojada masz zdumiewająco skuteczne metody podnoszenia mnie na duchu.

Poklepał ją po plecach, jakby byli dwójką najlepszych kumpli, a nie małżeństwem.

– To wracajmy tam i rozniesmy „guwniare z aktówkom" w pył.

– W zasadzie… – odparła Joanna. – Nawet niezgorszy pomysł.

Ruszyli z powrotem w kierunku głównego wejścia do sądu, a Chyłka poczuła, jak Kordian ujmuje jej dłoń. Od razu na nią spojrzała.

– Co ty robisz?

– Hm?

Potrząsnęła ich splecionymi dłońmi, jakby faktycznie tylko w ten sposób mogła uświadomić mu stan rzeczy.
– Tykasz mnie badylem – rzuciła.
– Naprawdę?
– Tak. I nie puszczasz.
– To nieciekawie.
– Co najmniej – przytaknęła.
– Szczególnie że kawałek dalej są kamery.

Miał stuprocentową rację. W dodatku kiedy tylko zjawili się w ich zasięgu, operatorzy natychmiast wymierzyli w nich obiektywy. Kordian ścisnął nieco mocniej, jakby się obawiał, że Chyłka wyszarpnie rękę.

Nie zamierzała tego robić.

Przeszli w milczeniu obok dziennikarzy, ignorując kolejne pytania, a potem wrócili do sali sądowej. Puścili swoje dłonie dopiero w momencie, kiedy zasiedli w ławie obrony.

Kasjusz pochylił się w ich kierunku, przez co naraził się na ostrzegawcze spojrzenie pilnującego go policjanta.

– Wybaczcie mi – powiedział cicho.

Kordian obrócił się do niego przez ramię.

– Nie ma czego – zapewnił.
– To wszystko moja wina, to ja...
– Niech się ksiądz, kurwa, zamknie – rzuciła pod nosem Chyłka.

Nie miała żadnych oporów, zawsze stosowała wobec niego dokładnie to samo podejście co w stosunku do innych ludzi. Nie dawała mu taryfy ulgowej, a on jej nie wymagał. Być może nawet czułby się urażony, gdyby traktowała go łaskawiej. Jedyne, co mu przeszkadzało, to przekleństwa.

– Joanno...

– Mamy proces do wygrania – ucięła. – I młodą siksę prawniczą do rozjechania.

Mówiąc to, rzuciła krótkie spojrzenie Bielskiej. Ta najwyraźniej nie skorzystała z przerwy, cały czas bowiem skupiała się na swoich materiałach.

Miała z czego wybierać, jeśli chciała dokopać oskarżonemu. Proces o pedofilię był wszak tylko przyczynkiem do tego o zabójstwo.

W dodatku jeśli Klaudii uda się wykazać, że do molestowania faktycznie doszło, da to teoretyczny motyw morderstwa. Ojciec Daniela Gańki zjawił się, chcąc obić księdzu mordę i grożąc, że wszystko ujawni. Kasjusz zabił go, by ten milczał.

– O czym myślisz? – rozległ się szept Kordiana.

Chyłka przeniosła na niego wzrok.

– O tym, że na miejscu Bielskiej z uśmiechem taplałabym się w materiale dowodowym jak kapibara w błocie.

– Aż tak dobrze nie ma.

– Ma – odparła rzeczowym tonem Joanna. – Przy odpowiedniej retoryce nakreśli przekonujący obraz winy naszego klienta.

– To go obalimy.

Chyłka zamilkła, znów skupiając się na młodej prokuratorce.

– Trucizno?

– Myślę.

– Widzę – odparł Kordian. – Ale nad czym?

– Nad tym, że *tempus fugit*.

– Hę?

– Czas zapierdala.

Oryński spojrzał na nią w sposób jasno sugerujący, że bodaj każdy zna znaczenie akurat tej łacińskiej frazy.

– O czym ty mówisz? – rzucił cicho.
– O tym, że wszystko się zmienia. My też.
– Znaczy?
– Będziemy mieć dziecko, Zordon.

Ledwo to powiedziała, cały świat wokół zdawał się zblednąć. Każda ze spraw, która pozornie go definiowała, stała się nieznacząca. Liczyło się tylko to, co nadchodziło. To, co zmieni rzeczywistość nie do poznania.

Joanna skinęła głową na Bielską.

– Może powinnam zrobić miejsce takim sraluchom.
– Zwariowałaś?

Nie zdążyła odpowiedzieć, bo Janusz Hernas wrócił do sali i wszyscy jak na sygnał się podnieśli.

Jaką myśl by sformułowała, gdyby miała jeszcze chwilę na jej ułożenie? Że za niecałe dziewięć miesięcy będą ważniejsze rzeczy niż jakieś rozprawy, kancelaria i klienci? Że realnie rozważa wizję urlopu macierzyńskiego? Że nawet nie jest w stanie stwierdzić, czy potem wróci?

– Wznawiam rozprawę – odezwał się sędzia.

Joanna usiadła, nie mogąc odsunąć od siebie tych wszystkich wniosków, które wzbierały w niej właściwie od momentu, kiedy zaczęli starać się o dziecko. Nie zdawała sobie z tego sprawy, teraz jednak były jak wzburzona fala, która całkowicie ją zakryła.

Potrząsnęła lekko głową.

– Kto teraz? – spytała.

Kordian popatrzył na nią, jakby postradała rozum. Był to chyba pierwszy raz, kiedy wyleciała jej z głowy kolejność przesłuchiwania świadków.

– Wikariusz sądowy – odparł Oryński. – Oficjał, którego…

– Okej, już wiem.
Oficjał, którego biskup diecezjalny powołał do reprezentowania go w trakcie postępowania przeciwko Kasjuszowi. Miał zeznać na okoliczność tego, co wydarzyło się w trakcie sądu biskupiego, który zadecydował o przeniesieniu księdza do innej parafii.
Zdawał się świadkiem raczej neutralnym. Szczęśliwie nikt nie zamierzał powoływać tak zwanego promotora sprawiedliwości, który w postępowaniu kościelnym pełnił funkcję prokuratora.
Odpowiednik sędziego zajął miejsce na mównicy, a potem spojrzał na Hernasa. Ten szybko dopełnił formalności i zerknął na Klaudię.
– Pani prokurator? – spytał.
– Dziękuję – odparła szybko Bielska, kończąc porządkowanie papierów. – Jak rozumiem, świadek prowadził postępowanie w sprawie oskarżonego przed sądem biskupim?
Nawet nie spojrzała na oficjała.
– Zgadza się – potwierdził.
– Czy może świadek powiedzieć, jakim wyrokiem zakończył się ten proces?
– Obawiam się, że postępowanie jest objęte klauzulą tajności.
Klaudia znów sprawiała wrażenie, jakby miała zamiar z uznaniem zagwizdać. Zarówno to, jak i wszystko, co zrobiła wcześniej, powinno wywołać w Chyłce jednoznaczną reakcję: irytację. W istocie jednak z jakiegoś powodu tak nie było.
Bielska była bezczelna, nadęta i wywyższająca się. Joanna jednak nie potrafiła mieć jej tego za złe, być może dlatego, że w jej wieku, na jej miejscu zachowywałaby się podobnie lub dokładnie tak samo.

– Obawiam się, że to nie tajemnica spowiedzi – zauważyła prokuratorka. – Praca sądów biskupich nie jest objęta żadnym absurdalnym przepisem prawnym, który zapewnia im specjalnie względy.

Twarz wikariusza sądowego lekko stężała, jakby za punkt honoru postawił sobie, by nie dać się takim zaczepkom.

– Więc? – dodała Klaudia.

– Więc jeśli pojawi się ze strony organów ścigania lub wymiaru sprawiedliwości decyzja, by przedłożyć dane orzeczenia, zrobimy to bez wahania.

– Poniekąd się pojawiła – zauważyła Bielska. – Został ksiądz wezwany na świadka i ma obowiązek odpowiadać na pytania.

Spojrzała na Hernasa i niewinnie wzruszyła ramionami.

– Chyba że się mylę – dodała.

Sędzia nie musiał się odzywać, a oficjał upewniać. Ten drugi potrzebował jednak chwili, by zebrać myśli.

– Czy ksiądz Kasjusz został przeniesiony do innej parafii? – spytała Bielska, chcąc nieco przyspieszyć przesłuchanie.

– Tak.

– Wcześniej był proboszczem na Pradze?

– Zgadza się.

– I trafił do Wrońska?

– Tak, na analogiczne stanowisko.

– Mimo wszystko to chyba pewna degradacja.

– Żadna posługa nie jest degradacją, pani prokurator – odparł duchowny tonem surowego ojca.

Klaudia pochyliła lekko głowę, a kosmyki blond włosów spadły na jej twarz. Były zbyt krótkie, by je związać czy spiąć – Chyłka odnosiła wrażenie, że Bielska zdecydowała się na taką długość z premedytacją, by żaden sędzia służbista nigdy nie domagał się ich poskromienia.

– Oczywiście – rzuciła Klaudia. – Zupełnie nie ma znaczenia, że na Pradze mieszka jakieś dwieście tysięcy ludzi, a we Wrońsku kilkaset.

O ile Joanna pamiętała, prawie tysiąc, ale nie było to teraz przesadnie istotne. Wikariusz sądowy również nie zamierzał jej poprawiać i milczał.

– Proszę powiedzieć – podjęła Bielska. – Czy ksiądz Kasjusz złożył apelację do Sądu Metropolitalnego Warszawskiego?

– Nie.

– Czyli zgodził się z wyrokiem?

– Uszanował decyzję sądu biskupiego.

– Aha – odparła szybko Klaudia. – Czyli była ona dla niego korzystna?

Oficjał się zawahał, a potem zerknął na sędziego. Janusz Hernas świdrował go wzrokiem, wyraźnie dając do zrozumienia, że jakkolwiek wcześniej okazał duchownym szacunek, może nawet sympatię, nie miał zamiaru rozciągać jej na uchylanie się od odpowiedzi.

– Nie była korzystna – odparł w końcu świadek.

– Czyli że?

Wikariusz sądowy lekko się skrzywił, wiedział bowiem, że musi powiedzieć to, co zazwyczaj padało jedynie w zamkniętym kręgu ludzi zajmujących się tego typu przewinieniami.

– Sąd biskupi uznał księdza Kasjusza za winnego zarzucanych mu czynów.

– To znaczy?

– Za winnego w świetle kanonu 1395 paragrafu 2 Kodeksu prawa kanonicznego.

Klaudia ze świstem wypuściła powietrze, jakby szła pod górkę i nawet w oddali nie mogła dostrzec szczytu.
- O rany – rzuciła. – Ale ksiądz kluczy.
- Pani prokurator... – upomniał ją sędzia.

Uniosła lekko ręce, a Joanna mogłaby przysiąc, że kopiuje gest, który ona wykonywała na salach sądowych tak wiele razy.
- Pomogę – dodała Bielska. – Kanon ten penalizuje występowanie przeciwko szóstemu przykazaniu Dekalogu i dotyczy między innymi czynów z osobą małoletnią poniżej szesnastego roku życia. Zgadza się?
- Zgadza.
- Mówimy tutaj o pedofilii.
- O zachowaniach seksualnych wobec...
- Czyli o pedofilii.
- Tak – przyznał oficjał.

Klaudia powiodła wzrokiem po publiczności, a potem na dłużej skupiła się na Chyłce i Oryńskim.
- Czyli ksiądz Kasjusz został skazany przez kościelny trybunał za zgwałcenie dziecka?

Bielska zadała to pytanie, wciąż patrząc na adwokatów, jakby to ich wzywała do odpowiedzi. Wikariusz sądowy zaś milczał.
- Proszę świadka o odpowiedź – upomniał go Hernas.

Duchowny nabrał tchu.
- Tak – potwierdził.
- Jasne – odparła Klaudia. – Ale czy ksiądz mógłby powiedzieć, o które dziecko chodziło?
- Słucham?
- Bo trochę się gubię. Mieliśmy tutaj na sali dwie osoby, które padły ofiarami księdza Kasjusza.

– Nic mi nie wiadomo o...
– Chodziło o Daniela Gańkę, którego ojca oskarżony zamordował? – rzuciła Bielska. – Czy o drugą ofiarę, obecnie dwudziestodwuletniego mężczyznę, który kiedyś przychodził do Dziecięcego Kościoła prowadzonego przez księdza Kasjusza?

Mężczyzna na mównicy poruszył się nerwowo, ewidentnie zmagając się z naturalnym instynktem ucieczki lub walki, który dał o sobie znać.

– Chodziło o sprawę dość świeżą – odparł.
– Czyli o Daniela. Jasne.

Klaudia skupiła się na swoich notatkach.

– W przywołanym przez księdza kanonie jest mowa o karze sprawiedliwej, w tym także wydaleniu ze stanu duchownego – zauważyła. – Czy taka sankcja została zastosowana?
– Nie.
– W sensie, że nie było kary sprawiedliwej czy wydalenia?
– Wydalenia.
– Aha. Czyli przeniesienie na inną parafię było sankcją sprawiedliwą?

Grząskie piaski, na których znalazł się wikariusz sądowy, mogły jedynie wciągnąć go jeszcze bardziej. Nie było ucieczki, nie istniała żadna dobra odpowiedź. Potwierdzając, skupiłby na sobie wściekłość praktycznie wszystkich. Zaprzeczając, przyznałby, że sąd biskupi pod jego przewodnictwem zastosował taryfę ulgową.

Milczenie było równie kłopotliwe, bo każdy mógł wywnioskować z niego to, co chciał.

Neutralny świadek stał się bombą wodorową, która właśnie eksplodowała Chyłce i Zordonowi w twarz.

I Joanna nie miała pojęcia, jak się po tym wybuchu pozbierać.
Nie było o co pytać oficjała, nie było jak podać mu pomocnej dłoni. Razem z Oryńskim mogli jedynie przyglądać się, jak tonie coraz bardziej, pociągając za sobą ich klienta.
Przyznał, że sami księża uznali w swoim gronie, iż doszło do gwałtu. I tym samym potwierdził, że praktycznie niczego z tym nie zrobiono.
Sprawa nie trafiła do prokuratury, Kasjusz dalej pełnił posługę. Kontaktował się z dziećmi, sprawował msze, nie dawał po sobie poznać, że cokolwiek jest nie w porządku.
Sędzia dokończył przesłuchanie, a potem zwolnił świadka. Chyłka ani Oryński nie zadawali pytań – mieli je wprawdzie przygotowane, ostatecznie jednak uznali, że wyjaśnienie pewnych okoliczności sprawi, że nie będą mogli wyciągnąć ich od innej osoby, na której pojawienie się czekali.
Po zeznaniach dwóch kolejnych świadków, które zasadniczo potwierdzały wszystko, co do tej pory ustalono, przyszedł czas na najważniejszy element całej rozprawy.
Daniel Gańko miał stanąć na mównicy i opowiedzieć o tym, co mu się przydarzyło.
Kiedy zaczynali tę sprawę, Chyłka była przekonana, że to okaże się najtrudniejszym momentem. Musiała zbić argumenty dziecka, które w szczegółach zarysuje popełniony na nim gwałt.
Nie wiedziała, czy będzie potrafiła. Ani czy nawet w przypadku wspięcia się na wyżyny erystyki przyniesie to zamierzony efekt.
Słowo chłopaka przeciwko słowu mężczyzny – takie zestawienie mogło zakończyć się zasadniczo tylko jednym wynikiem. I nie byłby to wynik korzystny dla jej klienta.

Kiedy protokolant wyszedł na korytarz po Daniela, Chyłka uświadomiła sobie, że przykładała zbyt wielką wagę do tego przesłuchania.

Bielska tak naprawdę wygrała tę rozprawę już w trakcie przepytywania księdza Dąbrowskiego i wikariusza sądowego. Mogła odpuścić zeznania samej ofiary, nie były potrzebne.

Joanna zobaczyła, że Oryński się do niej nachyla.

– Zaraz polegniemy – zauważył pod nosem. – A Bielska wyjdzie stąd w glorii i chwale.

Miał rację. Miał stuprocentową rację.

– Po moim trupie – powiedziała mimo to Chyłka.

– Raczej po naszych – odparł.

Dopiero teraz uświadomiła sobie wieloznaczność swojej i jego odpowiedzi.

– Co teraz? – dodał Kordian.

– Nic. Czekamy na cud.

– I myślisz, że spadnie nam z nieba?

– Nie – odparła, patrząc na niego kątem oka. – Sami go dokonamy.

5

Sala rozpraw, Sąd Okręgowy w Warszawie

Chłopak szedł ze zwieszoną głową, wyraźnie niepewny siebie i speszony. Kordian przyglądał mu się, starając się stwierdzić po pierwsze, czy nie jest to reakcja udawana, a po drugie, z czego wynika. Mógł dobrze grać. Mógł wstydzić się tego, że naopowiadał kłamstw. I wreszcie mógł po prostu być przytłoczony zarówno tym, co mu się stało, jak i tym, że musi o tym opowiedzieć.

Nie sposób było przesądzić, ale gdyby Oryński miał spojrzeć na niego oczami niezaangażowanych w proces osób, wniosek byłby jednoznaczny.

Daniel Gańko jest ofiarą gwałtu.

Kiedy chłopak zajął miejsce na mównicy, a Hernas dopełnił formalności związanych z wyłączeniem jawności tej części rozprawy ze względu na dobro małoletniego, głos otrzymała oskarżycielka.

Bielska podniosła się, jakby zamierzała zaadresować jakąś uwagę do sądu, a nie do pokrzywdzonego.

Trwała przez moment w milczeniu, tylko na niego patrząc. W jej oczach dało się dostrzec realne, nieudawane współczucie.

– Co ona robi? – szepnął Kordian.

– Mentalnie brandzluje się świadomością, że ma nas w garści – odburknęła Chyłka.

– Jakoś nie wygląda.

– Bo umie praktykować starożytną sztukę pozorowania, że ma wyjebane.

Klaudia w końcu nabrała tchu, a oni skupili się na tym, co miała do powiedzenia. Prokuratorka jednak przeciągała pauzę niczym najlepszy sztukmistrz tuż przed rozpoczęciem swojego popisowego przedstawienia.

To dziecko było jej najmocniejszą kartą. Jego zeznania najcenniejszą walutą, za którą mogła zapewnić sobie przychylność wszystkich, łącznie z członkami składu orzekającego.

Będzie opiekuńcza, empatyczna, niemal kochana. Przy każdym kolejnym pytaniu będzie podkreślała, jak niesprawiedliwe jest to, że Daniel musi w ogóle mówić o swoich przeżyciach. I nie ma nawet ojca, który mógłby posłużyć mu wsparciem.

Destrukcja linii obrony będzie bezapelacyjna, uznał w duchu Kordian, po czym wbił nieruchome spojrzenie w prokuratorkę.

Ta skinęła głową, bardziej do siebie niż do kogokolwiek innego, jakby wreszcie przemogła się, by rozpocząć to przedstawienie.

– Nie mam pytań – oznajmiła nagle. – Dziękuję, Wysoki Sądzie.

Usiadła przy akompaniamencie pełnego dezorientacji szmeru rozchodzącego się po sali. Joanna i Oryński wymienili się niepewnymi spojrzeniami.

Na pierwszy rzut oka rezygnacja z zadawania pytań była bezdennie idiotycznym posunięciem. Naraz jednak naszło Kordiana, że może nie do końca.

Dzięki temu Bielska unikała zarzutów o to, że publicznie eksploatuje traumę chłopaka. Pokazała się z jak najlepszej strony, jako osoba wrażliwa na szkodę małoletniego, nawet jeśli przez to mogłaby poważnie ucierpieć linia oskarżenia.

W istocie jednak nie było takiego niebezpieczeństwa. Sędzia miał prawo przepytywania każdego świadka i w takiej sytuacji Hernas lub któryś z ławników z niego skorzysta. Żaden nie pozwoli, by świadectwo chłopaka pozostało niewypowiedziane.

Przewodniczący przyjął decyzję prokuratorki milczeniem, a potem zaczął łagodnym tonem wyjaśniać Gańce pewne kwestie. Zapewnił, że mogą przerwać, kiedy tylko ten uzna to za stosowne.

Potem zabrał się do tego, co spędzało obrońcom sen z powiek.

– Czy możesz nam opowiedzieć, skąd znasz księdza Kasjusza? – odezwał się w opiekuńczy, acz niepozbawiony autorytetu sposób.

Miał dzieci, uznał w duchu Oryński. Tylko ludzie będący rodzicami potrafili tak naturalnie operować podobnym głosem.

– Chodziłem do Dziecięcego Kościoła.

– Czyli?

– No, to takie miejsce... To znaczy zajęcia w świetlicy koło kościoła, organizowane przez księdza.

– I co w ramach nich robiliście?

– Dużo rzeczy – odparł chłopak. – Graliśmy w różne gry, trochę w piłkę albo w ping-ponga, w piłkarzyki... rozmawialiśmy o panu Bogu, o różnych sprawach...

Trochę się miotał, by zbornie przedstawiać swoje myśli, ale Kordian przypuszczał, że z biegiem czasu dzieciak poczuje się nieco pewniej. Albo dlatego, że uzna, iż kłamstwo ujdzie mu płazem, albo ze względu na to, że sędzia da mu poczucie bezpieczeństwa.

Ten robił wszystko, by tak się stało. Prowadził go za rękę, nienachalnie indagując o szczegóły tego, co odbywało się w Dziecięcym Kościele. Pytania dotyczyły koleżanek, kolegów, dyscyplin sportowych, oglądanych filmów, czytanych książek i tak dalej.

Trwało to dość długo, ale nikt nie oponował.

– Zawsze byłeś tam w towarzystwie innych? – spytał w końcu Janusz Hernas, przechodząc do rzeczy.

– Jak były zajęcia, to tak.

– A po nich?

– Nie – odparł Daniel i przestał patrzeć na przewodniczącego.

Wbił wzrok w mównicę i przestąpił z nogi na nogę, przygryzając dolną wargę.

– Zostawałeś po zajęciach?

– Tak.

– Z własnej woli czy ktoś ci to proponował?

Gańko podniósł wzrok i powiódł nim dookoła. Kordian odniósł wrażenie, że patrzy na wszystkich, tylko nie na człowieka, który zajmował miejsce oskarżonego.

– Ksiądz Kasjusz raz poprosił, żebym został.

– Dlaczego?

– Chciał mi coś pokazać na YouTubie.

– I co to było?

– Taki chór śpiewających dzieci... gdzieś w Afryce... do takich dziwnych... chyba melodii z ich plemienia.

Hernas się zawahał, a na jego czole pojawiła się podłużna zmarszczka.

– Możesz opowiedzieć nam o tym, co się stało, kiedy przyszedłeś?

Chłopak nieśmiało skinął głową.

– Poszliśmy do gabinetu księdza, stanęliśmy przed komputerem i on włączył YouTube'a...

Czekali na ciąg dalszy, ten jednak nie następował.

– I co stało się potem?

– Nachyliłem się, żeby obejrzeć.

Wyraźnie nie chciał mówić, w dodatku cały czas operował nieobecnym, pełnym bólu głosem. Wyglądało to dość jednoznacznie, publika miała przed sobą nie tylko skrzywdzone, ale także pozbawione rodzica dziecko.

Za plecami Chyłki i Kordiana siedział zaś człowiek, który odpowiadał za taki stan rzeczy.

– Potem ksiądz stanął za mną – dodał Daniel.

Sędzia tylko skinął głową, starając się sprawiać wrażenie, jakby wszystko było w porządku.

– Objął mnie i oglądaliśmy razem – kontynuował chłopak. – Potem poczułem, jak... jak robi mu się twardy.

– Rozumiem – odparł z coraz wyraźniejszym trudem Hernas.

– Ksiądz powiedział, żebym się nie przejmował, że wszystko jest dobrze... Ale ja nie wiedziałem, co robić...

Sędzia ledwo znosił spojrzenie chłopaka, który zdawał się właśnie w Januszu upatrywać koła ratunkowego, dzięki któremu utrzyma się na powierzchni.

Gańko przy przełykaniu śliny skrzywił się, jakby powodowało to jakiś przemożny ból w gardle.

– Ksiądz wsunął mi rękę do majtek i zaczął mi to robić... masturbować – wydusił po chwili. – Nie wiedziałem, co się dzieje, bałem się. Ale potem zrobiło mi się...

Urwał, szukając odpowiednich słów. Z pewnością powtarzał je już kilkakrotnie. Być może ktoś pomagał mu w ich sformułowaniu.

– Zrobiło mi się przyjemnie – dodał i znów opuścił wzrok.

– Rozumiem – odparł Hernas, wyraźnie szukając lepszych słów.

To musiało jednak wystarczyć, bo właściwie rola sędziego w postępowaniu karnym narzucała Januszowi dość sztywny kierat. W sądzie rodzinnym być może zachowywałby się inaczej. Może gdyby miał wyniesione stamtąd doświadczenie, użyłby innych narzędzi, by pomóc chłopakowi.

Ten jednak w gruncie rzeczy był zdany na siebie.

– Potem zrobiło mi się mokro i lepko w majtkach – dodał cicho.

Sędzia płytko nabrał tchu. Na sali sądowej panowała cisza tak absolutna, że było to doskonale słyszalne.

– Ksiądz powiedział, że jak jest miło, to nie ma się czego wstydzić – podjął niepewnym głosem Daniel. – I że to taka nasza bliskość, o której nie możemy nikomu mówić. Bo jest tylko nasza.

Spojrzenie, które jeden z ławników posłał Kasjuszowi, było jak wyrok. Nie, nie jak wyrok. Jak egzekucja.

– Co stało się potem? – zapytał Hernas.

– Ksiądz powiedział, że sprawił mi przyjemność, a teraz ja mogę sprawić ją jemu… I obrócił mnie do siebie, a potem pocałował. A potem położył mi ręce na ramionach i tak trochę nacisnął.

– Nacisnął?

– Żebym uklęknął przed nim.

Kordian kątem oka wychwycił, jak jedna z kobiet na publiczności zasłania usta dłonią. Matka? Nie, ona z pewnością siedziała gdzie indziej. I wyglądała na znacznie bardziej załamaną.

– No i ukląkłem – dodał Daniel.
– Co zrobił wtedy ksiądz?
– Podniósł sutannę i podszedł bliżej, i włożył mi go... włożył mi go do ust...
Powiedział to, jakby wypluwał coś ohydnego, a nie formułował słowa. Zrobił to jak najszybciej, byle tylko mieć z głowy to, co musiało paść.

– To było okropne – dodał Gańko. – Ale nie wiedziałem, co mam robić... Ksiądz się ruszał w przód i w tył, potem złapał mnie za głowę... Nie chciałem, żeby... Ale bałem się i nie umiałem...

– W porządku – odezwał się Hernas. – Wszystko jest w porządku.

Chłopak odkaszlnął, jakby dławił się śliną.

Kurwa mać, nie mógł tak dobrze udawać. W tym wieku było to po prostu niemożliwe.

– Potem ksiądz głośno jęknął i poczułem w ustach, poczułem...

Gańko się zatrząsł i sprawiał wrażenie, jakby miał stracić równowagę. Chyłka natychmiast poderwała się ze swojego miejsca, ale Bielska była szybsza. Znalazła się przy chłopaku akurat w momencie, kiedy ten nieomal wyrżnął na podłogę za mównicą. Podtrzymała go, a potem uniosła głowę i posłała długie spojrzenie składowi orzekającemu.

Hernas wyglądał, jakby właśnie stracił resztki sił po jakimś wzmożonym wysiłku fizycznym.

– Czy możemy zwolnić świadka? – spytała Klaudia.

Pytanie było jak wyzwanie.

Rzucone jednak nie sędziemu, ale tym, którym w następnej kolejności przysługiwało prawo, by przepytać to dziecko.

Janusz spojrzał na Chyłkę, a potem na Oryńskiego. Oboje milczeli.

Jakim cudem mieli kontynuować horror tego chłopaka? I w dodatku zrobić wszystko, by go, ni mniej, ni więcej, tylko grillować jak największego wroga?

Bielska niby dopiero teraz przypomniała sobie, że decyzja o zadaniu kolejnych pytań nie leży w gestii sędziego, ale adwokatów. Obróciła się w ich stronę, rzucając im jednoznacznie oskarżycielskie spojrzenie.

Trwał pat, którego nikt – nawet sędzia – nie mógł przełamać.

W końcu Hernas postanowił grać na czas.

– Jak pani prokurator wie, następuje teraz kolej zadawania pytań przez obronę – zauważył.

– Tak, Wysoki Sądzie, zdaję sobie z tego sprawę.

Przewodniczący wyraźnie oczekiwał, że adwokaci odpuszczą i wszelka odpowiedzialność zostanie zdjęta z jego barków.

Zerknął znacząco na Chyłkę, dobitnie jej to sugerując.

Joanna powoli i z trudem się podniosła, zupełnie jakby starała się podźwignąć coś wyjątkowo ciężkiego.

– Wysoki Sądzie – powiedziała. – Jeśli pokrzywdzony jest w stanie kontynuować, chcielibyśmy oczywiście móc zadać mu kilka pytań.

Hernas ciężko westchnął i skupił uwagę na chłopaku. Widząc ból na jego twarzy i łzy na policzkach, w jakiś sposób momentalnie przestał przywodzić na myśl przewodniczącego składu orzekającego.

Odsunął lekko mikrofon i zakrył go dłonią.
- Wszystko w porządku? – zapytał.
- T-tak.

Odesłał prokuratorkę samym spojrzeniem, ale zanim Bielska odeszła, pogładziła jeszcze chłopaka po plecach, jakby dzięki temu mogła przekazać mu nieco siły.
- Myślisz, że uda ci się odpowiedzieć na kilka pytań pani mecenas? – dodał Janusz.

Gańko otarł nos rękawem, a potem przesunął dłonią po policzku.
- Tak, proszę pana.

Hernas pokiwał głową, po czym niechętnie spojrzał na Joannę.
- Pani mecenas – powiedział tylko.

Kordian spojrzał na Chyłkę bez pojęcia o tym, co w tej sytuacji mogłaby zrobić. Owszem, dzieci kłamały. Ale nie tak, nie w taki sposób. Nie w takim temacie.

Całe to zeznanie było po prostu prawdą.

A za ich plecami siedział pedofil.

6

Sąd Okręgowy w Warszawie, al. Solidarności

Chyłka musiała wierzyć.
Musiała wierzyć, że jej klient jest niewinny. W każdej innej sprawie było to bez znaczenia – w tej jednak stanowiło różnicę między wygraną a przegraną. Między uratowaniem życia człowieka, za którego była odpowiedzialna, a dopuszczeniem, by stracił je w więzieniu.
Zamknęła na moment oczy, zbierając niezbędne siły, przekonanie i wolę, by walczyć. Nie sądziła, że będzie tak źle. Nie była na to przygotowana.
Nie miała jednak zamiaru wciąż otrzymywać ciosu za ciosem. Czas na kontratak.
Podniosła się, a potem przez krótką chwilę patrzyła na chłopaka, nim wreszcie przeniosła wzrok na Hernasa.
– Wysoki Sądzie, wnoszę o przerwę – powiedziała tonem sugerującym, że ma na względzie dobro dziecka.
Nikt nie musiał pytać o powód, nikt nie musiał się upewniać. Sędzia nie wahał się też przed podjęciem decyzji, by na pół godziny przerwać rozprawę.
W istocie nie chodziło jednak o Daniela Gańkę, ale o zbudowanie nowej linii obrony, dostosowanej do tego, co się wydarzyło. I o rozmowę z Kasjuszem w cztery oczy.
Prawnicy wraz z nim zostali poprowadzeni do niewielkiego pokoju, w którym zapewniono im prywatność. Znajdował się tu ekspres do kawy, kilka butelek wody i okrągły stolik z paroma krzesłami.

Duchowny zaczął go obchodzić, nerwowo przeciągając dłońmi po rzadkich włosach. Kiedy drzwi się zamknęły, Kordian bezsilnie uderzył o nie plecami.

Trwało milczenie.

– Dobra – odezwała się Joanna. – Zmieniamy taktykę.
– Na jaką? – rzucił z powątpiewaniem Oryński.

Obejrzała się przez ramię, a jej mina właściwie mówiła wszystko, co potrzebował wiedzieć.

– Na tryb termojądrowy – odparła.
– To znaczy? – odezwał się Kasjusz.
– Nie chce ksiądz wiedzieć – zauważył Zordon.
– Jak najbardziej chcę.
– Okej. W takim razie obrończyni księdza ma zamiar dokonać swojej zwyczajowej anihilacji świadka, nie bacząc na to, że w tej chwili jednoznacznie wygląda na skrzywdzone, niewinne dziecko.

Duchowny od razu pokręcił głową.

– Nie godzę się na to – rzucił. – Od początku stawiałem…
– Trudno – odparła Joanna. – Skończyły nam się możliwości.

Oryński uderzył lekko głową o drzwi, a potem spojrzał na ich klienta. Nie musiał się odzywać, by Chyłka doskonale wiedziała, o czym myśli. Sama miała wątpliwości co do księdza Kasjusza, a on nie znał go nawet w ułamku tak dobrze jak ona.

– Może to ksiądz jakoś wytłumaczyć? – spytał wreszcie.
– Co konkretnie?
– To, dlaczego ten chłopak miałby kłamać? I przedstawiać wersję z takimi szczegółami?
– Zordon…
– Nie, chcę poznać zdanie klienta.

– To bez znaczenia.
– Nie dla mnie – syknął, coraz bardziej pozwalając emocjom sobą zawładnąć.
Nie dziwiła mu się. Dopóki wszystko było na papierze, nie przemawiało do wyobraźni tak dobitnie, jak na sali sądowej. Kiedy Gańko przedstawiał swoją wersję zdarzeń, Chyłka mimowolnie mogła zobaczyć te odrażające obrazy. Sporo wysiłku kosztowało ją, by tego nie robić.
A była zapewne jedyną, która podjęła ten trud.
– Więc? – dodał konfrontacyjnym głosem Kordian.
– Nie wiem.
– Nie wie ksiądz, dlaczego jest oskarżony o spuszczanie się nastolatkowi w…
– Zordon, do kurwy nędzy.
– Daj mu powiedzieć.
Joanna zacisnęła usta, ale ostatecznie spasowała. Nie potrzebowała wprawdzie żadnych tłumaczeń, ale być może coś, o czym wiedział tylko Kasjusz, będzie miało istotne znaczenie dla linii obrony.
– Przykro mi, ale nie potrafię tego wyjaśnić – odezwał się w końcu duchowny.
Oryński rozłożył ręce.
– Jasne.
– Chciałbym móc, ale…
– Nie, pewnie – uciął Kordian. – Chłopak po prostu się na księdza uwziął.
Kasjusz na moment zamilkł.
– Naprawdę nie wiem, z czego wynika jego zachowanie – powiedział. – Był spokojnym chłopcem, ułożonym. Byliśmy naprawdę blisko.

Ostatnie zdanie zabrzmiało jak upiorny żart. Ale tylko jeśli dopuszczało się winę księdza, a on sam ewidentnie tego nie robił.

– Nigdy nikomu nie wadził, nigdy nikomu nie wyrządzał żadnej krzywdy – ciągnął Kasjusz. – Nie było z nim żadnych problemów wychowawczych.

Duchowny przysiadł na blacie, na którym stały butelki z wodą, a potem wziął jedną i zaczął obracać w dłoniach.

– Pozbawiłem go rodzica – odezwał się. – To czyni mnie odpowiedzialnym za…

– W tej chwili jest ksiądz odpowiedzialny tylko za to, żeby wydostać się z gówna, w którym tonie – ucięła Chyłka. – A żeby to zrobić, trzeba po pierwsze się mnie słuchać. Całkowicie.

– Rozumiem.

W salce zaległa cisza, choć wszystkim w głowie wciąż pobrzmiewały pytania Oryńskiego.

– A po drugie? – spytał duchowny.

– Co?

– Mówiłaś, że po pierwsze się ciebie słuchać. A po drugie?

– Po drugie niech się ksiądz rozbiera.

– Co proszę?

Joanna wykonała ruch ręką zdający się sugerować, że oczekuje od klienta robienia piruetów.

– No już – dodała.

– Mam się…

– Tak. Do naga.

– Ale…

– Niech mi ksiądz wierzy, to ostatnie, co chcę widzieć – zapewniła. – Ale w tej chwili musi mnie ksiądz potraktować jak lekarza.

Kasjusz zerknął na Oryńskiego.
– A Zordona jak pigułę – dodała Joanna.
Wahał się, co w przypadku osób z koloratką było chyba jeszcze bardziej zrozumiałe niż u tych bez niej.
– Do dzieła – poleciła Chyłka. – Ma już ksiądz doświadczenie z młodymi chłopcami.
Kordian spojrzał na nią jak na wariatkę, potem złapał się za głowę. Kiedy opuścił ręce, widziała jednak na jego twarzy, że nawet w takiej sytuacji docenił czarny humor. Trudno powiedzieć, by atmosfera się rozluźniła, ale przynajmniej nie ściskała już im wszystkim gardeł.
Kasjusz zaczął powoli pozbywać się ubrania, wyraźnie zakłopotany.
– Może ksiądz trochę przyspieszyć?
– Joanno, proszę cię – burknął. – To naprawdę nie jest komfortowe.
– Zapewniam, że dla mnie tym bardziej. To ja będę musiała potem przyjść do konfesjonału i udawać, że nie wiem, co jest pod tą sutanną.
Duchowny sprawiał wrażenie, jakby miał zamiar zakląć lub przywołać imię Boga nadaremno. Ostatecznie jednak zamilkł, wciąż się rozbierając.
– Niestety musi ksiądz zrobić ten striptiz do końca – powiedziała Chyłka.
– To naprawdę…
– Tak, to naprawdę konieczne.
Kiedy znów się zawahał, Joanna zgromiła go spojrzeniem.
Wszystko trwało dłużej, niż przewidywała, szczególnie że kiedy Kasjusz rozebrał się do rosołu, wciąż zasłaniał swoje strefy intymne. Kluczowe było, by tego nie robił. Chcąc nie chcąc, musiała przyjrzeć się wszystkiemu.

Było to dla Kasjusza poniżające, dla niej także. Racjonalizowała to jednak sobie tym, że zostali do tego zmuszeni. I musieli zrobić wszystko, by nie pozwolić prokuraturze władować niewinnego człowieka na resztę życia za kratki.

Nie mogła polegać jedynie na tym, co na temat swojego ciała powiedziałby jej Kasjusz. Należało ustalić wszystko samemu, niczego nie przegapiając, poznając każdy detal.

Był zawstydzony i skrępowany i nawet mimo próśb, by niczego nie osłaniał, mimowolnie wciąż to robił. Szczególnie kiedy Zordon przyglądał się poszczególnym częściom jego ciała.

Początkowo Chyłka złożyła to na karb tego, że zwyczajnie go nie zna. Potem doszła jednak do wniosku, że mimo wszystko powinno być odwrotnie. Może i duchowni nie rozbierali się przy sobie w szatni, ale Kasjusz przecież nie zawsze był księdzem. Bywał w męskich szatniach, chodził na baseny i tak dalej.

Skąd więc taka reakcja?

Zasadniczo Joanna zdołała pomyśleć tylko o jednym powodzie. Nie mogła jednak poruszyć go w tych okolicznościach.

Kiedy skończyli, wszyscy czuli się, jakby właśnie ktoś ich opluł. Może nawet gorzej.

Duchowny ubrał się i chciał dać znać czekającym na zewnątrz policjantom, że jest gotów, by wrócić do sali sądowej. Chyłka szybko go powstrzymała, a on spojrzał na nią z niepewnością.

– Muszę zadać księdzu jedno pytanie – powiedziała.

– Proszę – odparł od razu, jakby zdecydował się pogodzić już właściwie ze wszystkim.

Joanna westchnęła, uznając, że nie ma zamiaru owijać w bawełnę.

- Jaka jest księdza orientacja?
- Słucham?
- Jest ksiądz hetero?
- Ależ...
- Nie pytam dlatego, że na coś liczę na boku – rzuciła. – To może być ważne dla sprawy.
- W jaki sposób?

Chyłka ściągnęła lekko brwi.

- W taki, że potrzebuję tej informacji.

Ksiądz Kasjusz się zawahał. Teoretycznie niczego to nie zmieniało, przynajmniej z punktu widzenia Joanny wykonywał przecież swoją posługę tak czy owak w celibacie. Kościół jednak nie był do końca tego zdania.

- Wszystko jest objęte tajemnicą adwokacką – odezwał się Kordian.

Najwyraźniej on także zauważył reakcję klienta.

- Oczywiście, ale...
- Wiem, że w Kościele jest zakaz wyświęcania na księży osób homoseksualnych – przerwała mu Chyłka. – I wiem, co to może dla księdza oznaczać. Ale wiem także, ile osób o takiej orientacji jest w waszych strukturach.

Joanna odczekała moment, Kasjusz jednak wciąż milczał. Właściwie brak zaprzeczenia był dość wymowną odpowiedzią.

Pytanie, czy oskarżenie wiedziało. Jeśli tak, dostanie do rąk wyjaśnienie, dlaczego duchowny interesował się chłopakami, a nie dziewczynkami. Nie dlatego jednak Chyłka drążyła ten temat.

- Okej – dodała. – Miał ksiądz kiedykolwiek jakieś kontakty z innym mężczyzną?
- To chyba naprawdę nieistotne.
- Może być bardzo istotne. Miał ksiądz czy nie?

– Obowiązują mnie śluby…
– Tak, tak, wiem – ucięła. – Ale nie żył przecież ksiądz w celibacie od urodzenia, no nie?
– Cóż…
– No?
– Jednym z wymogów wejścia w kapłaństwo jest oczywiście bezżenność i czystość seksualna.
– Mhm – mruknęła Joanna. – Tyle że o ile dobrze pamiętam, definiujecie seks z kobietą jako grzech. Ale już z mężczyzną jako słabość.

Kasjusz potarł mocno twarz.

– Dobra, zapytam inaczej – rzuciła Chyłka, nie chcąc tracić więcej czasu.

Przeformułowała pytanie i w gruncie rzeczy dowiedziała się tego, co było jej niezbędne. Tego, co mogło okazać się kluczowe w trakcie procesu.

Właściwie odpowiedź była lepsza, niż sądziła. Los w końcu zdawał się do niej uśmiechnąć, mimo że na papierze wszystko wyglądało coraz gorzej.

– Nie możesz tego użyć – zauważył Kasjusz.
– Na razie nie mam zamiaru. To ta opcja termojądrowa.
– Nie – odparł. – To po prostu…
– Jedyny ratunek dla księdza – ucięła.

Nie odpowiedział, zamiast tego pogrążył się w milczeniu. Kiedy znów się odezwał, wywiązała się krótka rozmowa, podczas której Chyłka próbowała dostać choćby warunkową zgodę na swój plan. Kasjusz jej nie udzielił, ale i bez tego dało się zagospodarować kilka informacji, które im przekazał.

Chwilę później został wyprowadzony przez policjantów na zewnątrz. Powoli wrócili do sali sądowej, podczas gdy Kordian stanął przy ekspresie, jakby chciał zrobić sobie kawy.

Oboje potrzebowali chwili, by zebrać myśli.
– Jesteś pewna? – spytał. – Co do jego niewinności?
– Tak.
– Nawet po tym, co usłyszeliśmy?
– Nawet.
– I nie miałaś choćby momentu zawahania?
– Miałam – przyznała, zbliżając się do niego. – Ale w moim wypadku minął, w twoim dalej się trzyma.

Skinął głową na potwierdzenie, ale widoczne było w tym ewidentne poczucie winy. Musiał czuć, jakby poniekąd zawodził, nie potrafiąc absolutnie zaufać ocenie Chyłki.

– To wszystko wygląda beznadziejnie – odparł. – A nie znamy jeszcze zeznań drugiej ofiary. Nie wspominając już o tym, co ustalili kryminalistycy we Wrońsku.

Joanna zwróciła się w kierunku korytarza.
– Każdy zarzut można obalić, Zordon – oznajmiła.
– Pomimo przygniatających dowodów świadczących na jego korzyść?
– Mhm.

Chyłka ruszyła w stronę drzwi, a on z wolna poszedł za nią.
– To mruknięcie było potwierdzeniem?
– Było – przyznała.
– Więc zamierzasz bronić go za wszelką cenę, nawet wbrew logice?
– Logika jest taka, że jest niewinny.

Oryński załapał ją lekko za rękę i zatrzymał. Poczekał, aż się do niego obróci i spojrzy mu w oczy, nim postawił ostatnie pytanie.
– A jeśli nie? – rzucił. – Zniszczysz temu chłopakowi życie.

Chciała sformułować odpowiedź, ale okazała się w tej materii całkowicie bezradna. Pozostało jedynie wrócić do sali sądowej i zrobić to, co potrafiła najlepiej. Stanąć po stronie klienta, do którego obrony się zobowiązała.

– Chodź – powiedziała. – Nie mamy wiele czasu.

Ruszyli w kierunku wejścia, naraz jednak oboje się zatrzymali. Oryński wyciągnął rękę przed Joannę, jakby chciał jej użyć jako szlabanu.

– Skurwysyny… – odezwała się.

Oboje patrzyli na stojącą przed drzwiami grupę mężczyzn, których dobrze kojarzyli. Byli to ci sami ludzie, którzy urządzili im blokadę drogową niedaleko Wrońska. I którzy mieli zamiar wymierzyć samosąd.

Nie sprawiali wrażenia spokojniejszych niż wcześniej. Przeciwnie, wydawali się całkowicie ignorować fakt, że znajdują się w budynku sądu.

Kordian dał krok do przodu, Chyłka jednak nie planowała pozwalać mu na to, by się wysforował i skupił na sobie uwagę mężczyzn.

– Poczekaj – zdążył jedynie rzucić Oryński, nim ruszyła przed siebie.

– Nie mam zamiaru.

Kiedy ich dostrzegli, od razu zapanowało poruszenie. Jeden szturchnął drugiego, zaraz potem wszyscy zwrócili się w ich stronę. Nie byli poubierani jak do sądu, właściwie nic w ich wyglądzie ani zachowaniu nie licowało z powagą tej instytucji.

W korytarzu zdawały się unosić opary alkoholu, a ich źródło było oczywiste.

– Idzie ten chuj i ta suka – rzucił jeden z nich.

Oryński nagle przyspieszył kroku, ale Joanna natychmiast chwyciła go za ramię.
- Nie reaguj – powiedziała.
- Żartujesz sobie?
- Po prostu idź przed siebie.

Liczyła na to, że naruszenie nietykalności cielesnej jest dla tych ludzi granicą, której nie przekroczą. Ostatecznie jednak nie miała co do tego pewności, a policji czy ochroniarzy nigdzie nie było widać.

Mimo to dwójka adwokatów szła przed siebie, jakby nie widzieli grupy mężczyzn blokujących przejście do sali.

Nie sprawiali wrażenia, jakby mieli się odsunąć. Przeciwnie, wyglądali, jakby nie czekali tutaj na Kasjusza, ale właśnie na broniących go prawników.

Kiedy ci znaleźli się tuż przed nimi, musieli się zatrzymać, by nie wpaść na ewidentnego przywódcę grupy.
- Z drogi – rżuciła Chyłka.

Jeden z nich się zaśmiał.
- Nie ma przejścia – oznajmił.

Odór zbyt dużej dawki niezbyt dobrego alkoholu aż szczypał w oczy, mimo to Joanna nawet nie mrugnęła.

Spojrzała na prowodyra, podczas gdy Kordian wiódł wzrokiem po pozostałych mężczyznach. Ochrona powinna już tu być, ale Bogiem a prawdą, niewiele mogła zdziałać. Chyłka widziała, kto dziś rano był na parterze – kilku facetów, którzy wizualnie nadawali się raczej do łowienia ryb nad rzeką niż do powstrzymania grupy agresywnych mężczyzn.
- Słuchaj – rzuciła. – Albo się odsuniecie, albo zaraz wylądujecie...
- Spierdalaj.

Zordon wyrwał do przodu, a dwóch mężczyzn natychmiast zareagowało, unosząc zaciśnięte pięści. Joanna była jednak szybsza. Znów chwyciła męża, powstrzymując go przed zrobieniem czegoś, przez co cała sprawa skomplikowałaby się jeszcze bardziej.

– Proszę się rozejść – rozległ się głos zza progu sali.

Kilku facetów się obróciło, przywódca grupy patrzył jednak prosto na Chyłkę, jakby planował w głowie, co z nią zrobi, kiedy będzie miał ku temu okazję.

– Już! – rozległ się rozkaz. – Albo sędzia wezwie służby.

Dopiero teraz Joanna zorientowała się, że za mężczyznami stoi Bielska. Znali jej głos, pamiętali widok tej kobiety z bronią. Może to sprawiło, że powoli zaczęli się odsuwać, cedząc pod nosem przekleństwa.

Mniej więcej w tym samym momencie schodami na piętro weszło dwóch podstarzałych ochroniarzy. Wezwali grupę do opuszczenia budynku, a potem zaczęli podejmować niezbyt udane próby przepchnięcia ich w kierunku klatki.

Odbywało się to przy akompaniamencie sprzeciwów i gróźb i właściwie nie zanosiło się na to, by faceci mieli odpuścić. Grupa przerzedziła się jednak na tyle, by Chyłka i Oryński mogli wejść do sali.

Joanna odetchnęła cicho, idąc w stronę swojego miejsca. Bielska zaś jakby nigdy nic zajęła to po drugiej stronie sali sądowej.

– Będą z nimi problemy – odezwał się Kordian, kiedy siadali w ławie obrończej.

– Problemy to ja mam, jak przychodzi dzień prania białych, a ty mi wrzucasz do pralki kolory i twierdzisz, że to w ramach walki z rasizmem.

Oryński mimowolnie prychnął.
- Jestem zaprawiona w bojach, Zordon. Ty zresztą też.
- Nie da się zaprzeczyć – przyznał.

Zajęli swoje miejsca, a potem Chyłka posłała krótkie spojrzenie Bielskiej. Mimo tego, co się przed momentem stało, prokuratorka ostentacyjnie ją ignorowała. Zupełnie jakby chciała zasugerować, że dwójka adwokatów w trakcie tego przesłuchania dowiedzie wszystkich złych opinii, jakie formułuje się na temat ich zawodu.

Kątem oka Joanna dostrzegła jakąś kartkę leżącą przy aktach sprawy na blacie. Spodziewała się, że Zordon coś napisał, ten jednak siedział z założonymi rękami i wzrokiem wbitym przed siebie, jakby opracowywał metodę, by duchowo opuścić ciało.

Dziwne. Drzwi do sali były otwarte, ale nikt nie powinien podchodzić do ławy obrończej. Istotne materiały były wprawdzie w teczkach, niemniej…

Joanna urwała tok myśli, podnosząc złożoną na pół kartkę. Umieściwszy ją na teczce z aktami, przegładziła dłonią.

- Co to jest? – odezwał się Kordian, gdy sędzia w towarzystwie ławników wchodził do sali.

Joanna szybko przesunęła wzrokiem po krótkiej wiadomości.

„Ksiądz jest niewinny.
Wiem, kto i dlaczego go wrobił".

7

Sala rozpraw, sąd okręgowy

Kiedy Chyłka podsunęła kartkę Kordianowi, ten natychmiast rozejrzał się wokół. W tym mimowolnym odruchu była jakaś irracjonalna nadzieja na to, że ktokolwiek ją zostawił, teraz da im jakiś sygnał, że to właśnie on.

Nikt jednak na nich nie patrzył. Publiczność skupiała się albo na oskarżonym księdzu, albo na prokuratorce, która właściwie prowadziła ten show.

– Co to ma być? – rzuciła Joanna.

Oryński w końcu zatrzymał wzrok na jednym z mężczyzn, który wydawał mu się najmocniejszym kandydatem na nadawcę listu. Marcin Mazerant, wieloletni przyjaciel duchownego. Gość, który znał go od najmłodszych lat i który z pewnością zrobiłby wszystko, by mu pomóc.

W tym także zostawiłby taki liścik, by adwokaci Kasjusza wierzyli w jego niewinność.

– Ściema – odezwał się po chwili Zordon.

– Hm?

Podniósł kartkę i złożył ją na pół.

– Każdy mógł coś takiego zostawić – dodał. – I bynajmniej nie dlatego, że faktycznie ma jakąś wiedzę.

Chyłka szybko się do niego obróciła.

– Więc twoim uczonym zdaniem ktoś sobie z nami pogrywa?

– A możesz to wykluczyć?

— Mogę uznać to za mało prawdopodobne — odparła Joanna.
— Bo?
— Bo w takim układzie ktoś postarałby się dużo bardziej.
— Może chciał po prostu…
— Albo chciała.

Kordian rzucił jej spojrzenie dobitnie sugerujące, że oboje wiedzą, kto najprawdopodobniej zostawił wiadomość. Chyłka jednak zdawała się nie podzielać jego zdania.

— I na co tak łypiesz? — rzuciła.
— Na największy cud na świecie.
— Świetnie.
— Na najpiękniejszą istotę we wszechświecie.
— Mhm.
— Na moją wymarzoną, wyśnioną…
— Skończ pierdolić, Zordon.

Uśmiechnął się i lekko skinął głową w kierunku Marcina.

— Stawiam na to, że list zostawił ten jego kumpel — oznajmił.
— Celem?
— A to nie oczywiste?
— Oczywiste jest tylko to, że pieniądze nie zmieniają człowieka — odparła sentencjonalnie Joanna. — Pozwalają mu stać się tym, kim zawsze był.

Kordianowi przeszło przez myśl, żeby zapytać, skąd ta myśl i dlaczego akurat teraz Chyłka postanowiła się nią podzielić. Ostatecznie jednak uznał, że lepiej to zostawić.

— Celem tego, żeby poprawić nieco sytuację i odbudować w nas przekonanie, że Kasjusz jest niewinny — podjął.
— Aha.

Czekał na więcej, ale na próżno.

– I tyle?
– A co mam powiedzieć więcej? Że jesteś debilem?
– Niekoniecznie na to liczyłem.
– Ale się doczekałeś. Jesteś debilem, Zordon.

W jakiś sposób Joannie w takich sytuacjach zawsze udawało się zawrzeć w swoim tonie coś wyraźnie czułego. Nie narzucało się to, nie było łatwe do wykrycia – ale zawsze obecne.

– Marcin to rozgarnięty facet – podjęła. – Żeby zrobić coś takiego, musiałby mieć nas za totalnych amatorów i emocjonalno-intelektualne pierwotniaki. I o ile w twoim wypadku to rozsądna hipoteza, o tyle w moim...
– Dobra, dobra.

Na moment oboje zamilkli, patrząc na siebie.
– Znasz go? – spytał w końcu Oryński. – Tego Marcina?
– Trochę. Bywał w kościele, pomagał w jakichś sprawach organizacyjnych, potem został szafarzem. Jest mocno religijny, raczej nie pokusiłby się o takie moralne wygibasy.

Joanna obejrzała się w stronę publiczności i skupiła wzrok na Marcinie.

– Popatrz na niego, Zordon – odezwała się. – Czy ten gość wygląda ci na kogoś, kto robiłby takie rzeczy?

Kordian najpierw zerknął na mężczyznę, a potem na kartkę, którą przed momentem złożył.

– To może ktoś inny – odparł. – Ktoś z rodziny albo...
– Albo osoba, która ma pewną wiedzę.

Z jakiegoś powodu nie był gotów tego przyjąć. Odrzucił tę wersję już na samym początku, zupełnie jakby zwyczajnie nie było nawet hipotetycznej szansy na to, że ksiądz Kasjusz naprawdę nikogo nie skrzywdził.

– Ktokolwiek to był, wciąż musi być na sali sądowej – odezwał się Kordian.

— Albo był tu tylko przelotem. Drzwi nie były zamknięte w trakcie przerwy.

Oryński skupił wzrok na protokolantce, która mogła odnotować, jak ktoś zostawiał kartkę. Pomieszczenie nie było puste, któraś z osób musiała coś widzieć.

— Popytamy — rzucił.

Chyłka postukała palcem w wiadomość.

— A żebyś wiedział — odparła. — Jeśli ktoś go wrabia, to całkowicie zmienia postać rzeczy.

— Ale dlaczego ktoś miałby to robić? I właściwie w jaki sposób?

Joanna wzruszyła ramionami.

— Przecież to bezsensowne — dodał Zordon. — Jeżeli komuś zależało na zniszczeniu mu życia, miał znacznie lepsze, łatwiejsze do wykorzystania narzędzia. Jak silną trzeba by mieć motywację, żeby...

— Dość silną.

— I z czego miałaby wynikać? — kontynuował Kordian, patrząc na list. — Jakaś zemsta? Chęć uderzenia w Kościół? Nie kupuję tego.

Widział, że Chyłka również nie. Wydawało się całkowicie absurdalne, że ktoś wrabiałby księdza w dwa przypadki molestowania. I jak w takim razie miałby spreparować dowody? Jak doprowadzić do wyroku sądu biskupiego, który przecież skazał Kasjusza?

Nie, coś takiego byłoby po prostu niedorzeczne.

Kordian nie miał jednak okazji się nad tym zastanowić, do sali bowiem wrócił Janusz Hernas w towarzystwie ławników. Zajęli swoje miejsca, po czym przewodniczący rozejrzał się po publice.

Oryński wiedział, jakie słowa za moment padną.

Pozostało jedynie wezwać świadka, by wrócił na mównicę. Ktoś wyjdzie po Daniela Gańkę na korytarz, ten powoli, ze spuszczoną głową zajmie miejsce, a potem Chyłka zabierze się do roboty.

Będzie dyskredytować wszystko, co chłopak do tej pory powiedział.

Uderzy w niego niespójnością zeznań, brakiem określonych szczegółów, a w końcu wykorzysta każdą erystyczną i retoryczną zagrywkę, jaką miała w arsenale. Daniel wytrzyma na mównicy pięć, może dziesięć minut. Potem się załamie, a trauma, którą tu przejdzie, zostanie z nim do końca życia.

Kordian zaklął cicho, zwracając na siebie uwagę Chyłki. Nie musiał mówić, nad czym się zastanawia, doskonale to wiedziała. Ona sama z pewnością też toczyła nierówną walkę z myślami.

Poczucie obowiązku, postępowania zgodnie ze ślubowaniem adwokackim, biło się z czysto ludzkimi odruchami.

Trudno było Oryńskiemu uwierzyć, że ona ich nie odczuwa. Nie mogła tak bezgranicznie ufać Kasjuszowi, by po prostu się ich pozbyć. Choćby najmniejsza wątpliwość co do jego niewinności musiała przekładać się na niewspółmiernie większe wyrzuty sumienia względem chłopaka.

– Może ja go przesłucham – odezwał się nagle Zordon.

Joanna spojrzała na sędziego, który nie kwapił się do wznowienia rozprawy.

– Mamy już wszystko ustalone – odparła.

– Nie szkodzi.

Pokręciła głową, jakby nie była gotowa choćby rozważyć zmian w uzgodnionej strategii procesowej.

– Ty będziesz przesłuchiwał tego starszego – rzuciła.

– Możemy się zamienić.

– Bo co?

Pytanie było z jednej strony konfrontacyjne, z drugiej jednak było w nim coś, co wydawało się wyciągnięciem ręki. Właściwie klasyczna Joanna. To od odpowiedzi zależało, czy wejdzie się na niebezpieczny teren, czy bez szwanku wróci się na spokojne wody.

– Po prostu nie wiem, czy powinnaś…
– Ten gówniarz łże, Zordon.

Kategoryczność nie była udawana, a przynajmniej tak się Kordianowi wydawało. Nie w tym jednak tkwił realny problem.

– Nawet jeśli… – podjął Oryński – to wciąż dzieciak.

Chyłka lekko zacisnęła usta.

– Jak go rozjedziesz, nie otrzepie się i nie pójdzie dalej przez życie jakby nigdy nic.

– To nie mój problem.
– Nie?

Joanna jeszcze raz rzuciła szybkie spojrzenie Hernasowi, po czym obróciła się do Kordiana.

– Nie – odparła.
– A mnie się wydaje, że jednak tak.
– W jakim niby sensie?
– Takim, że nie wybaczysz sobie tego, co zamierzasz zrobić.

Wiedział, że ma stuprocentową rację – i był świadomy, że Chyłka także zdaje sobie z tego sprawę. Nie ulegało najmniejszej wątpliwości, że to, co za moment się wydarzy, odciśnie się w życiu obojga uczestników mocnym piętnem.

Dwoje prawników przez chwilę patrzyło na siebie w milczeniu.

– Musimy obalić te zeznania, Zordon – szepnęła w końcu Joanna.
– Wiem. Ale pozwól, że ja to zrobię.
Od razu pokręciła głową.
– Lepiej, żeby pytania poszły od kobiety.
Nie miał dobrego kontrargumentu, oboje czuli bowiem, że dla optyki procesowej tak byłoby znacznie lepiej. Mimo to Kordian już otwierał usta, by zaoponować.
– I naprawdę myślisz, że to cokolwiek by zmieniło? – dodała Chyłka. – Czy zrobisz to ty, czy ja, efekt będzie taki sam. Jedziemy na jednym życiowym wózku, Bakłażanie.
Przez chwilę się wahał, ostatecznie jednak skinął głową, przyznając Joannie rację. Byli egzystencjalnie spleceni – cokolwiek robiło jedno, drugie odczuwało w nie mniejszym stopniu.
Chyłka obejrzała się przez ramię i cicho westchnęła.
– Niech go już wzywa i miejmy to za sobą – rzuciła.
Rzadko podchodziła w ten sposób do jakiejkolwiek czynności podejmowanej na sali sądowej. W tym wypadku jednak trudno się było dziwić.
Najwięcej czasu przygotowali na wytoczenie armat przeciwko chłopakowi.
Kormak zbierał od jego znajomych wszystko, co mógł. Wszystko, co mogło w jakikolwiek sposób zaszkodzić dzieciakowi, podważyć jego wiarygodność i podać w wątpliwość, że mówi prawdę.
Mieli całkiem solidne tropy. Kilku kolegów powiedziało, że swego czasu lubił robić to, co nazywano eufemistycznie bajkopisarstwem. Było kilka momentów, kiedy wchodził w spór z Kasjuszem. Nikt nigdy nie widział, by ten w jakikolwiek niewłaściwy sposób zachowywał się względem Daniela.

Wszystko to można było rozwinąć, przeinaczyć i użyć jako broni przeciwko chłopakowi. Wystarczyło nagiąć nieco prawdę, wyprowadzić go z równowagi i emocjonalnie roztrzaskać. Prędzej czy później chlapnie coś, a oni będą tylko na to czekać. Potem bezwzględnie to wykorzystają.

Kordian cicho westchnął, również obracając się w kierunku wyjścia na korytarz.

W takich chwilach jak ta nienawidził tej roboty i żałował, że swego czasu nie przeszedł na drugą stronę.

– Dobrze – odezwał się Hernas.

Powiódł wzrokiem po zebranych, jakby się spodziewał, że Gańko czeka gdzieś na sali.

– Wznawiam rozprawę – dodał. – Kontynuujemy przesłuchanie pokrzywdzonego, kolej na zadawanie pytań będzie miała pani mecenas.

Zamilkł, skupiając się na moment na Joannie.

– Proszę jednak mieć na względzie dobro małoletniego – dodał.

– Oczywiście, Wysoki Sądzie.

– Jeśli uda się pani zakończyć cały proces w kilku pytaniach, z pewnością rzetelność postępowania nie ucierpi.

Chyłka pokiwała głową z empatią i zrozumieniem.

– Z pewnością – potwierdziła.

Janusz Hernas musiał zdawać sobie sprawę, że to kompletna bzdura. Najwyraźniej jednak chciał wejść w te zdarzenia z czystym sumieniem, którego raczej nikomu nie uda się zachować długo.

– Proszę wezwać świadka – rzucił.

Protokolant wyszedł na korytarz, a potem wygłosił odpowiednią formułkę. Kordian na moment zamknął oczy, starając się odseparować zawodową część siebie od tej, w której panowały jakiekolwiek ludzkie odruchy.

Nagle poczuł dłoń Chyłki na kolanie.
– Będzie dobrze – rzuciła.
– Mhm.
– Postaram się zrobić to chirurgicznie.
– Czyli?

Nie odpowiedziała, a on zasadniczo nie chciał wnikać. W normalnych okolicznościach Joanna poszłaby na takiego świadka z siekierą i robiła wszystko, by dokonać jak najbardziej krwawego aktu dekapitacji. Czy w tej sytuacji uda jej się osiągnąć to bez rozlewu krwi? Z całą pewnością nie.

Rozległo się jeszcze jedno wezwanie świadka.
– Jakiś problem? – zapytał sędzia.

Stojący w progu mężczyzna obrócił się do Hernasa i wzruszył ramionami. Spróbował jeszcze raz, a potem zbliżył się do składu orzekającego. Nie słychać było, co mówił, ale sytuacja wydawała się oczywista.

Oryński obrócił się i powiódł wzrokiem po widowni, pierwszy raz starając się wypatrzeć osobę, której do tej pory z Chyłką unikali – matkę chłopaka.

Siedziała kilka rzędów dalej ze swoją siostrą, która mocno ją obejmowała, jakby chciała ogrzać ją w samym środku zimy. Kobieta zdawała się kompletnie znokautowana tym, co usłyszała z mównicy. A świadomość, że syn zaraz będzie odpowiadał na coraz trudniejsze pytania, tylko pogorszyła sprawę.

Jedna z pracowniczek sądu do niej podeszła, delikatnie położyła dłoń na jej ramieniu, a potem zapytała, gdzie jest jej syn.

– W łazience – odparła nieobecnym głosem kobieta. – Poszedł do łazienki.

Sędzia wydał polecenie, by przyprowadzić świadka, reszta zaś niecierpliwie czekała. Kordian miał wrażenie, jakby coś spowolniło, a potem kompletnie powstrzymało upływ czasu. Wskazówki na jego zegarku zdawały się nie poruszać, jego serce natomiast w dziwnej opozycji do tego zaczęło bić coraz szybciej.

Niech to już się skończy. Niech ten chłopak się tu pojawi, odpowie na pytania, wycofa zeznania i…

Nie był pewien, czy w ogóle może im tego życzyć. Oznaczałoby to bowiem, że Chyłka go złamała. Doprowadziła na skraj przepaści, a potem zwyczajnie popchnęła.

Kurwa mać, co za tragiczna sprawa.

Nie powinni byli w ogóle się w to ładować. Trzeba było zostawić to komuś innemu i tylko z boku kontrolować, czy wszystko jest w porządku.

Nie było jednak takiej możliwości. Nie kiedy w grę wchodził los człowieka, którego Joanna traktowała jako jednego z niewielu bliskich.

Czekali w milczeniu.

Nikt na sali sądowej się nie odzywał, nikt nie wymieniał nawet zdawkowych komentarzy szeptem. Wszyscy zdawali się trwać w jakiejś nabożnej ciszy, nawet się nie poruszając.

Drzwi były zamknięte, a pomieszczenie dość dobrze wyciszone. Zazwyczaj sprawiało to, że żadne dźwięki z ulicy czy korytarza nie przeszkadzały w prowadzeniu postępowania.

Teraz jednak z jakiegoś powodu tak nie było – podniesione rozmowy z zewnątrz bez trudu docierały do uszu wszystkich w środku.

Zaraz potem drzwi raptownie się otworzyły, a do środka wpadł umundurowany policjant, gorączkowo szukając wzrokiem przewodniczącego.

Kordian zaś zorientował się, że słyszy syreny za oknem. Wymienił się szybkim, zaniepokojonym spojrzeniem z Chyłką. Coś było nie tak, oboje zrozumieli to natychmiast.

– Co się dzieje? – rzuciła Joanna, podnosząc się ze swojego miejsca.

Zasapany policjant spojrzał na nią tylko przelotnie, a potem skupił całą uwagę na sędzim.

– Wysoki Sądzie – powiedział. – Ten chłopak...

Hernas mimowolnie także się podniósł.

W jakiś sposób wszyscy zrozumieli. Wszyscy wiedzieli.

– Rzucił się z okna – wydusił funkcjonariusz.

8

ul. Wilcza, Śródmieście

Nawet po upływie dwóch tygodni Chyłka wciąż nie mogła dojść do siebie. Nieustannie wracała do tego, co się wydarzyło, a sytuację pogarszał fakt, że nie miała żadnych odpowiedzi. Wiedzieli z Zordonem tylko tyle, ile pojawiło się w mediach.

Daniel Gańko wypadł z najwyższego piętra w budynku sądowym. Uderzył głową w chodnik, ponosząc śmierć na miejscu.

Niektóre redakcje wspominały wprost o samobójstwie. Inne podkreślały, że należy poczekać na ustalenia policji, która nie wykluczyła udziału osób trzecich. Koniec końców niczego nie było wiadomo na sto procent, wydawało się jednak bardziej prawdopodobną wersją, że chłopak targnął się na swoje życie.

A jeśli tak, to nie sposób było zignorować, w jakim momencie się to stało.

Tuż przed tym, jak Chyłka miała go przepytać. Tuż przed tym, jak zostałby zmuszony, by przeżyć to wszystko ponownie, broniąc swojej prawdomówności. Joanna nie mogła przestać o tym myśleć, nie mogła odsunąć od siebie świadomości, że to właśnie ten fakt okazał się katalizatorem decyzji o popełnieniu samobójstwa.

Starała się nie czytać, co pisano na portalach. Nagłówki były druzgocące.

„Ofiara molestowania przez księdza rzuciła się z okna w sądzie".

"Zgwałcony przez duchownego chłopak odebrał sobie życie na moment przed tym, jak miał zostać przesłuchany przez prawników księdza".

W kilku brukowcach pojawiało się imię i nazwisko Chyłki. Argumentowano, że prokuratura na pewno przygotowała świadka na to, jakie pytania będzie mu zadawała adwokatka. Ten był doskonale świadomy, co go czeka. I nie mógł tego znieść.

Trudno było pozbyć się powidoków takich słów. Joanna widziała nagłówki, leady i całe artykuły, kiedy tylko wieczorem zamykała oczy.

Nie mogła sięgnąć po to, co zazwyczaj zapewniało jej wytchnienie. Gdyby nie ciąża, zrobiłaby to jeszcze tego samego dnia, kiedy Daniel zmarł. Wprowadziłaby się na drogę ku całkowitej destrukcji, ale przynajmniej wyciszyłaby głos w głowie, który nie dawał jej spokoju. Głos, który podpowiadał, że to ona zaprowadziła chłopaka w miejsce, z którego dostrzegał tylko jedną ucieczkę.

– Może spróbujmy na tym parkingu przy Hożej – rozległ się głos Kordiana, który wyprowadził Chyłkę z mgły myśli.

Krążyli pod Śródmieściu od kilku minut, bezskutecznie szukając miejsca, zupełnie jakby wszyscy uparli się, by o tej porze postawić gdzieś tutaj samochód. Było jedno wolne, ale iks piątka zmieściłaby się na nim, tylko gdyby nagle się skurczyła.

– Naprawdę tego nie rozumiem, Zordon.
– Czego?
– Braku miejsc.
– Cóż...
– Co z tym COVID-em?

Oryński obrócił się do niej z nierozumiejącym wyrazem twarzy.

- Hę?
- Ponad sto tysięcy osób umarło – rzuciła Joanna. – A wedle niektórych szacunków nawet dwa razy więcej. Gdzie są te wszystkie miejsca parkingowe?

Kordian przez moment sprawiał wrażenie, jakby miał zamiar sformułować jakąś merytoryczną odpowiedź, ostatecznie jednak spasował.

- Tylko mówię – zastrzegła.
- A ja tylko milczę.
- Bo?
- Bo zastanawiam się, czy docenić twoje wisielcze poczucie humoru, czy nie.

Joanna popatrzyła na niego z powątpiewaniem.

- To jedyne, co zapewnia przetrwanie w tym świecie, Zordon.
- Może i tak – przyznał, a potem wskazał wyjeżdżający kawałek dalej samochód.

Zajęli jego miejsce, po czym skierowali się ku nieodległemu budynkowi Komendy Rejonowej Policji Warszawa I. Mieli pogadać ze Szczerbińskim. Męczyli go o to właściwie codziennie, ten jednak zasłaniał się dobrem postępowania. W końcu przystał na spotkanie, choć Chyłka wątpiła, by udało im się wiele z niego wyciągnąć.

Tak naprawdę przyszli tutaj, bo to oni mieli coś dla niego. Coś, czego nie spodziewał się ani on, ani nikt inny.

Weszli do środka, a potem jeden z młodszych posterunkowych zaprowadził ich do gabinetu Szczerbatego. Oficer czekał na nich za biurkiem. Ze służbową miną, powagą w oczach i pozornym brakiem jakiejkolwiek woli współpracy.

Zmienił się przez ostatni czas. Joanna nie mogła zidentyfikować jednego momentu, w którym to się stało, ale metamorfoza była wyraźnie dostrzegalna.

– Niewiele mogę wam powiedzieć – zaczął dość uprzejmym tonem, jakby chciał zaprzeczyć temu, co Chyłce chodziło po głowie. – Sprawa dalej jest w toku, poza tym...

– Nie potrzebujemy formalnych raportów – ucięła Joanna, zamykając za sobą drzwi.

Żadne z prawników nie poczekało, aż Szczerbiński zaproponuje im, by usiedli. Odsunęli sobie krzesła, a potem opadli na nie niemal synchronicznie.

– Co możesz nam powiedzieć? – odezwał się Kordian.

– Że czasem naprawdę wam, kurwa, współczuję.

Oryński zerknął niepewnie na Chyłkę.

– Macie wyjątkowo parszywą robotę – dodał podkomisarz.

– Powiedział pajac nakręcany przez największego zwyrola, jakiego zna świat – odparowała Joanna.

Szczerbiński położył ręce na blacie biurka i nachylił się w stronę pary adwokatów.

– Pojebało cię? – rzucił.

Kordian od razu przysunął się bliżej i obaj spojrzeli na siebie w sposób, który bez wątpienia mógł prowadzić do kłopotów. W oczach jednego dało się zobaczyć dobitne ostrzeżenie. W oczach drugiego zaś gotowość, by je zignorować.

– Dobra – oznajmiła Chyłka. – Nie przyszliśmy tu gadać o tobie i Langerze.

– Świetnie, bo...

– Ustaliliście przyczynę śmierci?

– Uraz bierny.

Joanna spojrzała na niego, jakby właśnie oznajmił, że steki w Hard Rocku pochodzą ze zwierząt.

– A coś poza tym? – mruknęła.
– Uraz bierny w następstwie upadku i uderzenia głową o twardą powierzchnię.
– Ja pierdolę...
– Coś jeszcze? – spytał Szczerbiński.
– Tak – włączył się Kordian. – Wykluczyliście jednoznacznie udział osób trzecich?
– Nic na niego nie wskazuje.
– To nie jest odpowiedź na pytanie.
– Lepszej nie dostaniesz – odparł podkomisarz.
Dwóch mężczyzn wciąż patrzyło na siebie tak, jakby nie mogli przesądzić, czy powinni trzymać swoje nerwy na wodzy, czy może wprost przeciwnie.
– Daj spokój – odezwała się Joanna. – Nie zgadzałbyś się na to spotkanie, gdybyś nie był gotów nam czegoś dać.
– Jestem gotów dać wam uprzejmą sugestię, żebyście zajmowali się swoimi sprawami i nie zawracali mi dupy.
Chyłka uniosła brwi ze zdziwieniem.
– Riposta ci się wyostrzyła.
– Dobrze wiedzieć. Coś jeszcze?
Prawniczka przechyliła głowę na bok i przesunęła dłonią po włosach, przyglądając się fryzurze Szczerbińskiego.
– Trochę cię siwizną przyprószyło. Ale nawet dobrze ci z tym.
Szczerbiński westchnął bezradnie.
– Coś, kurwa, nie tak? – dodała Joanna.
– Nic. Po prostu mogłaś powiedzieć, że przyszłaś tutaj zrobić mi laskę, inaczej byśmy gadali.
Chyłka szybko położyła dłoń na nodze Kordiana, powstrzymując go przed reakcją.

– Szczerbaty... – podjęła. – Nawet gdybym z jakiegoś powodu zechciała, tobym nie mogła. Mam uczulenie na krewetki.

Podkomisarz zacisnął lekko usta.

– Kurwa, Szczerbix – dodała szybko Joanna. – Naprawdę nie rozumiesz, że...

– Że śmierć tego dziecka jest dla was istotna? Rozumiem.

– Więc...

– Ale niespecjalnie mnie to interesuje – dorzucił, po czym wskazał wzrokiem Oryńskiego. – Masz ludzi od radzenia sobie z tym. I masz metody, które wszyscy dobrze znamy.

Chyłka lekko zmrużyła oczy, starając się rozpracować układankę, którą miała przed sobą. Jak bardzo zmienił się ten facet? Jaką drogę obrała jego psychika? Kim tak naprawdę się stał i ile w nim człowieka, którego znała?

– Pijesz do mojego picia? – rzuciła.

Szczerbaty wzruszył ramionami.

– To trochę chybione – dodała.

– Super. W takim razie...

– Bo tak się składa, że jestem w ciąży.

– Jesteśmy – dodał szybko Kordian.

– Jestem – poprawiła go stanowczo Chyłka. – I dopóki sam nie zmienisz się w ludzki odpowiednik pieroga, ta liczba mnoga będzie pozostawała niedozwolona.

– Specjalnie rymujesz?

– Nie. Jak zwykle bezwiednie.

– Okej.

Oboje oderwali od siebie wzrok i spojrzeli na Szczerbińskiego. Nie sprawiał wrażenia, jakby usłyszał cokolwiek poza tym, że Joanna jest w ciąży. W końcu zamrugał, wyraźnie ocknąwszy się z otępienia.

– Gratulacje – powiedział.

– Za to, że zdecydowaliśmy się na najdroższą rzecz, którą można mieć za darmo?

Podkomisarz potrzebował chwili, albo by pytanie do niego dotarło, albo by na dobre przyjąć sam fakt. Milczał, zawieszając wzrok gdzieś pomiędzy Chyłką a Zordonem.

Joanna mimowolnie pomyślała o czasach dawno minionych, kiedy była w pierwszej ciąży. I kiedy zachodziła przynajmniej teoretyczna możliwość, że ojcem dziecka jest Szczerbiński.

Czy teraz do tego wracał? Z pewnością. Skoro jej przeszło to przez głowę, jemu tym bardziej.

– Tak czy owak to nic takiego – dodała. – Po prostu za jakiś czas pojawi się jedna z tych osób, które jako jedyne mają prawo kopać kobiety.

– Niewątpliwie.

Przez chwilę w gabinecie trwała cisza.

– I w gruncie rzeczy cała ta ciąża to po prostu jedna długa miesiączka.

Szczerbiński i Kordian zerknęli po sobie bez choćby joty zrozumienia.

– Tyle że wszystko akumuluje się w tobie przez dziewięć miesięcy, a potem za jednym zamachem pozbywasz się całego bólu i ciężaru.

– Znalazłbym jeszcze kilka innych różnic – zauważył Oryński.

– O, znajdziesz na pewno. Bo będziesz uczestniczył w każdym etapie tego procesu, Zordon.

– Mhm.

– Niczego nie przegapisz, obiecuję ci. Poczujesz na własnej skórze każdy ból piersi, każdą zmianę nastroju, każde nudności. A to tylko preludium do tego, co zacznie się w drugim trymestrze i później. Będziesz razem ze mną w pełni przeżywać spuchnięte stopy, podrażnienia, bóle mięśni i to dziwne uczucie, kiedy skóra na brzuchu rozciąga się jak balon, który za moment ma pęknąć.

Kordian skinął niepewnie głową.

– Bo jeśli wydawało ci się, że bóle miesiączkowe bywają trudne do zniesienia, tylko poczekaj – ciągnęła Chyłka. – I uświadom sobie, że twoje organy wewnętrzne się, kurwa, przesuwają, żeby zrobić miejsce powiększającemu się łonu i jakiemuś pasożytowi, który za moment będzie w nim rosnąć.

– Jasne...

– Jasne? – rzuciła Joanna. – Jasne niech będzie dla ciebie to, że to twoja wina, ty durny chuju.

– Moja...

– I nie myśl sobie, że uchylisz się od odpowiedzialności – kontynuowała Chyłka, właściwie nie odnotowawszy, że próbował wejść jej w słowo. – Będziesz stał przy mnie w kiblu za każdym razem, kiedy zbierze mi się na rzyganie. I nie tylko.

– Nie tylko?

– Nawet sobie nie wyobrażasz, Zordon, co się będzie działo.

Szczerbiński nerwowo odchrząknął, skupiając na sobie uwagę prawników.

– Może zamiast gratulacji powinienem...

– Powinieneś zamknąć japę – przerwała mu Joanna. – Jeden z drugim.

Obaj mężczyźni wykonali polecenie, czekając na kolejne wytyczne. Chyłka podniosła się z krzesła i zaczęła chodzić po gabinecie, przyglądając się wszystkiemu, co się w nim znajdowało.

– Wystrój wnętrz jak z *Psów* Pasikowskiego – oceniła. Podniosła jakąś teczkę i zaczęła przerzucać zgromadzone w niej papiery, starając się zignorować kilka warstw kurzu, które się na niej znajdowały.

– Nie najgorsze porównanie – ocenił podkomisarz.

– O ile przymkniesz oko na to, że ten film ma trzydzieści lat.

Chyłka odłożyła teczkę na miejsce, a potem obróciła się do gospodarza.

– Dobra – rzuciła. – Dawaj wszystko, co macie.

– Już mówiłem.

– Ale teraz czas na konkrety.

Szczerbaty uniósł wzrok i się zawahał.

– Doszło do urazu czaszkowo-mózgowego z licznymi złamaniami kości czaszki, krwiakiem przymózgowym i rozległym krwotokiem wewnątrzczaszkowym, które to obrażenia skutkowały zgonem pokrzywdzonego.

– Ehe. Bardziej interesuje mnie, na jakiej podstawie wykluczyliście udział osób trzecich.

Rezerwa Szczerbińskiego nieco zmalała, choć wciąż nie sprawiał wrażenia tego faceta, którego Joanna niegdyś znała. Nie był gotowy dzielić się wszystkim, nie miał ku temu żadnej motywacji. Właściwie nie wyglądał nawet, jakby zamierzał mówić prawdę.

– Sytuacja była dość oczywista – oznajmił.

– Doprawdy? – rzuciła ostrym tonem Chyłka. – Więc chłopak wspominał komuś o takich planach?

– Nie.

– Zostawił list pożegnalny?

– Też nie – przyznał podkomisarz. – Ale dobrze wiesz, że często tak jest. To impuls. I w tym wypadku...
– Po prostu uznał, że tu i teraz zakończy swoje życie.
– Tak.
– Bo? – syknęła Joanna.
Szczerbiński znów się zawahał. Spojrzał na Kordiana, jakby mógł zabiegać u niego o jakieś wsparcie.
– Nie łyp na Zordona – poradziła Joanna. – Nie pomoże ci ani on, ani nikt inny.
– Nie wiedziałem, że w ogóle jakiejś pomocy potrzebuję.
Chyłka oparła się plecami o szafkę, po czym skrzyżowała ręce na piersi i uniosła lekko głowę. Trwała tak, czekając na odpowiedź.
– Wiesz doskonale, co było bodźcem – oznajmił Szczerbiński. – Fakt, że zaraz miał zostać przez ciebie przesłuchany.
– Więc tak po prostu uznał, że się zabije?
Oficer nie odpowiedział.
– I to po tym, jak właściwie opowiedział już o wszystkim ze szczegółami na sali sądowej? – dodała Joanna.
– Cóż...
– To bez sensu, Szczerbaty.
– Nie z mojego punktu widzenia – odparł cicho. – Z twojego, co zrozumiałe, jest inaczej, bo...
– Bo chcę zdjąć z siebie odpowiedzialność?
Podkomisarz zmrużył lekko oczy.
– Tak – odparł po chwili. – Dla ciebie wersja o zabójstwie jest znacznie łatwiejsza do przyjęcia, bo dzięki temu się wybielasz.
Chyłka kątem oka zauważyła, jak Kordian nerwowo drgnął. Nie zareagował jednak, pozwalając, by to ona prowadziła tę rozmowę.

– Prawda jest jednak taka, że zawiniłaś – dodał Szczerbiński.
– Nie zadałam mu nawet jednego pytania.
– Ale udzielałaś wypowiedzi mediom.
– I?
– I jednoznacznie rysowałaś tam tego księdza jako osobę niewinną. A nawet ofiarę jakiegoś spisku.
– Taka jest moja rola.
– Której przyjmowanie ma konsekwencje – odparł nieco twardszym tonem Szczerbiński. – I matka chłopca, Agata Gańko, nie zamierza ci odpuścić.
Dwoje adwokatów popatrzyło na Szczerbińskiego pytająco.
– Złożyła zawiadomienie o popełnieniu przestępstwa – dodał.
– Że co?
– Argumentuje, że twoje zachowanie wypełniało znamiona czynu zabronionego z artykułu 151 Kodeksu karnego i...
– Doprowadzenie do samobójstwa? – rzuciła Chyłka. – Popierdoliło ją na wskroś?
– Tak bym tego nie nazwał.
– A jak?
– Szukaniem winnych śmierci jej syna.
– To niech szuka gdzie indziej.

Joanna rzuciła to nie bez powodu, Szczerbiński jednak zdawał się sądzić, że to mimowolna, całkowicie automatyczna reakcja. Instynkt samozachowawczy, który każe odsunąć od siebie jakąkolwiek odpowiedzialność.

Należało w końcu pokazać mu, że nie w tym rzecz.

Chyłka sięgnęła po swoją torebkę, a potem wyjęła z niej plik kartek. Podeszła do biurka i rzuciła je na blat.

– Co to jest? – mruknął podkomisarz.
– Sam zobacz.
Szczerbiński niechętnie przysunął dokumenty, ale nawet ich nie otworzył.
– Przejrzeliśmy wczoraj od początku akta postępowania przygotowawczego – odezwał się Kordian.
– W jakim celu?
– Uzyskania wglądu w coś, co mogło okazać się pomocne.
Oficer zmarszczył brwi, patrząc na Oryńskiego, a potem otworzył plik.
– A konkretniej?
– Konkretniej chcieliśmy przejrzeć zeznania, które złożył na policji Daniel Gańko – odparł Zordon.
– I?
– Sam zobacz.
Szczerbiński z irytacją wzruszył ramionami, bo właśnie na tym się obecnie skupiał.
– O tym samym była mowa na sali sądowej – zauważył.
– Tak, ale tutaj masz to na piśmie.
– I co z tego?
– To, że matka Daniela kazała mu to utrwalić. Może liczyła na to, że sam dokument wystarczy i śledczy nie będą go już przepytywać. A może obawiała się, że wyprze jakieś elementy wspomnień i...
– Powtarzam: co z tego?
Chyłka musiała ugryźć się w język, by nie rzucić jakiejś kąśliwej uwagi. Sukinsyn pozwalał sobie na zbyt dużo, ale kiedy zrozumie, w czym rzecz, zmieni podejście.
– Zobacz, co jeszcze jest w tym pliku – odparł spokojnie Oryński.

Podkomisarz westchnął i przerzucił kartki z relacją chłopaka. Na samym końcu znajdowała się krótka notatka.

– Co to jest?

– Wiadomość, którą ktoś zostawił nam w sądzie w trakcie rozprawy – odparł Zordon.

– Że co?

– W trakcie przerwy jakiś anonimowy człowiek wszedł na salę, a potem zostawił to na naszych rzeczach.

Szczerbiński wbijał wzrok w tekst.

– „Ksiądz jest niewinny" – odczytał. – „Wiem, kto i dlaczego go wrobił".

– Mhm – potwierdziła Chyłka.

Oficer odsunął od siebie kartkę.

– Świetnie – skwitował. – Macie jeszcze jakieś teorie spiskowe, które chcieliście zapisać i mi przedstawić?

– Zordon ma parę – odparła Joanna. – Na przykład uważa, że „Cosmopolitan" i „Bravo Girl" dawały żenująco beznadziejne porady randkowe po to, by dziewczynom nie udawało się z nikim związać i żeby musiały wciąż kupować te gazety i szukać kolejnych wskazówek.

– To dość sensowne – odezwał się Kordian.

– Może – przyznała Chyłka, a potem wskazała na kartkę. – Ale z pewnością nie jest w tej samej kategorii co ta wiadomość.

Szczerbiński bezsilnie uniósł wzrok.

– Mnie to się jednak wydaje dość podobne – odparł.

– Bo się nie przyjrzałeś.

– Czemu konkretnie?

Joanna lekko się uśmiechnęła, wiedziała bowiem, że za sekundę wszystko w oczach podkomisarza się zmieni.

– Charakterowi pisma – rzuciła.

– Hm?
– Porównaj ten z kartki z tym, którymi zostały spisane zeznania.
Szczerbiński potrząsnął lekko głową, a potem raptownie sięgnął po jedno i drugie. Położył je obok siebie i zaczął analizować. Nie trzeba było wiedzy i doświadczenia grafologa, by stwierdzić, że napisała je ta sama osoba.
– Zaraz...
– No – potwierdziła od razu Joanna. – Wygląda na to, że to sam Daniel Gańko zostawił nam tę wiadomość.
– Ale...
– To bez sensu? – przerwała. – Nie, jeśli założyć, że sfabrykował wszystkie zeznania.
Marszcząc brwi, Szczerbiński wciąż przyglądał się jednej i drugiej kartce. Nie mógł dojść do innych wniosków niż Chyłka i Oryński.
– Daniel musiał w końcu stwierdzić, że czas wyjawić prawdę – odezwał się Kordian. – Napisał tę wiadomość i położył ją na naszych materiałach.
– To też tłumaczy, w jaki sposób udało się ją tam umieścić – włączyła się Joanna. – Nikt nie zwracał uwagi na młodego. Każdy unikał gapienia się na niego i tworzenia wrażenia, jakby był jakimś okazem w zoo. Wiesz, jak to działa, Szczerbaty.
Podkomisarz się nie odzywał.
– Sprawa jest więc prosta – ciągnęła Chyłka. – Chłopak decyduje się wyjawić prawdę, zostawia nam liścik, a potem idzie do toalety.
Szczerbiński podniósł wzrok akurat w momencie, kiedy Joanna miała zamiar postawić kropkę nad i.
– Już z niej nie wraca – dodała. – Powód wydaje się prosty.

Kordian pokiwał głową, jakby była to najbardziej oczywista rzecz pod słońcem.

– Ktoś zorientował się, że Daniel zamierza wyznać prawdę – podjął. – Ktoś, kto stoi za całą tą mistyfikacją.

– I ktoś, kto postanowił uciszyć chłopaka raz na zawsze – dokończyła Chyłka.

9
ul. Argentyńska, Saska Kępa

Analiza grafologiczna była niejednoznaczna, ale dla każdego, kto zerknął na próbkę pisma Daniela Gańki, było jasne, że wiadomość dla prawników pochodziła właśnie od niego. A to oznaczało ni mniej, ni więcej, tylko to, że chłopak wziął udział w spisku wymierzonym w księdza Kasjusza. Chyłki nie trzeba było przekonywać. Kordianowi zaś w zupełności to wystarczało, by podać w wątpliwość wszystko, co usłyszał z ust Daniela na sali sądowej. Tego samego nie można było jednak powiedzieć o opinii publicznej, a przede wszystkim o Klaudii Bielskiej.

– Dlaczego nie wycofa tego zarzutu? – spytał Oryński, kiedy rankiem przygotowywali z Chyłką śniadanie w kuchni.

– Hę?

– Bielska. Czemu ciśnie molestowanie zamiast zająć się zabójstwem?

Joanna powiodła wzrokiem po składnikach, z których Zordon miał sklecić owsiankę. Westchnęła, a potem odwróciła się i podeszła do ekspresu. Wybrała kawę mieloną, a kiedy młynek poszedł w ruch, zamknęła oczy i głęboko wciągnęła zapach nosem.

Kordian pomiarkował, że szybko nie doczeka się odpowiedzi. I że musi zainterweniować w innej sprawie, nim będzie za późno.

Chyłka bowiem z namaszczeniem przyglądała się kawie wylewającej się z dysz do kubka.

– Co robisz? – rzucił Zordon.
– Nic.
– Chyłka…
– Nic nie robię.
Oryński przestał siekać daktyle i obrócił się do żony.
– Widzę przecież – odparł. – Stoisz obok mnie.
Chyłka niewinnie wzruszyła ramionami, a potem oplotła dłońmi kubek i usiadła z nim przy stole. Postawiła go przed sobą i znów zamknęła oczy.
– Słuchaj…
– Nie przeszkadzaj – ucięła. – To świątynia Matki Boskiej Regeneracyjnej. A teraz módlmy się.
Kordian przyglądał jej się przez moment, po czym na powrót zajął się przygotowywaniem zdrowego śniadania. Od kilku dni jedli właściwie tylko takie, choć Joanna sprawiała wrażenie, jakby była systematycznie podtruwana.
– Mam ochotę na chipsy – odezwała się.
– Nie jesz chipsów.
– Na solone laysy, cienkie i chrupiące… – kontynuowała z zamkniętymi oczami. – Albo te takie grube, karbowane…
– Crunchipsy?
– No.
– Widzisz? – odparł pod nosem Kordian. – Nawet nie wiesz, jak się nazywają.
– I? Nie wiem też, jak się wabił wieprz, z którego w Hard Rocku mam smokehouse bbq combo. Jakoś mi to nie przeszkadza.
– Mówię tylko, że nie jesz chipsów – zauważył Oryński. – Twierdzisz, że szkoda ci czasu na pierdoły.
– Teraz mam go w nadmiarze. Idź mi kupić paczkę.
– Później.

- Teraz, kurwa, Zordon.
Obejrzał się przez ramię i przekonał się, że unosi dłonie nad kubkiem z kawą, jakby istniała hipotetyczna szansa, że przez skórę wchłonie nieco kofeiny.
- Otworzę albo paczkę chipsów, albo twoją klatkę piersiową - mruknęła. - Wybór należy do ciebie.
Nie był to w sumie żaden wybór. Zordon szybko narzucił coś na siebie, a potem zszedł na dół i ruszył w stronę najbliższej żabki. Wrócił po jakichś ośmiu minutach, wyposażony nie tylko w laysy i crunchipsy, ale także wszystkie inne marki, jakie udało mu się znaleźć. Nie patrzył nawet na smaki.
Wyłożył całą zawartość torby na kuchenny stół, a potem wsparł się pod boki i wyprostował.
Chyłka przesunęła wzrokiem po paczkach, zanim zorientowała się, że Oryński przybrał dość niecodzienną pozę.
- Co ty robisz? - rzuciła.
- Nic.
- To czemu stoisz jak Kordian Zdobywca?
- Bo...
- Bo udało ci się kupić dziesięć paczek chipsów?
Właściwie to taki był powód, najbezpieczniej było jednak w ogóle nie odpowiadać i pozwolić bestii, by dobrała się do jego zdobyczy. Otworzyła jedną, a Oryński sięgnął po kubek z nieruszoną kawą.
- Zabieraj witki - ostrzegła go Chyłka.
- Przecież i tak nie pijesz.
- Ale może się napiję.
Odsunął krzesło obok niej, a potem usiadł na nim i sięgnął po parę chipsów. Nie najbardziej pożywne śniadanie, w tej chwili chodziło jednak nie tyle o dostarczenie sobie wartości odżywczych, ile o wspólne jedzenie.

– Dalej nie przesądziłam, czy kawa w ciąży szkodzi, czy nie – dodała szybko Chyłka.
– Na szczęście zrobili to naukowcy, którzy ustalili, że…
– Że mogę pić dwie, nawet trzy małe filiżanki dziennie.
Zordon skinął głową, bo wszystko się zgadzało.
– Mimo to z jakiegoś powodu tego nie robisz – zauważył.
– Mhm.
– W sumie to dlaczego?
Joanna zakołysała lekko kubkiem, sprawiając, że kawa nieomal się przelała.
– Na wszelki wypadek – odparła.
– Dobra, ale skoro…
– Kofeina przechodzi przez łożysko do płynu owodniowego – ucięła Chyłka. – A nasciturus nie ma takich zdolności jej rozkładnia jak my.
– Mhm…
– U nas wątroba metabolizuje ją w jakieś cztery godziny – ciągnęła jak w transie Joanna. – A u niego zajmuje to jakieś sto pięćdziesiąt godzin.
– Okej.
Joanna westchnęła, a potem podała Oryńskiemu kubek. Wylał zawartość do zlewu, przelotnie zastanawiając się nad tym, czy Chyłka rozpętałaby aferę, gdyby sam napił się chociaż trochę.
– Zrób sobie, Zordon.
– Hm?
– Nic w tobie nie rośnie, możesz śmiało pić.
Obrócił się do niej i przysiadł na skraju blatu.
– I narażać się na to, że akurat trafię na twoje humorki?
– Nie mam żadnych humorków.

Kordian spojrzał wymownie na paczki chipsów zaścielające stół, Chyłka jednak zdawała się kompletnie nieświadoma znaczenia jego wzroku. Przyjął to do wiadomości, a potem nalał sobie trochę wody.

Zawahał się. Dotarł bowiem do momentu, na który od pewnego czasu czekał. Momentu przełomowego w ich życiu.

W końcu uznał, że musi stawić mu czoła – otworzył lodówkę, odsunął kilka rzeczy, które zasłaniały to, czego szukał, a potem wyciągnął to i zamknął drzwiczki.

Tkwił teraz ze słoikiem w ręce, wypełnionym niezbyt dobrze wyglądającą zawartością i zakończonym szeroką słomką.

Dopiero kiedy odchrząknął, Chyłka zorientowała się, że stoi jak słup soli przy lodówce.

– Co to za gówno? – rzuciła.
– Mój autorski koktajl warzywny dla Trucizny w ciąży.
– Co?
– Zmiksowałem ci trochę...
– Słyszę, co mówisz, Zordon – ucięła Joanna. – Ale nie rozpoznaję znaczenia tych słów.
– Cóż...
– Coś ty odjebał?

Zbliżył się o krok, ale Chyłka natychmiast ostrzegawczo uniosła dłoń.

– Nawet z tym do mnie nie podchodź – ostrzegła.
– To zdrowa rzecz.
– Podobnie jak czerymoja i karmazyn atlantycki, a jakoś nie widzisz, żeby ktokolwiek je wpieprzał.

Kordian zamieszał słomką, sprawiając, że zawartość słoika nieco się ujednoliciła.

– Przyrządziłem to wczoraj – oznajmił.

– Po to, żeby dzisiaj wylać do zlewu? Gratuluję.
– Zmiksowałem trochę świeżego imbiru, buraka, łodygę selera naciowego, marchewkę, jabłko i dodałem do tego...
– Nawet gdybyś dodał tequili, Zordon, nie ruszyłabym tego za żadne skarby.
– Jest całkiem dobre – zaczął się bronić. – Poza tym daje naturalny zastrzyk energii, zmniejsza ewentualne nudności, dostarcza wielu witamin i...
– Ja ci zaraz dostarczę kilku siniaków, jak się nie zamkniesz.
– Po prostu spróbuj – odparł.

Postawił koktajl na stole, po czym odsunął się lekko, jak artysta, który pokazał swoje dzieło i teraz oczekuje, że wszyscy się nad nim pochylą. Joanna jednak ignorowała warzywną miksturę, przegryzając chipsa ze wzrokiem zawieszonym gdzieś za oknem. Właściwie wyglądała, jakby dla swojego zdrowia psychicznego zapomniała o słoiku.

– Wyobrażasz sobie, że może mi rosnąć penis? – rzuciła nagle.

Kordian zaniósł się kaszlem, niemal się dławiąc.
– Co proszę?
– W środku – sprecyzowała, wrzucając do ust kilka chipsów. – Jeśli nasciturus okaże się chłopakiem, będzie to znaczyło, że właśnie hoduję w sobie penisa.

Oryński popatrzył na nią z niedowierzaniem, podczas gdy Chyłka zapamiętale przeżuwała. W końcu skrzywiła się i przechyliła głowę na bok, jakby sama nie spodziewała się nadejścia takich wniosków.

W kuchni zaległo chwilowe milczenie, a Kordian wykorzystał je, by przygotować nieco pożywniejsze śniadanie. Po chwili postawił na stole dwie miseczki z owsianką i usiadł

naprzeciwko Chyłki. Słoik z jego autorską miksturą wciąż zdawał się niewidzialny.
– Kiedy w ogóle będzie wiadomo? – odezwał się.
Joanna obrzuciła nieprzychylnym spojrzeniem przygotowane przez niego śniadanie.
– Czy to zjem? – spytała. – Już wiadomo.
Przysunęła mu miskę i wrzuciła do ust kolejną porcję chipsów.
– Wiesz, co mam na myśli.
– To, czy nasciturus będzie miał organy płciowe wewnątrz, czy na zewnątrz?
– Możemy tak to ująć.
– A jakie to ma znaczenie?
Kordian cicho westchnął.
– Dla mnie jako ojca żadne – odparł. – Ale dla mnie jako osoby planującej kupno zabawek...
– Nie będziemy ich różnicować ze względu na płeć.
– Nie? – jęknął niepewnie Oryński.
– Oczywiście, że nie – oznajmiła Chyłka, zapamiętale krusząc między zębami kolejną porcję chipsów. – Dla mnie najlepszymi prezentami były samochodziki, młotki i wiertarki. I jak widzisz, wyrosłam na ludzi.

Nie odpowiedział, w zamyśleniu nabierając na łyżkę nieco owsianki z ziarnami i kawałkami suszonych owoców. Wyszła nieco za rzadka, wolałby gęstszą. I bardziej rozgotowaną. Ilekroć jednak taką przygotowywał, Chyłka dość wymownie oznajmiała, że nie będzie wpieprzać mamałygi.

– Wyrośnie mu coś na zewnątrz, to wyrośnie – odezwała się sentencjonalnie Joanna. – Żadna różnica.
– A wolałabyś...
– Daj spokój, Zordon.

– Tylko pytam.
– O to, jakiej płci dziecka sobie życzę? To nie zamawianie żarcia w maku, nie wybierasz sobie dodatków.

Oryński skinął lekko głową, zmuszony przyznać jej nieco racji.

– Poza tym przygotujemy imiona na obydwie okoliczności – dodała Chyłka.
– My?

Skierowała ku niemu ostrzegawcze, na wskroś groźne spojrzenie.

– A co? – odparowała. – Masz jakieś obiekcje co do tej liczby mnogiej?
– Cóż, był zakład…
– W dupie mam zakłady.
– …który wygrałem. I w myśl którego to mnie przysługuje prawo do wyboru…
– Unieważniłam go.
– Kiedy?

Chyłka rzuciła w niego chipsem.

– Teraz.
– To tak nie działa – odparł Kordian. – *Pacta sunt servanda*.
– W tym wypadku zaszła istotna zmiana warunków umownych.
– Niby jaka?

Joanna delikatnie poklepała się po brzuchu.

– Taka, że to ja będę cysterną, która wozi ten ładunek.
– To wiedzieliśmy już od początku. Nie możesz argumentować…
– Mogę.
– Nie – uparł się Oryński. – Nawet bez zachowania należytej staranności mogłaś przewidzieć, że to ty będziesz popierdzielać z bebzolem.

— Licz się ze słowami, Zordon.

Kordian na moment przestał przeżuwać i lekko uniósł otwarte dłonie.

— Tak czy inaczej była umowa — zauważył. — Chyba że przyznasz się do kłamstwa.

— Nigdy.

— W takim razie...

— Prawnik nie kłamie — uzupełniła. — Prawnik składa oświadczenie dla pozoru.

Oryński cicho prychnął i nabrał kolejną porcję, starając się zignorować chipsa, który odbił się od jego piersi i wpadłszy do miski, szybko się w niej rozpuszczał.

— No dobra — rzucił. — Załóżmy, że chłopiec.

— Mhm.

— Jakie mamy typy? Kordian junior?

— Każdy junior odpada, źle się kojarzy — mruknęła Chyłka. — Oprócz Joanny juniorki.

— Oczywiście.

Na moment zawiesiła wzrok gdzieś za oknem, a potem sięgnęła po drugą miskę i jakby nieświadomie ją sobie przysunęła. Zaczęła powoli jeść, zagłębiając się w swoich myślach.

— Jaka jest polska wersja Bruce'a? — rzuciła.

— Nie wiem. Bruno?

Joanna przez moment żuła z oczami uniesionymi ku sufitowi.

— Średnio — oceniła. — Może zostawimy oryginał?

— To ludzie będą myśleli, że od Bruce'a Willisa, a nie Dickinsona.

— Racja.

Oryński sięgnął po telefon i szybko wprowadził odpowiednie zapytanie w Google.

– W Polsce to imię nosi siedemdziesiąt osiem osób – powiedział. – Znajduje się na tysiąc dziewięćset dwunastym miejscu popularności.
– Bardzo ciekawe.
Kordian na moment uniósł wzrok.
– Nie drwij – odparł. – Przedstawiam ci kompleksową wiedzę.
– Kontynuuj.
– Jeśli chodzi o zdrobnienia, moglibyśmy do niego mówić Bruś, Brusia albo...
– Dobra, już odpadło.
– Dlaczego?
– Bo nie będziemy do niego, kurwa, mówić Brusia.
– To dość pieszczotliwe.
– Nie będzie żadnych pieszczot, Zordon – odparła Joanna. – Tylko typowe pruskie wychowanie. Ma wyrosnąć na wojownika, inaczej nie poradzi sobie w świecie, na który go sprowadzamy.

Oryński uznał, że najroztropniej będzie, jeśli zignoruje te deklaracje i zajmie się tym, na co ma jakiś wpływ.
– To może Błażej? – podsunął.
– A skąd ci się to wzięło?
– Spolszczona wersja Blaze'a.
Chyłka natychmiast odłożyła łyżkę.
– Zordon – rzuciła. – Dałeś mi jakieś zielone gówno do picia i mamałygę do jedzenia. Przestań mnie już, kurwa, prowokować.
– Idę tylko imiennym tropem Iron Maiden.
– Ale zapędziłeś się w ślepą uliczkę wokalistów, którzy nigdy nie powinni śpiewać pod tym szyldem.

— Przecież mówiłaś, że odkrywasz te dwa albumy z nim na nowo i...
— I jest okej, ale nie jako Iron Maiden — ucięła.

Powoli zabrała się z powrotem do śniadania, choć raz po raz łypała na Zordona, jakby spodziewała się kolejnej prowokacji. Fakt faktem, ostatnia sugestia wypełniała jej znamiona.

— To może coś od któregoś kawałka? — zasugerował. — Na przykład tego, w którym przez osiem minut śpiewają o pewnej historycznej postaci?

Tym razem Joanna posłała mu pełne uczucia spojrzenie.

— Aleksander? — odparła. — Niezgorsze. I pasowałoby też do mini-Chyłki.

— Dodać do listy?
— A mamy jakąś?
— W mojej głowie.
— To sobie ją wyzeruj, bo żadnej pozycji na niej dotychczas nie akceptowałam.

Kordian lekko się uśmiechnął, patrząc wyczekująco na żonę.

— No i? — spytał po chwili.
— Co?
— Aleksander jest okej?
— Na pierwszy rzut ucha tak — przyznała Joanna. — Ale kojarzy mi się z Kwaśniewskim.
— To źle? Macie sporo wspólnego.

Nie musiała pytać, do czego konkretnie pije, a on nie musiał precyzować.

— Nie jestem tylko przekonany co do zdrobnień — ciągnął Oryński. — Olek? Musiałbym się przyzwyczaić. Alek? Aleks?

Chyłka milczała.

– Olinek? – próbował dalej Kordian. – O, to już jakoś pasuje. Oleczek. Oli.
– Zordon.
– Tak?
– Nie będziemy stosować żadnych zdrobnień.
– Ale...
– Wybierzemy takie imię, które broni się samo – ucięła Joanna.

Kordian przez moment obracał w głowie wszystkie propozycje, które same nasuwały mu się od jakiegoś czasu. Było wiele wersji, część zupełnie nie do zaakceptowania przez Chyłkę. Właściwie na tym etapie nie wyobrażał sobie, jak miałby wybrać którekolwiek, a potem przy nim obstawać.

– Lew? – rzucił. – Na cześć...
– Już dwa razy mnie wkurwiłeś, Bakłażanie. To naprawdę koniec limitu na dziś.
– Okej, okej.

Kordian znów na moment zamilkł, zajmując się owsianką.
– Artur? – odezwał się.

W odpowiedzi znów został trafiony chipsem, którego tym razem udało mu się złapać, nim wpadł do miski. Chyłka ewidentnie zamierzała sformułować jakiś komentarz, ale nie zdążyła, kuchnię bowiem wypełniły dźwięki riffu z *Afraid to Shoot Strangers*. Oboje zerknęli w stronę komórki, na której wyświetlaczu pojawił się napis „CHUDERLAK" opatrzony emoji trupiej czaszki.

Joanna chciała od razu odebrać, Oryński jednak powstrzymał ją ruchem ręki.

– A może damy mu imię po Kormaku? – podsunął.
– Żartujesz sobie?
– To byłby miły gest.

Chyłka westchnęła, a potem włączyła głośnik.
- Co jest, szkapo? – rzuciła na powitanie.
Oboje tak naprawdę doskonale zdawali sobie sprawę, czego dotyczy telefon od Kormaka. Nie zawracałby im głowy przed tym, jak zjawili się w robocie, gdyby do czegoś nie dotarł.
Czegoś, na co czekali.
Od momentu, kiedy rozpoznali pismo Daniela Gańki, było dla nich jasne nie tylko to, że ksiądz Kasjusz został wrobiony w aferę pedofilską, ale także to, że uczestniczyły w tym dwie osoby.
Od chłopaka nie mogli już nic wyciągnąć. Wciąż planowali jednak przycisnąć dwudziestodwulatka, który w tej chwili jako jedyny zeznawał przeciwko duchownemu.
Kormak inwigilował go lepiej niż Pudelek Asię Opozdę. Wykorzystał każde narzędzie, które miał na podorędziu, by wywiedzieć się wszystkiego na temat celu. Ten jednak pozostawał ostrożny – i chudzielec nie mógł ustalić właściwie niczego, co okazałoby się przydatne, stanowiłoby jakiś trop lub choćby skierowało ich w odpowiednią stronę.
Aż do teraz.
- Znalazłem stare konto tego waszego gościa – powiedział. - Znaczy nie konkretnie, bo zostało dawno usunięte, ale...
- Do rzeczy, Kormaczysko – przerwała mu Chyłka.
Z głośnika doszedł cichy pomruk świadczący o tym, że rozmówca ma zamiar zastosować się jedynie częściowo.
- Jak wiecie, w internecie nic nie ginie – podjął. - I mimo że pousuwał wszystkie znaczniki i z pewnością powypełniał wszystkie formularze o ochronie danych osobowych, które można przesłać do WebArchive, i...

– Słuchaj, kościotrupie – ucięła Joanna. – Wiesz, że gadasz z kobietą w stanie błogosławionym?
– Wiem.
– I zdajesz sobie sprawę z powodu, dla którego on się tak nazywa?
– Cóż…
– Bo mam błogosławieństwo do bezwzględnego wyżywania się na wszystkich wokół – wyjaśniła spokojnym, rzeczowym tonem Chyłka. – Albo więc powiesz w tej chwili, co znalazłeś, albo za moment poczujesz się, jakby przejechał po tobie batalion czołgów.
Na linii zaległa chwilowa cisza.
– No dobra – odezwał się Kormak. – Więc ten typ…
– Łukasz Bohucki – uzupełniła Joanna. – Nazywajmy rzeczy po imieniu, a kłamców także po nazwisku.
– Gdzieś już to słyszałem – włączył się Kordian.
Chyłka zignorowała uwagę.
– Mów dalej – poleciła.
– Więc okazuje się, że ma brata, Alana – kontynuował Kormak. – Mówią na niego Bohun.
Joanna i Oryński wymienili się niepewnymi spojrzeniami.
– Fascynujące – odbąknęła Chyłka. – I co w związku z tym?
– Nie kojarzycie?
– Nie.
– Ten cały Bohun to niezły manipulator, taki… powiedzmy: oszust z Tindera na sterydach.
– I?
– I jakiś czas temu wpadł – wyjaśnił szczypior. – Aktualnie siedzi w więzieniu, ale dzięki uprzejmości pewnej pani prokurator…

– Pauliny Feruś – skorygowała Joanna.

Kormak zbył to milczeniem.

– Udało mi się nawiązać z nim kontakt i zapytać, czy byłby skłonny opowiedzieć o swoim bracie.

– No i? – ponagliła Chyłka.

– Kiedy usłyszał, że Łukasz miał być molestowany przez księdza, roześmiał się w głos – powiedział chudzielec. – Twierdzi, że jego brat prędzej sam zgwałciłby któregoś katabasa, niż dałby mu się wydymać.

W kuchni zaległa cisza.

– Tylko cytuję – dodał Kormak. – W dodatku Bohun twierdzi, że ma o wiele więcej do powiedzenia na ten temat.

– Znaczy? – włączył się Oryński.

– Nie chciał sprecyzować, zaczął kręcić i samemu domagać się jakichś informacji. Przede wszystkim o tym, kto węszy w sprawie jego brata. Podałem tylko firmę kancelarii, ale…

– Powiedziałeś „Chyłka Żelazny Klejn"? – wtrąciła Joanna.

– Nie śmiałbym inaczej.

– To się chwali – skwitowała. – Co ten cały Bohun odpowiedział?

– Cóż…

– No?

– Żebyśmy wszyscy pierdolili się na ryj – odparł w końcu Kormak. – Chyba że przyprowadzimy mu na widzenie Inę Kobryn.

10

ul. Czumy, Bemowo

Czarna iks piątka stała zaparkowana tuż przy Parku Górczewska, a dwoje siedzących w niej prawników uważnie rozglądało się wokół. Czekali na dziewczynę, która miała być ich przepustką do tego, by dowiedzieć się czegoś na temat drugiej z rzekomo zgwałconych przez Kasjusza osób.

Chyłka nie skojarzyła nazwiska, kiedy padło w rozmowie z Kormakiem. Zordon jednak załapał niemal od razu po usłyszeniu charakterystycznej ksywy.

Pamiętał, że sprawą dziewczyny zajmowała się jego niegdysiejsza podopieczna – i zaraz po zakończeniu rozmowy z chudzielcem skontaktował się z Igą Zawadą i poprosił ją o pomoc. Nie miała żadnego powodu, by jej nie udzielać. I koniec końców namówiła swoją byłą klientkę do tego, by ta spotkała się z Chyłką i Oryńskim.

Wychodzili z założenia, że to mają załatwione. Czekali już jednak kwadrans pod blokiem, a po Inie Kobryn nadal nie było śladu.

Ilekroć drzwi na klatce schodowej się otwierały, patrzyli w tamtą stronę, nadzieja jednak okazywała się płonna.

– Chyba się zrzygam – odezwała się cicho Joanna.
– Poranne mdłości mogą być…
– Nie, Zordon, to nie przez nasciturusa.
– A przez co?
– Ten twój warzywny wywar.

Wypiła go chyba właściwie tylko po to, by udowodnić sobie, że potrafi. Pożałowała jednak już po pierwszym łyku.
– Właściwie nazwałem go Kordmixem.
Chyłka milczała.
– Jestem jeszcze otwarty, żeby to zmienić.
– Mózg sobie zmień.
Urwali rozmowę, kiedy z budynku w końcu wyszła dziewczyna, na którą czekali. Drzwi otwierał jej jakiś facet – przystojny, o wyglądzie nonszalanckiego artysty. Chyłka nie miała czasu mu się przyjrzeć, bo rzucił tylko okiem na iks piątkę, a potem wrócił do środka.
Kiedy Ina podeszła do auta, Zordon od razu wysiadł. Joanna zrobiła to dopiero po kilkudziesięciu sekundach.
– Co to za jeden? – rzuciła, patrząc w kierunku klatki.
Kobryn obejrzała się przez ramię.
– Gracjan – odparła.
– Hmm…
– Coś nie tak?
– Wręcz przeciwnie. Ciekawe imię.
Kordian cicho westchnął.
– Jesteśmy na etapie wybierania – oznajmił.
Wzrok Iny mimowolnie powędrował w kierunku brzucha Chyłki, a ta wypięła go lekko i splotła na nim dłonie. Właściwie zrobiła to tylko po to, by przyjrzeć się reakcji dziewczyny. Sprawiała wrażenie dość normalnej, choć mocno zmęczonej życiem, przynajmniej jak na ten wiek.
– Ina też niezgorsze – zauważyła Joanna i zerknęła na Oryńskiego. – Dopisujemy.
– Okej.
– Chyba że to jakieś zdrobnienie.

Kobryn lekko zmarszczyła czoło.
— Od jakiejś Sabiny, Michaliny albo innej Pauliny? — dodała Joanna.
— Nie, jest samodzielne i niepodległe.

Chyłka skinęła głową do Oryńskiego na znak, że w takim razie wszystko jest w jak najlepszym porządku.
— Znasz jeszcze jakieś ciekawe? — rzuciła.
— Słucham?
— Imiona. Typu Ina albo Gracjan.

Kobryn uniosła lekko brwi, jakby nie dowierzała, że takie pytanie faktycznie padło.
— Po to chcieliście się spotkać? — spytała.
— Nie — odparła Chyłka. — Ale każda okazja jest dobra, żeby uzupełnić listę.
— Jasne.

Kordian zrobił krok w kierunku Iny.
— I myśleliśmy, że Zawada wszystko ci wyjaśniła — oznajmił.
— Mniej więcej — przyznała Kobryn. — Mówiła, że interesuje was brat Bohuna. I że ten zgodził się o nim gadać, tylko jeśli ja pojawię się na widzeniu.
— Mhm — potwierdziła Joanna.

Patrzyła w oczy dziewczyny i już na pierwszy rzut oka mogła stwierdzić, że wizyta w więzieniu będzie dla niej dość traumatycznym przeżyciem. Gdy wziąć pod uwagę historię, którą opowiedziała im Iga, nie było to nic dziwnego.
— Nie zamierzam się tam wybierać — odezwała się Kobryn.
— Zaraz… — zaoponował szybko Oryński. — Powiedziałaś Zawadzie, że…

– Że się z wami spotkam. Ale nie, że tam pojadę.

Chyłka już otwierała usta, by się odezwać, dostrzegła jednak na twarzy rozmówczyni coś, co kazało jej się powstrzymać. Miała nadzieję, że nie uszło to uwagi Zordona i on także nie będzie naciskał.

Nie zawiodła się.

– Bohun niczego wam nie powie – podjęła po chwili Kobryn. – Na cokolwiek się zgodził, nie dotrzyma słowa. Temu człowiekowi absolutnie nie można ufać, rozumiecie?

– Nie ufać mu – powtórzył Oryński. – Jasne.

Ina przesunęła wzrokiem po czarnej karoserii bmw, zrobiła to jednak zupełnie bezwiednie, jakby z jakiegoś powodu została wybita z rzeczywistości. W końcu potrząsnęła lekko głową i wróciła do realnego świata.

– Mimo wszystko musimy spróbować choćby się z nim spotkać – odezwał się Kordian. – A bez ciebie...

– Beze mnie czy ze mną, bez różnicy.

– Ale...

– Bohun będzie tylko mijał się z prawdą – ucięła. – I jeśli powiedział wam cokolwiek do tej pory, możecie być pewni, że to wierutne bzdury, mające zamydlić wam oczy.

Przysiadła na masce iks piątki i zerknęła kontrolnie na Chyłkę, chcąc się upewnić, że ta nie ma nic przeciwko.

– Ode mnie dowiecie się więcej – dodała.

– Od ciebie? – spytał Kordian.

Ina szybko skinęła głową.

– Znacie szczegóły sprawy? – rzuciła.

– O tyle, o ile – odparła Joanna. – Zawada streściła nam najważniejsze rzeczy, resztę doczytaliśmy w mediach.

Dziewczyna cicho westchnęła i skinęła głową.

– Od kiedy Bohun trafił do więzienia, przekopałam się przez całe jego życie. Prawdziwe życie. Nie to, które sfabrykował.

Na moment zrobiła pauzę.

– Musiałam wiedzieć, czy nic mi nie grozi. Zidentyfikować ludzi, z którymi Bohun współpracował, którzy mogliby mu pomóc.

– W czym? – spytał Oryński.

– A jak myślisz? W zemście.

Mówiła to tak poważnym głosem, że Joannie zrobiło się nieprzyjemnie. Ta kobieta ewidentnie miała solidne powody, by sądzić, że wciąż coś jej grozi. I być może rzeczywiście tak było. Podpadła nie tylko temu oszustowi, ale także znacznie bardziej wpływowym ludziom.

– Mniejsza z tym – rzuciła. – Co chcecie wiedzieć?

– Interesuje nas głównie jego brat.

– Łukasz, no tak.

Kordian potwierdził cichym mruknięciem.

– Ale dlaczego? – dodała Ina.

– Bo jego zeznanie może władować niewinną osobę na resztę życia do więzienia – odparła Chyłka.

Kobryn skupiła na niej wzrok. Wyraźnie nie skojarzyła ich ze sprawą księdza oskarżonego o pedofilię i zabójstwo ojca ofiary. Ciekawe, bo była ona tak chodliwa, że trafiła właściwie do wszystkich mediów.

Najwyraźniej jednak Ina albo to przegapiła, albo przyjmowała zdrową taktykę trzymania się z dala od codziennej fali newsów.

– O jakie zeznanie chodzi? – spytała.

– O takie, które jest w naszym przekonaniu fałszywe – zastrzegł Oryński.

– Czyli?

Joanna nabrała tchu.

– Łukasz Bohucki twierdzi, że został zgwałcony przez naszego klienta.

– Że co?

– Jako dzieciak.

Na twarzy Iny pojawił się łatwo dostrzegalny wyraz niedowierzania.

– Do niczego takiego nie dotarłam – powiedziała. – Kiedy to miało miejsce?

– Jakieś dziesięć lat temu.

Zawahała się, a potem rozłożyła lekko ręce.

– W jakich okolicznościach?

– Bohucki twierdzi, że był to klasyczny przypadek molestowania w Kościele i...

Kordian urwał, kiedy Ina cicho się zaśmiała, kręcąc głową. Najwyraźniej nie tylko dla Bohuna wersja ta wydawała się z jakiegoś powodu absurdalna.

– Coś nie tak? – rzuciła Joanna.

– To, że wedle tego, czego się dowiedziałam z Pabstem, ten facet raczej nie chadza na niedzielne msze.

– Znaczy?

– Jest mniej więcej taki jak jego brat – odparła Kobryn. – Ma gdzieś zasady moralne, standardy społeczne, nie wspominając o jakiejkolwiek etyce czy wierze w Boga będącego źródłem wszelkiego dobra. To oszust, aferzysta i manipulator. Jedyne, co różni go od Bohuna, to fakt, że wpadł na jakichś pierdołach i szybko wyszedł z więzienia.

Z tego, co relacjonowała Zawada, wynikało, że ten drugi też by nie wpadł, gdyby nie trafił na Kobryn i Pabsta.

– Nigdy nawet nie zbliżał się do Kościoła – ciągnęła Ina. – Nie wiem, jaką bzdurę ani dlaczego popycha, ale to ewidentny absurd.

Dwoje prawników spojrzało po sobie.

– Mogę to zeznać w sądzie, jeśli chcecie – dodała Kobryn.

Chyłka cicho westchnęła.

– O ile dla nas to cenna wiedza, o tyle dla sądu niekoniecznie – zauważyła.

– Wszystko to relacja z drugiej ręki, na podstawie materiałów zebranych na temat kogoś innego – uzupełnił Oryński.

Ina lekko się skrzywiła.

– Ale może masz namiar na jakichś jego znajomych? – podsunął Kordian. – Kogoś ze środowiska, w którym się obracał, ludzi, którzy dobrze go znają? I mogą poświadczyć, co robił, czym się zajmował?

Chyłka obawiała się, że dotarli do miejsca, w którym dostrzegą znak o wjeździe w ślepą uliczkę. Wszystko to byłoby zbyt piękne, gdyby tak po prostu dostali kogoś, dzięki komu obalą zeznania tego faceta w sądzie.

– Jasne – odparła Kobryn. – Myślę, że jest sporo takich ludzi.

– Tak?

– Bohuccy obracali się w tych samych kręgach – dodała Ina.

– I gdzie ich znajdziemy?

– W ConspiRacji.

– Co to? – rzuciła Joanna.

– Taki klub, niedaleko stąd. Obaj bracia spędzali tam sporo czasu, bez trudu traficie tam na ludzi, którzy dobrze ich znali i dość często kręcili z nimi jakieś lewe interesy. Inna sprawa, czy będą chcieli z wami rozmawiać.

– Potrafimy być dość przekonujący – zauważył Kordian.
– A nawet jeśli nasz urok osobisty zawodzi, wezwanie sądowe nie – dodała Chyłka.

Kobryn uśmiechnęła się lekko na myśl o tym, że kumple Bohuna nie będą mieli łatwego życia z tą dwójką.

– Dobra – rzuciła. – Czyli sądzicie, że ktoś wrabia waszego klienta w molestowanie?

– Na tym etapie jesteśmy tego pewni – odparła Joanna.

Niewykluczone, że liczba mnoga była nieco na wyrost, Zordon wciąż miał pewne wątpliwości. Uznała jednak, że sytuacja usprawiedliwia minimalne naciągnięcie prawdy na jej korzyść.

– Dlaczego? – odezwała się Kobryn.
– Dobre pytanie – skwitował Oryński.
– W sensie... Uważacie, że Bohucki za tym stoi czy że ktoś nim steruje?
– Raczej to drugie.
– Bo?
– Bo facet nie wygląda na kogoś, kto byłby w stanie zorganizować grzybobranie – odparła Chyłka. – Co dopiero coś takiego.

Ina przybrała wyraz twarzy świadczący o tym, że podziela to zdanie.

– Okej... – rzuciła. – W takim razie postarajcie się w ConspiRacji namierzyć gościa o ksywie Rzeźnik.

– Oryginalnie.

– Albo właściwie olejcie go – skorygowała w zamyśleniu Ina. – To tylko płotka, nie będzie nic wiedział. Najlepiej by było, gdybyście dotarli do tego, który stoi nad nim.

– Czyli?

Kobryn zawahała się, jakby nagle zaczęła mieć wątpliwości, czy bezpiecznie jest wprowadzać ich na drogę, której szukali. W końcu nabrała tchu i głośno wypuściła powietrze.
– Mówią na niego Brencz.
Chyłka i Oryński momentalnie drgnęli.
– Nie wiem, czy to nazwisko, czy…
– Nazwisko – ucięła Joanna. – Na imię ma Julian.

11

Mokotów, Warszawa

Kobieta w czarnym swetrze od kilku godzin przeglądała internet w poszukiwaniu tego, co mogłoby jej pomóc. Nie było łatwo. Od kiedy weszły w życie przepisy zaostrzające prawo aborcyjne, należało wiedzieć, gdzie szukać. Ona nie wiedziała. Nigdy nie znajdowała się w takiej sytuacji.

Słyszała jednak o tej aktywistce, która jakiś czas temu została skazana przez sąd za umożliwienie przeprowadzenia aborcji. Podobno jej organizacja pomogła ponad tysiącowi kobiet załatwić zabieg za granicą. I ponad trzem tysiącom dokonać go farmakologicznie w Polsce.

W przypadku, który skończył się wyrokiem skazującym, aktywistka wysłała tabletki poronne kobiecie będącej w przemocowym związku. Dowiedział się jednak o tym mąż i zgłosił sprawę na policję.

Koniec końców aktywistka dostała karę ograniczenia wolności, choć groziła jej nawet trzyletnia odsiadka.

Kobieta w swetrze sądziła, że po tym sytuacja nieco się zmieni. Że trudniej będzie dostać środki.

Kiedy jednak zaczęła wyszukiwać odpowiednie strony w Google, odnalazła nie tylko mnóstwo porad, ale także danych kontaktowych. Były tu telefony, maile, właściwie wszystko, czego było trzeba, by otrzymać pomoc w przeprowadzeniu aborcji.

I nie tylko. Podawano namiary na prawników, którzy mogą posłużyć poradami przy problemach z prawem. Do ginekolożek i ginekologów, którzy wytłumaczą co i jak, porozmawiają, zajmą się pacjentem. Wreszcie do osób świadczących pomoc pod telefonami zaufania.

To nie żaden czarny rynek ani tym bardziej żadne podziemie.

Wszystko działo się na widoku, było na wyciągnięcie ręki.

A kobieta w czarnym swetrze postanowiła z tego skorzystać.

12

ConspiRacja, Bemowo

Kordian nie miał zamiaru tracić czasu. Nie planował też robić tego, co ustalili z Chyłką – mimo że kiedy uzgadniali strategię działania, z premedytacją nie zgłosił żadnych obiekcji.

Sytuacja była jasna. Mąż Magdaleny jakimś cudem opuścił więzienie, a dwójka prawników aż do teraz nie miała o tym bladego pojęcia. Kwestią otwartą pozostawało, czy siostra Chyłki wiedziała – i właśnie to należało ustalić na samym początku.

Wieczorem po pracy Joanna pojechała do niej do Wilanowa, by wybadać sytuację. Oryński miał zostać w Jaskini McCarthyńskiej i wraz z Kormakiem przeszperać wszystko, co dotyczyło Juliana Brencza.

Faceta ogarniętego chorą obsesją na punkcie Chyłki. Niezrównoważonego, zdolnego do wszystkiego szaleńca, który powinien gnić w więzieniu.

Kordian pamiętał zarzuty, które mu postawiono. Uprowadzenie rodzicielskie, przestępstwa przeciwko wymiarowi sprawiedliwości, łapownictwo, tworzenie fałszywych dowodów... Była tego cała masa.

Korzystał jednak także ze statusu świadka koronnego. I być może udało mu się uruchomić dawne kontakty, by po kilku latach opuścić więzienie.

Jakim cudem? I jak skończył z jakimiś lokalnymi quasi-gangsterami?

Kormak z pewnością znajdzie przynajmniej część odpowiedzi, Oryński jednak nie zamierzał mu w tym pomagać. Chudzielec da sobie radę, on tymczasem miał ważniejsze sprawy do załatwienia.

Pojechał do ConspiRacji bez wiedzy Chyłki, z pełną świadomością tego, że musi to zrobić, nim Joanna skonfrontuje się z Brenczem.

Nie mógł jej tutaj dopuścić. Nie mógł pozwolić na to, by cokolwiek jej zagroziło.

Wiedział jednak, że będzie to ekstremalnie trudne, właściwie chyba niemożliwe. Argument, że teraz jest odpowiedzialna za dwa życia, na nic się nie zda. Będzie chciała sama wyciągnąć z Juliana wszystko, co ten ukrywa.

Chyba że wcześniej Kordian zrobi to za nią.

Podziękował kierowcy taksówki, a potem wysiadł pod klubem. Budynek już na pierwszy rzut oka sprawiał wrażenie typowej mordowni, dudniąca ze środka muzyka zaś zdawała się w jakiś sposób to potwierdzać.

Było już ciemno, pod bramkami stało kilka grupek podchmielonych studentów albo osób w wieku studenckim. Zachowanie wskazywało na to, że zakończyli naukę raczej na wcześniejszym etapie.

Kordian ruszył w stronę wejścia, nie przykuwając niczyjej uwagi. Krawat zostawił w kancelarii, sądził jednak, że niewiele to zmieni i będzie rzucał się w oczy. Szczęśliwie okazało się, że nie jest jedynym gościem w garniturze. Zauważywszy, że większość facetów ma koszule rozpięte na dwa guziki, zrobił to samo.

Stał chwilę w kolejce przed bramką, a potem za trzy dychy kupił wejściówkę i pozwolił, by kobieta w kasie założyła mu opaskę na nadgarstek. Ruszył przed siebie, rozglądając się uważnie – i nieomal nie zauważył mężczyzny, który wyglądał, jakby był gotów powalić go jednym ciosem.

W ostatniej chwili zorientował się, że musi pokazać opaskę. Dopiero potem przeszedł dalej.

Główna sala była przestronna, ale wypełniona ludźmi, muzyką i dymem do tego stopnia, że tworzyła klaustrofobiczne wrażenie. Niskie basy sprawiały, że parkiet się trząsł, a razem z nim wszystkie organy w ciele Oryńskiego.

Jakaś kobieta się o niego obiła, śmiejąc się przy tym głośno, a idący obok niej facet posłał Kordianowi ostrzegawcze spojrzenie, jakby to on czymś zawinił.

Mierzyli się wzrokiem przez nieco zbyt długi moment. Ostatecznie jednak para odeszła w kierunku boksów na obrzeżu sali.

One także były wypełnione ludźmi, choć Oryński nie miał pojęcia, jak prowadzą tam jakąkolwiek rozmowę. Sam miał trudności z usłyszeniem własnych myśli, co dopiero kogoś innego.

Mimo to jakaś młoda kobieta pojawiła się obok i starała się przekrzyczeć muzykę. Zbliżył się, nie mogąc wychwycić choćby pojedynczego słowa. Właściwie nie wiedziałby, że ta w ogóle coś do niego mówi, gdyby nie fakt, że na niego patrzyła.

Dopiero kiedy jej usta znalazły się przy jego uchu, mógł cokolwiek zrozumieć.

– Pierwszy raz? – krzyknęła.

Natychmiast sama obróciła się do niego uchem, jakby była to najbardziej naturalna rzecz na świecie i element jakiejś choreografii.

– Tak po mnie widać? – spytał.
– No, dosyć.

Odsunął się i wzruszył lekko ramionami.
– Szukam kogoś.
– To chyba znalazłeś – odparła, drąc mu się do ucha.
Docenił to krótkim uśmiechem.
– Jesteś stałą bywalczynią?
Dziewczyna niemal parsknęła, słysząc to określenie, a jemu przeszło przez myśl, że może jest z tak zwanej szeroko pojętej obsługi. W takich miejscach z pewnością działały etatowe sexworkerki, które namierzały takich jak on. Choć były to w gruncie rzeczy tylko spekulacje.
– Można tak powiedzieć – potwierdziła.
– To jest szansa, że mi pomożesz.
– No, może. O ile coś postawisz.
Skinęła w stronę baru, a potem wzięła Kordiana pod rękę i poprowadziła do lady. Zamówienie czegokolwiek wydawało się wręcz niemożliwe, mimo to Zordon krzyknął do barmana, unosząc dwa palce.
Nie było szans, by mężczyzna go usłyszał. Postawił przed nimi dwa drinki zupełnie w ciemno, a Kordian zapłacił zegarkiem. Dziewczyna wychyliła wszystko na raz, po czym wskazała wzrokiem jego szklankę.
Upił tylko łyk, a ona się skrzywiła.
– Tak daleko nie zajedziesz – zauważyła.
– Muszę oszczędzać paliwo – odparł na odczepnego, a potem zbliżył się do jej ucha. – Szukam Brencza.
Spojrzała na niego z zaciekawieniem, chwilę się zastanawiała, a potem pokręciła głową. Nie sprawiała wrażenia, jakby wiedziała, o kim mowa.
– Co to za jeden? – zapytała.
– Nieważne. A może kojarzysz Rzeźnika?
Na jej twarzy od razu pojawiło się zrozumienie.

– Wiadomix – rzuciła. – Czego od niego chcesz?
– Pogadać.
– O czym?
Zwykła ciekawość? Czy próba ustalenia czegoś więcej, zanim skieruje go do odpowiedniego gościa? To pierwsze oznaczałoby, że jest przypadkową dziewczyną w klubie. To drugie, że nie pomylił się co do tego, że jest z obsługi.
– Mamy wspólnych znajomych – powiedział Kordian.
– I?
– I resztę wyjaśnię już jemu – odparł prosto do jej ucha Oryński. – Nie będzie żałował, opłaci mu się to.
Rozmówczyni dopiero teraz zdawała się przyjrzeć mu nieco krytyczniejszym spojrzeniem.
– Jesteś czworonogiem? – rzuciła.
– Co?
– Bagietą?
Kordian uniósł brwi.
– Jesteś, kurwa, z psiarni?
– Nie – odparł z lekkim uśmiechem. – A wyglądam ci, jakbym był?
Przyjrzała mu się jeszcze raz, tym razem zmrużonymi oczami, jakby uruchomiła jakiś skaner antypolicyjny.
– Na krymę w sumie pasujesz.
– Na co?
Zignorowała pytanie, a potem obeszła go, delikatnie przesuwając dłonią po jego ciele. Kordian poczuł się nieswojo, ale nie zareagował. Nie wydawało się to przypadkową obmacywanką, raczej sprawdzaniem, czy nie ma żadnego podsłuchu.
Na tym etapie wydawało się już niemal pewne, że ta kobieta nie jest tutaj wyłącznie gościem.
– Chodź – rzuciła.

– Dokąd?

Spojrzała na niego wyzywająco, jakby odpowiedź była oczywista i nie miała nic wspólnego z ludźmi, o których pytał. W końcu jednak cicho parsknęła.

– Zaprowadzę cię do Rzeźnika.

Wzięła go za rękę i ruszyła na parkiet, jakimś cudem sprawiając, że nie obili się o żadną z tańczących na nim osób. Oryński czuł się niemal jak w godzinach szczytu na kancelaryjnym korytarzu, z tym wyjątkiem, że wszędobylski ruch i muzyka właściwie paraliżowały zmysły.

Kobieta poprowadziła go pod jeden z boksów, a Kordian był przekonany, że to tutaj znajdzie faceta, którego szukał. Ona jednak ruszyła dalej.

– Endżi – powiedziała.

Było nieco ciszej, ale wydawało mu się, że coś źle zrozumiał.

– Od Andżeliki – wyjaśniła.
– Ach…
– A ty?
– Kordian.

Dziewczyna zmrużyła lekko oczy.

– Od Kordiana – wyjaśnił Oryński. – Tego bohatera Słowackiego.
– Aha.
– Znaczy „dający serce".

Endżi wydęła usta z uznaniem.

– Dojebana teoria – oceniła.
– Dzięki – odparł Zordon. – A ten Rzeźnik to od nazwiska?
– Co?
– Rzeźnik od…

– Nie, no co ty – ucięła dziewczyna.

Niekonkretnie to Oryński chciał usłyszeć – i po prawdzie zaczął się zastanawiać, czy aby na pewno dalej chce iść za dziewczyną. Liczył na to, że rozmówi się z Brenczem. Z jakiegoś powodu wydawało się to względnie bezpieczną wizją. Choć być może złudną.

Opuścili główną salę i weszli do niewielkiej klatki schodowej, gdzie muzykę słychać było nieco słabiej. Obok znajdowały się toalety, Endżi jednak poprowadziła go schodami na piętro.

– Co jest na górze? – spytał Oryński.
– A jak myślisz, Kordi?

Ta odpowiedź zasadniczo także mówiła mu wszystko.

Kiedy znaleźli się na piętrze, napotkali dwóch rosłych ochroniarzy, gabarytami przywodzących na myśl Gorzyma. Najpierw rzucili spojrzenie Zordonowi i nerwowo drgnęli, potem jednak dostrzegli dziewczynę i się rozluźnili.

– Spokojnie, chłopcy – rzuciła Endżi. – Idziemy do Rzeźnika.
– Spodziewa się?
– No a jak – potwierdziła.

Oryński poczuł, że wchodzi na nieznany, wrogi teren, robił jednak dobrą minę do złej gry. Pierwsza zasada nielegalnego wbijania się gdziekolwiek głosiła, by za wszelką cenę sprawiać wrażenie, jakby miało się tam być.

Ochroniarze wpuścili ich do długiego korytarza, a Endżi pociągnęła Zordona za rękę i poprowadziła go niemal na sam koniec. Muzyka z dołu ledwie tutaj docierała, była jedynie delikatnym tłem dla jęków i okrzyków rozkoszy, które wydobywały się z mijanych przez Kordiana pokoi.

Dziewczyna zapukała do drzwi na końcu, a potem pociągnęła za klamkę i weszła do środka. Oryński poczuł charakterystyczną woń marihuany i czegoś, czego nie mógł do końca zidentyfikować.

Wszedł do przestronnego pomieszczenia, w którym znajdowały się stół bilardowy, pokaźny narożnik, duży telewizor, sprzęt grający i dwa stoliki. Oprócz tego wzdłuż ściany ciągnął się prywatny bar, niewiele ustępujący temu na dole.

– Co to za jeden? – odezwał się rosły facet w garniturze, siedzący z kilkoma innymi przy stoliku.

Wszyscy obrócili się w kierunku Kordiana, ten zaś powiódł wzrokiem dookoła. Było tu w sumie sześciu facetów i tyle samo kobiet. One siedziały na kanapie, oni zajmowali miejsca przy stolikach – z jednym wyjątkiem.

Na centralnym miejscu narożnika siedział wydziarany mięśniak ze szramą pod okiem, sprawiający wrażenie, jakby uważał się za króla życia. Kwadratowa szczęka, krótki zarost, fryzura przystrzyżona dokładnie co do milimetra.

Ani chybi Rzeźnik.

– To Kordian – oznajmiła Endżi.

Kilku facetów się skrzywiło, pozostali zignorowali niespodziewanego gościa. Jedynym, który poświęcił mu nieco uwagi, był sam gospodarz.

– Chciał z tobą pogadać – dodała dziewczyna.

Rzeźnik wyglądał, jakby ktoś właśnie oznajmił, że gdzieś wokół niego lata insekt, który stara się go ukąsić.

– Co? – żachnął się.

– No ten typ tu, który…

– Widzę typa stojącego, kurwa, koło ciebie – uciął mężczyzna.

Endżi zamilkła, a on skupił wzrok na Oryńskim. Otaksował go uważnie, a potem uniósł dłoń i wykonał ruch mówiący, że ten może podejść. Kordian poczuł się jak na audiencji, ale trwał z beznamiętnym wyrazem twarzy.

– Coś ty za jeden? – mruknął Rzeźnik.
– Mecenas Kordian Oryński.

Wszyscy na moment przerwali to, co robili.

– Adwokat?
– Mhm. Kancelaria prawna Żelazny Chyłka Klejn.

Nastąpiło chwilowe wahanie, mężczyźni przy obydwu stolikach zerknęli niepewnie na tego, kto ewidentnie robił tutaj za szefa. Rzeźnik przyjął nieco zdezorientowany wyraz twarzy, po czym machnął ręką na towarzyszy. Ci na powrót zajęli się swoimi sprawami.

– I na chuj mnie szukasz? – rzucił Rzeźnik.

Oryński podszedł bliżej, a kiedy dwie kobiety wygospodarowały mu miejsce na kanapie, zajął je. Przez moment zastanawiał się, jak najlepiej poprowadzić tę rozmowę, po czym uznał, że im prościej, tym lepiej.

– Chcę pogadać z Bohuckim – oznajmił.
– To uderzaj do naczelnika na Białołęce, nie do mnie. Alan siedzi w pierdlu.
– Z tym drugim, Łukaszem.

Rzeźnik zacisnął zęby, a jego kości policzkowe drgnęły. Siedzące obok kobiety poruszyły się nerwowo, wciąż jednak utrzymywały beztroski, wręcz rozmarzony wyraz twarzy.

– A co ci do niego? – odezwał się mężczyzna.

Sam fakt, że nie wyrzucił go na korytarz, ale zadawał pytania, należało uznać za symptomatyczny. Coś było na rzeczy. Ten facet miał powody, by przynajmniej dowiedzieć się, czego szuka tutaj jakiś adwokat.

– Po prostu mam sprawę – odparł Kordian. – Nie pożałuje.
– Znaczy?

Oryński wzruszył ramionami, pozorując pewność co do wypowiadanych słów. Miał nadzieję, że tyle wystarczy. A im więcej Rzeźnik sobie dopowie, tym lepiej.

Ten przyglądał mu się przez moment, a potem klepnął jedną z dziewczyn w udo i skinął głową w kierunku barku.

– Masz do niego jakiś biznes? – spytał mięśniak.
– Mam.
– Jaki?
– Taki, że opłaci mu się ze mną pogadać.

Rozmówca zmrużył oczy i zastygł w bezruchu. Drgnął dopiero, kiedy dziewczyna wróciła z dwoma drinkami. Jeden podała swojemu szefowi, drugi Kordianowi. Zapachniało schweppesem i cytryną.

Rzeźnik pociągnął łyk, a potem spojrzał na Oryńskiego w sposób sugerujący, że ten nie powinien się ociągać. Kordian upił trochę, rozpoznając gin z tonikiem.

– Czyli, czekaj… – podjął gospodarz. – Wbijasz tutaj bez zapowiedzi, a potem zaczepiasz moje dziewczyny na parkiecie i szukasz mojego dobrego ziomka bez wyjaśniania, o chuj ci chodzi?

Nikogo nie zaczepiał, ale właściwie było to bez znaczenia.

– Bohucki nie pożałuje – odezwał się Zordon.
– Znaczy chcesz mu zapłacić?
– Nie wykluczam tego.
– Za co?
– Za informacje.
– Na jaki temat?
– O tym pogadam już z nim.

Rzeźnik znów się napił, a potem odstawił szklankę na niewielki stolik.
– Gadasz ze mną – oznajmił, a jego twarz stała się nieco bardziej sroga. – Więc odpowiadaj na pytania.

Kordian się zawahał, ostatecznie jednak musiał dać temu facetowi jakieś konkrety. Sam fakt, że do tej pory korzystał z jakiegoś dziwnego kredytu zaufania, zdawał się to wymuszać.

– Chodzi o księdza, którego oskarżył o molestowanie – powiedział.
– Bohucki?
– Mhm.
– Nic nie słyszałem.

Oryński napił się drinka, odstawił szklankę, a potem pochylił się w stronę gospodarza. Ten, mimo nieco większej powagi niż na początku, nie sprawiał antagonistycznego wrażenia. Przeciwnie, wyglądał jak ktoś, kto chętnie pomoże.

Z pewnością nie był to mafioso z prawdziwego zdarzenia, nawet nie lokalny gangster. Rzeźnik jawił się jako podwórkowy zadymiarz, któremu ktoś dał kasę na to, by wynajął to prywatne pomieszczenie.

– Bohucki oskarżył jakiegoś kiecucha o molestowanie? – upewnił się.
– Tak.
– W sensie, że ktoś go zerżnął?

Kordian uznał, że najlepiej będzie uniknąć bezpośredniej odpowiedzi na pytanie. Kiedy zjawi się tu główny zainteresowany, może nie być zadowolony z kierunku, w którym poszła ta rozmowa.

Rzeźnik jednak najwyraźniej nie potrzebował potwierdzenia.

– Pierdolisz – rzucił.
– Cóż, tak naprawdę to...
– Jakiś kiecol wyjebał go w dupala? – rzucił gospodarz, a potem rozejrzał się po pokoju, jakby czekał, aż ktoś pierwszy się zaśmieje.
Wszyscy zebrani czekali jednak na znak ze strony Rzeźnika. Dopiero kiedy ten parsknął, reszta mu zawtórowała.
– Ale jazda – skwitował, podnosząc szklankę w kierunku Kordiana.
Ten odpowiedział tak, jak powinien. Napili się, a Rzeźnik z niedowierzaniem pokręcił głową.
– No ni chuja – mruknął. – Nie spodziewałem się, że brał w grotę nestle.
– Co?
– Że dawał się zakutać w dupsztala.
– A...
– I to jeszcze jednemu z czarnych, ja jebię.
Nie szło to dokładnie tak, jak Oryński się tego spodziewał. I obawiał się, że kiedy Łukasz Bohucki się tutaj zjawi, wraz z nim nadejdą poważne problemy.
Kiedy zza jego pleców doszedł dźwięk otwierających się drzwi, miał wrażenie, że wywołał wilka z lasu. Zanim jednak się obrócił, dostrzegł zmianę na twarzy Rzeźnika. Cała wesołość nagle znikła.
Kordian obejrzał się przez ramię i zobaczył powód tego stanu rzeczy.
– Cześć, Zordon – powiedział Brencz, stając w progu.
Skinął na dziewczyny, a te szybko ruszyły w kierunku drzwi. Mężczyźni siedzący przy stołach zaś się podnieśli.
– Dawno się nie widzieliśmy – dodał Julian. – Mamy sporo do nadrobienia.

13
ul. Europejska, Wilanów

Chyłka nie miała zamiaru przedstawiać siostrze wszystkiego, co się wydarzyło – ograniczyła się do tego, co najbardziej istotne. Jej były mąż opuścił więzienie. I najwyraźniej na dobre zajął się działalnością przestępczą.

Magdalena nie miała pojęcia. Potrzebowała sporo czasu, by w ogóle zebrać myśli, co dopiero by odpowiadać na jakiekolwiek pytania. Jedna kawa nie pomogła, druga także nie – i Joanna zaczynała się obawiać, że siostra jeszcze długo nie odzyska równowagi.

– Kurwa mać... – rzuciła Magdalena. – Od kiedy wiesz?

– Właściwie od teraz.

– Ale...

Ani chybi chciała zapytać, jak do tego doszło, co się wydarzyło, dlaczego nikt jej nie poinformował. Wszystko to jednak Chyłka wyjaśniła w trakcie swojego monologu. Wystarczyło, by Magda pozwoliła słowom utorować sobie drogę do jej świadomości.

– Gdzie Daria? – rzuciła Joanna. – Nie powinna o tej porze...

– U koleżanki. Zostaje tam na noc.

Chyłka zerknęła na leżący na stole telefon.

– Zadzwoń może dla pewności.

Magdalena sięgnęła po komórkę, ostatecznie jednak ograniczyła się do esemesa. Obydwie wlepiały wzrok w wyświetlacz, jakby miały zamiar wznosić nad nim modły. W końcu

Daria odpisała, że oglądają *Legendę Korry* i jedzą popcorn, i zapewniła, że nie będą siedzieć do późna, jakby uznała, że jedynie o to chodzi matce.

Siostry odetchnęły.

– Wiesz, kiedy wyszedł? – spytała Magda.

– Nie. Ale dowiem się.

– On prędzej czy później…

– Nie wiesz tego.

– Prędzej czy później będzie próbował skontaktować się z Darią.

– Ma zakaz zbliżania się – zauważyła Joanna.

Od momentu, kiedy Brencz trafił do aresztu śledczego, Chyłka zrobiła wszystko, by nigdy nie pojawił się nawet w pobliżu jej siostrzenicy. Argumentów miała aż nadto, materiału dowodowego także. Facet dopuścił się uprowadzenia rodzicielskiego – i żaden sąd rodzinny nie pozwoliłby na jakiekolwiek kontakty.

– To mu nie przeszkodzi – odparła Magda, kręcąc głową.

Spojrzała na resztki kawy i zakołysała nimi w kubku.

– On coś kombinuje – dodała.

– Tak, ale…

– Coś, żeby zabrać mi Darię.

Chyłka czekała, aż siostra spojrzy jej w oczy, ale nadaremno. Pogrążyła się w pełnym strachu otępieniu, za co nie sposób było jej winić. Przeszła sporo przez tego człowieka. I miała pełne prawo odczuwać strach.

– Dlaczego nikt mnie nie poinformował? – spytała. – Powinni to zrobić.

Joanna nabrała głęboko tchu.

– Teraz to bez znaczenia – powiedziała. – Musimy dojść do tego, co planuje, a potem…

– Mówiłaś, że ma jakiś związek z waszą sprawą?
– Ma.
– Jaki?
Magdalena w końcu podniosła głowę, a w jej oczach pojawiła się czujność.
– Bronimy księdza Kasjusza i...
– Tak, wiem. Ale jaki to ma związek z Julianem?
Chyłka sama chciałaby to wiedzieć.
– Dwie osoby zarzuciły księdzu gwałt i molestowanie – powiedziała.
– No.
– Jedna z tych osób odebrała sobie życie.
– Tak, ten chłopak. A druga?
– Druga to Łukasz Bohucki.
Magda marszczyła czoło, zdając się przeszukiwać meandry pamięci w nadziei na znalezienie jakiegoś tropu. Na próżno.
– Pierwsze słyszę – oznajmiła. – Kim jest ten człowiek?
– Nikim.
Zasadniczo była to najbardziej treściwa odpowiedź, jakiej Joanna mogła udzielić. Siostra jednak liczyła na więcej.
– Zakładamy, że gość kłamie – powiedziała Chyłka.
– Tyle jest oczywiste. Casio nigdy by nikogo nie skrzywdził.
Joanna krótko skinęła głową, starając się przejść obojętnie obok ksywy, której używały właściwie wszystkie dzieciaki przed laty. Być może robiły to nadal.
– Zaczęliśmy węszyć wokół tego Bohuckiego – podjęła. – Okazało się, że obraca się w szemranym towarzystwie, które większość czasu spędza w ConspiRacji.
– Gdzie?

– Taki klub na Bemowie. Zrobili sobie z niego bazę wypadową.
– I?
– I ten Bohucki to imbecyl, nie zorganizowałby szeroko zakrojonej akcji przeciwko księdzu – powiedziała Chyłka. – Oczywiste dla nas było, że ktoś musi za nim stać, więc podjęliśmy jedyny trop, jaki mieliśmy: związany z tym z klubem i towarzystwem, które tam urzęduje.

Magdalena pokiwała głową.

– Okazało się, że grupie przewodzi Julian – dodała Joanna.
– Ale… jakim cudem?
– Nie wiem.

Siostra podniosła się z krzesła i zaczęła chodzić po kuchni. Była coraz bardziej pogubiona, coraz bardziej nerwowa. Szczęście w nieszczęściu, że Daria spędzała noc u koleżanki. Kiedy wróci, jej matka być może dojdzie już do siebie.

– Przecież to niemożliwe – rzuciła Magdalena. – Skąd on się tam wziął?
– Przypuszczam, że nawiązał kontakty w więzieniu.
– Z kim?

Było to pytanie, na które odpowiedź właściwie nasuwała się sama.

– Przypuszczamy, że z niejakim Bohunem – wyjaśniła Chyłka. – Bratem tego Bohuckiego, który oskarża księdza. Siedział razem z Brenczem na Białołęce, niewykluczone, że się zakumplowali. Bohun musiał mu dać namiar na swoich ludzi w ConspiRacji, może załatwił mu tam jakieś stanowisko czy coś.

Magdalena wciąż miała wyraźny kłopot z poukładaniem tego wszystkiego w głowie, a Chyłka doskonale to rozumiała.

Nadal miała wrażenie, jakby starała się ułożyć jakąś konstrukcję bez kilku kluczowych elementów. Niby dało się dostrzec ostateczny kształt, ale zanim się wyklarował, cała się sypała.

– Dobrze... – podjęła Magda. – Więc waszym zdaniem Julian w pewnym momencie wynajmuje tego...
– Łukasza Bohuckiego.
– Tak. Wynajmuje go albo jakoś zmusza, żeby złożył fałszywe zeznania przeciwko Kasjuszowi?
– Mhm.
– I znajduje jeszcze jakiegoś młodego chłopaka, który robi to samo?
– Na to wygląda.

Magdalena w końcu stanęła na środku kuchni, rozejrzała się, a potem wróciła na krzesło przy stole. Spojrzała Chyłce prosto w oczy.
– Ale po co? – zapytała.
– Tego właśnie nie wiem.
– To bez sensu – ciągnęła siostra. – Co miałby w ten sposób osiągnąć?

Joanna skrzyżowała ręce na stole i lekko się pochyliła.
– Ustalimy to – zapewniła. – Jak dobrze Brencz znał księdza?
– No wiesz...
– Nie wiem.
– Byłaś na ślubie.
– Ale nie widziałam między nimi jakiejś wielkiej zażyłości.

O ile Chyłka mogła sobie przypomnieć, cała interakcja Kasjusza i Juliana ograniczała się do formalności. Duchowny udzielał sakramentów, prowadził całą mszę. A potem uczestniczył w zawieraniu przez nupturientów związku małżeńskiego.

Joanna jednak pamiętała wszystko jak przez mgłę. Już w kościele była mocno wstawiona, a to, co działo się później, zamazało się w jej pamięci jeszcze bardziej.

– Kasjusz był na weselu? – spytała.
– Tylko przez chwilę.
– Rozmawiałaś o nim kiedyś z Brenczem?
– No tak... Chodziliśmy przecież do niego na nauki przedmałżeńskie.
– I?
– I co? – spytała Magdalena. – Nigdy nie widziałam po Julianie, żeby za ileś lat w przyszłości planował urządzić mistyfikację i wrabiać go w pedofilię.
– Dobra, dobra.

Obie zamilkły, patrząc na siebie niepewnie.

– Myślisz, że to jakaś zemsta na tobie? – odezwała się w końcu Magda. – Za to, że go nagrałaś i wpakowałaś do więzienia?
– Nie.
– Tak po prostu? Przecież musiał wiedzieć, że jeśli zorganizuje coś przeciwko Kasjuszowi, to ty będziesz go bronić.
– I? – spytała Joanna. – Co miałby w ten sposób ugrać? Jak się na mnie zemścić?

Chyłka i Zordon sami rozważali tę wersję, bo właściwie narzucała się sama. Problem w tym, że nie miała większego sensu.

– Nawet gdyby chłopak nie odebrał sobie życia i wszystko dalej szłoby torem dość niekorzystnym dla Kasjusza, to żadna zemsta – dodała Joanna.
– Kancelaria oberwałaby wizerunkowo. Ty też.

– Ale otrzepalibyśmy się i poszli dalej.
Magdalena powoli dochodziła do siebie, przynajmniej na tyle, by wiedzieć, że ta hipoteza faktycznie jest chybiona.
– To o co mu chodzi? – spytała. – Co próbuje zrobić?
– Zakładam, że coś związanego z tobą lub mną.
– Lub z Darią.
Chyłka krótko westchnęła.
– Dziś lub jutro pojedziemy z Zordonem do tego klubu.
Wzrok Magdy natychmiast skierował się w stronę siostry. Zupełnie automatycznie, jakby w jakimś atawistycznym, nieuświadomionym odruchu.
– Jesteś pewna? – spytała.
– A co?
– To nie brzmi jakoś przesadnie bezpiecznie, a ty...
– A ja jestem niepełnosprawna?
– Nie to mam na myśli – odparła Magda. – Tylko to, że nie powinniście ładować się w coś, co...
– Spokojnie – ucięła Chyłka. – Nie zamierzamy sami tam iść, nie jesteśmy debilami.
– Zabieracie kogoś? Policję?
– Nie. Nikt nie będzie z nami gadał, jak przyjdziemy z mundurowymi – odparła Joanna. – Najpewniej weźmiemy Padera, chociaż w grę wchodzi też prokuratorka, z którą obecnie ścieramy się w sądzie.
– I ich obecność wystarczy?
– W zupełności. Jakiekolwiek groźby albo naruszenie nietykalności cielesnej prokuratora mają swój ciężar, a ci ludzie o tym wiedzą.
– To może powinniście się przekwalifikować.
Chyłka zbyła tę uwagę milczeniem, Magdalena zaś oparła łokcie na stole, a potem ukryła twarz w dłoniach. Trwała tak,

jakby cały świat nagle stał się nieprzychylnym, nawet wrogim miejscem, a ona próbowała się przed nim ukryć.
– Dowiemy się, o co tu chodzi – zapewniła Joanna. – I nie pozwolimy na to, żeby ten psychol zbliżył się do ciebie i Darii.

Siostra pokiwała lekko głową, nie opuszczając dłoni. Przez jakiś czas w kuchni panowała cisza, a Chyłka zaczęła się zastanawiać, czy to aby nie dobry moment, żeby zostawić Magdę samą.

Powiedziała właściwie wszystko, co zamierzała. W dodatku więcej z siostry nie wyciągnie.

Kiedy ta jednak opuściła ręce, Joanna zorientowała się, że chce coś dodać.

– Mówiłaś matce? – rzuciła.
– Hm?
– O dziecku.
– Czyim?
– Twoim – odparła cicho Magdalena.
– Nie.
– Bo?
– Bo jak słusznie zauważyłaś, to moje dziecko.

W odpowiedzi rozległo się zdawkowe westchnienie.
– Ma prawo wiedzieć – powiedziała Magda.
– Z jakiej racji?
– Cóż…
– Więzów krwi, które nas łączą? – żachnęła się Chyłka. – DNA współczesnego człowieka różni się tylko o parę procent od DNA neandertalczyka, a jakoś nie czuję się z nimi przesadnie związana.

Magdalena przechyliła głowę na bok.
– Może z tym wyjątkiem, że wyszłam za jednego.

- Słuchaj...
- Nasza mać dowie się, jak się dowie.
- To znaczy?
- W okolicach osiemnastki nasciturusa, kiedy na Zrzutce.pl będziemy zbierać na pierwsze auto.

Przez twarz Magdy przemknął niewielki uśmiech świadczący o tym, że potrzebowała nieco siostrzanego humoru. Wyraźnie jednak nie miała zamiaru odpuszczać.
- Sama wiesz, że i tak jej powiesz – zauważyła.

Chyłka nie odpowiadała.
- Nie jest już tak, jak kiedyś – dodała Magdalena. – I obie wiemy, że nie patrzysz na nią jak na tę osobę, która cię zostawiła.
- Może i nie – przyznała Joanna. – Ale to nie znaczy, że chcę jej obecności w życiu mojego dziecka.

Boże, jeszcze niedawno takie rozważania byłyby jak snucie niestworzonych historii. Właściwie nawet nie było dobrego powodu, by to robić. By w ogóle zastanawiać się, jak to będzie.

Teraz wszystko jednak się urealniło, a Chyłka wraz z Kordianem mieli dziecko w drodze. Dziecko. Nowe życie, które razem powołali.

Ledwo ta myśl nadeszła, zdetronizowała w głowie Joanny wszystkie inne. Naraz przestało ją obchodzić to, co kombinował Brencz. To, co wydarzy się w sądzie. I wreszcie to, co rzeczywiście miało miejsce w kwestii Daniela Gańki.

Odpowiednie służby zapewnią Magdalenie i Darii bezpieczeństwo. Na tym sprawa właściwie mogłaby dla Joanny się skończyć. Poza tym niech się dzieje, co chce.

Ona wraz z Zordonem mieli pokoik dziecięcy do przygotowania, ciuchy do kupienia, książki wychowawcze do

przeczytania, zabawki i materiały wczesnoedukacyjne do zamówienia.
– Odpłynęłaś – zauważyła siostra.
– Trochę.
– W jakim kierunku?
Chyłka rozsiadła się nieco wygodniej i z rozrzewnieniem popatrzyła na resztki kawy.
– Zastanawiam się, czy czarna tapeta z białymi czaszkami w pokoju dziecięcym wpłynie na psychikę dziecka korzystnie.
– Na pewno.
– A śpioszki z Iron Maiden?
– Też z pewnością nie wyrządzą mu najmniejszej krzywdy i nie zrobią z niego seryjnego mordercy – odparła z uśmiechem Magda.
Chyłka się skrzywiła.
– No co?
– W Polsce nie ma takiego przestępstwa jak „morderstwo" – mruknęła. – Więc nie ma też mordercy. Jest zabójstwo, a zatem zabójca. W konsekwencji seryjny zabójca, nie morder…
– Poważnie?
– Poważnie.
– W sensie pytam o to, czy naprawdę teraz to dla ciebie istotne.
– Tak – potwierdziła od razu Joanna. – Jesteś siostrą najlepszej prawniczki w mieście, trzymaj jakiś poziom.
Magda zaśmiała się, a Chyłka poczuła ulgę, słysząc ten dźwięk. Cała ta sytuacja przywodziła jej na myśl przeszłość. Czasy, kiedy ledwo wiązały koniec z końcem i to na jej barkach spoczywał ciężar tego, by nieco zakłamywać rzeczywistość.

Podobnie jak teraz. Musiała dać siostrze pewność, że wszystko będzie okej. Brencz w żaden sposób jej nie zagrozi, a oni nie pozwolą mu na realizację tego, co sobie zaplanował.

Z tą myślą opuściła budynek, po czym wsiadła do iks piątki zaparkowanej przy ulicy. Kiedy uruchomiła silnik, z głośników popłynęła otwierająca partia kawałka *Might as Well Be on Mars* Alice'a Coopera z płyty *Hey Stoopid*.

Joanna od razu dała głośniej, pozwalając dźwiękom, by szczelnie ją otoczyły. Znikła ze świata, pogrążając się na moment w rockowej balladzie o gościu, który utracił swoją ukochaną i zostało mu jedynie patrzenie na nią, siedzącą na jej ulubionym miejscu w jakimś narożnym barze.

Jak inne kawałki Coopera, nie był skomplikowany, walił jednak Chyłkę prawym prostym w sam środek serca. Momentalnie poczuła smutek połączony z przerażeniem i uświadomiła sobie, że jej myśli odpłynęły w kierunku tego, co stałoby się z nią, gdyby straciła Zordona.

Wzdrygnęła się, a potem złapała za kierownicę i popatrzyła przed siebie. Nie ściszając muzyki, włączyła się do ruchu i obrała kierunek ku Saskiej Kępie. Zordon powinien być już w domu, z kancelarii wyszedł niedługo po niej.

Mimo to postanowiła zadzwonić. Ściszyła muzykę i wybrała jego numer, patrząc przed siebie. Kiedy rozbrzmiewały kolejne sygnały, zerknęła na wyświetlacz, jakby dzięki temu mogła sprawić, że odbierze.

Wraz z monotonnym sygnałem z zewnątrz zaczął dochodzić inny, równie miarowy dźwięk. Zupełnie jakby coś obijało się o karoserię. Stukot stawał się coraz wyraźniejszy, Chyłka jednak niespecjalnie się na tym skupiała, czekając na nawiązanie połączenia.

Po chwili czas został przekroczony i sygnał zanikł. Joanna zaklęła w duchu i wybrała numer Oryńskiego jeszcze raz. Spokojnie, nie było powodu do niepokoju, zapewniła się w duchu.

Ogarnęło ją jakieś dziwne uczucie, to prawda, ale wynikało tylko z hormonowej huśtawki emocjonalnej, przygnębiającej muzyki i pogrążonej w nocy okolicy. Z niczego więcej. Nie istniało żadne metafizyczne połączenie między ludźmi, które pozwalałoby odbierać realne sygnały, że dzieje się coś, co...

– Odbieraj, do chuja złamanego – syknęła.

Przyspieszyła nieco, a dźwięk dochodzący z zewnątrz stawał się coraz bardziej intensywny. Złapała gumę? Nie, system bmw pokazałby, że w jednej z opon spadło ciśnienie. Ale coś ewidentnie było nie w porządku.

Chyłka jeszcze raz zaklęła, a potem zjechała w pierwszą boczną uliczkę i zatrzymała auto przy pustej myjni samochodowej. W pierwszej chwili pomyślała, że o tej porze po prostu już zamknięto, zaraz jednak przekonała się, że jest nieczynna.

Joanna wysiadła i podeszła do lewego koła z przodu. Wydawało się, że to stamtąd dochodził stukot.

Przykucnęła i kiedy tylko zobaczyła źródło odgłosu, zamarła.

Do nadkola umocowano niewielką blaszkę, która uderzając lekko o oponę, wydawała niepokojący dźwięk.

Chyłka natychmiast się poderwała, doskonale wiedząc, co to oznacza.

Od pewnego czasu sposób był wykorzystywany przede wszystkim przez gruzińskie gangi działające w Warszawie, trudniące się kradzieżami samochodów. Taktyka była prosta:

umieścić w nadkolu, na feldze lub oponie coś, co będzie brzmiało, jakby w aucie była jakaś usterka.

Kierowca zatrzymywał się i wychodził z samochodu, by sprawdzić, co się dzieje, a potem zazwyczaj obrywał w tył głowy i tracił nie tylko przytomność, ale także wszystkie dokumenty, pieniądze i oczywiście samochód. W najlepszym wypadku napastnicy potem po prostu znikali.

Kiedy Chyłka raptownie obejrzała się przez ramię, zrozumiała, że nie tylko Gruzini stosowali tę metodę. Zrobiło się o niej głośno, kiedy jeden z gangów wpadł. Najwyraźniej nie uszło to uwagi innych ludzi.

Joanna patrzyła na grupę pięciu facetów, którzy stali tuż obok. Wszyscy sprawiali wrażenie, jakby jej najmniejszy ruch miał sprowadzić na nią grad ciosów.

Pamiętała te twarze.

Widziała je pod Wrońskiem, a potem przed salą sądową.

Mimowolnie sięgnęła do kieszeni, uświadamiając sobie, że telefon zostawiła w aucie tuż po tym, jak próbowała dodzwonić się do Kordiana. Rozejrzała się, ale nie dostrzegła nikogo, kto mógłby pomóc.

– No i co teraz, suko pierdolona? – rzucił jeden z mężczyzn.

14

ConspiRacja, Bemowo

Chwilę trwało, nim w pomieszczeniu zostali tylko ci, których obecności życzył sobie Brencz. Opuścili je niemal wszyscy mężczyźni, którzy wcześniej grali w karty – i wszystkie kobiety poza Endżi.

Zanim drzwi się zamknęły, Oryński dostrzegł jeszcze dwóch kafarów stojących w korytarzu. I prawdopodobnie tylko czekających na sygnał, by zająć się niechcianym gościem.

Julian przeszedł po pokoju, a potem zebrał szklanki z niewielkiego stolika. Uzupełnił drinki i na powrót postawił je przed Kordianem i Rzeźnikiem. Drugi z nich od razu się napił.

– Śmiało, Zordon – poradził Brencz.

Oryński nawet się nie poruszył.

– Pij, pij – dodał Julian. – Będzie się łatwiej gadało.

Kordian powiódł wzrokiem po Endżi, Rzeźniku i dwóch innych facetach, którzy zostali w pokoju. Niepokojąco szybko ogarniał go paraliż, ale starał się powtarzać sobie w głowie prostą Chyłkową zasadę. Jeśli znajdujesz się w sytuacji bez wyjścia, musisz je sobie stworzyć.

Nie miał jednak pojęcia, co mogłoby nim być w tych okolicznościach. Znajdował się na wrogim terenie. Ci ludzie mogli zrobić właściwie wszystko.

– No, dawaj – rzucił Brencz. – Dawno nie mieliśmy okazji się razem napić.

Usiadł obok Rzeźnika, założył nogę na nogę i jednym haustem opróżnił swoją szklankę.

– Kiedy to było ostatnim razem? – dodał Julian.
Oryński nie odpowiadał.
– Pewnie jakieś święta, nie? A może urodziny Magdaleny?
– Może.
– To były czasy – skwitował Brencz i głośno westchnął, a potem założył ręce za oparcie kanapy. – Takie rodzinne.
– Mhm.
Rzeźnik trochę się napił, a Julian wskazał wzrokiem szklankę Kordiana. Uśmiechnął się pobłażliwie.
– Albo sam się ze mną nawalisz, Zordon, albo poproszę naszych kolegów, żeby cię przytrzymali, a potem wleję ci to do gardła.
– Proś.
Brencz wzruszył ramionami, a dwóch facetów zareagowało niemal natychmiast. Momentalnie znaleźli się obok Oryńskiego. Zanim zdążył poderwać się z miejsca, wykręcili mu ręce do tyłu i zmusili, by się odchylił.
Julian podniósł się powoli, zabierając szklankę, a potem stanął nad Kordianem. Chciał okazać swoją wyższość, dowieść, że całkowicie kontroluje sytuację i może robić, co mu się żywnie podoba.
Jedną ręką chwycił za żuchwę Oryńskiego tak, by ten nie mógł jej zamknąć, a drugą powoli przechylił szklankę. Kordian zaczął się krztusić i jakimś cudem zdołał odwrócić głowę na bok.
Nagle jednak tuż przy nim pojawił się Rzeźnik. Dodatkowa para rąk sprawiła, że kolejne porcje alkoholu wpadały prosto do gardła Oryńskiego. Kaszlał, dławił się, ale nikomu to nie przeszkadzało. Wlewali mu gin do ust prosto z butelki, a Kordian szybko stracił kontrolę nad tym, ile go ubyło.

Kiedy wreszcie skończyli, miał wrażenie, że zwymiotuje. Paliło go w przełyku, w głowie mu się kręciło.

Spojrzał z niepokojem na niemal opróżnioną butelkę. Kurwa mać, taka dawka stężonego alkoholu w tak krótkim czasie właściwie była toksyczna. Nie minie wiele, a zwyczajnie go znokautuje. W najlepszym wypadku tylko urwie mu się film, w najgorszym straci przytomność i ocknie się gdzieś zarzygany i całkowicie zdezorientowany.

Policja uzna, że przesadził z alkoholem. Nic nie będzie świadczyło o tym, by przyjął go wbrew woli.

– No – powiedział z zadowoleniem Brencz, wracając na kanapę. – Teraz możemy gadać.

Kordian uniósł dłoń, chcąc wepchnąć sobie palce do gardła, ale jeden z mężczyzn natychmiast go powstrzymał. Na powrót go unieruchomili.

– Spokojnie, spokojnie – rzucił Julian.

Oryński splunął przed siebie.

– Pierdol się – syknął.

– I po co takie słowa? Chciałem tylko, żeby było jak za dawnych lat.

Zordon szybko obracał w głowie swoje możliwości. Wiedział, że nie ma wiele czasu, nim umysł odmówi mu posłuszeństwa, a on pogrąży się w półświadomych majakach.

Brencz znów założył nogę na nogę, a potem splótł palce na kolanie i przyjrzał się Oryńskiemu.

– Trochę się zmieniłeś – ocenił. – Ale sporo się nie widzieliśmy. Ile to już?

Kordian szarpnął ramieniem, ale mężczyźni trzymali go zbyt mocno, by udało mu się wyswobodzić.

– No dalej – zachęcił go Julian. – Zegar tyka, niedługo nie będziesz w stanie już normalnie porozmawiać.

Oryński wciąż nie odpowiadał.
– Pięć lat? – podsunął Brencz. – Jakoś tak, prawda?
– Nie odhaczałeś dni w więzieniu?
– No, w końcu – pochwalił go Julian. – I masz rację, odhaczałem.

Kordian czuł, że szum w głowie staje się coraz wyraźniejszy, a obraz lekko się kołysze. Niemożliwe, by alkohol zadziałał aż tak szybko. Albo była to siła sugestii, albo...

Wsypali mu coś do tego drinka.

Kurwa mać, nie powinien był tutaj przychodzić. Należało zjawić się z kimś z prokuratury, tak jak Chyłka miała to w planach.

Chyłka.

Tak, mogła mu pomóc, mogła go z tego wyciągnąć. Pojechała do Magdy, z pewnością skończyły już rozmawiać. Zadzwoni do niego, jak będzie wychodziła, chcąc się upewnić, czy aby nie kupić czegoś po drodze. A nawet jeśli nie, to po dotarciu na Argentyńską zainteresuje się, dlaczego Zordona jeszcze nie ma w domu.

Zadzwoni do Kormaka, ten powie, że nie widział go, od kiedy skończyli pracę. Joanna od razu pomiarkuje, że Kordian wybrał się na samozwańczą misję do ConspiRacji. Zjawi się tutaj z obstawą.

– Odpływasz, Zordon? – odezwał się Brencz.

Jakim cudem ten skurwysyn wyszedł z pierdla? Musiał się z kimś dogadać, groziła mu przecież dłuższa odsiadka...

Sąd orzekł karę łączną, ale jak długą?

Kordian potrząsnął głową, nie mogąc wyłowić z pamięci szczegółów.

Nie, tylko nie to. Teraz był już pewien, że dodali mu coś do drinka.

– Co mi dosypaliście? – rzucił.
– Hm?
– Mów, do kurwy nędzy...
Julian zabębnił splecionymi palcami o dłonie.
– Ale ty się hardy zrobiłeś – odezwał się. – Czy może zawsze taki byłeś, tylko tego nie pokazywałeś?
– Jeb się.
– I może coś dosypaliśmy, może nie. Zobaczysz w trakcie.
Oryński powiódł wzrokiem po pokoju, starając się dostrzec jakiś zegar. Ile czasu minęło? Kiedy Chyłka zorientuje się, że coś jest nie w porządku?
Jakkolwiek by było, musiał wykorzystać tę okazję. Póki jego umysł potrafił jeszcze rejestrować zdarzenia.
– Gdzie Bohucki? – spytał.
– Oho.
– Gdzie on jest? – powtórzył Kordian.
– Naprawdę będziesz mnie przesłuchiwał?
Brencz rozsiadł się wygodniej, patrząc na niego z satysfakcją. Była właściwie bezbrzeżna, czego należało się spodziewać. Ani chybi ten człowiek spędził ostatnie pięć lat na wyobrażaniu sobie podobnych momentów.
– W porządku – powiedział Julian. – Pytaj, o co chcesz.
– Już zapytałem.
– A, gdzie Bohucki – rzucił Brencz i pstryknął palcami. – Nie wiem. Jeszcze jakieś pytania?
– Czego chcesz od...
– Właściwie to nawet nie wiem, o kim mowa – uciął Julian. – Mógłbyś mi wyjaśnić?
Kordian zamrugał nerwowo, starając się sprawić, by obraz przed oczami przestał się kręcić. Było coraz gorzej. I nie

widział najmniejszej szansy na to, by udało mu się długo wytrzymać.

– Kazałeś mu…

Język mu się plątał, świat zaczynał wirować coraz bardziej. Nawet jego własny głos wydawał się obcy. Cokolwiek mu dorzucili do szklanki, było mocne. Bardzo mocne.

– Kazałeś mu i temu chłopak…
– Co mówisz?

Oryński zacisnął mocno usta. Weź się w garść, powiedział sobie. Masz jedną, niepowtarzalną okazję, żeby wyciągnąć coś z tego człowieka. Teraz, kiedy myśli, że odpływasz, jest w stanie powiedzieć ci wszystko.

– Kazałeś Gańce i Bohuckiemu oskarżyć księdza – powiedział Kordian. – Dlaczego?
– Ja kazałem?
– Po co ci to? – rzucił, starając się, by aparat mowy nie odmówił mu posłuszeństwa. – Co próbujesz osiągnąć?
– Niczego nikomu nie kazałem, Zordon – odparł Brencz i podniósł się z kanapy. – Tej Gańki nie znam, o drugim Bohuckim tylko słyszałem. Wiem, że bywa tu w klubie od czasu do czasu.

Julian zbliżył się do Kordiana, przyjrzał mu się, a potem poklepał go po policzku.

– Dobrze się czujesz? – spytał.
– Skurwys…
– Znam jego brata, skoro już tak cię to interesuje. Bohuna.

Oryński patrzył mu prosto w oczy, nie rozumiejąc, po co kłamie. Przecież musiał widzieć, że ta wiedza prawdopodobnie i tak przepadnie bezpowrotnie w zamglonym przez alkohol i narkotyki umyśle.

– Siedzieliśmy razem – dodał Brencz. – Niedługo, ale szybko znaleźliśmy wspólny język.

Kordian znów zamrugał z nadzieją, że jakimś cudem sytuacja się poprawi.

– Wiesz, ludzie tacy jak ja zawsze mają podobny problem – ciągnął Julian, pochylając się nad Oryńskim. – Nasze CV po wyjściu zza krat nadaje się co najwyżej do podcierania dupy tym, którzy są gotowi w ogóle na nie spojrzeć.

Zordon chciał coś odpowiedzieć, ale wydawało mu się, że jakiekolwiek słowa, które opuszczą jego usta, będą zniekształcone. Po chwili zaś nie wiedział już, jak zamierzał skomentować wywody Brencza.

– Przez swojego brata Bohun załatwił mi robotę tutaj – dodał Julian. – Nic wielkiego, ale przydał im się ktoś do ogarnięcia finansów.

Brencz znów uderzył w policzek Kordiana, tym razem nieco mocniej.

– Słuchasz mnie w ogóle, Zordon?
– Słucham.

Nie miał pojęcia, czy to, co odpowiedział, jest zrozumiałe. Znajdował się w dziwnym momencie, kiedy z jednej strony nie potrafił już sklecić zbornego zdania, z drugiej wciąż zachowywał jakąś świadomość.

Rozumiał jednak, że Julian ewidentnie nie stał na czele tutejszych struktur przestępczych. O ile jakiekolwiek rządziły tym miejscem. Po prostu był jednym z gości, którzy zajmowali się sprawami organizacyjnymi.

– Ale jakim cudem uznałeś, że ja mam cokolwiek wspólnego z tą waszą sprawą, jest poza mną – dodał Brencz. – Możesz mi to wyjaśnić?

– Bohucki...
– Co: Bohucki? – spytał Julian. – Wystarczył ci fakt, że tutaj przychodzi? Że znam się z jego bratem? Daj spokój.

Brencz prychnął, jakby naprawdę go to bawiło – ale także jakby był Kordianowi wdzięczny za tok myślenia, który doprowadził go do tej konkretnej sytuacji.

– Mniejsza z tym – rzucił Julian. – W gruncie rzeczy jakoś niespecjalnie mnie to interesuje, róbcie, co chcecie.
– Zabiłeś...
– Co tam mówisz?
– Zabi-eś... chłopaka...

Brencz zmrużył oczy, przyglądając się Oryńskiemu.

– Jakiego chłopaka? – zapytał. – Chodzi ci o tego, który rzucił się przez was z okna w sądzie? Czytałem o tym, zresztą nie tylko ja.

Kordian znów poczuł ból na jednym, a potem drugim policzku.

– Chłopie... – dodał Julian. – Weź na klatę to, że to wasza wina. Ten świadek wiedział, co go czeka, i coś w nim pękło. To wy go doprowadziliście do śmierci. A myśl, że ja mógłbym mieć coś wspólnego ze skrzywdzeniem jakiegokolwiek dziecka...

Wyprostował się i dodał coś jeszcze, ale Kordian nie usłyszał co. Dopiero kiedy Brencz znów się pochylił, mógł odszyfrować słowa.

– Ale, jak mówię, nieważne – oznajmił. – Zajmijmy się teraz tobą. Po coś w końcu tutaj przyszedłeś, nie?

Julian się odsunął, a Oryński poczuł narastający niepokój. Wróciło paraliżujące uczucie, że jest zdany na łaskę tych ludzi. Gdyby nawet dwóch mężczyzn go nie przytrzymywało, nie byłby w stanie...

Dopiero kiedy ta myśl nadeszła, zdał sobie sprawę, że nie jest unieruchomiony.

I że znajduje się gdzieś indziej.

Był na środkowym miejscu kanapy – tym samym, które na początku zajmował Rzeźnik. Jego jednak nigdzie nie dostrzegł. Zamiast tego na jego kolanach wiła się Endżi. Przesuwała dłońmi po jego klatce piersiowej, a potem kroczu. Nachyliła się nad nim tak, że jej włosy opadły na jego twarz.

Nie.

Nie mógł na to pozwolić.

Próbował zrzucić z siebie dziewczynę, ale kiedy lekko uniósł lędźwie, ta wygięła się w tył i jęknęła głośno. Zaraz potem złapała go za włosy i szarpnęła jego głową w bok. Niemal rzuciła się na jego szyję, a on poczuł na skórze jej język i zęby.

Nie, do kurwy nędzy, nie…

– Spierdalaj – wymamrotał, starając się ją odepchnąć.

Wydawało mu się, że się odsunie, ona jednak tylko poprawiła się tak, by nie udało mu się jej zrzucić.

Błysk. Jeden, potem drugi.

Świat wracał i znikał. Czas na przemian zatrzymywał się, a potem na powrót rozpędzał, by w końcu przyjąć zawrotne tempo.

Dziwne, Endżi zmieniła kolor włosów.

A może to inna kobieta?

Raz wydawało mu się, że to ona, zaraz potem, że jednak nie.

W momencie jasności Kordian odwrócił głowę i zobaczył stojącego tuż obok Brencza. Miał uniesioną komórkę, celował obiektywem prosto w niego.

– Śmiało – powiedział. – Nie krępuj się.

Zaraz potem pochylił się nad nim ktoś inny. Pokazał mu jakieś zdjęcie. Czyje? Co na nim było? Jakaś woda. Niewielki domek nad jeziorem? Dlaczego chcieli, by je widział?

Oryński ledwie mrugnął, minął niby ułamek sekundy, ale znów znajdował się w innym miejscu. Leżał na podłodze, miał rozpiętą koszulę. Siedząca na nim kobieta ruszała się w przód i w tył, wydając pełne upojenia odgłosy.

Starał się ją zrzucić, ale kiedy jego dłonie dotknęły jej ciała, natychmiast je złapała i położyła sobie na piersiach. Miała bluzkę, ale porozpinaną. Było to ostatnie, co Oryński zarejestrował, nim znów świat w jakiś sposób zniknął.

Co jakiś czas świadomość wracała, ale jedynie na okamgnienie. Kordian nie rejestrował przebiegu wypadków. Rzeczywistość zdawała się niejednolita, istniejąca jedynie w tych pojedynczych przebłyskach.

O co tu chodziło?

Nie, musiał to natychmiast zatrzymać.

Nie mógł dopuścić do tego, co próbowała zrobić ta kobieta...

Co zrobiła?

Co on zrobił?

Boże, czy właśnie zdradził Chyłkę?

Myśli nie układały się w żadne dające się zrozumieć kształty, Kordian pogubił się zupełnie w mroku, który spowijał jego umysł. Nie rozumiał, co się dzieje, gdzie jest ani co robi.

Wydawało mu się, że nie jest w stanie dłużej utrzymywać przytomności. Odnosił wrażenie, że mdleje, a potem jakimś cudem jest sprowadzany z powrotem do realnego świata.

Znów przebłyski. Tylko przebłyski.

W jednym z nich miał wrażenie, że udało mu się odepchnąć kobietę, którą była Endżi.

W kolejnym był przekonany, że to Chyłka. Że się zjawiła. Zaraz potem nabrał pewności, że są już na Argentyńskiej. Że kochają się namiętnie i wszystko jest w porządku.

Nie miał pojęcia, co było snem, a co rzeczywistością.

Był nieprzytomny, kiedy Brencz dał wreszcie znać, że koniec przedstawienia. Przykucnął obok Kordiana i uderzył go komórką mocno w skroń, chcąc sprawdzić, czy ten się ocknie.

– Wstawaj, Zordon – rzucił. – Czas przekonać się, jak Chyłka zareaguje na to, co tu się właśnie odjebało.

15

Okolice Przyczółkowej, Wilanów

Jeden z mężczyzn oparł się o drzwi iks piątki, pozostali otoczyli Joannę tak, że nawet gdyby próbowała ucieczki, na niewiele by się to zdało. Starając się zachować spokój, ignorowała wszystkich poza tym, który był prowodyrem. Pojawił się zarówno pod Wrońskiem, jak i tutaj. Dopiero teraz jednak Chyłce udało się dostrzec, że ma niewielki tatuaż z błyskawicą za uchem. Wskazała go wzrokiem.

– Strajk Kobiet? – rzuciła.

Mężczyzna nie odpowiedział, patrząc na nią tak, jakby miał zamiar przywalić jej bykiem.

Tatuaż potwierdzał, że zwykł to robić. Był to dość uniwersalny symbol wywodzący się zza krat – świadczył albo ogólnie o tym, że ma się do czynienia z jednym z grypsujących, albo o tym, że w bójkach delikwent używa głowy. W niefiguratywnym sensie.

– Chciałeś pogadać, trzeba było dać znać – dodała Joanna.

Żaden z nich nawet nie drgnął, wszyscy sprawiali wrażenie, jakby nie słyszeli jej słów. Stali blisko, Chyłka czuła zapach ich potu mieszający się z alkoholowymi oddechami. Kilku było porządnie podchmielonych, ten z tatuażem wyglądał jednak na trzeźwego.

– Gadać? – spytał. – Nie, czas na gadanie się, kurwa, skończył.

Zbliżył się jeszcze bardziej, Joanna jednak ani drgnęła.

– Wiesz, co grozi takim sukom? – dodał facet z tatuażem, którego Chyłka w duchu nazwała Piorunem.
– Takim jak ty? W sumie tylko…

Urwała, kiedy mocny cios wylądował prosto na jej brzuchu. Zgięła się wpół i natychmiast cofnęła, osłaniając rękoma miejsce, gdzie oberwała. Kurwa mać. Ze wszystkich, w które mógł uderzyć…

Dwóch mężczyzn natychmiast sprawiło, że musiała się wyprostować, a Piorun złapał ją za brodę i uniósł jej głowę. Nadal zasłaniała brzuch, jakby liczyło się tylko to, by nie oberwała tam kolejny raz. Właściwie wolała wszystko, byle nie to.

Co, gdyby coś się stało?

Nie przeżyłaby straty dziecka. Nie drugi raz.

– Pytałem o coś – rzucił mężczyzna. – Wiesz, co ci grozi, kurwo zafajdana?

Joanna zacisnęła usta, z trudem powstrzymując się przed odpowiedzią.

– Wiesz, wiesz. Oczywiście, że wiesz.

Piorun się zaśmiał, a potem poklepał Chyłkę po ramieniu i się cofnął, by lepiej ją widzieć.

– Powiedz mi – rzucił. – Jak to jest, bronić pierdolonego dzieciojebcę? Nie masz z tym żadnych problemów?

Joanna obawiała się, że jeśli zmilczy, dostanie kolejny cios.

– Bronię niewinnego człowieka.

Piorun parsknął i powiódł wzrokiem po swoich kumplach, którzy zareagowali podobnie. Z jednym wyjątkiem. Wśród nich dostrzegła chudego, wysokiego mężczyznę, sprawiającego wrażenie, jakby chciał być gdziekolwiek, tylko nie tutaj.

Chyłka utkwiła w nim wzrok, upatrując tam jakiegoś ratunku.

– Bronisz chuja, który gwałcił dzieci – odparł Piorun. – Jak się z tym czujesz, co? Możesz spać po nocach? Nie przeszkadza ci to? A jakby ktoś tak się zajął twoim dzieckiem?

Facet sprawiał wrażenie, jakby za moment miał poprawić cios.

– Ksiądz został wrobiony – syknęła Joanna.
– No pewnie.
– Wiem, kto za tym stoi, i udowodnię, że...
– Gówno udowodnisz – uciął Piorun. – Ten skurwysyn jest winny.

Chyłka ostatkiem sił powściągała emocje. Wiedziała, że niczego nie może zrobić, zazwyczaj jednak nie przeszkadzało jej to w podjęciu jakiejś próby. Teraz też niechybnie tak by się stało, gdyby nie to, że dbała już nie tylko o siebie, ale też o nasciturusa.

– I jakie macie dowody tej jego rzekomej winy? – rzuciła, chcąc ugrać nieco czasu.

Prędzej czy później pojawi się jakiś przechodzień. Może zaalarmuje policję, a może Joanna będzie miała szczęście i jakiś patrol będzie przechodził tędy lub przejeżdżał.

– Jakie dowody? – zagrzmiał mężczyzna. – A jak ci się wydaje?

– Ten chłopak chciał wycofać zeznania – powiedziała. – Zostawił nam kartkę, nie skoczył z okna, tylko został...

– Co? Wypchnięty przez tego, kto za tym stoi?
– Najprawdopodobniej.

Piorun pokręcił głową z rozbawieniem i pewną wyższością, jakby właśnie usłyszał najbardziej absurdalną teorię spiskową.

– A o tym drugim zapomniałaś? – rzucił. – Tym, który potwierdził, że ten fagas jest pedofilem?

– Został przekupiony.
– No tak…
– Dotarliśmy do tego, kto go przekupił.
– I? To ten cały Sekielski albo inny Obirek?

Facet uznał, że żart mu się udał, więc znów rozejrzał się w poszukiwaniu aprobaty u swoich towarzyszy. Ta była w najlepszym wypadku wymuszona, Chyłka jednak miała okazję znów przyjrzeć się mężczyźnie, który nie reagował.

Nadal wydawał się odległy myślami i wyraźnie nie czuł się w tej sytuacji komfortowo. Działaj, powiedziała w duchu Joanna. Zrób coś, człowieku, zanim będzie za późno.

Jako jedyny wydawał się realnie przejęty tym, co ich zdaniem się wydarzyło. Reszta sprawiała wrażenie, jakby zależało im jedynie na aferze, zadymie, na wymierzeniu komuś lepiej lub gorzej pojmowanej sprawiedliwości.

Chyłka nie sądziła, by udało jej się dotrzeć do pokładów rozsądku któregokolwiek z tych ludzi. Musiała jednak dalej próbować, innego wyjścia nie było.

– Zeznania były fałszywe – podkreśliła. – Sprawdziliśmy to. Ksiądz nigdy nie…
– Skończ to pierdolenie.

Joanna patrzyła mężczyźnie prosto w oczy, jej wzrok nawet nie drgnął.

– Znam tego człowieka – powiedziała.
– A, no to w takim razie…
– Wierz mi, że nie broniłabym kogoś, kto moim zdaniem mógłby choćby zbliżyć się do jakiegokolwiek dziecka.

Rozmówca się zawahał, ale tylko na moment. Potem na jego twarzy na powrót pojawił się wyraz skrajnej pogardy.

Chyłka powiodła spojrzeniem po facetach, którzy wciąż ją otaczali.

– Macie matki – rzuciła. – Macie żony, może macie też córki. Wyobrażacie sobie, że którakolwiek z tych osób, a nawet w ogóle ze znanych wam kobiet, potrafiłaby tak po prostu stawać w obronie pedofila?

Liczyła na to, że do nich przemówi. Choćby trochę, choćby na tyle, by nie zrobili tego, po co się tutaj zjawili.

– Zastanówcie się, kurwa, przez chwilę – rzuciła. – Gdybym miała jakikolwiek powód sądzić, że ten ksiądz naprawdę...

– Daj se spokój – rzucił inny mężczyzna.

Dwóch czy trzech szybko go poparło, a w ich oczach znów zapłonęła żądza zemsty. Wypity alkohol robił swoje, a poczucie nieomylności w grupie właściwie zapewniało im *carte blanche* na najgorsze rzeczy. Chyłka widziała to nie raz.

Skupiła wzrok na tym jednym, który sprawiał wrażenie racjonalnego. Nie, to za dużo powiedziane. Ewidentnie targały nim jakieś emocje, po prostu potrafił je opanować.

Nagle zrobił krok w kierunku Joanny, odsuwając innego mężczyznę.

– Nie masz pojęcia, co to za człowiek – rzucił.

Głos miał jednostajny, głęboki. Pobrzmiewały w nim nuty bólu, które trudno było zignorować.

Naraz Chyłka zrozumiała, że ten facet nie jest spokojny. Jest przygnębiony.

W przypadku reszty złość brała górę – u niego to smutek przykrywał wszystko inne.

Inni umilkli, robiąc mu miejsce. Było w tym jakieś namaszczenie, jakaś ostrożność, zupełnie jakby z jakiegoś powodu musieli zapewnić mu odpowiednie warunki do tego, co zamierzał powiedzieć.

– Kasjusz zrobił to też u nas – powiedział mężczyzna.

Joanna ściągnęła brwi, przypatrując mu się.
- Molestował kogoś u nas - sprecyzował.
- Ale...
- Mojego syna - uciął rozmówca. - Chodzi o mojego syna.

Nagle wśród zebranych zaległa cisza. Wydawało się, że ból związany z tym, co miało spotkać tego chłopaka, był silniejszy niż zbiorowa złość. Jego ojciec rozejrzał się po kumplach i głośno westchnął.

- Dowiedzieliśmy się tego dnia, kiedy przyjechaliście do Wrońska - podjął. - Wcześniej we wsi pojawił się ten facet...
- Gańko?

Mężczyzna wzruszył ramionami.
- Nie wiem, jak się nazywał - odparł przybitym, cichym głosem. - Ale pytał o księdza, a potem powiedział jednej osobie, dlaczego go szuka. Od razu wiedzieliśmy, że coś jest na rzeczy. To, jak on się zachowywał...

Urwał, z pewnością odnajdując z ojcem Daniela Gańki więcej niż pojedynczą nić porozumienia.

- Zaczęliśmy pytać nasze dzieci, rozumiesz...

Chyłka ledwo zauważalnie skinęła głową, jak w transie.
- I kiedy tylko wspomniałem o tym mojemu synowi, wiedziałem... - Mężczyzna na moment zawiesił głos. - Od razu wiedziałem. Jak tylko na mnie popatrzył.

Miała ochotę zaoponować, dopytać o jakieś szczegóły, przez które ta wersja zdarzeń się wykolei. Patrząc jednak w oczy rozmówcy, nie potrafiła się do tego zmusić.

- Po pierwszej komunii chciał zostać ministrantem...

Kiedy mężczyzna zrobił pauzę, Piorun położył mu rękę na plecach. W ciągu kilku minut cała ta sytuacja przerodziła się w coś, czego Joanna bynajmniej się nie spodziewała. I nie

była pewna, czy nie wolałaby wrócić do wcześniejszej, gdyby miała taki wybór.
– Mieli takie spotkanie informacyjne... – podjął ojciec chłopaka. – Kasjusz powiedział mojemu synkowi, żeby został dłużej... i po tym, jak wszyscy wyszli, zaczął robić mu... Uniósł wzrok, jakby gdzieś poszukiwał siły, by dokończyć relację.
– Robił mu to, o czym mówił ten chłopak na sali sądowej.
Piorun cofnął rękę, a Chyłka dostrzegła, że ta zacisnęła się w pięść. Popatrzył na prawniczkę w sposób, który kazał sądzić, że wciąż jest gotowy siłą wytłumaczyć jej, jak bardzo się myli. Dostrzegłszy jednak jej wzrok, nagle spasował.
– Teraz rozumiesz? – spytał. – Dlaczego was tam zatrzymaliśmy, dlaczego zjawiliśmy się w sądzie?
Joanna nie odpowiadała.
– Jesteś po stronie pierdolonego pedofila – dodał. – Pedofila, który gwałcił małych chłopców i będzie dalej to robił, jak go wybronisz.
Wzrok wszystkich wokół skupił się na niej, Chyłka miała jednak wrażenie, że jakiekolwiek niebezpieczeństwo zniknęło. Nic jej nie groziło. Przynajmniej nie ze strony tych ludzi.
– Pojedź z nami do Wrońska – odezwał się ojciec chłopaka.
Joanna otworzyła usta, by odmówić, głos jednak uwiązł jej gdzieś w gardle.
– Poproszę mojego synka, żeby z tobą porozmawiał – dodał mężczyzna. – Jeśli tego naprawdę potrzebujesz.
Nie wiedziała, co powiedzieć.
Miała za to pełną świadomość tego, że z punktu widzenia tych ludzi jest w stanie wybronić Kasjusza, nawet jeśli wszystkie dowody będą przemawiać przeciwko niemu. To

w pokazaniu jej całej prawdy upatrywali jedynej szansy na to, by gwałciciel poniósł odpowiedzialność.

Czy mogła im się dziwić? Raczej nie. Po pierwsze z pewnością dogłębnie ją sprawdzili. Wiedzieli, że skoro potrafi wybronić takiego potwora jak Piotr Langer, wybroni także księdza pedofila. Po drugie znali statystyki. Ilu takich ludzi dosięgała sprawiedliwość?

– Pojedź z nami – powtórzył ojciec chłopaka.

Joanna ledwo zauważalnie skinęła głową.

Wsiadła do iks piątki, odnosząc wrażenie, jakby jej ciało przestawało być sterowane przez umysł. Działała na całkowitym autopilocie. Napisała Kordianowi esemesa, by skontaktował się z nią, jak tylko odczyta wiadomość.

Potem ruszyła za busem w kierunku Wrońska.

Na miejscu wysłuchała druzgocącej relacji chłopaka. Mówił urywanymi zdaniami, ledwo klecił słowa, a w pewnym momencie po prostu zamilkł i się rozpłakał, nie potrafiąc wydusić nic więcej.

Chyłka nie wiedziała, co się dzieje. Jadąc z powrotem do Warszawy, czuła się jak widmo, jak powidok człowieka.

Nie to jednak okazało się nokautujące.

Kiedy dojeżdżała do miasta, rozległ się dzwonek telefonu. Odebrała od razu, przekonana, że dzwoni Zordon – w ostatniej chwili dostrzegła jednak na wyświetlaczu bmw napis „Pader".

Kontaktował się, by poinformować ją, że odnaleziono narzędzie zbrodni, którym ksiądz Kasjusz zamordował ofiarę.

Lichtarz znajdował się w niewielkim potoku nieopodal kościoła. Nie ulegało wątpliwości, że zabójca z premedytacją starał się go pozbyć.

Chyłka rozłączyła się, nie wiedząc, co odpowiedzieć.

Minutę później telefon zadzwonił jeszcze raz. Kierunkowy z Warszawy.
— Pani Joanna Chyłka? — zapytała jakaś kobieta.
— Tak.
— Dzwonię ze Szpitala Bielańskiego, chodzi o Kordiana Oryńskiego — odparła rozmówczyni. — Musi pani natychmiast tu przyjechać.

Rozdział 3

Opcja termojądrowa

1

Szpital Bielański, ul. Cegłowska

– Tu nie można! – rzuciła kobieta stojąca Chyłce na drodze.

Ta zignorowała ją, idąc przed siebie, jakby miała zamiar przebić się przez jakąś niewidzialną barierę. Niemal staranowała kobietę, nie dostrzegając nawet, czy nosi strój lekarski, czy pielęgniarski.

Była na oddziale intensywnej terapii bez jakichkolwiek ochraniaczy na butach i zezwolenia ze strony kogokolwiek. Pędziła korytarzem, zaglądając do kolejnych sal i starając się odnaleźć Zordona.

– Wezwę ochronę! – rzuciła za nią kobieta.

Joanna kompletnie ją zignorowała, mknąc dalej przed siebie. Zatrzymała się dopiero wtedy, kiedy jeden z lekarzy z uniesionymi dłońmi zastąpił jej drogę.

— Tutaj nie ma wstę...
— Szukam Kordiana Oryńskiego — ucięła Chyłka.
— Oba...
— Gdzie on jest?
— Muszę panią poprosić, żeby...
— Gdzie on, kurwa, jest?!

Mężczyzna cofnął się tylko o pół kroku, ale tyle Joannie w zupełności wystarczyło. Ruszyła z impetem przed siebie, odepchnęła mężczyznę tak mocno, że uderzył o ścianę, a potem zajrzała do kolejnego pokoju.

W końcu dostrzegła Zordona. Leżał na łóżku, tuż obok niego stała pielęgniarka, która od razu zwróciła na nią uwagę. Musiała wziąć Chyłkę za kogoś, kto próbuje zwinąć leki lub zrobić coś podobnego, bo na jej twarzy natychmiast pojawił się alarmistyczny wyraz.

— Kim pani jest? — rzuciła, ruszając w kierunku progu, by zablokować Joannie przejście.
— Żoną.
— Zaraz...

Chyłka odepchnęła kobietę, nim ta zdążyła cokolwiek dodać.

— Co z nim? — spytała, dopadając do łóżka.

Szybki rzut oka na wenflony, a potem na aparaturę przy łóżku. Czynności życiowe w normie, oddychał sam, bez mechanicznego wspomagania. Nic nie wskazywało na to, by groziło mu coś poważnego.

Chyłka obejrzała się na kobietę.

— To pani do mnie dzwoniła? — syknęła.
— Moment...
— Proste pytanie — przerwała jej Joanna. — Pani czy nie?

– Tak, ale…
– Co z nim?
Czuła, że jej myśli odbijają się z hukiem w głowie, nie potrafiąc odpowiednio się ułożyć. Co mu się stało? W jakim był stanie? O co tu, do kurwy nędzy, chodziło? Chyłka przesunęła dłonią po twarzy Kordiana, przyglądając mu się. Żadnych obrażeń, żadnych dostrzegalnych siniaków.
– Mów, kurwa! – syknęła.
Kobieta stanęła obok niej, a kiedy Joanna obróciła do niej głowę, kątem oka dostrzegła, że w progu stoi lekarz, którego wcześniej nieomal staranowała.
– Wszystko pani wyjaśnimy – odezwał się. – Ale teraz potrzebujemy kilku informacji. Jak wspomniała moja koleżanka, czas nagli i…
– Jakich informacji?
– Przede wszystkim o jakichkolwiek substancjach, które przyjmuje pani mąż.
– Nie przyjmuje żadnych.
– Mam na myśli…
– Wiem, co ma pan na myśli – ucięła natychmiast Chyłka. – Niczego nie bierze.
Obecnie, chciała dodać.
– Jego stan jednoznacznie wskazywał na…
– W takim razie ktoś go czymś nafaszerował.
Lekarz i pielęgniarka wymienili się krótkimi, porozumiewawczymi spojrzeniami, które mówiły: „oczywiście, ktoś".
– I nie wie pani czym?
– Nie.
– Nie domyśla się pani…

— Nie — powtórzyła szybko Joanna.

Patrzyła na Oryńskiego, nawet na moment nie przenosząc uwagi na któregokolwiek z rozmówców. Zupełnie jakby mogło to cokolwiek zmienić, jakby dzięki temu Zordon miał się ocknąć.

— Zapytam ostatni raz, do chuja — zagrzmiała. — Co z nim?

Lekarz podszedł do łóżka i stanął obok Joanny.

— Zrobiliśmy oczywiście płukanie żołądka — oznajmił. — Chcemy podać...

— Bez benzodiazepinów.

— Słucham?

— Ściągnęliście mnie tu tak szybko po to, żebym powiedziała, czego mu nie dawać, tak?

— Cóż...

— Benzo — ucięła. — Był kiedyś uzależniony.

Dobór słów sugerował, że było to w zamierzchłej przeszłości, ale Chyłka nie miała zamiaru spowiadać się tym ludziom.

— Rozumiem — odparł lekarz. — Czy jeszcze o czymś powinniśmy wiedzieć? Jakieś reakcje alergiczne?

— Nie.

Zadał jeszcze kilka pytań, a Joanna po kolei na nie odpowiadała. W końcu poczuła na sobie wzrok pielęgniarki, ale w pierwszej chwili nie mogła go rozszyfrować. Dopiero potem dotarło do niej, że kobieta patrzy na nią z czymś w rodzaju zazdrości.

Powód stał się jasny dopiero po tym, jak lekarz zostawił ich samych.

— Większość ludzi nie wie nawet, jaką partner ma grupę krwi — zauważyła. — Pani bez zająknięcia rzuciła B Rh-.

Joanna milczała, wciąż patrząc na Oryńskiego. Nie miała zamiaru rozważać tego, jak ich związek różni się od przeciętnej relacji.

– Kiedy się wybudzi? – spytała.
– Niedługo.
– Będziecie go tu trzymać?
– Nie – odparła uspokajająco kobieta. – Może go pani zabrać do domu, byle tylko dostawał…
– Dużo płynów i elektrolitów, jasne.

Pielęgniarka zmarszczyła czoło, a Chyłka cicho westchnęła.

– Mam pewne doświadczenie – oznajmiła.

Kobieta ich zostawiła, a Joanna dopiero teraz zorientowała się, że na sali są jeszcze inne osoby. Dwóch mężczyzn leżało na łóżkach obok, jeden spał, drugi wyglądał, jakby ostatnim, czego chciał, było choćby odnotowywanie obecności osób trzecich.

Chyłka obawiała się, że prędzej czy później zostanie stąd wyeksmitowana, najwyraźniej jednak jej zdecydowane wtargnięcie podziałało na personel dość sugestywnie.

Siedziała przy łóżku, z ręką na dłoni Kordiana, kiedy ten wreszcie się obudził. Lekko poruszył palcami, a kiedy na niego spojrzała, zamrugał nerwowo.

– Gdzie…
– Jesteś w szpitalu – oznajmiła grobowym tonem Joanna.
– Ale…
– Miałeś wypadek. Lekarze musieli odciąć ci jaja.

Przez twarz Oryńskiego przeszedł jakiś nieuchwytny wyraz.

– Co? – rzucił.
– To, co mówię. Ale jako że spełniłeś już swoje najważniejsze zadanie rozrodcze, nie będziemy lamentować.

Kordian rozejrzał się niepewnym, zamglonym wzrokiem, jakby nie był przekonany, czy to sen, czy jawa.
– Chyłka? – spytał.
– Spokojnie.
– Co ja tu robię?
– Leżysz.
Raptownie poruszył rękoma, a potem podciągnął nogi, jakby starał się upewnić, że ma wszystkie kończyny.
– O czym ty mówisz? – rzucił. – Co się stało?
– Dobre pytanie.
Wsparł się na rękach i przesunąwszy do wezgłowia, objął wzrokiem pomieszczenie.
– Bo o ile mnie pamięć nie myli, miałeś siedzieć z Kormakiem w jaskini i...
– O Jezu...
– Jego do tego nie mieszaj – poradziła Chyłka. – W tej chwili to sprawa między tobą a mną.
Potarł mocno twarz, przesunął dłońmi po włosach i spojrzał na nie z rezerwą, zupełnie jakby się spodziewał, że zobaczy krew.
– Pojechałem do ConspiRacji – oznajmił.
Joanna poklepała go po piersi.
– Wyobraź sobie, Zordon, że tego już się sama domyśliłam – powiedziała.
– Chciałem...
– Chciałeś zrobić coś głupiego. I ewidentnie zrobiłeś.
Otworzył usta, wyraźnie chcąc zaoponować, w porę jednak zrezygnował.
– Niech mnie chuj... – rzucił.
– Pełna zgoda.

– Znalazłem tego Rzeźnika – powiedział. – A zaraz potem zjawił się Brencz.

Joanna zacisnęła usta, starając się nie rugać Oryńskiego za to, co zrobił. Na opierdol przyjdzie jeszcze pora. W tej chwili musiała znać wszystkie szczegóły.

Nadzieja na to, że je dostanie, szybko jednak prysła. Kordian miał duże dziury w pamięci, a co do większości rzeczy, o których mówił, nie był przekonany, czy wydarzyły się w jakichś sennych marach, czy w rzeczywistości.

Było jasne, że czymś go naszprycowali, ale właściwie trudno było stwierdzić dlaczego. Zordon nie potrafił przypomnieć sobie niczego, co tłumaczyłoby ich motywacje, pamiętał jedynie podstawowe fakty, w dodatku tak poszatkowane, że nie mógł ułożyć z nich spójnego obrazu wydarzeń.

Kiedy zrelacjonował wszystko, co potrafił, byli już w mieszkaniu. Siedzieli przy stole w salonie, pogryzając pizzę, którą zamówili w jednej z nocnych restauracji jeszcze po drodze. Zaraz potem Joanna zabrała się do opisania Oryńskiemu tego, co ją spotkało.

Chciałaby robić to w towarzystwie tequili. Czuła, że bez choćby łyka alkoholu radzi sobie coraz gorzej i nie minie wiele czasu, a straci kontrolę nad emocjami.

Od kiedy dowiedziała się o ciąży, nie wypiła jednak ani kropli. I nie miała zamiaru pozwolić, by ten stan rzeczy uległ zmianie.

Kiedy relacjonowała uderzenie przez jednego z mężczyzn, złapała się na tym, że mimowolnie dotyka brzucha. Zordon od razu niemal poderwał się z krzesła, ale szybko zapewniła, że wszystko jest w porządku, a jak tylko będzie termin, zapobiegawczo wykona cały pakiet badań.

Zbyła temat. Miała pewność, że gdyby doszło do czegoś niepokojącego, podskórnie by to wyczuwała.

Skupiła się za to na tym, co miało związek ze sprawą. Kordian słuchał w milczeniu, wyraźnie nie wiedząc, co odpowiedzieć. Wyglądał, jakby nawet nie chciał dopytywać o szczegóły.

Przynajmniej do czasu.

– Więc rozmawiałaś z tym chłopakiem?
– Mhm – potwierdziła Chyłka. – Pojechałam do Wrońska.
– I?

Ręka Joanny automatycznie powędrowała do szklanki stojącej na stole. Zamiast drinka czy shota był to jednak przeklęty Kordmix, który nijak nie mógł pomóc. Chyłka przez chwilę milczała, wpatrując się w gęsty, zielony płyn.

– To było druzgocące, Zordon – odezwała się w końcu.

Kordian poczekał, aż uniosła wzrok.

– Czyli nie masz wątpliwości? – spytał.
– A jak mogłabym mieć? Kurwa mać, ten chłopak opowiadał z takim bólem, z takimi szczegółami... i rozpłakał się na moich oczach, rozumiesz?

Oryński lekko skinął głową.

– Jestem ostatnią osobą, która nie wierzyłaby Kasjuszowi, ale to...

Wciąż nie potrafiła tego wszystkiego pozbierać do kupy, właściwie nie miała nawet czasu. Zanim zaczęła się na dobre zastanawiać, dostała telefon ze szpitala. A po nim liczyło się już tylko jedno.

– A co z narzędziem zbrodni? – rzucił Zordon. – To na pewno ten sam lichtarz?

Chyłka upiła łyk koktajlu.

– Zakładam, że nie grasuje tam szajka ludzi wyrzucających kościelne świeczniki do rzek i potoków – odparła.
– Raczej nie.
– Prokuratura formalnie nie ma jeszcze potwierdzenia, analiza kryminalistyczna trwa.
– Tyle że w sumie jej nie potrzebują.
– Ano nie – przyznała Joanna i odstawiła szklankę.

Przez moment się nie odzywali, patrząc na siebie nieruchomo.

– Mówił, że nie wie, gdzie jest ten lichtarz – podjął wreszcie Oryński. – I że z pewnością go nie wyrzucał.
– Mhm.
– Więc albo ktoś się tam zjawił, żeby wynieść narzędzie zbrodni, albo Kasjusz w tym względzie też kłamał.

W całkowicie automatycznym odruchu Joanna chciała zaoponować przed słowem „też". Ostatecznie jednak nie mogłaby tego zrobić z czystym sumieniem. To, czego się dziś dowiedzieli, właściwie jednoznacznie potwierdzało, że ksiądz był winny.

Jeszcze przez kilka godzin z tą świadomością mierzyli się tylko oni – z samego rana jednak Chyłka planowała rozmówić się z Żelaznym i Klejnem. Sam fakt, że nosiła się z takim zamiarem, był symptomatyczny. Próżno było bowiem szukać równie poważnej sytuacji w trakcie prowadzonej przez nią sprawy, przez którą by do tego doszło.

Joanna wezwała ich do swojego gabinetu, a kiedy obaj do niego weszli, zachowywali się tak, jakby czekała tu na nich jakaś pułapka.

Powiedli wzrokiem dookoła, orientując się, że nigdzie nie ma Oryńskiego.

– Gdzie Zordon? – rzucił Artur.

– Odsypia.

Klejn i Żelazny podeszli do dwóch krzeseł przy stoliku pod ścianą, ale zatrzymali się, kiedy Chyłka alarmująco uniosła dłoń.

– Na waszym miejscu bym na nich nie siadała.

Artur obrzucił zaniepokojonym wzrokiem siedzisko.

– Dlaczego nie? – spytał.

– Bo zaraz każę wam stąd wypierdalać.

Mariusz sprawiał wrażenie, jakby miał zamiar uprzedzić tę niezbyt zawoalowaną sugestię i samemu się stąd zmyć.

– Ale to zaraz – dodała Joanna. – Najpierw powinniście wiedzieć o tym, że sytuacja w sprawie księdza się zmieniła.

– Widzieliśmy – odparł Klejn. – Nie żyje jeden świadek, a...

– Klient jest winny – ucięła szybko Chyłka.

Dwóch partnerów imiennych popatrzyło po sobie, po czym zbliżyło się do biurka, za którym siedziała Joanna. Ta starała się przyjmować nonszalancki wyraz twarzy, przychodziło jej to jednak z coraz większym trudem.

– Co ty powiedziałaś? – rzucił Artur.

– Kiedy? – odparła Chyłka.

– Przed...

– Skąd wiesz? – wtrącił się Klejn, najwyraźniej niechętny, by Żelazny łapał się na ten haczyk.

Joanna cicho westchnęła.

– Rozmawiałam z trzecią ofiarą – powiedziała.

– Do chuja... Jest jeszcze jedno dziecko?

– Jest. Chłopak.

– I będzie zeznawał?

– Tego nie wiem.

– Nie zapytałaś?

– Miałam ważniejsze rzeczy do ustalenia – odparła.

Mariusz patrzył na Joannę nieruchomo, Żelazny zaś ruszył w kierunku stolika, po czym przysiadł na jego skraju. Tik nerwowy wziął górę nad opanowaniem i Artur zaczął szybko obracać spinkę w mankiecie.

– Masz jeszcze jakieś rewelacje? – jęknął.
– Wydział Chemii Uniwersytetu Jagiellońskiego.
– Że co?
– WChUJ.

Żaden z partnerów imiennych nie załapał, jak brzmi skrótowiec, a przynajmniej ich twarze wyglądały na nieskalane zrozumieniem. Joanna uznała, że nie będzie drążyła.

– Znaleziono ten świecznik, którym ksiądz zabił starego Gańkę na zakrystii – oznajmiła.
– Gdzie?
– W jakimś potoku przy kościele.
– I jakim cudem niby...
– Widocznie wypadł mu z ręki.

Wzruszyła ramionami, bo właściwie nie wymagało to dalszego wyjaśniania. Potem odchyliła się lekko na krześle i położyła nogi na biurku.

– Dobra – rzuciła. – Trzeba ustalić, co robimy.
– To znaczy?

Klejn mruknął z dezaprobatą.

– To znaczy, Artur, że nasza wspólniczka chce zminimalizować szkody dla kancelarii – oznajmił. – Czy może raczej powinienem powiedzieć: dla siebie.
– Zamierzasz rozwiązać stosunek obrończy? – rzucił z niedowierzaniem Żelazny.

Dobre pytanie, uznała w duchu Joanna. Taki był jej pierwszy impuls, czuła się bowiem, jakby zdradził ją człowiek, któremu bezgranicznie ufała. Jakby zachwiał wszystkim, w co wierzyła. Jakby przez całe życie bezwzględnie ją oszukiwał, zapewniał o swojej moralności, a na boku molestował młodych chłopaków.

Nie sądziła, że tak to nią wstrząśnie. Składała to na karb hormonów, ale była to chyba zbyt wygodna wymówka. Prawda była taka, że ksiądz Kasjusz przez lata stanowił jej oparcie. Był jedyną stałą w pełnym chaosu świecie. Ewenementem dobroci w całokształcie zła, który ją otaczał.

Teraz zaś okazało się, że to wszystko było złudą. A on wykorzystał ufność nie tylko jej, ale także innych dzieci.

Robiło jej się niedobrze na samą myśl. Szczególnie kiedy przypominała sobie, z jakim przejęciem zaprzeczał i gorliwie zapewniał o swojej niewinności.

– To nie wchodzi w grę – oznajmił Klejn.
– Hm? – mruknął Żelazny.
– Jak sobie to wyobrażacie? Że w połowie procesu dziękujemy klientowi?
– Cóż... skoro wyszły na jaw nowe okoliczności...
– To co? – zapytał Mariusz. – Już pozapominaliście Ulpiana? *Advocatus non accusat* nic wam nie mówi?

Chyłka i Artur spojrzeli na siebie przelotnie.

– Adwokat nie oskarża – dodał Klejn. – Jego zadaniem jest...
– Koniowi to tłumacz – ucięła Joanna.
– Najwyraźniej jednak muszę wam.

Chyłka pokręciła głową z uśmiechem, nie dowierzając, że Mariusz stawia się w pozycji tego moralnego. Facet miał za uszami znacznie więcej niż oni i sam doskonale zdawał sobie z tego sprawę.

– To teraz będziesz tu strażnikiem najwyższych wartości?

– Nie – odparł Klejn. – Dobra kancelarii.

Żelazny odchrząknął nerwowo, wciąż pastwiąc się nad spinką.

– I to dobro twoim zdaniem nie będzie zagrożone, jeśli sąd skaże naszego klienta za pedofilię?

– Mniej, niż gdybyśmy tak po prostu go zostawili.

– Nie wydaje mi się.

Mariusz nonszalancko wsunął ręce do kieszeni spodni, jakby chciał tym gestem pokazać niezachwianą pewność siebie.

– Jeśli zrezygnujemy z obrony, każdy uzna, że ksiądz jest winny – powiedział.

– I bez tego się na to zanosi – skwitował Żelazny.

– Posłuchaj mnie, Artur...

– Słucham. Ale gadasz od rzeczy.

Mariusz pokręcił głową, a na jego twarzy odmalowała się wyraźna dezaprobata.

– Nie rozumiesz – rzucił.

– Raczej ty masz z tym problem – odparł Żelazny.

Chyłka przyglądała się w milczeniu jednemu i drugiemu, uznając, że najlepiej będzie, jeśli przez moment da im się ze sobą pościerać. Zawahała się, a potem sięgnęła po słoik ze słomką stojący na biurku.

Kordmix nie był taki zły, jak początkowo sądziła. Szczególnie ten dzisiejszy, przekonała bowiem Zordona, by nie dodawał miodu i dorzucił nieco kurkumy i soku z cytryny.

– Nie będzie się o nas mówić w środowisku jako o tych, którzy porzucili księdza pedofila – podjął Klejn. – Ale jako o tych, którzy porzucili klienta. Na pastwę losu, na pożarcie tej pieprzonej prokuratorce.

Co do ewidentnie negatywnego nastawienia wobec Klaudii Bielskiej Joanna musiała zgodzić się z partnerem imiennym.

— To będzie nasza kompromitacja — dodał Mariusz. — W dodatku wyobrażasz sobie, jak to będzie wyglądało akurat na tym etapie?

— Znaczy jakim?

— Po tym, jak chłopak się zabił — mruknął Klejn. — Każdy będzie uważał, że tego nie udźwignęliśmy. Że przyznajemy, iż to nasza wina.

Używał liczby mnogiej, ale wydawało się oczywiste, że ma na myśli wyłącznie Chyłkę. Tajemnicą poliszynela było, że to ona miała przesłuchiwać chłopaka. I wszyscy ci, którzy nie wiedzieli o wiadomości, mogli śmiało założyć, że to wizja tej czynności sądowej popchnęła młodego do samobójstwa.

— Zgadzam się, że cała ta sprawa to jedno wielkie, śmierdzące gówno — ciągnął Mariusz. — Ale uciekanie teraz od niego byłoby po prostu PR-ową katastrofą.

— Nie sądzę.

— Zrozum, Artur. To przyniosłoby więcej strat niż korzyści.

— A szkody, które ta sprawa jeszcze może wyrządzić?

— Są do przełknięcia.

— Może dla ciebie — odparł Żelazny. — O ile jesteś przyzwyczajony do taplania się w takim gównie.

Mariusz znów popatrzył na rozmówcę z rozczarowaniem właściwym komuś, kto spodziewał się po innych nieco więcej.

— Kilka razy oberwiemy, to prawda — przyznał. — Ale cięgi, które zbierzemy, jeśli zrezygnujemy teraz z obrony, będą jeszcze większe.

Przez chwilę obaj mężczyźni mierzyli się wzrokiem, po czym jakby nagle przypomnieli sobie, że nie są tutaj sami. Popatrzyli na Joannę niemal w tym samym momencie.
— Powiesz coś? — mruknął Żelazny.
— A co chciałbyś wiedzieć?
— Na przykład...
— Co teraz czytam? — przerwała mu Chyłka. — *Cztery żywioły Saszy Załuskiej*. I ciągle się zastanawiam, gdzie jest piąty.
— Nie ma pięciu żywiołów — odparł Artur. — Jest woda, powietrze...
— Nie? A jak nazwiesz wkurwioną kobietę w ciąży?
Wstała zza biurka, a potem ruszyła w kierunku Klejna. Ten machinalnie się cofnął, jakby sądził, że Joanna nie zamierza się zatrzymać. Miał rację. Gdyby nie dał kroku w tył, ten konkretny żywioł zwyczajnie by go staranował.
— Co ty odpierdalasz? — rzucił, cofając się do drzwi.
— To jest niewłaściwe pytanie, Klejn — odparła. — Właściwe brzmi: co ty odpierdalasz?
— Hm?
Uderzył lekko plecami o framugę, a Joanna zatrzymała się tuż przed nim.
— Masz w dupie etykę adwokacką — oznajmiła. — I to tak bardzo, że nie dotarłyby tam żadne sondy głębinowe.
— Co ty niby...
— W podobnym poważaniu masz PR firmy — ciągnęła Chyłka, patrząc mu prosto w oczy. — Przynajmniej dopóty, dopóki nie wpływa na twoje wypłaty. A w tym wypadku czy będziemy bronić Kasjusza, czy nie, zainkasujesz tyle samo.
Klejn lekko uniósł brwi, jakby sam nie dowierzał, że musi wysłuchiwać tak niestworzonych opowieści. W jego oczach

Joanna dostrzegła jednak w końcu coś, czego szukała. Iskierkę strachu.
— Dlaczego się upierasz, Klejn? — dodała. — Wiesz, że ten trzeci świadek to gwóźdź do trumny. I że jak tylko pojawi się w sądzie, przegramy tę sprawę.
Zbliżyła się jeszcze trochę.
— A raczej ja przegram — dodała. — O to ci chodzi, co? Do tego właśnie próbujesz doprowadzić?
Nie miała złudzeń, że nawet gdyby dała mu czas na odpowiedź, nie skorzystałby z niego.
— To ty za tym stoisz, skurwysynu — dorzuciła.
— Zwariowałaś?
— Przeciwnie — odparła z satysfakcją. — Dopiero przejrzałam na oczy. I zobaczyłam, jak wiele miałeś powodów, żeby to wszystko zorganizować.

Były oczywiste dla całej trójki, nie musiała ich werbalizować. Po przegraniu tak głośnej sprawy, po walce w imieniu księdza pedofila, Chyłka straciłaby większą część renomy, którą udało jej się odbudować. Nie zapraszano by jej do mediów. Jej klienci nie chcieliby być kojarzeni ze skazanym za molestowanie duchownym. A byłby to tylko początek jej problemów.

Koniec końców Klejn złożyłby wniosek o usunięcie jej nazwiska z szyldu. Może nawet udałoby mu się w końcu dokonać tego, do czego dążył — usunąć ją z kancelarii.
— Jak znalazłeś Brencza? — rzuciła. — Robiłeś sobie rundkę po wszystkich moich wrogach?
— Nie mam nawet pojęcia, o kim mówisz.
— Nie pierdol, Klejn.

Mariusz wytrzymywał jej wzrok pozornie bez większego trudu, przynajmniej przez moment. Potem jego oczy mimowolnie uciekły w bok.

Właściwie tyle jej wystarczyło.
- Wszystko to ukartowałeś, skurwielu - powiedziała.
Klejn na powrót spojrzał jej w oczy, ale nie odpowiadał.
- Wiedziałeś, że ksiądz zgłosi się do mnie - dodała. - I że pod ciężarem tych wszystkich dowodów pociągnie mnie ze sobą na dno.
Uśmiechnęła się lekko, jakby właśnie znalazła sposób, by się od niego odbić.
- Popełniłeś jednak zasadniczy błąd - dorzuciła. - Nie doceniłeś mojej wyporności bojowej. I teraz przekonasz się dokładnie, czym jest.

2
Areszt śledczy, Białołęka

Od momentu, gdy Chyłka uznała, że to Mariusz Klejn za wszystkim stoi, dwójka prawników spotęgowała wysiłki, by znaleźć materiały przemawiające na korzyść Kasjusza. Joanna wpadła w ciąg, który Oryńskiemu był doskonale znany – kiedy to się działo, trudno było ją z niego wyciągnąć. Czy to jeśli chodziło o pracę, czy alkohol.

Szczęśliwie to drugie odstawiła na dość długi czas, pierwsze zaś całkowicie ją pochłonęło. Była przekonana, że partner imienny w końcu wpadł na sposób, by ich zniszczyć i przejąć kancelarię – i że to on ma na sumieniu śmierć zarówno Daniela Gańki, jak i jego ojca.

Kordian chciałby być równie pewny, jednak prawda była taka, że dowody przemawiały za przeciwną tezą.

Miał nadzieję, że sytuacja zmieni się, kiedy zobaczą się z księdzem w areszcie. O widzenie nie było łatwo, w końcu jednak udało się je zorganizować. I Oryński liczył na to, że będzie opuszczać mury białołęckiego więzienia z głębokim przeświadczeniem, iż naprawdę bronią niewinnej osoby.

Kiedy Kasjusz się zjawił, wraz z nim nadeszły powidoki przeszłości Zordona. Ksiądz miał na twarzy liczne siniaki i rozcięcia. Lewe oko podbite i mocno opuchnięte. W dodatku lekko utykał i kiedy siadał, trzymał się za podbrzusze.

– Co się księdzu, kurwa, stało? – rzuciła od razu Chyłka.
– Joanno, proszę cię…
– Kto to zrobił?

Pytanie było kierowane nie do niego, ale strażnika, który właśnie opuszczał pokój widzeń.

– Hej! – krzyknęła Joanna.

Funkcjonariusz Służby Więziennej zatrzymał się w progu, a potem posłał Joannie bezradne spojrzenie i wzruszył ramionami.

– Nie złożono żadnego zawiadomienia – odparł.
– A oczy wam do dupy powpadały?
– Słucham?

Chyłka pokręciła głową z dezaprobatą, a potem wzrokiem wskazała mężczyźnie wyjście.

– Dyrektor dostanie pisemne zawiadomienie – zapewniła. – A zaraz po nim cały szereg pytań od dziennikarzy.
– Znaczy...
– Znaczy, że odpowiecie za każdy uszczerbek na zdrowiu, który pod waszym nadzorem spotkał mojego klienta.

Mężczyzna zawahał się i wyjrzał na korytarz, jakby chciał przywołać kogoś, kto ma kompetencje do prowadzenia takich rozmów. Joanna jednak nie sprawiała wrażenia, jakby zamierzała w tej chwili deliberować z kimkolwiek ze Służby Więziennej.

Przez moment istniało ryzyko, że strażnik usłyszy klasyczne „wypierdalaj", od którego zapewne zaczną się dla wszystkich schody. Szczęśliwie jednak musiał pomiarkować, co go czeka, i sam wyszedł na zewnątrz.

Kiedy drzwi się zamknęły, Chyłka objęła wzrokiem twarz duchownego.

– Dlaczego ksiądz nie zawiadomił administracji, do cholery?

Kasjusz poprawił się na krześle i lekko skrzywił z bólu.

– Powiedziano mi, że to tylko pogorszy sprawę.

– Znaczy zagrozili, że jak ksiądz się rozpruje, to oni rozprują księdza.

Duchowny nie potwierdził ani nie zaprzeczył.

– Następnym razem niech to ksiądz skonsultuje ze swoim prawnikiem lub… – Chyłka urwała i zerknęła na Oryńskiego. – Zordon, co się rymuje z „farmaceutą"?

Kordian uniósł wzrok.

– Fizjoterapeutą – odparł.
– A coś, co miałoby sens?
– To chyba nic.

Joanna machnęła ręką.

– Nieistotne – oznajmiła, patrząc na Kasjusza. – W księdza sytuacji zostało tylko zbratanie się z klawiszami. Oni czarni, wy czarni, jakoś się dogadacie.

Oboje z Kordianem mieli nadzieję, że duchowny będzie mógł liczyć na specjalne traktowanie, najwyraźniej jednak trafił na towarzystwo, które nie zamierzało być pobłażliwe.

– Postraszymy trochę administrację, żeby miano tu na księdza oko – dodała Chyłka.

– Dobrze, ale chyba nie zachodzi potrzeba, żeby kogokolwiek…

– Wystąpimy też o przeniesienie do innej celi – ciągnęła Joanna. – Tym razem takiej, w której siedzą przykładni katolicy.

– Nie wiem, czy to…

– Ksiądz zostawi to nam – ucięła Chyłka. – I informuje nas, jak tylko będzie się tu odp… odstawiać jakakolwiek krzywa akcja.

Kasjusz milczał, patrząc to na nią, to na Kordiana.

– Jasne?
– Tak – potwierdził.

– Świetnie. W takim razie przejdźmy do konkretów, bo nie mamy dużo czasu.
– Oczywiście...
– Pojawiła się nowa ofiara. Chłopak z Wrońska.
Duchowny zmarszczył czoło w wyrazie zaskoczenia, który wydawał się Oryńskiemu nieudawany.
– Jaki chłopak?
– Którego ksiądz miał zmusić do fellatio na zakrystii.
– Słucham?
– Do opędzlowania sobie...
– Może zostańmy przy nomenklaturze fachowej – włączył się szybko Oryński. – Chodzi o inne czynności seksualne.
Kasjusz otworzył usta, ale nie wydobył się z nich żaden dźwięk.
– Sama słuchałam zeznań młodego – podjęła Joanna. – I opowiadał nie tylko przejmująco, ale i sugestywnie. Ze szczegółami.
– Boże Wszechmogący... Ja nigdy nie...
– W dodatku znaleziono narzędzie zbrodni.
Tym razem przez twarz księdza przemknął wyraz ulgi, zupełnie jakby dzięki temu można było udowodnić jego niewinność. Kordian przyglądał mu się przez moment, starając się wychwycić jakąkolwiek oznakę fałszu.
Na próżno.
– Najwyraźniej pozbył się go ksiądz w rzece – powiedział.
– Co takiego?
– Wyrzucił ksiądz lichtarz do potoku obok kościoła.
Kasjusz znów mocno ściągnął brwi, jakby nie do końca mógł zrozumieć, o co chodzi.
– Wyrzuciłem?
– Pewnie był ksiądz w szoku – podsunęła Joanna.

Zordon rzucił jej krótkie spojrzenie mające sugerować, że nie tak powinna wyglądać ta rozmowa.
- No co? - burknęła Chyłka.
- Nic.
- To po co się wślepiasz?
- Bo zastanawiam się, czemu podsuwasz klientowi gotowe wyjaśnienia na...
- Niczego nie podsuwam. Poza tym klient nie musi składać przed nami żadnych wyjaśnień. To nie przesłuchanie.
- Mimo wszystko dobrze by było, gdybyśmy się czegoś dowiedzieli.
- Wiemy wszystko, co trzeba.
- Chyba jednak nie.
- Chyba jednak tak - skorygowała Chyłka, po czym przeniosła wzrok na Kasjusza. - Bo odkryliśmy, kto za tym stoi.

Ksiądz już chciał zadać jakieś pytanie, ale Joanna nie dała mu ku temu okazji.
- Mariusz Klejn, trzeci z partnerów imiennych w kancelarii - oznajmiła. - Nasza aktualna teoria zakłada, że to on spreparował materiały na księdza.

Kordian cicho chrząknął.
- Jak się dławisz, Zordon, to zrób to raz, a porządnie.
- Chciałem tylko zauważyć, że to nie nasza teoria.
- Nasza.

Oryński skupił się na księdzu, bo najwyraźniej to do niego mówili.
- Pięćdziesiąt procent z nas przy niej obstaje - oznajmił.
- Żartujesz sobie?
- Nie.
- To weź pod uwagę, że mnie liczy się podwójnie.
- Nie sądzę, żeby...

– Nasciturus myśli tak jak ja – oznajmiła tonem kończącym dyskusję.

Kordian niemal od razu zrezygnował z podejmowania polemiki. Pewne bitwy wygrywało się, godząc się na warunki kapitulacji narzucone przez drugą stronę. Przynajmniej w małżeństwie.

Przez moment słuchał, jak Chyłka rysuje przed księdzem swoją hipotezę – zadowolona, pewna siebie, w jakiś sposób odnajdująca w tym scenariuszu poczucie absolutnej właściwości.

Kasjusz nie komentował. Dopiero kiedy Joanna skończyła, skupił wzrok na Kordianie i nabrał tchu.

– Ty nie zdajesz się przekonany – zauważył.
– Nie szkodzi – odparła Chyłka. – Urobię go dzisiaj w łóżku.

Duchowny nie zareagował, wciąż wpatrując się w Oryńskiego i ewidentnie oczekując na odpowiedź z jego strony.

– Nie, nie jestem przekonany – przyznał Kordian. – Choć właściwie to pewne niedomówienie.
– Więc sądzisz, że...
– Że Klejn nie ma nic wspólnego z tym, co się dzieje.

Nie chciał się w to zagłębiać, musiałby bowiem poddać analizie zachowanie Chyłki. A wydawało mu się ono sprzeczne z czystą logiką i racjonalnością. Niemal od razu przyjęła wersję z Klejnem, jakby jej umysł gorączkowo poszukiwał czegoś, czego może się uchwycić. Byleby tylko ściągnąć z Kasjusza odium winy. Byleby tylko móc uznać, że ten nigdy ani nie sprzeniewierzył się swoim ślubom, ani nie zawiódł zaufania Joanny.

Czy wynikało to z jej wieloletniej, bliskiej relacji z tym człowiekiem? Czy może z burzy hormonów, która targała jej ciałem? Podniesienie jednego czy drugiego argumentu właściwie naraziłoby go na taki sam gniew Chyłki. Być może całkowicie uzasadniony.

– Zordon nie wie, co mówi – stwierdziła, chcąc uspokoić księdza.

Oryński był niemal pewien, że ten szybko to podchwyci, poda jakiś argument na poparcie tez Joanny. Duchowny jednak najwyraźniej nie zamierzał tego robić.

– Myślę, że masz rację – odezwał się, patrząc na Kordiana.
– Hm? – rzuciła pod nosem Chyłka.
– Wydaje mi się nieprawdopodobne, by...
– Księdzu nic nie musi się wydawać – przerwała mu Joanna. – Ważne, że my wiemy co i jak.

Pokręcił głową, jakby nie był w stanie tego przyjąć.
– To absurdalne – ocenił.
– Co jest absurdalne?
– Twoja wersja, Joanno.
– Tak? Powiem księdzu, co jest...
– Zastanów się – przerwał mu. – Ten człowiek miałby zadać sobie tyle trudu, żeby przynieść ci trochę ujmy w mediach i w oczach innych wspólników?

Był to jeden z nielicznych przypadków, kiedy Chyłka dała sobie przerwać i nie próbowała odzyskać inicjatywy.

– Weźmy pod uwagę, na jaki wysiłek musiałby się zdobyć – dodał po chwili Kasjusz, też nieco zaskoczony. – Najpierw trzeba byłoby znaleźć chłopaka, który przychodził do Dziecięcego Kościoła, potem w jakiś sposób przekupić go, by złożył fałszywe świadectwo. Następnie przekupić lub zastraszyć tego...

Zamknął oczy, gorączkowo starając się odnaleźć w umyśle imię i nazwisko drugiej rzekomej ofiary.

– Łukasza Bohuckiego – uzupełnił Kordian.
– Zgadza się. A potem jeszcze chłopaka z Wrońska, o którym wspominaliście... To wszystko byłoby gigantyczną operacją. I nie chce mi się wierzyć, że ktokolwiek by się na to zdobył tylko po to, żeby nieco nadwerężyć zawodową pozycję innej osoby.
– Bo nie zna ksiądz Klejna.
– Ale znam ludzi – odparł.

Chyłka zamilkła, Oryński zaś zastanawiał się nad tym, z czego wynika cisza z jej strony. Była to tak aberracyjna reakcja, że właściwie trudno było cokolwiek z niej wyczytać.
– To nie ma sensu – dodał Kasjusz. – I doskonale zdajesz sobie z tego sprawę.

Joanna podniosła się, przeszła po pokoju, a potem zatrzymała się przy drzwiach, tyłem do mężczyzn.
– To co ksiądz konkretnie chce powiedzieć? – rzuciła. – Że jest winny?
– Nie.
– Więc co? – powtórzyła ostrzej. – Jaka jest alternatywa? Bohucki i Brencz mają jeszcze mniej motywacji, by się na coś takiego porywać. Szczególnie ten pierwszy, który w oczach swoich alfa maczo jebniętych kumpli z dnia na dzień stał się ciotą.

Obróciła się, oczekując jakiejś konkretnej odpowiedzi, duchowny jednak wzruszył tylko ramionami.
– Nie wiem – odparł. – Wiem jedynie, że nigdy nawet nie dotknąłem w niewłaściwy sposób żadnego dziecka.

Oryński przysunął się do stołu.
– To komu mogłoby zależeć na wkopaniu księdza?
– Nie mam pojęcia, naprawdę.

Joanna skupiła wzrok na Zordonie – pytający, oczekujący. Liczyła na to, że Kordian jakimś cudem dostrzeże to, co ona. Niewinność klienta.

Wciąż jednak nie mógł odnaleźć niczego, co by o niej świadczyło. Fakt, że Kasjusz nie był gotów przyjąć scenariusza Chyłki, niczego nie dowodził. Mógł wciąż trzymać się gry, którą prowadził od samego początku.

Dwójka prawników opuszczała zakład karny, nie wzbogaciwszy się o żadną wiedzę. Przeciwnie, wydawało się, jakby stracili przynajmniej część tego, do czego udało im się dotrzeć.

Stanęli przy iks piątce – i żadne z nich nie kwapiło się, by wejść do auta. Chyłka wodziła wzrokiem po niemal opuszczonej okolicy, Kordian podobnie. Raz po raz jednak zerkał na żonę.

– Mów, co masz mówić – odezwała się w końcu Joanna.
– Czyli?
– Że to przez ciążę.

Oparł się łokciem o dach i westchnął cicho.

– Nie miałem zamiaru – oznajmił.
– Mówić tego? Fakt. Ale z pewnością o tym pomyślałeś.

Nie było sensu zaprzeczać – nawet gdyby kiedykolwiek starał się oszukać tę kobietę, poległby już na początku.

– W sumie to nie przesądziłem jeszcze, co dało ci tego zaufaniowego kopa.

Chyłka parsknęła cicho.

– Tak to będziesz opisywał w historii rodu Chyłko--Oryńskich? – spytała.
– Może wymyślę coś lepszego.

Joanna oparła się plecami o iks piątkę, a potem odchyliła głowę i zamknęła oczy.

– To jaki jest werdykt, Zordon? – zapytała. – Co sprawia, że tak bardzo chcę mu wierzyć?
– Ława przysięgłych jeszcze obraduje.
– Ale musi mieć już inklinacje do jakiegoś wyroku.
– Mhm – potwierdził. – Rozważamy częściową niepoczytalność hormonalną.
– Świetnie.
– Ale na tapecie jest też fakt, że ufasz temu człowiekowi, od kiedy pamiętasz. Być może jako jedynemu.
Otworzyła oczy i spojrzała na niego z góry.
– Na pewnym etapie życia wszyscy cię zawiedli – dodał Kordian. – Matka, ojciec, nawet Magdalena. Ale nie on. On był przy tobie, kiedy tego potrzebowałaś, i...
– Dobra, dobra.
Oryński na moment zamilkł. Wiele by oddał, by móc cofnąć się w czasie i zobaczyć tamtą Joannę. Poznać jej ówczesne myśli, zrozumieć obecne emocje. Nie mógł jednak liczyć na taki wgląd.
– Dochodzi jeszcze kwestia wiary – dodał. – Zakładam, że Kasjusz jest tym, kto cię wprowadził do Kościoła.
– Nikt mnie nigdzie nie wprowadzał i nigdzie się nie zagnieżdżałam.
– Oj, dobra. Wiesz, co mam myśli.
Skinęła lekko głową.
– Jeśli więc ten fundament się zachwieje...
– Może runąć wszystko inne? – dokończyła. – To chcesz powiedzieć?
– Nie aż tak – odparł. – Ale z pewnością nie będzie ci łatwo.
Wsiadła w milczeniu do iks piątki, a potem wyciągnęła komórkę i włączyła Spotify. Jechali tutaj przy dźwiękach

albumu *Hey Stoopid* Alice'a Coopera, teraz jednak Joanna najwyraźniej nie miała nastroju na tego typu ścieżkę dźwiękową.

W końcu odłożyła telefon do uchwytu na kubek, a potem wbiła wzrok przed siebie. Nie włączyła muzyki, nawet nie uruchomiła silnika.

– Chyłka? – odezwał się Kordian.
– Hm?
– Jedziemy?

Nabrała głęboko tchu, a potem obróciła się do niego. Patrzyła mu w oczy w milczeniu, jakby próbowała poukładać myśli i przekuć je w odpowiednie słowa.

– Wybronię go, Zordon – odezwała się w końcu.
– Okej…
– Bez względu na to, jaka jest prawda – dodała. – Jedyne, co mogę dla niego zrobić, to załatwienie tej sprawy w sądzie. Przed Bogiem sam będzie musiał prędzej czy później się tłumaczyć.

Kordian milczał, nie bardzo wiedząc, co odpowiedzieć. Ostatecznie uznał, że najlepiej będzie, jeśli skieruje rozmowę na te najbardziej pragmatyczne tory.

– Wciąż mamy przeciwko sobie Klaudię Bielską – zauważył. – Która, jak wiesz, dostała nowego świa…
– Jedyna rzecz, którą dostanie, to solidny wpierdol – zapewniła Joanna, włączając silnik. – Wierz mi, Zordon, takiego mordobicia, jakiego doświadczy na sali sądowej, jeszcze nie widziałeś.

Zanim zdążył odpowiedzieć, Chyłka włączyła *The Wicker Man* Iron Maiden. Zaraz potem z piskiem opon wjechała na ulicę.

Kordian doskonale wiedział, co to oznacza.

Opcję termojądrową.

3

Mokotów, Warszawa

Kobieta w czarnym swetrze siedziała w swoim mieszkaniu, patrząc na wyciszony telewizor. Było wczesne popołudnie, na TVN-ie leciał jakiś serial paradokumentalny o romansach, zdradach i wszelkiej maści problemach rodzinnych. Tyle wyimaginowanych, ile wyolbrzymionych.

Kobieta zastanawiała się, ile osób ogląda takie rzeczy. Pół miliona? Pewnie minimum. I na ile przyjmowanie przez nie takich treści zapewnia im relaks i poczucie zrozumienia, a na ile generuje to, co potem oglądają?

Przestała o tym myśleć. Oderwała wzrok od telewizora i spojrzała na biały proszek na stole.

– Tyle wystarczy? – spytała.

Nie otrzymała odpowiedzi, więc obejrzała się przez ramię. Mężczyzna stał kilka metrów dalej, przy balkonie, i wyglądał na zewnątrz. Wciąż milczał.

– Pytałam, czy tyle wystarczy – rzuciła.

Powoli się obrócił.

– Tak – odparł.

– I co to za środek?

– Autorska mieszanka.

– Ale czego konkretnie?

Rozmówca cicho westchnął.

– To sproszkowane tabletki mifepristonu i mizoprostolu.

Kobieta ściągnęła brwi, nie kojarząc nazw.

– To pierwsze jest środkiem poronnym – uzupełnił mężczyzna. – W Polsce oczywiście nielegalnym, bo prowadzi do blokowania progesteronu, bez którego ścianki macicy niszczeją.

Kobieta milczała.

– W takiej sytuacji ciąża zostaje przerwana – dodał.

– To znaczy...

– Znaczy, że dochodzi do aborcji.

Dźwięk w telewizorze był wyłączony, w pokoju panowała cisza. Słychać było jedynie samochody i autobusy nieustannie przejeżdżające ulicą.

– Ale samo to nie wystarczy – podjął rozmówca. – Martwy płód trzeba jakoś usunąć z macicy, dlatego dodałem sproszkowany mizoprostol.

– I on...

Zawiesiła głos, nie bardzo wiedząc, jakich słów użyć. Nawet się nie zastanawiała, czy mówią o dziecku, czy tylko jego zalążku.

– On wywoła skurcze macicy – powiedział mężczyzna. – Wystąpi krwawienie i ból mniej więcej jak przy miesiączce, a potem płód zostanie usunięty.

Kobieta nie odpowiedziała.

– Mogą przy tym pojawić się średniej wielkości skrzepy krwi i tkanki.

– Rozumiem.

– Na tym etapie będzie widoczny worek, w którym rozwijał się płód.

Przez moment znów panowało milczenie.

– Po przyjęciu tych tabletek mogą występować wymioty lub biegunka – dodał rozmówca.

– I jak długo to trwa? Zanim zarodek umrze?
Mężczyzna patrzył na nią obojętnie, jakby rozmawiali o prognozie pogody na nadchodzące dni, a nie decyzji zmieniającej życie.

– U większości kobiet zakończenie ciąży następuje już po kilku godzinach od przyjęcia tabletek – powiedział.

– A poronienie?

– Po kilku dniach.

Kobieta skinęła głową i znów wbiła wzrok w sproszkowane tabletki.

– Mogą wystąpić zawroty głowy, poty – kontynuował. – Część pacjentek ma przy tym uczucie podobne do wyjątkowo bolesnej miesiączki.

Nie doczekał się odpowiedzi.

– Coś jeszcze chcesz wiedzieć? – spytał.

Wciąż nic.

– Po dziesiątym tygodniu ciąży sprawa wygląda nieco inaczej – dodał. – Samo wydalenie płodu i łożyska zazwyczaj zajmuje około sześciu godzin.

– W tym wypadku to nieistotne.

– Fakt – przyznał mężczyzna.

Oboje mieli świadomość, że Joanna Chyłka była dopiero w czwartym tygodniu.

4

Sąd Okręgowy w Warszawie, al. Solidarności

Sędzia przewodniczący nie zwlekał ze wznowieniem rozprawy, a Chyłka była mu za to wdzięczna. Chciała jak najszybciej przejść do rzeczy, wyprowadzić kontruderzenie, a potem obserwować, jak Klaudia Bielska wije się na macie i odklepuje.

Kiedy pracownik sądu wyszedł na korytarz, by wezwać świadka, Joanna obejrzała się przez ramię na duchownego. Patrzył na nią niepewnie, wciąż obawiając się tego, co zamierza zrobić.

– Spokojnie – rzuciła. – Niech mi ksiądz zaufa.

Kasjusz lekko pochylił się w kierunku swoich obrońców.

– To samo mówiłaś, kiedy poszliśmy na koncert Iron Maiden na Torwarze – zauważył.

– No i? Przeżył ksiądz.

– Ledwo.

Duchowny zorientował się, że Kordian nie bardzo wie, o czym mowa, więc nachylił się ku niemu.

– Byłeś kiedyś na Torwarze? – spytał.

– Byłem.

– To wiesz, jaka tam jest pojemność.

Oryński zmrużył oczy i cicho gwizdnął.

– Pewnie z pięć tysięcy miejsc siedzących – powiedział.

– Wtedy było więcej – uzupełniła Joanna.

– Bez znaczenia. Wyobraź sobie, że organizatorzy wpuścili tam wtedy jedenaście tysięcy ludzi.

Chyłka machnęła ręką.
— Nic się nie stało — zauważyła.
— Tylko jakimś cudem. Poza tym przez dwa dni nic nie słyszałem, a ten zespół wznosił satanistyczne...
— Że chodzi o *Number of the Beast?*
— Nie pamiętam. I naprawdę nie rozumiem, jak możesz słuchać takich rzeczy.
— Czyli jednak ksiądz pamięta. „Six, six, six, the number of the..."
— Daj spokój.
Joanna znów zbyła jego obiekcje krótkim gestem.
— Niech ksiądz nie przesadza, to tylko tekst piosenki.
— Który chwali szatana.
— Niczego takiego nie robi — odparła pod nosem Chyłka. — To zabawa z konwencją. Steve Harris do upadłego podkreślał, że to nie żadne wychwalanie belzebubów i czczenie kozła, tylko kawałek o śnie. Inspirowany *Omenem II* w dodatku.
— Mhm...
— Takim filmem o trzynastoletnim antychryście.
— Tak, kojarzę.
— W dodatku zaczyna się od recytacji passusów z Apokalipsy Świętego Jana, więc...

Chyłka urwała, kiedy sędzia cicho chrząknął w mikrofon, patrząc prosto na nią. Ksiądz od razu się wyprostował, ona jednak odczekała chwilę, a potem znów obróciła się do Kasjusza.
— Będzie dobrze — zapewniła.

Nie była tego tak do końca pewna, musiała jednak podjąć ryzyko. Inaczej nie uda jej się obalić zarzutów, które w tej chwili wydawały się dość zasadnie postawione.

Do sali sądowej wszedł Marcin Mazerant, wieloletni przyjaciel duchownego – a przynajmniej tak było na papierze. W rzeczywistości Kasjusz miał z nim kontakty, które swego czasu mogły skomplikować mu wstąpienie w stan kapłański. Koniec końców formalnie jednak nie zablokowały mu drogi. Owszem, przyznał się do pewnych rzeczy, zapewnił jednak, że nigdy nie przekroczył granicy i że wyzbył się wszelkich inklinacji do mężczyzn. Najsurowsza wykładnia prawa kanonicznego mówiła zaś, że do święceń nie mogą być dopuszczone osoby o utrwalonej skłonności homoseksualnej bądź wspierające tak zwaną kulturę gejowską.

Mimo wszystko ujawnienie niegdysiejszej relacji z Mazerantem było problematyczne i Kasjusz długo bronił się przed tym, by Chyłka mogła odpalić opcję termojądrową. Ostatecznie jednak nie pozostało nic innego.

Bielska zrezygnowała z zadawania pytań świadkowi, wiedząc, że nie może niczego ugrać. Sędzia też nie miał zamiaru go maglować. Nadszedł czas, by Joanna zabrała się do roboty.

– Czy świadek może powiedzieć, kim jest w stosunku do oskarżonego? – spytała.

Marcin sprawiał wrażenie ciepłego, uczynnego człowieka, który chciałby być w tej chwili gdziekolwiek, tylko nie tutaj. Z czasem poczuje się pewniej, Chyłka nie miała jednak czasu na rozgrzewki ani podchody.

– Przyjacielem – odparł Mazerant.
– Od jak dawna?
– Och, od kilkudziesięciu lat.
– I zawsze łączyła was przyjaźń?
– Cóż, jak to bywa, na początku była to zwykła znajomość, koleżeństwo, a...

— Mam raczej na myśli to, czy nie było między wami czegoś więcej.

Odpaliła to właściwie bez ostrzeżenia, co sprawiło, że wszyscy zgromadzeni, nieświadomi historii tych dwóch, zareagowali dość nerwowo. Chyłka uchwyciła podejrzliwe spojrzenie Bielskiej, która musiała pożałować, że sama nie zadała tego pytania.

Jakkolwiek by było poza salą sądową, tu i teraz ukazanie Kasjusza jako homoseksualisty było korzystne dla aktu oskarżenia. Dawało kolejny fundament, na którym można było wznosić motywację księdza do interesowania się Danielem, Bohuckim i trzecim chłopakiem.

— Czegoś więcej… — powtórzył Marcin.

Zerknął niepewnie na duchownego, a ten ledwo zauważalnie skinął głową. Nie rozmawiali wcześniej o tym, co wydarzy się na sali sądowej. Chyłka także nie mogła w żaden sposób skontaktować się ze świadkiem, nie narażając się na zarzuty o fabrykowanie zeznań. Chciała zresztą, by wszystko wypadło naturalnie.

— Mam na myśli bliższe relacje natury seksualnej — powiedziała.

— Ale…

Mazerant nie dokończył, zamiast tego spojrzał bezradnie na sędziego, jakby chciał zapytać, czy może w jakiś sposób uchylić się od odpowiedzi. Nie uzyskał żadnej reakcji.

— To dość osobiste pytanie — zauważył.

— Zgadza się. Ale istotne dla przebiegu procesu.

— Mimo wszystko…

— Niestety sprawa wygląda tak, że świadek albo odpowiada, albo powołuje się na zasadę, która go z tego obowiązku zwalnia.

Marcin z trudem przełknął ślinę.
— To jak? — dodała Joanna. — Było coś między wami?
Kolejne spojrzenie w kierunku Kasjusza. I kolejne subtelne zapewnienie z jego strony, by Mazerant mówił.
— Mieliśmy... pewne... To znaczy kiedy byliśmy młodsi, nie wiedzieliśmy dokładnie...
— Okej — ucięła Chyłka. — Szczegóły zasadniczo mnie nie interesują. Eksperymentowaliście, tak?
— Można tak to nazwać, ale...
— Byliście blisko?
— Oczywiście.
— Czy może świadek powiedzieć, że darzył oskarżonego miłością? I wzajemnie?
Klaudia powoli się podniosła, uśmiechając się przy tym pobłażliwie.
— Wysoki Sądzie, to nie *Love Island* — powiedziała. — Naprawdę nie musimy wiedzieć, kto kogo kocha lub nie.
Joanna posłała jej krótkie spojrzenie.
— Po pierwsze lepszy jest *Hotel Paradise* — oznajmiła. — Lektor robi robotę.
— Pani mecenas... — zaczął sędzia.
— Po drugie to, o co pytam, jest dość istotne.
Janusz Hernas zawahał się, ale ostatecznie westchnął i ruchem ręki zasugerował Bielskiej, by zajęła swoje miejsce.
— Proszę świadka o odpowiedź — rzucił do Mazeranta.
Ten uniósł wzrok i głośno wypuścił powietrze.
— Czy mogę prosić o...
— Kochałeś Kasjusza? — ucięła Chyłka. — A on ciebie?
— Tak.
— Dziękuję — odparła Joanna pod nosem, rozkładając lekko ręce i wymownie patrząc na prokuratorkę.

Potem na powrót skupiła się na Marcinie.
- Czuliście do siebie pociąg seksualny?
- Tak.
- I daliście temu jakiś wyraz?

Mazerant znów przez moment się wahał.
- Jak mówiłam, nie interesują mnie detale - podjęła Chyłka. - Chodzi o sam fakt.
- W takim razie... owszem.
- I utrzymywaliście te relacje po tym, jak oskarżony wstąpił do seminarium?

Marcin nerwowo drgnął.
- Boże, nie - zapewnił od razu. - Kiedy tylko Kasjusz się zdecydował, przerwaliśmy to.
- I nigdy więcej nie doszło do żadnego zbliżenia?
- Nigdy.

Odpowiedzi były tak błyskawiczne, tak naturalne, że trudno było uznać, iż mogą mijać się z prawdą.
- Nie spotykaliście się? - spytała Chyłka.
- Och, spotykaliśmy się nieustannie.
- Towarzyszył wam alkohol?
- Tak, nieraz, ale zawsze w rozsądnej ilości.
- I oskarżony nigdy nie podejmował żadnych prób, by doszło do zbliżenia?
- Nie.
- Nigdy nawet w sposób dorozumiany niczego nie sugerował?
- Nigdy - potwierdził od razu Mazerant.

Joanna dostała właściwie to, co chciała. Ponieważ jednak sędzia zdawał się nie mieć nic przeciwko, by kontynuowała ten wątek, zdecydowała się postawić kropkę nad i.

– Więc oskarżony potrafił w absolutnie niezachwiany sposób zachować czystość, której wymagają święcenia?
– Oczywiście.
– Panował nad emocjami? Nad popędem seksualnym?
– O tym właśnie mówimy. Nie miał z tym najmniejszych problemów, był oddany Bogu.

Chyłka pokiwała głową w milczeniu, dając wszystkim szansę, by dotarły do nich te słowa. Pozwoliła sobie na rzucenie krótkiego spojrzenia Bielskiej, by sprawdzić, jak prokuratorka odnajduje się w tej sytuacji.

Beznamiętna maska jednak skrzętnie ukrywała wszystkie emocje.

– Czy więc świadek jest w stanie wyobrazić sobie hipotetyczną sytuację, w której oskarżony poddałby się jakiejś seksualnej żądzy?
– W żadnym wypadku.

Joanna skinęła głową.

– W takim razie to wszystko, dziękuję – odparła.

Nie było to zgodne z prawdą, zależało jej jednak na odpowiednim wydźwięku tego, o co jeszcze chce zapytać świadka. Ten był już gotowy do opuszczenia mównicy, a sędzia do podziękowania mu.

Chyłka nagle uniosła dłoń, jakby dopiero teraz sobie o czymś przypomniała.

– Właściwie jeszcze jedno pytanie, jeśli można.

Zerknęła na Hernasa, a ten potwierdził skinieniem głowy.

– Czy świadek widział kiedyś oskarżonego nago?
– Słucham?

Joanna wiedziała, że nie musi powtarzać. Należało jedynie poczekać.

– Tak – przyznał w końcu Mazerant. – Ale jak mówiłem, to było przed seminarium… I nie zrobiliśmy nic, co…
– Oczywiście – podała mu pomocną dłoń Chyłka. – Nie mam zamiaru wnikać.

Marcin znów z pewnym trudem przełknął ślinę.
– Ale muszę zapytać o to, co świadek widział.
– To znaczy?
– Chodzi mi o ciało oskarżonego.

Zrobiło się co najmniej niekomfortowo – ale nie miało to nic wspólnego z niewygodą, jaką odczuwali Kasjusz, Zordon i ona, kiedy poprosiła księdza, by rozebrał się w przerwie rozprawy. Niechętnie do tego wracała, było to jednak absolutnie konieczne.
– Ale… o co konkretnie pani pyta?
– Może nie używajmy takich słów.
– Słucham?
– Tego ostatniego, które świadek…
– Pani mecenas – upomniał ją Hernas, choć Chyłka miała wrażenie, że przez jego twarz przemknął z trudem maskowany uśmiech.

Szybko uniosła otwarte dłonie w przepraszającym geście.
– Ma pani jakieś konkretne pytanie? – dodał sędzia. – Czy będziemy prosić świadka o ogólne opisy?
– Mam dość konkretne.
– W takim razie proszę.

Chyłka posłała mu uśmiech, po czym skupiła się na Mazerancie i spoważniała.
– Może świadek powiedzieć, czy oskarżony ma jakieś znamię w okolicach intymnych? – rzuciła.
– Znamię?

– Charakterystyczną zmianę skórną.
– Cóż...
– Tak?
– Miał może nie znamię, ale bliznę.
– Gdzie?
– Na brzuchu, po lewej stronie... to znaczy po jego prawej.
– Co to za blizna?
– Po operacji. Po wycięciu wyrostka – odparł Marcin i westchnął. – Teraz już pewnie takie nie zostają, ale to było tyle lat temu. Medycyna była inna.
Chyłka nie miała zamiaru zagłębiać się w prawdziwość lub fałszywość tego stwierdzenia. Fakt był faktem, że blizna była naprawdę duża i wyraźnie odcinała się od reszty ciała.
– Jak widoczny jest ten ślad pooperacyjny? – spytała.
– Bardzo.
– To znaczy? – spytała. – Można go przegapić, jeśli widzi się oskarżonego nago?
– Nie. W żadnym wypadku.
Joanna kątem oka odnotowała, że Bielska nerwowo się porusza. Wiedziała już dokładnie, co się dzieje, i bynajmniej jej się to nie podobało.
– Czy da się tę bliznę wyczuć palcami? – zapytała.
– Jak najbardziej.
– Czy gdyby czysto hipotetycznie znalazł się świadek w sytuacji zbliżenia seksualnego z oskarżonym, byłaby szansa, że nie dostrzegłby...
– Wysoki Sądzie – przerwała jej Klaudia. – To naprawdę nie są rzeczy, o które pani mecenas powinna pytać. Zagłębiamy się już w zwykłe gdybanie, podczas gdy...

– Pełna zgoda – ucięła w rewanżu Chyłka. – Zapytajmy może zatem drugiego pokrzywdzonego, czy widział tę bliznę na ciele oskarżonego.

Sędzia nabrał tchu, a potem zwolnił Mazeranta i na jego miejsce wezwał Łukasza Bohuckiego.

5

Sąd Okręgowy w Warszawie, al. Solidarności

Kordian miał wrażenie, że zmierzając ku mównicy, Bohucki skupia się bardziej na nim niż na kimkolwiek innym. Posłał mu długie i znaczące spojrzenie, jakby chciał zasugerować, że cokolwiek zrobią, to on będzie górą.
– Zordon? – rozległ się szept Chyłki.
– Hm?
– Czemu on na ciebie łypie jak paparazzi na Kurzopki?
– Nie wiem.
Pochyliła się w jego kierunku tak, że ich ramiona się zetknęły.
– To spróbuj się dowiedzieć, bo typ wygląda, jakby tylko czekał, aż zrobisz coś głupiego.
– Tyle że nie planuję niczego takiego.
Właściwie to nie miałby nawet sposobności, ustalili bowiem, że w tej sytuacji Joanna doprowadzi ten wątek do końca i to ona będzie przesłuchiwała Bohuckiego. Kiedy jednak na niego spojrzała, zrozumiał, że plany właśnie uległy zmianie i wróciły do pierwotnego kształtu.
– Nie... – powiedział.
– Tak. Ewidentnie coś jest na rzeczy.
– Tym bardziej ty powinnaś...
Urwał, kiedy złapała go za rękę i zbliżyła się jeszcze bardziej. Właściwie wyglądało to tak, jakby miała zamiar go pocałować. Sędzia jednak nie doprowadził ich do porządku,

chyba nawet nie dostrzegł, że dwoje prawników praktycznie styka się nosami.
— On dąży do jakiejś konfrontacji — szepnęła Joanna.
— No właśnie, więc...
— Łatwiej będzie ci go wyprowadzić z równowagi.
Zordon zawahał się i przygryzł wargę.
— Chyłka.
— No?
— Dalej nie pamiętam, co się działo w tym klubie.

Doskonale zdawała sobie z tego sprawę, wszak rozmawiali o tym zarówno tuż po fakcie, jak i jakiś czas później. Pamięć nie wskoczyła jednak na odpowiednie tory.
— Była jakaś kobieta, nawet dwie — dodał Oryński. — I było jakieś zdjęcie.
— Wiem.
— I nie uważasz, że to za duże ryzyko?
— Nie — odparła cicho. — Czym niby mógłby ci zagrozić? To ty będziesz zadawać pytania, nie on.

Zasadniczo miała rację. I fakt faktem, Bohucki patrzył na niego, jakby rzucał mu wyzwanie. Ewidentnie kierowały nim jakieś emocje — te z kolei były paliwem dla każdego prawnika, który chciał zdyskredytować kogoś na mównicy.

W gruncie rzeczy właśnie o to chodziło. Musieli ni mniej, ni więcej, tylko zniszczyć Bohuckiego, by sędzia i ławnicy uznali jego zeznanie za niewiarygodne.
— Zordon... — podjęła cicho Chyłka.
— No?
— Pamiętaj, że ostatnie trzy litery w nazwie naszego zawodu są nieprzypadkowe.

Oryński otworzył usta, ale nie zdążył sformułować odpowiedzi.

— Do boju — dodała jeszcze Joanna, nim wróciła do poprzedniej pozycji.

Poprawiła togę i znaczącym wzrokiem wskazała jego widoczny nad kołnierzem krawat. Znał to spojrzenie. Sugerowało, by poprawił węzeł, mimo że wszystko było z nim w jak najlepszym porządku.

— No dawaj — rzuciła Joanna.
— Co?
— Popraw krawat albo poły.
— Nie.
— To tradycja, Zordon. Taki przesąd.

Zignorował ją, ale kiedy Hernas przystąpił do czynności związanych z przesłuchaniem pokrzywdzonego, Oryński w końcu się ugiął i przesunął dłonią po todze.

Pierwsza do dzieła przystąpiła jednak Klaudia Bielska – i właściwie prowadziła pokrzywdzonego tak samo jak Daniela. Zeznania obydwu były podobne i wyłaniał się z nich jasny obraz wieloletniego, patologicznego sposobu działania pedofila w sutannie.

Ksiądz Kasjusz miał zmuszać młodego Bohuckiego do tych samych czynności, które wymógł na Gańce – obmacywania, seksu oralnego, wzajemnej masturbacji i innych rzeczy sprawiających, że właściwie wszyscy zebrani zbledli.

Bohuckiemu opowiadanie o tym przychodziło z oporami. Urywał wątki, by już do nich nie wrócić. Jąkał się, kluczył i momentami wydawał się myślami gdzieś daleko od tego, co działo się na sali sądowej.

Nie wyglądało to najlepiej – przede wszystkim dlatego, że Kordian nie sądził, by ten facet potrafił tak dobrze udawać. Sprawiał wrażenie, jakby wszystko, co go spotkało, było prawdą.

Bielska w końcu zamilkła, odczekała chwilę w ciszy, a potem podziękowała i skierowała wzrok na Joannę i Oryńskiego. Mieli jeszcze moment, nim sędzia odda im głos.

– Wiesz, co masz zrobić? – szepnęła Chyłka.
– Wyręczyć ekipę sprzątającą?
– Nie – odparła. – Rozparcelować tego skurwiela niczym najbardziej drapieżny deweloper lokale mieszkalne w Krakowie.
– Ostro.

Joanna nie zdążyła nic dodać, sędzia bowiem skinął głową w ich kierunku. Kordian od razu odchrząknął i pochylił się lekko nad stołem. Sprawiał wrażenie, jakby czym prędzej zamierzał rozpocząć przesłuchanie, mimo to się nie odzywał.

– Panie mecenasie? – spytał sędzia.

Oryński lekko się podniósł.

– Przepraszam, Wysoki Sądzie – rzucił. – To było tak poruszające zeznanie, że trudno po nim dojść do siebie.

Hernas pokiwał głową ze zrozumieniem.

– Oczywiście znam wszystkie fakty w sprawie – dodał Kordian. – A mimo to sam prawie uwierzyłem.

Zza pleców stojącego na mównicy Bohuckiego doszło kilka cichych parsknięć. Sędzia wyglądał, jakby miał zamiar upomnieć adwokata, Zordon jednak szybko posłał mu przepraszające spojrzenie i zabrał się do rzeczy.

– Czy może pan powiedzieć, ile razy doszło do tego typu zbliżeń? – odezwał się.

Łukasz Bohucki przesunął językiem po wnętrzu policzka, jakby starał się wyciągnąć coś z zębów.

– Nie liczyłem.
– Ale tak orientacyjnie?
– Może dziesięć.

Nie patrzył na Kordiana, okazując mu wręcz teatralne lekceważenie. O ile w interakcji z Bielską jakoś dawał radę godzić swój wręcz karykaturalny maczyzm ze snutą opowieścią, o tyle w kontakcie z Oryńskim nie będzie tak łatwo. A on miał zamiar to wykorzystać.

– I za każdym razem brał pan penisa oskarżonego do ust?
– Wysoki Sądzie… – zaoponowała Klaudia.

Kordian rozłożył ręce, jakby było to całkowicie zasadne pytanie. Nigdy nie chciał być człowiekiem, który na sali sądowej stosuje tego typu zagrywki. Bez względu na to, czy starał się wykazać fałsz, czy nie. Samo w sobie w jakiś sposób godziło to w jego system moralny.

Teraz jednak nie miał on żadnego znaczenia. Jedyną etyką, która się liczyła, była ta adwokacka. A ona wymagała, by zrobić wszystko dla obrony klienta.

– Sugerowałbym panu mecenasowi pewną delikatność w tej materii – odezwał się Hernas.
– Oczywiście, Wysoki Sądzie.

Zordon skupił wzrok na Bohuckim, ten jednak wciąż na niego nie patrzył.

– Czy może pan powiedzieć, ile razy w trakcie tych zbliżeń dochodziło do seksu oralnego?
– A jakie to ma znaczenie?
– Dość istotne pod kątem wymiaru kary.

Właściwie trudno było temu zaprzeczyć, nawet jeśli argument podnosił adwokat, a nie prokurator.

– Więc? – spytał Oryński. – Dochodziło do tego za każdym razem?
– Nie.
– Ile razy?

– Kilka. Może pięć albo sześć.
– I czy oskarżony szczytował w pańskich ustach?

Twarz Bohuckiego dotychczas nie wyrażała wiele emocji – teraz jednak kości szczęki się uwydatniły i zaczęły poruszać.

– Tak – odparł po chwili.
– Za każdym razem?
– Tak.
– Rozumiem – odparł Kordian. – Czy dawał panu szansę, by w ostatniej chwili…
– Wysoki Sądzie – znów przerwała Bielska, tym razem bardziej stanowczo. – Naprawdę nie musimy znać tych szczegółów.
– Nie? – odparował Oryński. – Wydają się dość istotne z punktu widzenia sprawy.
– Nie sądzę.
– A jednak mają znaczenie. Obrazują szczegóły zachowania oskarżonego.

Hernas głęboko westchnął, doskonale wiedząc, że Kordian stara się wyprowadzić pokrzywdzonego z równowagi. Mimo to nie mógł tak po prostu zbyć tematu, musiał znaleźć złoty środek.

– Panie mecenasie – podjął – jeszcze raz poproszę pana o nieco więcej empatii.
– Oczywiście.
– Ale to już ostatnia taka prośba.

Zordon skinął głową i na powrót skupił się na Łukaszu.

– Wie pan, do czego dążę? – spytał.
– Nie.
– Chciałem ustalić, czy pan połykał, czy nie.

Bohucki natychmiast obrócił głowę w kierunku adwokata, mocno ściskając skraj mównicy.

– Słuchaj, kurwa... – syknął.
Oryński uniósł brwi, patrząc interlokutorowi prosto w oczy. Ten przez moment sprawiał wrażenie, jakby zapomniał, gdzie są, i miał rzucić się na Kordiana z pięściami. Sam się zmitygował, mimo to sędzia nie omieszkał doprowadzić go do porządku i przypomnieć o powadze instytucji.

– Przepraszam, panie sędzio – rzucił Łukasz. – To po prostu...

Hernas uniósł dłoń, zapewniając, że wszystko jest zrozumiałe. Potem zgromił wzrokiem Oryńskiego.

– Panie mecenasie, właśnie zakończył pan ten wątek – oznajmił.

– Oczywiście.

– I jeśli wprowadzi pan pokrzywdzonego ponownie na ten tor, może być pan przekonany, że poskutkuje to karą porządkową.

– Rozumiem.

Janusz bezsilnie westchnął.

– Ma pan jeszcze jakieś pytania?

– Tylko jedno.

– W takim razie proszę.

Właściwie mógł odpuścić próbę wyprowadzenia Bohuckiego z równowagi i od razu przejść do rzeczy. W toku zadawania pytań przez Bielską stało się jasne, że kontakty seksualne były częste – a w gruncie rzeczy tylko na tym zależało Chyłce i Kordianowi.

Teraz pozostało jedynie to wykorzystać.

– Czy w trakcie zbliżeń dotykał pan ciała oskarżonego? – spytał Oryński.

– Bez tego raczej nie doszłoby do tego, co robił.

– To prawda. Czy kładł pan dłonie na brzuchu oskarżonego?
– Nie wiem.
– Dotykał pan go w okolicach pasa?
– Nie pamiętam.
– A czy widział pan oskarżonego nago?

Bohucki znów zacisnął zęby tak mocno, że kości policzkowe drgnęły.

– Trudno byłoby, żebym nie widział, skoro się przede mną rozbierał – zauważył.
– Ściągał w pana obecności sutannę?
– Tak.
– I bieliznę?
– Zgadza się.
– Dość dobrze to pan pamięta?

Bohucki potwierdził krótkim ruchem głowy.

– Ale nie pamięta pan, czy go dotykał?
– Nie.
– Nie wydaje się to panu dziwne?
– Nie – odparł Łukasz. – Wydaje mi się dziwne, że po tym, co ten… co ten człowiek mi zrobił, siedzi tu teraz i może obserwować…

Urwał i podniósł wzrok, jakby starał się odnaleźć gdzieś pewne ukojenie dla zszarganych nerwów.

– Przysłuchuje się temu wszystkiemu – dokończył Bohucki, unikając patrzenia na duchowego. – I pewnie na nowo to wszystko przeżywa, przypomina sobie każdy detal. To jego powinniście pytać o szczegóły, nie nas.

Ten człowiek nie był w ciemię bity, doskonale wiedział, jak się zachować – i że liczba mnoga przypomni wszystkim o chłopaku, który w oczach opinii publicznej odebrał sobie życie z powodu tego, co go spotkało.

Kordian nie mógł pozbyć się myśli, że to wszystko zostało starannie zaplanowane, nim się w ogóle rozpoczęło. Bohucki musiał zostać doskonale przeszkolony, Daniel Gańko podobnie. Trzeci z pokrzywdzonych zaś...

Oryński urwał tok myśli, starając się skierować je na ten, dzięki któremu mógłby z pełnym przekonaniem bronić księdza.

Pozostało jedynie wyprowadzenie ostatniego uderzenia.

Rozważali wprawdzie z Chyłką, czy aby nie napomknąć o związku Bohuckiego z Julianem Brenczem. Czy nie podnieść tego, co wydarzyło się w ConspiRacji. Ostatecznie jednak były to niepowiązane ze sobą mocnym spoiwem zdarzenia. Wspominanie o nich byłoby w oczach sądu tworzeniem teorii spiskowej, której nie da się udowodnić.

Dowieść można było za to czegoś innego. Że Bohucki nigdy nie widział księdza nago. Zeznania Mazeranta dały Kordianowi wszystkie narzędzia, by to wykazać.

– Więc sądzi pan, że oskarżony pamięta wszystko? – podjął.
– Tak.
– Każdy szczegół?
– Na pewno.
– A pan nie?
– Nie.
– To dziwne – odparł Oryński. – Zazwyczaj ofiary pamiętają aż za dużo i to pomimo upływu lat. Wszyscy znamy przecież te dramatyczne relacje, które poszkodowani przedstawiają nawet po upływie kilku dekad. I mimo że robią to po

raz pierwszy, potrafią przywołać najmniejszy szczegół tamtych zdarzeń. Bo były traumatyczne, odcisnęły się wiecznym piętnem na ich psychice i...

— Najwyraźniej moja psychika zareagowała inaczej.

Kordian zmrużył oczy, jakby chciał zasugerować, że zdrowy rozsądek każe podać to w wątpliwość.

— Oczywiście nikt nie wymaga, by opisywał pan wszystko z najmniejszymi detalami — odezwał się. — Ale rozumie pan z pewnością, że potrzebujemy jakiegoś konkretnego dowodu.

— Moje słowa nie wystarczą?

— Obawiam się, że...

— Słowa tamtego chłopaka to też mało?

Oryński na moment zamilkł, bo właściwie nie był w stanie zaatakować Gańki. Ani wtedy, ani tym bardziej teraz.

— To oczywiście druzgocące zeznania — powiedział. — Rzecz w tym, że nie ma żadnego konkretnego dowodu, który by je potwierdzał.

Bohucki milczał.

— Gdyby mógł pan go przedstawić, sam byłbym pierwszym, który przyznałby, że w istocie doszło do opisywanych zdarzeń.

— I jak mam niby taki dowód zdobyć?

Kordian czekał na to pytanie, a wszyscy zgromadzeni doskonale zdawali sobie z tego sprawę. W przeciwieństwie do Łukasza słyszeli całe wcześniejsze zeznanie. Nie trzeba było znać strategii pary adwokatów, by wiedzieć, że właśnie do tego momentu dążyli.

— W dość prosty sposób — powiedział Oryński. — Mój klient ma na ciele bardzo charakterystyczne znamię.

Oczy Bohuckiego mimowolnie zwróciły się na boki.

– Nie sposób go przegapić – dodał Zordon. – Więc gdyby mógł pan opisać, co to za znamię i gdzie się znajduje, uzyskalibyśmy pewność, że mówi pan prawdę.

Odpowiedź wciąż nie nadchodziła, a mężczyzna stojący na mównicy musiał zastanawiać się, jakie są najbardziej powszechne znamiona. Czy będzie strzelał? A może uzna, że to podpucha i żadnego nie ma?

W końcu zwrócił wzrok na jedynego człowieka, którego dotąd unikał. Popatrzył prosto w oczy Kasjusza i zacisnął mocno usta.

– Ma bliznę po operacji – powiedział. – Po prawej stronie brzucha.

6

Korytarz sądowy, al. Solidarności

Kobieta w czarnym swetrze obserwowała, jak Chyłka odchodzi w kierunku okna wraz z Kordianem Oryńskim. Starała się na nich nie patrzeć, jakby przez ściągnięcie na siebie uwagi mogła sprawić, że cały jej plan weźmie w łeb.

Niewykluczone, że tak by się stało, choć na dobrą sprawę nie mogli przecież niczego podejrzewać.

Nawet gdyby na siebie wpadli i nawiązali rozmowę, prawdziwy powód obecności kobiety nie wyszedłby na jaw.

Położyła dłoń na torebce, w której miała przygotowany proszek. Mieszankę mifepristonu i mizoprostolu, którą wystarczyło dodać do jakiegoś napoju Chyłki.

Poczytała trochę o jednym i drugim, kiedy uiściła opłatę mężczyźnie na Mokotowie. Nie był lekarzem, właściwie chyba w ogóle nie bardzo wiedział, jak działają te środki. Wszystko, co jej powiedział, pochodziło z ulotek i jakichś forów medycznych.

Sama dotarła do informacji, że mizoprostol należy przyjąć dopochwowo. Ale nie szkodzi, może tak też zadziała. Najważniejszy i tak był pierwszy z tych środków, ten kończący ciążę.

Unicestwiający zarodek.

Ten drugi preparat miał za zadanie jedynie wywołać poronienie. A to było nie jej problemem, ale Chyłki.

To ona będzie musiała pozbyć się martwego płodu.

Kobieta w czarnym swetrze nabrała tchu, a potem ruszyła ku otwartej sali sądowej z nadzieją, że zobaczy kubek kawy przy miejscu, gdzie siedziała Joanna. Niczego takiego jednak nie dostrzegła.

Niedobrze. Niektórzy prawnicy w przerwie wysyłali praktykantów czy stażystów, by zrobili rundkę do którejś z pobliskich żabek lub do McDonalda na skrzyżowaniu z Jana Pawła II.

Chyłka jednak najwyraźniej odstawiła kawę na czas ciąży. Alkohol z całą pewnością również.

To komplikowało sprawę, ale nie uniemożliwiało jej załatwienia. Nadarzy się okazja, by dosypać proszku.

Nie tutaj i nie teraz. W kancelarii, kiedy Joanna nie będzie miała pojęcia, co się dzieje.

7
Hard Rock Cafe, ul. Złota

Filet mignon z grillowanej polędwicy leżał nieruszony na talerzu, a siedząca przed nim Chyłka nawet na niego nie patrzyła. Wbijała wzrok gdzieś przed siebie, nie dostrzegając ani ludzi przy stolikach, ani Zordona wracającego z toalety.

Ocknęła się dopiero, kiedy usiadł na krześle obok.

– Za moment te zwłoki przejdą w stan *rigor mortis* – odezwał się.

Joanna potrząsnęła głową.

– Co? – rzuciła.

Wskazał wzrokiem kawałek mięsa i lekko się skrzywił.

– Stężenie pośmiertne postępuje – oznajmił.

– Chcesz mi obrzydzić stek z polędwicy?

– W sumie to...

– Musiałbyś posypać mi go jakimiś warzywami – przerwała mu. – A nawet wtedy nie byłoby pewne, że nie zjem. Po prostu zrobiłyby exodus na twój talerz.

– Mhm.

– Jedynym sposobem, żeby naprawdę obrzydzić mi stek, byłoby przygotowanie go z tofu, tempehu czy innego gówna rosnącego w ziemi.

– Przecież te tempehowe smakują prawie...

– To jest z soi, Zordon.

– Zgadza się.

– A soja to roślina z rodziny bobowatych – zauważyła Joanna, jakby ten argument przeważał nad wszystkimi innymi. – To nawet nie stało obok krowy.

Oryński przez moment ewidentnie zastanawiał się, czy odpowiedzieć.

– No chyba że ktoś zrobił z tego paszę – dodała pod nosem Chyłka. – Ja paszy wpierdalać nie będę. I nasciturus też nie, zakoduj to sobie.
– On chyba sam będzie wybierał.
– Co powiedziałeś?
– Że...
– Kto go nosi? – ucięła Joanna. – Ja.
– Tak, ale...
– Kto go będzie karmić? Też ja. Kto go z siebie wypluje? Otóż ja, Zordon. Więc ja będę decydować, co będzie wpieprzać, jak już się pojawi na tym świecie.
– Pewnie, tylko...
– Tylko co?
– Nasciturus będzie miał wolną wolę – odparł cicho Kordian. – Może zostanie wege.
– Po moim trupie.
– Możesz nie mieć wiele do gadania.

Joanna położyła ręce na stole, jednocześnie odsuwając talerz.

– Jak będzie chciał albo chciała jeść glony, to nie pod moim dachem – odparła. – Poza tym powinien przyjmować też formę żeńską albo nijaką.

Oryński uniósł brwi, wyraźnie nie wiedząc, do czego konkretnie pije Chyłka.

– Hm? – mruknął.

– Nasciturus. Forma męska – odparła Joanna. – Powinna być też nascitura. Albo nasciturum, żeby nie sugerowało płci.
– Okej…
– Ale jak zwykle wszystko musi być męskie, nie? – ciągnęła. – Jak minie cię dziesięć kobiet w drodze do paczkomatu, to będziesz mówił, że „szły do paczkomatu". Ale jak między nimi zawieruszy się jakiś pies, który chce się tam wyszczać bez odbierania żadnej przesyłki, to już będziesz musiał mówić, że „szli do paczkomatu".

Kordian milczał.
– Odpowiadaj.
– Ale co?
– Cokolwiek.

Oryński podrapał się po karku i przechylił głowę na bok.
– Nigdy nie widziałem, żeby dziesięć kobiet szło do paczkomatu – odparł.

Joanna machnęła ręką z bezsilnością, a potem wbiła wzrok w filet mignon. Wciąż nie miała na niego najmniejszej ochoty. I nie potrafiła stwierdzić, czy ta anomalia wynika z ciąży, czy z tego, co stało się w sądzie.

– Jak długo musimy czekać? – odezwał się nagle Kordian.
– Do osiemnastego roku życia. Potem możemy wywalić nasciturusa na…
– Miałem na myśli poznanie płci.
– A – odparła Chyłka, sięgając po szklankę z wodą. – Około dwudziestego tygodnia ciąży na USG połówkowym.

Kordian uniósł dłonie i zaczął obliczać na palcach.
– Może już w osiemnastym tygodniu będzie wiadomo – dodała Joanna. – Ale ty się nie dowiesz.
– Co? Czemu nie?
– Bo mnie wkurwiasz.

– Niby czym?
– Tym, że ja muszę nosić ten rozregulowujący hormony balast, a ty ograniczyłeś swoją rolę do zapłodnienia.
Zordon się nie odzywał.
– I teraz siedzisz taki...
– Jaki?
– Zadowolony z siebie pajac.
– Bo jestem zadowolony.
– No więc właśnie – odparła Chyłka. – Za karę będziesz nieświadomy płci.
Oryński pokręcił głową i zabrał się do jedzenia pozostałego kawałka łososia. Nie polemizował – i dobrze. Nie popuściłaby mu.
– Jedz, bo ci wystygnie – rzucił z pełnymi ustami.
– A co ty jesteś, moja matka?
– Aż tak źle dzisiaj nie wyglądam.
Chyłka uniosła brwi i zagwizdała cicho.
– Przekażę jej, że tak mówisz.
– Śmiało – odburknął Kordian. – Ona nie potrzebuje dodatkowego powodu do bycia heterą. To zresztą rodzinne.
Spojrzeli na siebie ponad stołem, mrużąc oczy. Przez chwilę trudno było stwierdzić, w którym kierunku skręci rozmowa – Joanna miała jednak nadzieję, że nie w tym, który sam poniekąd się nasunął.
– Rozmawiałaś z nią? – spytał poważniejszym tonem Oryński.
A więc jednak. Najczarniejszy scenariusz.
– O kilka tysięcy razy za dużo – odparła Chyłka.
– A na temat nasciturusa?
– Nie.
– I nie planujesz?

— A o czym mam z nią gadać? Jak chce być dobrą baberą, będzie kupowała przytulanki i...
— Nie możesz jej tak nazywać.
— Dlaczego nie?
— Bo potem nasciturus będzie tak mówił.

Joanna się uśmiechnęła.

— I dobrze – skwitowała. – Babera to adekwatne określenie. I nie najgorsze, jakie mogłam wymyślić.

Oryński przez moment przeżuwał w milczeniu, nie odrywając wzroku od oczu Chyłki. Raczył ją spojrzeniem wyczekującym, pełnym cierpliwości, ale także wyraźnej sugestii, że nie zamierza porzucać tematu.

— Weź się ode mnie odzordoń – rzuciła w końcu Joanna.
— To twoja matka.
— Wyrodna.
— Ale nie tak, jak sądziliśmy.

Miał trochę racji. Po tym, jak Chyłka rozmówiła się z nią w dniu ślubu, sytuacja znacząco się zmieniła. Zrozumiała ją. Nie potrafiła wprawdzie wejść w jej buty i uznać, że podjęłaby identyczną decyzję, ale rozumiała.

Matka jej nie porzuciła. Zrobiła to, co – jak sądziła – było wolą córki. Nie przyszło jej to łatwo, mogła w tej sytuacji zachować się znacznie lepiej, ale nie było to podyktowane tym, co przez lata przypisywała jej Joanna.

Mimo to nie udało się wrócić z nią na odpowiednie tory. Spotykały się kilkakrotnie, ale za każdym razem kończyło się to wcześniejszym powrotem do domu. Chyłka nie potrafiła się z nią dogadać, nie potrafiła zapomnieć. Fakt, że rozumiała, nie oznaczał, że całkowicie wybaczyła.

— Im dalej babera będzie od nasciturusa, tym lepiej – odezwała się wreszcie. – To samo dotyczy dziadersa.

– Babera i dziaders – mruknął Kordian i westchnął. – Nasze dziecko naprawdę będzie miało najlepsze dzieciństwo.
– A żebyś, kurwa, wiedział.
Joanna sięgnęła po telefon, przesunęła po nim palcem i podała go Oryńskiemu.
– Co to jest? – rzucił.
– Iphone.
– Widzę, ale…
– Szukałam rzeczy dla nasciturusa – ucięła Chyłka. – I jak tylko to zobaczyłam, wiedziałam, że musimy to mieć.
Spodziewał się pewnie śpioszków z Iron Maiden – to jednak Joanna już dawno zamówiła.
Kołdra z czaszkami? Była w drodze.
Pluszowy misiek z Hard Rock Cafe miał zostać dostarczony niedługo.
Wszystko to było oczywiste. Ale rzecz, na którą natknęła się dziś rano, była wprost wymarzonym prezentem dla dziecka.
Kordian niepewnie spojrzał na ekran, na którym Joanna wyświetliła czarny jeździk bmw X6.
– Przeznaczony przede wszystkim dla trzylatków, ale mogą jeździć w nim dzieci już od pierwszego roku życia – zreferowała. – Rodzice mogą sterować nim za pomocą pilota, ma efekty świetlne i dźwiękowe. Rozwija zdolności koordynacyjne u najmłodszych, jest wyposażony w USB i możliwość odtwarzania MP3. Szukałam iks piątki, ale jest tylko iks szóstka.
– Chyłka…
– Ma dwa silniki po czterdzieści pięć watów każdy – ciągnęła. – Prędkość od trzech do pięciu kilometrów na godzinę, czyli mniej więcej twoja przelotowa. Niewiele, ale na początek może być. Trzeba stopniowo nasciturusa przyzwyczajać.

Zordon ewidentnie miał zamiar odpowiedzieć, zastygł jednak z lekko rozchylonymi ustami, wpatrując się w jakiś punkt za plecami Joanny. Nie było w jego oczach niepokoju, jedynie zdziwienie, toteż obróciła się spokojnie i powoli.

Od razu zrozumiała, co wywołało ten szok. Do Hard Rocka niepewnie wszedł Żelazny, rozglądając się przy tym, jakby wstąpił na ruchome piaski. W końcu wypatrzył dwójkę prawników i ruszył w ich stronę.

– Nie przepadam za tym widokiem – odezwał się Oryński.

– Ryj jak ryj, widywałam gorsze.

– Chodzi mi o samo jego pojawienie się w Hard Rocku – odparł pod nosem Kordian. – Zawsze mi się wydaje, że zaraz mnie wyrzuci z roboty albo coś.

Joanna oderwała wzrok od Żelaznego i spojrzała na Oryńskiego.

– Nie ma takich kompetencji – odparła. – Ja mam. Jako szefożona.

– To tak cię teraz tytułować?

Chyłka zmrużyła oczy.

– Tytułuj mnie, jak chcesz, Zordon – stwierdziła. – Ważne, żebyś sumiennie wykonywał swoje powinności małżeńskie.

– Znaczy…

– Znaczy na przykład spławiał knury, które się kręcą wokół – oznajmiła Joanna, wskazując wzrokiem stojącego przy stoliku Żelaznego.

Ten westchnął z politowaniem, a potem odsunął sobie krzesło i opadł na nie ciężko.

– Dobra – rzucił. – Koniec żartów.

– Zazwyczaj zaczynają się, kiedy przychodzisz – zauważyła Chyłka.

Artur tylko syknął pod nosem, a potem wymownie spojrzał na jedno i drugie. Milczenie się przeciągało, jakby nikt nie miał najmniejszego zamiaru go przerywać. W końcu Żelazny odchrząknął.

– Wiecie, po co przyszedłem – oznajmił.
– Żeby zgłosić swój akces do kandydatur na ojca chrzestnego? – podsunął Kordian.
– Nie.
– Dzięki Bogu – rzuciła Chyłka. – Nie ma w języku polskim odpowiednich słów, żebym wyraziła, jak bardzo by cię pojebało.

Oryński i Joanna popatrzyli na siebie tak, jakby właśnie przybijali mentalną piątkę.

– Naprawdę tak wam do śmiechu? – bąknął Artur.
– Naprawdę – potwierdzili oboje.

Żelazny głośno wypuścił powietrze i uniósł bezsilnie oczy.

– Sprawa w sądzie wam się posypała – wytknął. – Zastawiliście sidła, w które sami, kurwa, wpadliście.
– To wciąż lepsze niż fetysz ze spinkami.

Artur zerknął na mankiet, który akurat poprawiał. Powoli cofnął rękę, jakby dzięki temu mógł sprawić, że dwoje prawników nie odnotuje, co właśnie miał zamiar zrobić.

– Zrobiliście z tej blizny kluczowy argument – dodał. – Uzależniliście od niego winę lub niewinność tego człowieka.

Kordian odkroił kawałek łososia, Chyłka zaś cicho mruknęła. Były to jedyne reakcje, jakich Żelazny się doczekał.

– Tyle macie do powiedzenia? – rzucił.
– A czego więcej ci potrzeba?
– Jakiegoś...

Urwał, samemu nie wiedząc, jak dokończyć. W końcu potrząsnął głową, zostawiając wątek właściwości ich reakcji.

– Nie widzicie, co tu się dzieje? – spytał. – Im dalej idziecie, tym częściej się o coś potykacie. Druga strona nieustannie wam coś podrzuca, a wy chwiejecie się coraz bardziej.

Żadne z nich nie skomentowało.

– A teraz doszło do tego, że zaliczyliście, jak to mówicie, glebozgona.

– Dążysz do czegoś, Artur?

Wahał się przez krótki moment.

– Głównie do tego, że to dość niecodzienna sytuacja – oznajmił.

Nie było w tym żadnego przytyku, właściwie zabrzmiało to niemal jak komplement.

– Ta Bielska jest niezła, ale bez przesady – dodał. – Nie byłaby w stanie bez pomocy z zewnątrz tak was rozgrywać.

Oboje w jednym momencie skrzyżowali ręce na piersi.

– Nie rozumiecie? – dorzucił Żelazny i spojrzał na Chyłkę. – To wszystko potwierdza to, o czym mówiłaś.

– Znaczy?

– Że to Klejn wszystko zorganizował – odparł z pewnością w głosie Artur. – Wymusił lub kupił te zeznania, spreparował dowody...

– Ustaliliśmy, że to mało prawdopodobne – przerwał mu Kordian.

– Ale nie niemożliwe.

– Właściwie to graniczące z niemożliwością.

– Niby dlaczego?

– Bo wymagałoby to ogromnego, wręcz niepoważnego wysiłku... i w sumie po co? – rzucił Oryński. – Osłabić

naszą pozycję w kancelarii mógłby innymi metodami. Nie tak ryzykownymi.
— Nic nie ryzykuje.
— Nie? A gdyby ktoś odwołał zeznania? Albo pojawiłaby się w nich jakaś nieścisłość? To nie ma sensu. Najmniejsza wpadka byłaby dla niego absolutnie tragiczna.

Żelazny przez moment sprawiał wrażenie, jakby zamierzał oponować, ostatecznie jednak zrezygnował. Zamiast tego w milczeniu przyglądał się dwójce prawników. W końcu ściągnął brwi i rozłożył ręce.

— Nie wierzycie mu – oznajmił.
— Hę? – mruknęła Joanna.
— Waszemu klientowi. Przestaliście mu ufać.

Kordian na powrót skupił się na ostatnim kawałku łososia, Chyłka zaś nie miała najmniejszego zamiaru odpowiadać.

— Po tym, co się stało w sądzie, uznaliście, że jest winny – powiedział Żelazny.

Nadal nie doczekał się żadnej odpowiedzi.

— Musicie się z nim rozmówić – dodał.
— Taki jest plan – odparła Joanna. – Zordon ma już umówione widzenie.
— Sam?
— Sam – potwierdziła.

Mógł dopytywać, ale znał oględnie relację łączącą Chyłkę z księdzem Kasjuszem. Fakt, że nie planowała pojawić się na tym widzeniu, mówił właściwie wszystko, co należało wiedzieć do uzyskania pełnego oglądu sprawy.

— Czyli odpuściłaś – powiedział mimo to Artur.
— Nie. Doprowadzę tę obronę do końca.
— Tylko dlatego, że do tego obliguje cię etyka adwokacka, tak?

Joanna uznała, że tym razem także nie musi silić się na odpowiedź.

Żelazny wiedział doskonale, co oznaczało zeznanie Bohuckiego – nie tylko jeśli chodziło o finał rozprawy, ale także wymiar pozasądowy.

– Więc się poddajesz – oznajmił.

Chyłka zogniskowała wzrok na rozmówcy i zmrużyła oczy.

– Prędzej dojdzie do przebiegunowania Ziemi, zderzenia dwóch asteroid w atmosferze albo merytorycznej konferencji prasowej szefa NBP – odparła.

– Nie mówię o rozwiązaniu stosunku obrończego, bo na tym etapie oczywiste jest...

– Oczywiste jest tylko to, że nie powinno cię tu być. A mimo to jakimś cudem dalej patrzymy na twoją facjatę.

W poszukiwaniu wsparcia Artur rzucił krótkie spojrzenie Oryńskiemu, a ten lekko nachylił się do Chyłki.

– Może dajmy mu powiedzieć.

Natychmiast zgromiła go wzrokiem.

– A ty co? – mruknęła. – Zapisałeś się do symetrystów dnia siódmego?

Zanim Kordian zdążył ułożyć w głowie odpowiedź, Żelazny uspokajająco uniósł obydwie dłonie.

– Jedyne, o co mi chodzi, to to, żebyście nie rezygnowali – zastrzegł.

– Brzmisz, jakby ci zależało na księdzu.

Artur lekko się wyprostował.

– Nie mógłbym mieć go głębiej w dupie – oświadczył. – Chodzi o Klejna. I o to, że nie możecie pozwolić mu wygrać.

Najwyraźniej przekazał wszystko, co miał do powiedzenia, bo podniósł się, a potem bez pożegnania zniknął im z widoku. Dwoje prawników przez moment zastanawiało się nad tym, co powiedział partner imienny, ostatecznie jednak złożyli to na karb jego antagonizmu wobec Klejna.

Wciąż jednak brakowało sensownej teorii, która tłumaczyłaby, po co Mariusz miałby porywać się na to wszystko.

– Dobra, Zordon – rzuciła Chyłka. – Zbieramy się. Ty na widzenie z księdzem, ja z powrotem do prawniczej Sodomy i Gomory na dwudziestym pierwszym piętrze.

Podnieśli się i powiedli wzrokiem dookoła, jakby istniało ryzyko, że czegoś zapomnieli.

– Masz Kordmix? – spytał Oryński.
– Nie.
– Przecież zrobiłem ci rano.
– Wylałam do klopa.

Zordon popatrzył na nią z rezerwą, przepuszczając ją w progu.

– Mam w kancelarii – odparła dla świętego spokoju.

Zaraz potem pocałowali się na pożegnanie, a Chyłka ruszyła w kierunku Skylight. Już kiedy wjechała windą na odpowiednie piętro, zorientowała się, że coś jest nie w porządku.

Anka z Recepcji bowiem od razu złowiła jej wzrok, a potem alarmistycznym ruchem ręki zasugerowała, by podeszła do lady.

– Przyszło zdjęcie z fotoradaru? – rzuciła Joanna.
– Gorzej.
– Znaczy?

Anka obejrzała się w kierunku jej gabinetu.

– Twoja matka – oznajmiła.

Chyłka zamknęła oczy, jakby dzięki odpowiedniemu skupieniu i sile woli mogła sprawić, że to, co właśnie usłyszała, nie okaże się prawdą. Przeszło jej przez myśl, by zawrócić i pojechać z Zordonem do księdza Kasjusza.

Ostatecznie jednak lepiej będzie, jeśli Kordian sam się z nim rozmówi. Ona zabrałaby ze sobą nadmiar emocji.
— Czeka na ciebie w gabinecie — dodała Anka.
— Kto ją wpuścił?

Brak odpowiedzi świadczył o tym, że winowajczyni stoi przed Chyłką.
— Sorry — rzuciła cicho. — Mogłam zrobić albo to, albo powiedzieć, gdzie jesteście z Zordonem.

Joanna właściwie nie miała pretensji — ta furiatka potrafiła formułować groźby w tak przekonujący sposób, że nawet Anka by uległa.
— Następnym razem po prostu uderz ją między oczy i uciekaj — poradziła Chyłka.
— Tak zrobię.

Joanna skinęła głową, a potem ruszyła w kierunku swojego gabinetu. Spodziewała się, że Magdalena powiedziała o słowo lub dwa za dużo w rozmowie z matką — i ta przyszła, by zapewnić o tym, jak dobrą babcią będzie dla bachora.

Nabrawszy głęboko tchu, Chyłka weszła do środka. Zerknęła najpierw na niemal pełny słoik Kordmixu, a potem na swoją matkę. Skrzywiła się lekko, odnotowując zmianę w jej wyglądzie.
— Zaczęłaś nosić swetry? — rzuciła.

Zuzanna wzruszyła lekko ramionami i podciągnęła wyżej czarny golf.
— Przeziębiłam się — oznajmiła.

8
ul. Marywilska, Żerań

Pomarańczowe bmw 2 minęło Kanał Żerański, a potem zjechało w prawo na Płochocińską. Poruszało się z prawie przepisową prędkością, Oryńskiemu bowiem nie spieszyło się do aresztu śledczego. Nie wiedział do końca, co ma osiągnąć rozmową z Kasjuszem. Właściwie nie postanowił nawet, jaką taktykę przyjąć – ani w jaki sposób go traktować. Jako klienta, co do którego nie zapadł prawomocny wyrok, a więc który korzysta z domniemania niewinności? Czy jako człowieka, który ewidentnie zgwałcił trzech chłopaków, być może nawet więcej?

Zordon był przekonany, że dzięki latom pracy jako obrońca potrafił zignorować to drugie i skupić się na pierwszym. Im bliżej Białołęki jednak się znajdował, tym trudniejsze się to wydawało.

Nie pomagała nawet muzyka, która powinna przynajmniej częściowo zapewnić mu wytchnienie. Z systemu audio dochodziły dźwięki ostatniego albumu Kaza Bałagane, *B&B Warsaw*, które Kordian na tym etapie znał już właściwie na pamięć. Nie było obecnie w polskim hip-hopie nikogo, kto dorównywałby temu typowi – choć gdy chciał przekonać do tego Chyłkę, jego argumenty dość szybko nikły pod naporem wezbranej fali gitarowych riffów z głośników.

Zaparkował mandarynę pod aresztem, a potem jeszcze przez chwilę stał przy aucie. Ostatecznie uznał, że nie ma co przeciągać. Prędzej czy później musi przeprowadzić tę konfrontację po to, by Chyłka nie musiała tego robić.

Po przejściu wszystkich procedur znalazł się w sali widzeń, oddzielony od klienta pleksiglasową szybą. Obaj podnieśli słuchawki mniej więcej w tym samym momencie.

– Dziękuję, że przyszedłeś, Kordian – odezwał się duchowny.

Oryński zdawkowo skinął głową, jakby nie miał wielkiego wyboru.

– Domyślam się, że to niełatwe.
– Ano nie – przyznał Zordon.

Nic w tej sprawie nie było łatwe. Gdyby to był normalny klient, Kordian zachowywałby się zupełnie inaczej, być może udałoby mu się przyjąć typowy, czysto zawodowy i profesjonalny sposób działania. Nie rzuciłby nawet niczego zbliżonego do tego „ano nie". Trwałby przy tym, czego wymagały od niego zasady zawodu.

Tyle że tu nie chodziło o pierwszego lepszego klienta, ale o jedną z nielicznych osób na świecie, którym Chyłka ufała. I to do tego stopnia, że pomimo piętrzących się dowodów stawała w jego obronie.

– Powiedz mi, Kordian… – odezwał się nagle ksiądz.

Oryński urwał tok rozważań i skupił się na mężczyźnie oddzielonym od niego szybą.

– Tak? – spytał.
– Wierzysz w Boga?

Zordon rozejrzał się na boki.

– Raczej nikt nie podsunie ci odpowiedzi na to pytanie – zauważył Kasjusz.

– A ja raczej jej nie szukam.
– To skąd to wahanie?

— Jest chyba podstawą racjonalnego umysłu — zauważył Oryński.

Duchowny skwitował to bladym uśmiechem, choć Zordon przypuszczał, że akurat w jego wypadku ta kwestia jest zero-jedynkowa.

— To prawda — przyznał mimo to ksiądz. — Poszedłbym nawet dalej i powiedział, że wątpienie również nią jest. I idąc jeszcze o krok w tę stronę: wyparcie się także.

Kordian zmarszczył czoło.

— Każdy wątpi — podjął Kasjusz. — To bodaj Święty Augustyn mawiał, że kto nigdy nie wątpił, ten tak naprawdę nigdy nie wierzył.

— W porządku — uciął Oryński, chcąc przejść do rzeczy.

Ksiądz jednak wyraźnie nie zamierzał mu na to pozwolić.

— A jeśli chodzi o ten krok dalej, o wyparcie się, to także nie ma się czego wstydzić — podjął. — Uczy nas tego przecież sama Biblia.

— Mhm.

— Kto bowiem jest *de facto* założycielem Kościoła, który znamy? Kto stał się skałą Chrystusa na ziemi? Kto otrzymał klucze do królestwa niebieskiego? O kim Jezus mówił, że cokolwiek zwiąże na ziemi, będzie związane w niebie, a co rozwiąże na ziemi, będzie rozwiązane w niebie?

Oryński wciąż nie miał zamiaru wdawać się w te dysputy.

— Mowa o Świętym Piotrze, oczywiście — dodał Kasjusz. — Pierwszym papieżu. I apostole, który wyrzekł się Chrystusa. Nie raz, nie dwa. Trzy razy.

— Jasne — odparł Kordian, podciągając lewy rękaw marynarki. — Ale obawiam się, że nie mamy czasu na takie teologiczne rozważania.

— One nie są wyłącznie teologiczne.

– Okej, ale…
– Skoro tacy ludzie mogli wątpić w samego Chrystusa, tym bardziej logiczne wydaje się, że dzisiejszy człowiek wątpi w swoich braci.

Do Kordiana właściwie dopiero teraz dotarło, że cały ten wątek miał na celu dać mu jakieś moralne przyzwolenie, by traktować Kasjusza jak winnego. Po prawdzie jednak go nie potrzebował. Sytuacja była bowiem dość jasna.

A może nie? Może duchowny wciąż odnosił się do pytania o jego wiarę?

Tak czy owak Oryński planował przejść do rzeczy, czym prędzej załatwić, co miał do załatwienia, a potem wrócić do kancelarii.

– Dobrze – uciął. – Przejdźmy może zatem do tego, co…
– Ale nie dałeś mi odpowiedzi.
– Słucham?
– Nie powiedziałeś mi, czy wierzysz w Boga.

Kordian szybkim ruchem poprawił poły marynarki, by lepiej się układały.

– Powiedzmy, że…
– Tak?
– Obawiam się, że może istnieć – odparł.

Kasjusz namyślił się krótko, po czym na jego twarzy ponownie zjawił się lekki uśmiech. Musiał dość szybko zważyć wszystkie implikacje tego, co wiąże się z taką deklaracją.

Fakt faktem, była dość wymowna. Nie stanowiła luźno rzuconej, zabłąkanej myśli – przeciwnie, wyrastała z wieloletniego namysłu nad tym, jak Kordian widział świat, na którym przyszło im egzystować.

– To sensowne podejście – ocenił w końcu Kasjusz.

– Cieszę się, że ksiądz docenia. A teraz przejdźmy do spraw ziemskich, okej?
– Oczywiście.

Kordian poprawił ułożenie słuchawki przy uchu, a potem nachylił się nieco do pleksiglasowej bariery między światem wolności a niewoli.

– Skąd Bohucki wiedział o bliźnie? – spytał.
– Nie wiem.

Mimo że Oryński starał się powstrzymać irytację, dostrzegł ją w odbiciu swojej twarzy w szybie.

– To nie wystarczy – odparł.
– Zdaję sobie z tego sprawę. Ale co mogę powiedzieć więcej?
– Miał ksiądz dość dużo czasu, żeby się nad tym zastanowić.
– To prawda.
– I nie myślał ksiądz o tym?
– Myślałem.

Kordian czuł, że jak tak dalej pójdzie, za kilka minut nie powstrzyma odruchu, by uderzyć otwartą dłonią w dzielącą ich barierę.

– I nic? – spytał. – Żadnej roboczej hipotezy?
– Żadnej.
– Może ktoś widział księdza podczas prysznica? Coś w tym rodzaju?
– Kiedy ktokolwiek miałby to zrobić? I właściwie kto?

Jedyna odpowiedź, jaka cisnęła się Zordonowi na usta, brzmiała, że to on będzie zadawał pytania i czekał na odpowiedzi. Uznał jednak, że werbalizowanie jej byłoby bezsensowne.

Kasjusz wyglądał, jakby rzeczywiście chciał zaproponować jakieś sensowne wyjaśnienie, ale nie potrafił. Jakby sam nie rozumiał, skąd Bohucki mógł czerpać wiedzę.

– Może był ksiądz niedawno na jakichś badaniach, na których musiał się rozebrać?
– Nie – odparł duchowny. – Wstyd się przyznać, ale trochę zaniedbałem regularne kontrole.
– To znaczy jak bardzo?
– Bardzo – mruknął. – Ostatnim razem byłem u lekarza... lata temu.

Kordian skinął głową, odrzucając ten scenariusz.
– Może mi ksiądz dać na tego lekarza namiary?
– Ale w jakim celu?
– Takim, że ktoś mógł dostać od niego dokumentację. Zasadniczo wystarczyłaby informacja, że taka operacja miała miejsce, i można by dość trafnie strzelić, gdzie jest blizna.
– Ale przecież nie każdy zabieg zostawia taką widoczną.

Tego Oryński nie miał zamiaru dodawać. I właściwie klient próbujący udowodnić swoją niewinność tym bardziej nie powinien podnosić podobnych argumentów.
– No dobrze... – rzucił Kordian. – Zostaje nam jedna możliwość.
– Jaka?
– Marcin Mazerant.

Oczy Kasjusza natychmiast się zmieniły. Dotychczas były w nich jedynie cierpliwość i wyrozumiałość, teraz dało się dostrzec ewidentną surowość.
– Nie – powiedział.
– Mimo wszystko... on widział księdza nago, prawda? Duchowny nie musiał potwierdzać.

— Marcin nigdy nie podzieliłby się z nikim taką wiedzą — zastrzegł.
— Nawet pod groźbą?
— Szczególnie wtedy — zapewnił Kasjusz. — Zrobiłby wszystko, żeby informacja o takiej próbie dotarła prosto do mnie. Najszybciej, jak byłoby to możliwe.
— Chyba że nie miał wyjścia.

Ksiądz stanowczo pokręcił głową, jakby obalał nie całkiem zasadną tezę, ale jakieś ateistyczne argumenty, które z punktu widzenia jego wiary były fundamentalnie wadliwe. Jego pewność co do przyjaciela okazała się niezachwiana. Tylko czy mógł go tak nazywać? Zanim wstąpił do seminarium, byli przecież kimś więcej. A taka relacja potrafi doprowadzić do komplikacji, gdy nie jest zakończona obopólnym szczęściem.

— Nie możemy wykluczyć, że w Marcinie jest jakaś zadawniona gorycz — podjął koncyliacyjnie Oryński. — Być może ktoś wykorzystał to przeciwko niemu, a on dostarczył wiedzę nawet nieświadomy tego, że w ten sposób…

— Mówisz o nim jak o jakimś lekkoduchu, którego można rozegrać — uciął Kasjusz. — A pamiętaj, Kordianie, że on…

Duchowny na moment urwał i się rozejrzał.

— …strzegł naszego sekretu przez wiele dekad. Nikomu go nie wyjawił. Nikomu.

Zasadniczo trudno było odmówić temu argumentowi logiki. Bądź co bądź facet udowodnił, że potrafi dotrzymać tajemnicy.

— To co nam zostaje? — rzucił Oryński.

Ksiądz przez moment patrzył nieruchomo w jego oczy, a potem uśmiechnął się z sympatią.

– Powiedz mi – podjął – szukasz powodu, by mi wierzyć? Czy argumentu, by wybronić mnie na sali sądowej?
– A jest jakaś różnica?
– W moim przekonaniu tak.
Zordon cicho westchnął, wciąż nie chcąc wchodzić w sferę jakichś nieistotnych, efemerycznych rozważań.
– Jakkolwiek by było, potrzebujemy użytecznej teorii – oznajmił. – Ma ksiądz pomysł na jakąś?
Kasjusz zacisnął usta i nieznacznie pokręcił głową.
– A może mi ksiądz pomóc jakąkolwiek ułożyć? – rzucił nieco poirytowany Oryński.
– Nie mogę.
– Bo?
– Bo życie w Bogu to życie w prawdzie.
Kordian ścisnął mocniej słuchawkę.
– Trwanie w fikcji czyni z nas jej niewolników – dodał duchowny.
– Jasne – odburknął Oryński i objął wzrokiem salę widzeń. – Tylko że jeśli żadnej nie wymyślimy, to będzie jedyna wolność, jakiej ksiądz zazna.
Kasjusz dość obojętnie wzruszył ramionami, jakby pogodził się z losem.
– Chce ksiądz tu zostać?
– Oczywiście, że nie.
– W takim razie…
– Ale jednocześnie ufam Bogu.
W odpowiedzi Zordon pozwolił sobie na ciche westchnienie.
– Może powinien ksiądz zaufać też swoim prawnikom – zauważył.
– Ufam.

– Więc...
– Bóg jednak stoi ponad wami – rzucił z uśmiechem Kasjusz.

Kordian bezsilnie westchnął.

– I Bóg chce, żeby ksiądz zgnił w więzieniu?

Rozmówca przez moment patrzył w oczy Oryńskiego, a pogodność na jego twarzy tylko się pogłębiała.

– Znasz opowieść o Ezechiaszu? – spytał w końcu duchowny, przysuwając się bliżej szyby. – Królu Judy?

– Niespecjalnie.

Kasjusz pokiwał głową ze zrozumieniem, jakby fakt, że Oryński nie zna jednej biblijnej przypowieści, tłumaczył całą jego niewiarę.

– Był to władca, który na pewnym etapie życia się nawrócił – podjął ksiądz. – Do tego stopnia, że kiedy armia Asyrii obległa Jerozolimę, był gotów zaufać prorokowi Izajaszowi i wszelkie działania obronne ograniczyć do modlitwy, wskutek której...

– Naprawdę nie mamy zbyt wiele czasu.

– Daj mi tylko moment – poprosił Kasjusz.

Patrzył wyczekująco na Zordona, dopóki ten w końcu nie spasował.

– Mniejsza o szczegóły, choć to historia warta opowiedzenia, bo stutysięczna armia asyryjska padła wtedy pod bramami Jerozolimy na tajemniczą chorobę.

– Mhm...

– W każdym razie Bóg ocalił miasto, a prorok Izajasz przepowiedział, że za panowania Ezechiasza jego królestwo będzie bezpieczne. Sytuacja miała zmienić się dopiero, kiedy ten doczeka się męskiego potomka. Ów syn, Manasses, doprowadzi bowiem państwo do ruiny, przegra wszystkie wojny,

wyrzeknie się Boga, zniszczy całą spuściznę ojca i ostatecznie zostanie rozszarpany przez psy. Domyślasz się więc pewnie, jaki był jedyny sensowny ruch ze strony Ezechiasza.
– Niezbyt.
– Nie mieć syna – odparł ksiądz.
Kordian skinął głową, mając nadzieję, że przypowieść na tym się zakończy, mimo że rozmówca ewidentnie nie dotarł do żadnej puenty.
– Przez długi czas Ezechiasz nie decydował się więc na potomstwo, ale to się zmieniło, kiedy zawierzył całkowicie Bogu.
– Super.
– Wraz z żoną doczekali się dziecka, syna. Przepowiedzianego Manassesa.
– Mhm.
– Wiesz, co się stało później?
– Ani chybi coś spektakularnego.
W oczach Kasjusza pojawił się nikły błysk.
– Można tak powiedzieć – przyznał. – Manasses po śmierci ojca objął królestwo, po czym spełniło się dokładnie to, co zostało nakreślone przez proroka. Nowy król przegrał wszystkie bitwy, jego kraj dostał się pod panowanie Asyrii i kolejni potomkowie byli wasalami tego imperium. Nie zdziwi cię też zapewne, że skończył nieciekawie, rozszarpany przez psy.
– Okej…
Duchowny milczał, jakby czekał na bardziej wymowną reakcję lub chciał pozwolić Oryńskiemu, by zastanowił się nad tym, co usłyszał. Właściwie jednak niespecjalnie było nad czym.

– Jaki płynie z tego wniosek? – odezwał się w końcu Kasjusz. – Taki, że Bóg się pomylił? Czy że chciał skazać swojego wiernego wyznawcę, Ezechiasza, i jego poddanych na okrutny los?

Kordian wzruszył ramionami z nadzieją, że jeśli nie udzieli żadnej odpowiedzi, szybciej odfajkują ten temat.

– Tak by wynikało z czystej logiki, prawda? – dodał ksiądz.

– Prawda.

– Rzecz w tym, że Manasses miał syna, Amona. Ten zaś również doczekał się dziecka, Jozjasza. Jozjasz natomiast miał syna Joachaza, który z kolei...

– Dąży ksiądz do czegoś?

– Do tego, że miało to miejsce siedemset lat przed naszą erą. I że na końcu tej długiej linii dynastycznej znajdowała się postać, którą być może kojarzysz.

– Znaczy?

– Maryja.

Oryński poprawił się na krześle, z jakiegoś powodu bowiem zrobiło mu się niewygodnie. Rozejrzał się, a potem utkwił wzrok w oczach duchownego.

– Gdyby Ezechiasz siedemset lat wcześniej nie zawierzył Bogu, Jezus nigdy by się nie urodził – dodał ksiądz. – Rozumiesz, co mam na myśli?

Kordian nie odpowiedział.

– Bóg wie, co robi.

– Zapewniam księdza, że my też – odparł Oryński.

Najwyraźniej deklaracja wywołała w Kasjuszu pozytywną reakcję, bo przez jego twarz przemknął krótki uśmiech.

– Nie wątpię – powiedział. – Ale ty także nie wątp w to, że wszystko, co się dzieje, jest wynikiem troski Boga o nas.

On widzi wszystko, on przekracza czas i przestrzeń. My jesteśmy w stanie zobaczyć tylko to, co tu i teraz. I czasem nie rozumiemy, że nawet największe cierpienie może mieć sens, bo nie jesteśmy w stanie go dostrzec.

– Oczywiście – skwitował szybko Kordian.

Ksiądz potwierdził cichym pomrukiem aprobaty, przekonany, że na tym wymiana zdań się skończy. Właściwie Oryński również był tego pewien. Tym bardziej zaskoczyły go słowa, które dobyły się z jego ust.

– A jakim wyrazem troski są kataklizmy? – rzucił. – Albo dzieci, które przychodzą na świat śmiertelnie chore tylko po to, by doświadczyć tutaj męczarni i umrzeć?

Kasjusz uniósł spojrzenie i lekko otworzył usta.

– Nie wszystko rozumiemy – zauważył.

– No tak. Ja z pewnością nie.

– Ale pamiętaj, że Bóg dał człowiekowi wolną wolę i…

– I dlatego w trzęsieniu ziemi giną małe dzieci?

Ksiądz pokręcił głową i płytko nabrał tchu.

– Wolna wola nie dotyczy tylko podejmowania przez nas decyzji – powiedział. – Łączy się z szerszą wolnością. Natury, świata, wszystkiego, co nas otacza. Nasza rzeczywistość rządzi się swoimi prawami, byśmy my mogli w pełni realizować swoją swobodę.

Kordian chciał odpowiedzieć, ale ugryzł się w język. Jeszcze przed momentem był gotów przemilczeć wszystko, byleby przeszli do rzeczy. Nie powinien był w ogóle podejmować polemiki z kimś, do kogo nigdy nie przemówi.

– Okej – rzucił mimo to. – Więc Bóg dał światu zasady, a teraz się ich trzyma, nawet jeśli sprowadzają cierpienie na niewinnych ludzi.

Kasjusz nie odpowiedział.

– Jak to się ma do tego, że jest wszechmogący, wszechdobry i tak dalej? Jakim cudem tak doskonała istota pozwala na tyle zła na świecie?
– Świetne pytanie.
– Na które najwyraźniej nie zna ksiądz odpowiedzi.
Duchowny sprawiał wrażenie, jakby było wprost przeciwnie.
– Powiedz mi – podjął. – Jak wyobrażałbyś sobie świat, w którym Bóg interweniowałby za każdym razem, kiedy łamiąca się gałąź na kogoś spada? Jak miałoby to działać? Bóg wybierałby, kogo oszczędzić? Czy oszczędzałby wszystkich? O jakich prawach natury byśmy mówili? Gdzie byłaby wolność? Nie byłoby żadnej, Kordianie. Bo jest ona kwestią zero-jedynkową: albo jej chcemy, albo się jej wyrzekamy. Nie można mieć wolności, ale liczyć na to, że jak nam się nie spodoba, Bóg wkroczy do akcji.
– A czy nie na tym polega modlenie się o coś?
– Nie – odparł spokojnie Kasjusz. – Modlitwa to prośba o poprowadzenie, o zrozumienie, o...
– Dobra – uciął w końcu Zordon. – To pomódlmy się teraz o to, żeby zrozumieć, skąd Bohucki wie o bliźnie.
Rozmówca skrzywił się, ale nie sprawiał wrażenia, jakby miał zamiar próbować wrócić do poprzedniego tematu.
– Gdzie mógł zobaczyć księdza nago?
– Nigdzie.
– Nie przebiera się ksiądz nigdy w jakichś szatniach? Nie chodzi na basen? Nie opala się na plaży?
Kasjusz uznał, że nie musi odpowiadać.
– Może jest szansa, że Bohucki widział księdza w takiej lub podobnej sytuacji?
– Nigdy o tym człowieku nawet nie słyszałem, więc...

– Można jakoś to udowodnić?
Brwi księdza lekko się zmarszczyły.
– Jak? – spytał. – To trochę tak, jak w tym memie z OLX.
O Boże, skwitował w duchu Kordian. Od teistycznych rozważań o determinizmie do opowiadania memów.
– Kupujący pisze do sprzedającego, że nie dostał towaru, a ten mu mówi, żeby zrobił zdjęcie, więc przysyła mu fotografię pustych dłoni.
Duchowny lekko się uśmiechnął, Oryński zaś trwał w całkowitym bezruchu. Przez moment trwała niewygodna cisza, którą w końcu zmącił nieprzyjemny dźwięk, gdy Kasjusz poprawił metalowy pałąk przy słuchawce.
– Nie prowadziłem żadnego oficjalnego rejestru osób w Dziecięcym Kościele – powiedział. – Możemy oczywiście wezwać wszystkich, którzy brali udział w zajęciach, ale po latach i tak trudno będzie uzyskać jakieś pomocne zeznania.
Miał rację.
– To może kojarzy ksiądz kogoś, kto mógłby go podejrzeć?
– Nie.
Krótka, kategoryczna odpowiedź. Zero zawahania.
– Może ktoś kręcił się przy plebanii? Przy zakrystii?
– Nie przypominam sobie niczego takiego.
– Może ktoś księdzu zrobił jakieś zdjęcie?
– Podczas gdy się przebierałem?
– Na przykład – przyznał Kordian.
Kasjusz przez moment się namyślał, widać jednak było, że nie może przypomnieć sobie żadnej sytuacji, w której byłoby to możliwe.
Przynajmniej przez moment.
– Właściwie…
– Tak?

Nagle coś w oczach duchownego jakby zapłonęło. Uderzył lekko dłonią o skroń i skierował wzrok prosto na Kordiana.

– Kompletnie wyleciało mi to z głowy – oznajmił. – Pojechaliśmy kiedyś do Zegrza, do dawnego ośrodka wojskowego. Ja wprawdzie nie umiem pływać i przez większość czasu byłem w sutannie, ale raz dałem się namówić, żeby wejść do wody.

Oryński poczuł się, jakby ktoś właśnie znienacka przywalił mu w tył głowy.

– Nie siedziałem tam długo, pośmialiśmy się trochę, a potem wyszedłem, ale… ale pamiętam, że ktoś robił wtedy zdjęcia.

Kasjusz ciągnął jeszcze przez moment, nim uświadomił sobie, że jego obrońca przestał go słuchać.

– Coś nie tak? – spytał.

Kordian potrząsnął głową, przypominając sobie zdjęcie, które w ConspiRacji pokazał mu Julian Brencz. Przedstawiało jakiś domek nad wodą, z grubsza tylko tyle pamiętał.

Teraz skojarzył, że było to jezioro.

Mieli zdjęcie, o którym mówił Kasjusz. Stąd wiedzieli o bliźnie.

– Kordianie? – dodał duchowny.

Oryński zamrugał nerwowo i przesunął dłonią po twarzy.

– Co się stało?

– Nic takiego – odparł Kordian. – Oprócz tego, że chyba właśnie uwierzyłem w księdza niewinność.

9
Skylight, ul. Złota

Chyłka zakładała, że Zordon w miarę sprawnie uwinie się w areszcie śledczym i wróci do kancelarii w porę, by wesprzeć ją w starciu z matką. Najwyraźniej Kasjusz miał jednak do powiedzenia więcej, niż Joanna przypuszczała, Oryński bowiem zjawił się długo po tym, jak maciora opuściła jej gabinet.

Wszedł do środka bez pukania, co właściwie było dość oczywistą zapowiedzią tego, kto przekracza próg. Każda inna osoba musiała wcześniej choćby to zasygnalizować.

– Pomyliłem się – rzucił Kordian na wejściu.
– Okej – odparła pod nosem Chyłka. – A coś nowego?

Zamknął za sobą drzwi i szybko podszedł do biurka, za którym siedziała Joanna, skupiona na laptopie. W końcu uniosła wzrok.

– Ksiądz jest niewinny – oznajmił Oryński.
– Aha.

Jeszcze przed sekundą Zordon ewidentnie miał zamiar wygłosić przydługawe, szczegółowe enuncjacje, odpowiedź Chyłki sprawiła jednak, że ugryzł się w język.

– Aha? – spytał.
– Oznacza to przyjęcie czegoś do wiadomości.
– Tak po prostu?
– No.
– Ale…

Zamiast dokończyć, obszedł biurko i przysiadł na nim tuż przed Joanną. Nabrał tchu, a potem zaczął relacjonować jej całą rozmowę z aresztu śledczego.

– O Jezu – mruknęła Chyłka. – Ta przypowieść o Izajaszu i Ezechiaszu zalicza się do jego biblijnego top trzy. Usłyszał kiedyś, jak Szustak zrobił nią furorę na jakiejś konferencji, i zamarzyło mu się, że też wzbudzi taki posłuch.
– Mhm.
– Ale na tej palmie jest miejsce tylko dla jednej langusty, Zordon. Zapamiętaj moje słowa.

Oryński przez sekundę trwał w milczeniu, po czym machnął ręką i wrócił do tematu. Kiedy dotarł do momentu, w którym przypomniał sobie o zdjęciu pokazanym mu przez Brencza, Chyłka niemal zerwała się z fotela.

Musiała dwukrotnie się upewnić, że w istocie nie są to jakieś majaki, które Kordian przywołuje jako realne wspomnienia.

Potem zaczęła chodzić po gabinecie, to krzyżując ręce na piersi, to splatając dłonie za plecami. W końcu zatrzymała się przed oknem, z którego rozpościerał się widok na Pałac Kultury.

Stała w milczeniu, tyłem do Zordona.

– Mamy więc potwierdzenie, że to Julian wszystko zorganizował – odezwał się Oryński.
– Formalnie nie.
– Hm?

Obejrzała się przez ramię i westchnęła.

– Co powiesz w sądzie? – spytała. – Że Bohucki siedział z Brenczem w więzieniu? To nic nie znaczy. A jak dodasz, że cię spili i pokazali jakieś zdjęcie, wylądujesz co najwyżej na Asesorku.

Kordian usiadł przy stoliku obok ściany i się zamyślił.

– Zresztą jak wyjaśnisz, po co w ogóle ci to zdjęcie pokazali? – dodała Joanna. – Bo chcieli się zabawić? Napluć

nam w twarz? W sądzie taka motywacja raczej się nie obroni, szczególnie że nie mamy żadnego dowodu.
– W takim razie musimy go zdobyć.
– Jak?

Chyłka na dobrą sprawę nie tyle pytała, ile oznajmiała, że nie ma żadnego sposobu, by to zrobić. Julian już raz wpadł przez nieuwagę. Z pewnością nie planował powtarzać popełnionego błędu.

– Poza tym pozostaje powód, dla którego Brencz miałby nam to zrobić – dorzuciła. – Zemsta to wciąż zbyt słaby argument, bo konsekwencje dotkną Kasjusza, a nie ciebie i mnie. On zaś niczym nie zawinił.

Z tego samego powodu jakiś głos z tyłu głowy zdawał się podpowiadać Joannie, że cała ta wersja jest wątpliwa. Zarazem jednak była ostatnią, która miała jakiś sens, jeżeli faktycznie zamierzali przyjąć, że ksiądz jest niewinny.

Oryński westchnął głośno, chwycił się mocno za kark i przez moment trwał w bezruchu, wpatrując się w sufit. Kiedy opuścił wzrok, ten wylądował prosto na pustym słoiku ze sterczącą z niego słomką.

– Przynajmniej opróżniłaś Kordmixa.
– I prawie rzuciłam fresk na podłogę.
– Daj spokój.
– Mówię poważnie, Zordon – zastrzegła. – Niewiele brakowało, żebym się zrzygała.

Zsunął ręce z karku i spojrzał na nią z pewną dozą wahania.
– Poważnie? – spytał.
– Przecież mówię. Zresztą wystarczy spojrzeć na te resztki, które zostały.

Szybkim ruchem schwyciła słoik, a potem uniosła go tak, by padło na niego więcej światła z zewnątrz.

— Wygląda jak sraka ropuchy — oznajmiła.
— Nieprawda.
— Oczywiście, że prawda.
— Nie widziałaś nigdy...
— Nie muszę widzieć, żeby wiedzieć, że ropuchy potrafią się zebździć na zielono.

Oryński nie sprawiał wrażenia, jakby był gotów w to uwierzyć.

— Znam je dość dobrze — dodała Joanna. — Jedna z nich niedawno tu była.
— Hę?
— Moja mać.
— Przyszła do...
— Do mnie do pracy, tak — ucięła pod nosem Chyłka.

Kordian poruszył się nerwowo i rozejrzał ukradkiem, jakby zachodziło niebezpieczeństwo, że jego teściowa gdzieś tutaj się zaszyła.

— I czego chciała? — spytał.
— Wie, iż uczyniłeś mnie brzemienną.

Zordon zmarszczył brwi.

— Żeś mnie zbrzuchacił, pohańcu sprośny.
— Tak, załapałem — odburknął. — Skąd wie?

Chyłka wzruszyła ramionami, a potem ciężko opadła na fotel biurowy.

— Pewnie od Magdaleny — odparła.
— Tak po prostu by jej powiedziała?
— Raczej nie, ale ta jędza potrafi wyczytać pewne rzeczy między wierszami. Inny scenariusz zakłada, że demony, które ją opętują, podszepnęły jej, że się rozmnożyliśmy.
— To nie mogła przyjść na Argentyńską?
— Najwyraźniej nie.

Zordon cicho odetchnął, uświadamiając sobie chyba, że przegapił coś, w czym zasadniczo nie chciałby brać udziału.
– I co mówiła? – zapytał.
– Że chce uczestniczyć w życiu nasciturusa jak przykładna babka.
– Naprawdę?
– Nie – odparła Joanna. – Stwierdziła, że jeśli to dziecko ma mieć jakieś szanse na normalne życie, muszę znaleźć sobie normalnego męża.
Kordian potarł się z tyłu głowy.
– Raczej marne szanse – ocenił. – Coś jeszcze?
– W sumie tyle.
– I po to przyszła?
Chyłka odstawiła słoik po Kordmixie, sięgnęła pod fotel, by odblokować opacie, a potem ułożyła się wygodniej.
– Ona jest trochę jak ligawa.
– Hę?
– Trzeba docenić, że pojawia się na talerzu, ale nie wnikać skąd.
Kordian podrapał się po czole.
– To mięso z dupska krowy, Zordon.
– A, okej.
– Analogia jest zresztą trafna na wielu poziomach – dodała pod nosem Joanna i odwróciła się w kierunku okna.
Tym razem utkwiła wzrok w chmurach szybko przesuwających się po niebie. W Warszawie wiało dziś prawie jak w Tatrach, a właściwie przechodząc przez plac Defilad, można było uznać, że nawet bardziej.
Chyłka odnosiła wrażenie, jakby wiatr porywał jej myśli i nie pozwalał im ułożyć się w żaden logiczny ciąg.
– Dobra – rzuciła poirytowana. – Czas podjąć decyzję.

- Kordian.
- Co?
- Myślałem, że…
- Po pierwsze nie chodzi mi o imię dla nasciturusa – ucięła Joanna. – A po drugie Kordian junior nie wchodzi w grę, już to ustaliliśmy. Chcę temu dziecku zapewnić świetlaną przyszłość, Zordon, a nie krzywdzić je jeszcze przed urodzeniem.

Wciągnęła powietrze głęboko do płuc, zmagając się z narastającymi nudnościami. Nie przesadzała, kiedy wspomniała o nich Oryńskiemu.

Dziwne, podczas poprzedniej ciąży nie miała tego typu problemów. Owszem, zdarzało jej się wymiotować, ale chyba nie w okolicach szóstego tygodnia.

Uznała, że im sprawniej zajmie czymś myśli, tym większa szansa, że te niedogodności ustąpią.

- Musimy zdecydować, kogo bronimy – oznajmiła.
- Cóż…
- Pedofila czy wrobionego niewinnego człowieka?

Wiedziała, że gdyby zapytała go przed spotkaniem z Kasjuszem, odpowiedź mogłaby być tylko jedna. Teraz jednak się zmieniła – i właściwie było to całkiem oczywiste. Tak naprawdę przecież nie pytała Oryńskiego, tylko siebie.

- Moje zdanie znasz – zauważył. – Kwestią otwartą jest, czy tobie wystarczy to zdjęcie z Zegrza.

Chciałaby odpowiedzieć od razu, że wystarcza.

I zasadniczo zrobiłaby to, gdyby tylko mogła zrozumieć, kto to wszystko ukartował.

- Wystarcza – odpowiedziała mimo to.
- W takim razie złożę zeznania – oznajmił Kordian. – Powiem, że widziałem to zdjęcie w rękach Bohuckiego. I stąd wiedział o bliźnie.

Joanna zasadniczo nie musiała się odzywać, by oboje wiedzieli, że to bezsensowne. Zordon rzucił propozycję tylko jako pozorne koło ratunkowe, z którego nie mogli skorzystać.

– To by nic nie dało – odparła Chyłka.
– Nie dałoby nic?

Szybko pokręciła głową.

– A jakbym był pierwszy w kulach?

Liczył na odpowiedź, ale nudności stały się tak dotkliwe, że Joanna musiała wykorzystać całą energię na to, by powstrzymać odruch wymiotny.

– Zordon...
– No?
– Musimy przestać gadać memami z Pudzianem sprzed dziesięciu lat.
– Właściwie ten ma chyba jakieś piętnaście.

Chciała podać to w wątpliwość, nagle jednak położyła rękę na ustach i popędziła w kierunku drzwi. Korytarz wydawał się dłuższy i węższy niż zwykle, a odległość do toalety jakby rosła z każdą sekundą. Joanna wpadła do niej, niemal wyrywając drzwi z zawiasów, po czym błyskawicznie znalazła się w jednej z kabin. Ledwo zdążyła unieść pokrywę sedesu, a zwymiotowała. Niemal synchronicznie wcisnęła spłuczkę, jakby trenowała to od lat. Właściwie coś w tym było – tyle że zazwyczaj w takich sytuacjach znajdowała się w stanie wyłączonej świadomości.

Po chwili wróciła do gabinetu, gdzie zastała Oryńskiego za swoim biurkiem. Spojrzał na nią z troską, ale nic nie powiedział, świadom, jak wiele kosztowałoby go werbalizowanie jakiegokolwiek zaniepokojenia.

– Pieprzony Kordmix – oznajmiła Chyłka.
– Wydaje mi się, że wina leży gdzie indziej.

– Ta? – mruknęła niedbale. – Nasciturus się jeszcze porządnie nie uformował, a już zrzucasz winę na niego?

Zordon wyraźnie pomiarkował, że znalazł się w sytuacji bez wyjścia.

– Też nie – odparł.

Joanna zatrzymała się przed biurkiem i spojrzała na niego z góry.

– To może sama jestem sobie winna? – rzuciła.
– Nawet gdyby tak miało być, nigdy bym tego nie przyznał.
– Słusznie.
– To wszystko wina gonadotropiny kosmówkowej.

Chyłka położyła ręce na biurku i pochyliła się lekko.

– Co ty do mnie mówisz?
– To taki hormon, który...
– Researchowałeś temat?
– Oczywiście, że tak – odparł Kordian. – Przecież muszę wiedzieć, jakie zmiany zachodzą w twoim organizmie.
– To poczekaj, aż zaczną się wzdęcia. Całe stado krów nie wpływa tak negatywnie na globalne ocieplenie i nie wydziela tyle gazów cieplarnianych, ile...
– Na nie mam przewidziane mieszanki ziołowe do Kordmixa. Z koprem włoskim, kminkiem i rumiankiem.
– Nie wiesz, na co się piszesz, Zordon.
– Dam radę.
– Zobaczymy.
– Pamiętaj tylko, że co złego, to nie ja – zauważył. – W kwestii wzdęć i gazów winowajcą jest progesteron, który spowalnia proces trawienia i przesuwanie się pożywienia w jelitach, sprawiając, że gromadzą się w nich nadmiernie gazy.

Chyłka jeszcze nie postanowiła, czy pochwalić go, czy zganić za zdobywanie tej wiedzy. Jakkolwiek by było...

Nagle urwała tok rozważań, bo kilka pozornie niezwiązanych ze sobą myśli znalazło się w zbyt bliskim sąsiedztwie, by mogła to zignorować. Wciąż patrzyła na Kordiana, nieruchomo pochylona nad biurkiem, ale przebywała już gdzie indziej.

W końcu się wyprostowała.
— Co jest? — spytał niepewnie Zordon, spodziewając się chyba kolejnej fali mdłości. — Coś nie tak?
— Twoje szukanie winnego.
— Hm?
— Progesteronów i innych hormonów.

Zmarszczył czoło, nie bardzo wiedząc, do czego zmierza żona. Chyłka odwróciła się, powoli podeszła do stolika kawowego i usiadła przy ścianie.
— Może źle na to patrzymy — powiedziała.
— A jak inaczej można? Nauka raczej zbadała to już dość...
— Nie mam na myśli mojej infekcji zordonowej.

Nie musiała dodawać nic więcej, by wiedział, że wróciła myślami do sprawy.
— Może szukamy winnego nie tam, gdzie trzeba? — dodała.
— A gdzie trzeba?

Chyłka powiodła wzrokiem po gabinecie, a potem utkwiła spojrzenie gdzieś za oknem. Płytko nabrała tchu, czując w ustach nieprzyjemny, metaliczny posmak, który sam w sobie zdawał się wywoływać nudności.
— Cały czas zakładamy, że stoi za tym ktoś, kto chce nam dosrać — podjęła. — Klejn czy Brencz. Bo mieliby powody, bo byliby do tego zdolni.
— No tak.

– A jeśli się mylimy, Zordon? Jeśli nie widzimy realnego winnego, bo nie skupiamy się na tym, co najbardziej oczywiste?
– A co jest najbardziej oczywiste?
– Kasjusz – odparła.

Oryński patrzył na nią wyczekująco, ale Joanna miała wrażenie, że powiedziała wszystko, co trzeba.

– Sugerujesz, że...
– Nie sprawdzaliśmy go tak dokładnie jak innych klientów – rzuciła. – Korzystał z taryfy ulgowej, bo przecież go znam i mu ufam. Normalnie Kormak zamieniłby się w gryzonia informacyjnego i wydziobał wszystko, co kryje się w przeszłości księdza. Zamiast tego jednak...
– Zajmował się Bielską – dopowiedział Kordian, ożywiając się. – Prześwietlał ją, sprawdzał, czemu nie ma jej w wykazie absolwentów, i tak dalej.
– Otóż to. Odpuściliśmy przeszłość Kasjusza.

Wydawało się to całkiem zasadne, bo co takiego mógłby zrobić ksiądz, do którego Chyłka miała pełne zaufanie, by narobić sobie wrogów? I to takich, którzy byliby gotowi całkowicie go zniszczyć?

– Trzeba znowu uruchomić Kormaczysko – powiedziała.

Właściwie zanim jeszcze kończyła zdanie, oboje byli gotowi do wyjścia z gabinetu. Moment później znaleźli się w Jaskini McCarthyńskiej, zastając tam Kormaka pochylonego nad jakąś książką.

Zamknął ją tak szybko, jakby przyłapali go na konstruowaniu ładunku wybuchowego mającego zmieść z powierzchni ziemi najbliższe hospicjum dla dzieci.

Chyłka zmrużyła lekko oczy.

– Co tam czytasz? – rzuciła.
– Nic.
– *Rodzinę Monet*?
– Nie.
– *Pizgacza*?
– Też nie – odparł Kormak, a przez jego twarz przemknął podejrzliwy wyraz. – Ale skąd w ogóle...
– Zordon nie może się od tego oderwać – ucięła.

Kordian chciał zaoponować, szybko uniesiona ręka żony wysłała jednak jasny sygnał, że roztropniej byłoby rzucić się z mostu na przepiłowanym bungee niż jakkolwiek komentować.

– Jest sprawa, ryjowniku – oznajmiła Joanna.
– Domyślam się, że to nie zwykła wizyta towarzyska, w trakcie której okazujesz swoją sympatię do mnie i...
– Musisz wykopać nam trupa spod ziemi.

Chudzielec zerknął na Oryńskiego z niepokojem.

– Figuratywnie – zastrzegł Kordian. – Chodzi o przekopanie się przez całą przeszłość Kasjusza i sprawdzenie, czy nie ma w niej czegoś, co mógłby chcieć ukryć.

– I czegoś, co tłumaczyłoby, dlaczego ktoś postanowił przeprowadzić proces całkowitej anihilacji żywota jego, amen – dodała Joanna.

Kormak westchnął, a potem krótko skinął głową i bez słowa zabrał się do roboty. Nie zasugerował, by wyszli. Nie poinformował, ile czasu mu to zajmie. Oboje wiedzieli, że zrobi wszystko, co w jego mocy, by jak najprędzej uwinąć się z robotą.

Odezwał się następnego dnia wieczorem, kiedy byli w mieszkaniu przy Argentyńskiej. Zazwyczaj dzwonił tradycyjnie, ewentualnie przez WhatsAppa. Tym razem jednak połączenie przyszło przez Signal.

— Chyba coś mam — oznajmił.

Chyłka i Kordian leżeli na kanapie i zatrzymawszy dokument o nazistach oglądany na Netflixie, umieścili telefon z włączonym głośnikiem między sobą.

— To znaczy? — rzucił Oryński.

— Przede wszystkim powinniście wiedzieć, że Kościół strzeże dostępu do swoich dokumentów bardziej niż McCarthy strzegł swojej prywatności.

— To jest oczywiste, szczypiorze — odparła Joanna. — Po pierwszej papabellum są czujni i nie udostępniają nawet rzeczy pozornie nieszkodliwych.

— Po czym?

— „Papa" od „papaja" — wyjaśnił Kordian. — A *bellum* to wojna po łacinie.

— Chodzi o pierwszą wojną papieską po reportażu *Franciszkańska 3* Marcina Gutowskiego — dodała Chyłka. — Ale mniejsza z tym. Co wydziobałeś?

Ze słuchawki doszło ciche westchnienie.

— Formalnie nic — odparł Kormak. — Nie udostępniono mi żadnych materiałów, nie udzielono żadnych informacji nawet ustnie. Jak tylko padało imię Kasjusza, rozmowa od razu się kończyła.

— Zrozumiałe — zauważył Oryński. — To teraz gorący kartofel, którego nikt nie chce trzymać.

— Sam nie wiem…

Joanna i Zordon wymienili krótkie spojrzenia, nie odpowiadając.

— Było w tym coś więcej — dodał chudzielec. — Tak czy siak w tradycyjny sposób do niczego nie dotarłem. Nie było z kim gadać, a ja nie mam w tym środowisku żadnych dojść.

— I co zrobiłeś? — spytał Kordian.

– Cóż...
Ta partykuła mogła oznaczać tylko jedno. Stojąc pod ścianą, Kormak postanowił przebić się przez nią w najbardziej klasyczny dla siebie sposób. I dlatego dzwonił przez Signal, który korzystał z bodaj najlepszych metod szyfrowania połączeń.
– Włamałeś się na serwery archidiecezji? – rzuciła Chyłka. – Czy tam kurii?
– Nie potwierdzę, nie zaprzeczę.
– I co tam znalazłeś?
– To znaczy co bym znalazł, gdybym hipotetycznie...
– Tak, tak – ucięła Joanna.
Kormak przez krótką chwilę się namyślał.
– Przede wszystkim okazuje się, że na księdza Kasjusza były już wcześniej skargi – oznajmił.
– Jakiego rodzaju?
– Od kolegów duchownych.
Chyłka i Oryński znów na siebie spojrzeli, był to bowiem pierwszy raz, kiedy słyszeli coś o jakichkolwiek skargach płynących z wewnątrz kleru.
– To znaczy? – spytał Kordian.
– Jedno pismo przyszło z metropolii białostockiej – powiedział chudzielec. – Tamtejszy ksiądz zarzucał Kasjuszowi, że ten formułuje tezy niezgodne z podstawami wiary. Inny, już z jego archidiecezji, twierdził, że Kasjusz dopuszcza się grzechu oszczerstwa. Kolejny podnosił podobny zarzut o wydawanie nierozważnych sądów, a jeszcze inny nawet o próbę destabilizacji Kościoła.
Dwójka prawników przez chwilę milczała.
– Żadnych zarzutów o niewłaściwe kontakty z dziećmi? – odezwał się Oryński.

– Żadnych.
– Więc…
– Wygląda mi to tak, jakby wasz klient z jakiegoś powodu narobił sobie wrogów we własnym środowisku. Ale z samych pism trudno cokolwiek wywnioskować, bo to materiały pełne urzędowych farmazonów. Zresztą nie to jest najważniejsze.
– A co?

Kormak zrobił krótką pauzę, by nabrać tchu.

– Wiedzieliście, że ksiądz Kasjusz miał już kontakt z więzieniem?
– Raczej sporadyczny – zauważyła Joanna. – Łaził tam, bo pomagał któremuś duchownemu z parafii. Przynosił jakieś posiłki czy coś.
– Niezupełnie. Był kapelanem więziennym.
– Co?

Chudzielec uniósł brwi, jakby on sam początkowo nie dowierzał.

– Co ciekawe, w ramach tej roli pełnił posługę duszpasterską w miejscu, które być może znacie.

Chyłka zacisnęła mocno powieki. Kurwa mać, doskonale wiedziała, do czego to zmierza – i dlaczego Kormak zostawił ten odkryty przez siebie fakt na sam koniec.

– Zakład karny Warszawa-Białołęka – oznajmił.
– Sprawdziłeś lata? – rzuciła Joanna.
– Tak. Ale nie tylko to.
– I?
– Kasjusz miał w więzieniu stały kontakt z Julianem Brenczem.

10
Pokój widzeń, areszt śledczy

Niełatwo było doprowadzić do tego, by po raz kolejny w ciągu kilku dni Kasjusz mógł zobaczyć się ze swoimi obrońcami. Ostatecznie jednak Chyłka i Oryński spożytkowali parę przysług, dzięki czemu mogli liczyć nie tylko na widzenie, ale także na to, że odbędzie się ono w stosunkowo prywatnych okolicznościach.

Kiedy weszli do pomieszczenia, Kasjusz już na nich czekał. Podniósł się i chciał w typowy dla siebie, uprzejmy sposób ich przywitać, Joanna jednak nie zamierzała na to pozwolić.

– Ty gnoju – rzuciła. – Ty kłamliwy, przebrzydły, pozbawiony uczuć wyższych krętaczu.

Ksiądz mimowolnie cofnął się o krok w kierunku ściany, Chyłka zaś zatrzymała się przed stolikiem, przy którym mieli siedzieć.

– Ty mataczący kiepie – kontynuowała. – Cuchnący, wychędożony, zdradziecki manipulancie.

– Joanno… – jęknął tylko duchowny.

Kordian uniósł dłoń i wymierzył palcem w Kasjusza. Bynajmniej jednak nie po to, by mu grozić, przeciwnie.

– Ja bym na miejscu księdza był wdzięczny, że słyszę tylko tyle – powiedział. – Właściwie z ust mojej żony to jak komplementy.

– Dopiero się rozkręcam.

– Bez dwóch zdań – przyznał Oryński, wciąż patrząc na duchownego. – Zaraz sięgnie po…

– Zasrane chuje, kutasy i inne skurwysyny – dokończyła za niego Chyłka. – Więc lepiej, żeby mi ksiądz nie dawał dodatkowych powodów.

Normalnie spotkałoby się to z dość karcącym spojrzeniem duchownego, tym razem jednak zdawał się w ogóle nie odnotować wulgaryzmów. Stał pod ścianą, czekając, aż dwójka prawników zajmie swoje miejsca.

W końcu to zrobili. Najpierw przy stole usiadł Oryński, a potem, z pewnym wahaniem, Joanna. Dopiero wówczas Kasjusz ostrożnie wrócił na krzesło.

– O chuj tu chodzi? – rzuciła ostro Chyłka.
– Ależ...
– Tylko bez pierdolenia.
– Możesz przestać? – spytał pod nosem duchowny.
– Nie mogę. Włączyła mi się lalochezja.

Kasjusz powiódł wzrokiem na boki, czym chyba tylko utwierdził się w dość oczywistym przekonaniu, że przed tym, co go czeka, nie ma ucieczki.

– Tak już mam, kiedy okazuje się, że ludzie, którym ufałam, robią mnie w ciula.

Duchowny zmarszczył brwi, jakby nie miał pojęcia, do czego zmierza Chyłka. Podziałało to na nią jak płachta na byka.

– Poważnie? – rzuciła. – Będzie mi ksiądz tu teraz...
– Migał się od odpowiedzi? – dokończył za nią Kordian.

Naraził się tym samym na spojrzenie przywodzące na myśl uderzenie pioruna, ale miał wieloletnie doświadczenie w radzeniu sobie z podobnymi rzeczami. Joanna przez moment wyglądała, jakby miała zamiar skorygować użyte przez niego słowo, ostatecznie jednak odpuściła.

– No? – rzuciła. – To jak będzie? Powie nam ksiądz, co tu się odpierdala, czy mamy sami sobie ułożyć wersję?

– Joanno…
– I niech mi ksiądz przestanie, do kurwy nędzy, joannować.

Kasjusz otworzył usta, ale zawahał się przed udzieleniem odpowiedzi.

– Więc? – ponagliła go Chyłka.
– Obawiam się, że nie dosłyszałem pytania.
– Tak? – rzuciła konfrontacyjnie Joanna. – A nie może sobie ksiądz go wykoncypować?
– Nieste…
– Nie ma problemu – ucięła i nabrała tchu.

Oryński uznał, że albo zrobi użytek z tej krótkiej pauzy, albo nie będzie miał już okazji się odezwać – i cała rozmowa pójdzie w kierunku otwartej walki zbrojnej, której nie wygra żadna ze stron.

– Mamy właściwie dwa pytania – włączył się. – Po pierwsze, dlaczego ksiądz nie powiedział nam o problemach w kurii?
– Jakich problemach?
– Wielokrotnie składano na księdza skargi.

Kasjusz znów pogrążył się w niepewnym milczeniu.

– Cóż… oczywiście były takie przypadki, ale przecież o tym wspominałem.
– Niekonkretnie.
– Z jakiej racji na księdza donosili? – rzuciła Chyłka.

Duchowny nie wyglądał, jakby miał zamiar grać w otwarte karty. Ledwo zauważalnie tarł dłonią o ramię, uciekał wzrokiem i potrzebował czasu, by sformułować jakąkolwiek odpowiedź.

– To były nieporozumienia w łonie Kościoła – oznajmił. – Nie chciałbym się w to zagłębiać.
– Będzie ksiądz musiał.

— Dlaczego? — spytał całkiem rzeczowym tonem. — Bez względu na to, co zrobiłem, nikt z duchowieństwa nie chciałby mi zaszkodzić. A nawet gdyby zgrzeszył podobną myślą, to z pewnością nie czynem.

Prawnicy spojrzeli na siebie z ukosa.

— Chyba naprawdę nie sugerujecie, że jakikolwiek ksiądz mógłby ukartować to wszystko przeciwko mnie? — spytał Kasjusz. — To byłaby zgoła absurdalna teza.

— Chyba że w grę wchodziłyby gigantyczne pieniądze — zauważyła Joanna.

— Z czym mieliśmy już do czynienia.

Oboje doskonale pamiętali sprawę Mieleszki, Tesarewicza i innych. Tamte fundusze pochodziły wprawdzie sprzed lat, a cały przekręt wiązał się jeszcze z czasami PRL-u, ale nie znaczyło to, że podobne rzeczy nie działy się także później.

— Co jak co, ale Kościół od średniowiecza umie w gromadzenie kasy — zauważyła Chyłka. — A przy obecnych związkach z polityką nietrudno sobie wyobrazić jakieś pokaźne, wielomilionowe dotacje, które trafiły tu i ówdzie.

— I duchownego, który to odkrył.

— I który chciał donieść o tym przełożonym — uzupełniła Joanna. — A zamiast tego doniesiono na niego, preparując jakieś zarzuty i dowody.

Kasjusz od razu pokręcił głową.

— Nic takiego nie miało miejsca — zastrzegł.

— Więc o co chodzi, do chuja?

Duchowny przez moment szukał odpowiednich słów — a może woli, by je sformułować.

— Musicie pamiętać, że w Kościele są różni ludzie — podjął niechętnie. — Część z nas wstępuje do seminarium, kiedy ma osiemnaście lat, tuż po maturze. Co taki człowiek wie? Czy w ogóle powinien podejmować wtedy decyzje rzutujące na całe jego życie? To nie jest wybór tej czy innej firmy, w której się będzie pracowało. Nie jest to też postawienie na ten czy inny kierunek studiów. Księdzem jest się zawsze, do końca życia.

Dwójka obrońców patrzyła na niego ponaglająco, wysyłając jasny sygnał, że nie mają zamiaru długo słuchać takich ogólników.

– Ci, którzy wstępują, bo otrzymali powołanie, z alumnów stają się prawdziwymi duszpasterzami – ciągnął Kasjusz. – Ale ci, którzy trwają w seminarium z innych powodów, nie zostaną nagle odmienieni, gdy założą koloratkę. Sam zresztą...

Zawiesił głos, ciężko westchnął i uniósł wzrok.

– Urodziłem się w małej wiosce na Lubelszczyźnie – zaczął jeszcze raz. – Raptem dwieście parę mieszkańców, jeszcze w innym świecie. Takim, który nie tolerował ludzi jak ja. Nie pamiętam, kiedy dokładnie odkryłem swoją seksualność, ale jasne było dla mnie, że różni się od tej u moich kolegów. Nie było wtedy warunków do rozmowy na ten temat. Nie było gotowości, żeby w ogóle coś takiego akceptować.

Przesunął nerwowo dłonią po ustach, jakby był to pierwszy raz, kiedy o tym mówił.

– Wiedziałem, że nie mogę powiedzieć rodzicom, rodzeństwu, przyjaciołom, nikomu – podjął. – Nie zaakceptowaliby tego i być może z tego względu ja sam tego nie akceptowałem. Seminarium wydawało mi się jedynym ratunkiem. To był mój impuls, żeby tam pójść, rozumiecie?

Nie doczekał się odpowiedzi.

– Nie tylko ja uciekałem tam od swojej seksualności – dodał. – Robiło to wielu znajomych kleryków. Niektórzy w trakcie poczuli, że kapłaństwo to droga, do której objęcia zaprosił ich Bóg. Tak było w moim wypadku. Ale niektórzy chcieli

tylko ratunku, bezpiecznej przystani. Jeszcze innym zależało na perspektywach, które z punktu widzenia chłopaka wychowującego się w małej wiosce były całkowicie zrozumiałe: szukali pewnej przyszłości, dachu nad głową, stabilności finansowej, opieki ze strony instytucji i ludzi, którzy w niej...
— Dąży ksiądz do czegoś? — przerwała mu Joanna.
— Tak. Do tego, że różni ludzie w Kościele robią różne rzeczy — odparł i odchrząknął głośno. — Wybaczcie tę dygresję. Chodziło mi o to, że gdybym nawet kogokolwiek na czymś przyłapał i poinformował o tym metropolitę, to nikt nigdy nie posunąłby się do czegoś takiego jak to, co się teraz dzieje. Bo to byłyby znane przewinienia. I poniekąd zrozumiałe...
Urwał, kiedy Chyłka nagle zbliżyła się do stołu, ogniskując wzrok na rozmówcy.
— Czyli próbował ksiądz interweniować u przełożonych w jakiejś sprawie?
— Tego nie powiedziałem.
— Nie — przyznała. — Ale sugestia była jasna.
Wyraźnie miał zamiar zaoponować i iść w zaparte, choć w jego słowach przebijało dokładnie to, na co Joanna zwróciła uwagę: sugestia. Coś ewidentnie było na rzeczy, a te skargi na Kasjusza mogły być dowodem.
— Posłuchajcie... — zaczął.
— Kolejnych historyjek? — ucięła Chyłka.
— Nie mamy na to czasu — skwitował Kordian.
— Ani ochoty.
— Energii też niespecjalnie.
— Bo całą spożytkowaliśmy na próbę wybronienia kogoś, kto najwyraźniej sam bronić się nie chce.
— Inaczej z pewnością dałby nam narzędzia, byśmy to skutecznie zrobili.

Duchowny patrzył to na Chyłkę, to na Oryńskiego, niepewny, jak się zachować. Postawili go pod ścianą i nie planowali odpuszczać – tyle musiało być dla niego jasne. W końcu cicho westchnął, jakby poczuł się pokonany.
– To naprawdę nieistotne – odezwał się.
– Znaczy? – syknęła Joanna. – Co konkretnie jest nieistotne?
– Powody, dla których interweniowałem u metropolity.
– A więc jednak.
Kasjusz potwierdził zdawkowym skinieniem głowy.
– Pewne rzeczy kwalifikowały się po prostu do tego, by o nich powiedzieć – podjął. – Jak wspominałem, narobiłem przez to wokół siebie nieco szumu. I za to przeniesiono mnie do Wrońska, oskarżając mnie bezpodstawnie o czyny z kanonu 1395 paragrafu 2 Kodeksu prawa kanonicznego. To wszystko. Tylko tyle i aż tyle.

Głos miał wiarygodny, bez cienia wątpliwości wierzył w to, co mówił. Ale być może po prostu nie potrafił sobie wyobrazić, jak daleko są w stanie posunąć się niektórzy ludzie. Bez względu na to, czy noszą sutannę, garnitur, czy inny strój.

– To nie były żadne wielomilionowe defraudacje, o jakich myślicie – podjął. – Nie były to też przypadki molestowania.
– Więc co?
– To już nasze wewnętrzne sprawy.

Chyłka poderwała się z krzesła, odeszła kawałek w kierunku drzwi i zatrzymała się przy nich, tyłem do Kordiana i księdza. Wsunęła dłonie we włosy, zebrała je do tyłu i przez chwilę trwała w bezruchu.

– Gdyby w tych sprawach było cokolwiek, co mogłoby pomóc, zapewniam was, że bym się tym podzielił – powiedział Kasjusz.

– Mhm.
– Nie wierzysz mi?
– Nie – odparła momentalnie Chyłka. – Bo mamy jeszcze drugie pytanie, którego na dobrą sprawę w ogóle nie powinniśmy musieć zadawać.

Kordian zrozumiał, że właśnie oddaje mu pałeczkę i nawet nie zamierza obracać się do księdza, gdy ten będzie udzielał odpowiedzi.

– To znaczy? – spytał Kasjusz.

Oryński cicho odchrząknął, by rozmówca skupił się na nim.

– Był ksiądz kapelanem więziennym.

Duchowny lekko drgnął, a Kordian doskonale znał ten ruch. Zwykły nerwowy tik, mówiący czasem więcej niż przyznanie się do winy.

– Nie wiedzieliśmy o tym – dodał Oryński.
– Nie pytaliście.
– Mimo wszystko były okazje, żeby ksiądz się tym podzielił.
– Kiedy?

Joanna wreszcie się obróciła.

– Na przykład wtedy, kiedy, kurwa, trafiłeś do więzienia – syknęła.

Przez okamgnienie wydawało się, że Kasjusz znów będzie protestować. To jednak minęło, a wraz z nim znikła jakakolwiek gotowość do oporu ze strony duchownego.

– W dodatku do tego samego, gdzie ksiądz pełnił posługę – dodał Kordian.
– Tak, to prawda...
– Można się było o tym zająknąć, prawda?
– Szczególnie że dostawało się po ryju – uzupełniła Chyłka i rozłożyła ręce. – Ksiądz powinien mieć tu plecy.

Znać osadzonych. Być pod jakąś protekcją choćby jednego wierzącego więźnia.

Kasjusz pokiwał głową, jakby sam w głębi ducha na to liczył.

– Chyba że ksiądz jakoś zawinił – dorzucił Oryński. – I ci więźniowie nie wspominali księdza zbyt dobrze.

– Nie, nikt nie miał ku temu powodu. Nikomu tu nie zawiniłem.

Dwoje adwokatów czekało w milczeniu na więcej.

– To skąd te mordobicia? – spytała Chyłka.

– Wielu więźniów się zmieniło. A ja trafiłem tutaj pod zarzutem pedofilii, więc…

– Nie kupuję tego.

– Nie musisz niczego kupować, Joanno, bo ja niczego nie sprzedaję.

– Sprzedaje ksiądz jak najbardziej – odparowała. – Świeżą, gorącą i jeszcze cuchnącą gównoprawdę.

Przez chwilę mierzyli się wzrokiem, a atmosfera w pomieszczeniu zrobiła się gęsta. Oboje sprawiali wrażenie, jakby dotarli do momentu, w którym pójdą na zwarcie. Nie było już drogi odwrotu, przynajmniej dla Chyłki.

– Julian Brencz – rzuciła.

Kasjusz znów nerwowo się poruszył.

– Kojarzy ksiądz?

– Oczywiście. Pamiętam go równie dobrze, jak innych moich…

– Mamy informacje z więzienia, że spędzał z nim ksiądz sporo czasu.

– To prawda.

– I nie uznał ksiądz za stosowne, żeby nas o tym poinformować?

Duchowny zamilkł, ale jego grdyka zaczęła poruszać się w sposób sugerujący, że ma problemy z przełknięciem śliny.
– Wie ksiądz, kim jest ten fiut – dodała Chyłka.
Nie skomentował, nawet nie wyglądał, jakby miał zamiar.
– Widywał go ksiądz razem ze mną i Magdaleną przy każdej okazji w Kościele, rozmawiał z nim ksiądz, był ksiądz na jego, kurwa, ślubie. Więc niech mi teraz...
– Nie twierdzę, że jest inaczej.
Kordian skrzyżował ręce na piersi i przyjrzał się rozmówcy. W co on grał? Co takiego się tu właściwie działo?
– Skąd te częste kontakty? – spytał Oryński.
– A jak sądzicie? Julian w więzieniu się nawrócił.
Joanna parsknęła i przewróciła oczami.
– Dużo rozmawialiśmy – kontynuował jakby nigdy nic Kasjusz. – Zbliżył się do Boga.
Przez moment wydawało się, że ma zamiar kontynuować. Zupełnie niespodziewanie jednak duchowny się podniósł i zanim którekolwiek z prawników zareagowało, ruszył w stronę drzwi.
– Zaraz – rzuciła Chyłka. – Nie skończyliśmy.
– Owszem, skończyliśmy.
Para adwokatów poderwała się na równe nogi, Kasjusz zaś załomotał do drzwi.
– Co ksiądz odpierdala? – rzuciła Joanna.
Duchowny nie odpowiedział.
– O ile mnie pamięć nie myli, ewangelie i Kościół klepią bez przerwy, że prawda nas wyzwoli – dodała bezsilnie Chyłka. – Najwyższy czas, by ksiądz nam ją przedstawił.
Rozległ się dźwięk otwieranego zamka, a potem w progu pojawił się strażnik. Kasjusz nawet się nie obejrzał. Oznajmił, że widzenie dobiegło końca, a on chce wrócić do celi.

11

Cafe Bar Paragraf, Wola

Chyłka i Kordian tkwili przy jednym ze stolików na zewnątrz, usiadłszy tak, by widzieć znajdujący się po drugiej stronie ulicy sąd okręgowy. On pił kawę, ona miała ze sobą słoik ze słomką wypełniony zieloną miksturą. Cokolwiek przeciw nudnościom Zordon tam dorzucił, niespecjalnie działało. Ledwo weszli do baru, musiała lecieć do toalety, by wyrzucić z siebie śniadanie. Zresztą nie tylko je. Razem z jedzeniem organizm pozbył się właściwie całej wody, którą tego ranka wypiła.

Powoli zaczynało się to robić problematyczne. Nie tyle dla niej, ile dla rozwijającego się w niej płodu, który potrzebował odpowiednich wartości odżywczych.

Oboje byli zaniepokojeni, żadne z nich jednak tego nie okazywało – zupełnie jakby negacja mogła sprawić, że wszystko będzie okej.

Nie było. I należało jak najszybciej stawić temu czoła, a potem umówić wizytę u lekarki prowadzącej ciążę. Chyłka miała to zrobić jeszcze dzisiaj, zaraz po tym, jak zapadnie wyrok.

Nie miała bowiem wątpliwości, że za pół godziny z hakiem po raz ostatni znajdą się na sali sądowej, w której ważyły się losy Kasjusza. Wszyscy świadkowie zostali przesłuchani, każdy element materiału dowodowego zbadany.

Pozostało jedynie domknąć ostatnie wątki, a potem wygłosić mowy końcowe.

— I jak? — odezwał się Oryński.
Joanna spojrzała na zawartość swojego słoika i westchnęła.
— Mówię ci, Zordon, że to od tego haftuję.
— Wątpliwe.
— Próbowałeś chociaż tego gówna?
Przełożył rękę przez oparcie niezbyt wygodnego krzesła.
— Nie obrażaj Kordmixa — odparł. — Poza tym puszczasz bełty po małej szklance wody, więc...
— W takim razie to może być po owsiance.
— Mhm.
— Nie sposób tego wykluczyć — zaznaczyła.
— Jedzenie owsianki jakoś nie jest wiązane z torsjami w żadnym z krajów, gdzie się ją spożywa.
Joanna wzruszyła ramionami.
Nadal trwali w tej samej dziwnej sytuacji, w której rozmowa o tym na poważnie mogłaby sprawić, że stałoby się coś nieodwracalnego. Kiedy jednak zamilkli i spojrzeli na siebie na dłużej, oboje wiedzieli, jakie słowa padną.
— Zadzwonię dzisiaj do ginekolożki — odezwała się Chyłka.
— Okej.
— Może mnie przyjmie po rozprawie.
— Sensownie.
Nawet bardzo, skwitowała w duchu Joanna. Właściwie nie pamiętała, od ilu dni trwały te wymioty — ale z pewnością dostatecznie długo, by rozważyć podłączenie jej kroplówki. Powinna dostać podaż płynów, nawodnić się i uzupełnić niedobory witamin. Nasciturus z pewnością potrzebował tego wszystkiego.
Chyłka mimowolnie położyła dłoń na brzuchu, ale uświadomiła sobie ten gest dopiero, kiedy poczuła na nim także rękę Zordona.

– Zabieraj patyczaka – rzuciła.
– Nie ma mowy. To w środku jest w pięćdziesięciu procentach moje.
– Zabieraj.
– Nie.

Joanna westchnęła, rozważając, czy siłą usunąć łapę męża z nabrzmiałego brzucha. Ostatecznie uznała, że będzie ją tam trzymał, nawet kiedy ten stanie się jeszcze większy. Siedzieli przez chwilę w milczeniu, patrząc sobie w oczy. Potem Chyłka skierowała wzrok na budynek naprzeciwko.

– Załatwimy to szybko i jazda – oznajmiła.
– Okej.
– O ile nie puszczę pawia w środku mowy końcowej.
– Byle w kierunku Bielskiej.

Joanna cicho parsknęła, a potem wyprostowała się i przez moment trwała w takiej pozycji. Plecy zaczynały ją boleć, miała jednak świadomość, że pod tym względem najgorsze dopiero przed nią.

Nie mogła powstrzymać uśmiechu. Właściwie cieszyła ją każda, nawet najbardziej uciążliwa perspektywa. Pamiętała to wszystko z czasów, kiedy nosiła pasożyta. I tak długo czekała, by spróbować znów.

– Mam nową propozycję do listy imion – odezwał się Kordian.
– Jaką?
– Remigiusz.

Chyłka od razu się skrzywiła.

– Tragiczne – oceniła.
– Co ci się w nim nie podoba?
– Źle mi się kojarzy – odparła pod nosem. – Jeszcze jakieś genialne pomysły?

Oryński nabrał głęboko tchu, a jego oczy wykonały parę krótkich ruchów świadczących o tym, że przebiera jakieś potencjalne sugestie w umyśle. Ostatecznie jednak spasował.
— No dobra... — rzucił. — A co myślisz, żeby dziewczynce dać Dominika?
Chyłka zerknęła na niego i wróciła do obserwowania samochodów przejeżdżających po alei Solidarności.
— Po Wadryś-Hansen? — spytała cicho.
— Mhm.
— Niegłupi pomysł — przyznała.
Oboje zamilkli, a ludzie mijający ich chodnikiem tuż obok z jakiegoś powodu stali się znacznie bardziej odlegli. Nawet dźwięki miasta zdawały się przez chwilę dochodzić jakby zza jakiejś bariery.
— Wiesz, co z nim? — odezwał się Kordian.
— Z Forstem?
— No.
Joanna westchnęła i pokręciła głową.
— Próbowałam dzwonić parę razy, nie odbierał.
Oryński zaplótł dłonie z tyłu głowy i odchylił się lekko. Jedno i drugie znów potrzebowało chwili, by poradzić sobie ze wspomnieniami z niedawnego wyjazdu do Zakopanego i w Tatry.
Ocknęli się, kiedy Kordian uniósł filiżankę z kawą, a Chyłka posłała mu z tej okazji nienawistne spojrzenie. Przez moment sprawiał wrażenie, jakby rozważał, czy aby nie roztropniej będzie wypluć kawę.
— Ludzie jakoś ostatnio nie palą się do rozmowy z nami — rzucił czym prędzej.
Joanna wciąż na niego patrzyła.
— Mam na myśli...

– Wiem, kogo masz na myśli, Zordon. I wiem też, że próbujesz zmienić temat, żebym nie zjebała cię za picie kawy, kiedy ja nie mogę tego robić.
Kordian rozłożył lekko ręce.
– Wyrzekłem się już wielu rzeczy w tej ciąży.
– Na przykład?
– Alkoholu.
– Popijasz, jak nie widzę, mały gnoju.
– Nieprawda.
– A ta butelka tequili systematycznie opróżnia się o sto gramów dziennie sama?
Oryński rozejrzał się nerwowo, jakby planował drogę ucieczki.
– Ważysz? – jęknął.
– Ważę.
– To nienormalne.
– Nienormalne jest to, że pijesz za moimi plecami, przebrzydła kanalio.
Kordian poprawił się na krześle i złapał za jego skraj, gotów do poderwania się na równe nogi w próbie nagłej ewakuacji.
– To tylko setka – odparł.
Chyłka pokręciła głową z dezaprobatą.
– Nie masz zasad, skurwysynu – oceniła.
– Mam.
– Jakie?
– Zawsze używam kierunkowskazu, kiedy skręcam.
Joanna zamilkła.
– Czego nie można powiedzieć o wszystkich – dodał Oryński.
– Jeżdżę bmw, gdybyś nie zauważył.
– Ja też.

– Tak, ale ty jesteś farbowanym lisem – zauważyła Chyłka. – Ja urodziłam się, żeby prowadzić te auta.
– Mhm.

Rozmowa przybrała dla niej niespodziewany, niezbyt korzystny kierunek – co właściwie potrafił osiągnąć jedynie Zordon. I była to jedna z rzeczy, za które tak bardzo go ceniła. Kiedy sięgał po filiżankę z kawą, szybko mu ją zabrała, a potem podsunęła mu Kordmix.

– Dosyć tego – oznajmiła. – Może heftam z braku kofeiny.
– Przecież możesz trochę...
– Nie, nie – ucięła od razu i odsunęła kawę tak, by nie mogła po nią sięgnąć ani ona, ani Oryński. Uznała, że tak będzie najsprawiedliwiej.

Mimo że faktycznie od czasu do czasu mogłaby się napić, właściwie nawet codziennie, wciąż nie potrafiła tego zrobić. Boże, czy to znaczy, że będzie jedną z tych nadopiekuńczych, helikopterowych matek? Nie, nie potrafiła nawet sobie tego wyobrazić.

– Dobra – rzuciła. – Dążyłeś wcześniej do czegoś.
– Do szczęśliwego, beztroskiego życia – przyznał. – Potem poznałem ciebie.
– Wal się. Chodziło o Kasjusza.
– A, o niego...

Powiódł wzrokiem po oknach budynku sądowego, jakby mógł przez nie przejrzeć i zobaczyć, gdzie w tej chwili jest ich klient.

Nie bez powodu napomknął o nim, kiedy pojawił się temat nieodbierającego telefonów Forsta. Kasjusz odmawiał bowiem jakiegokolwiek kontaktu. Po ich ostatnim widzeniu nie wyrażał zgody na kolejne. Nie odpowiadał nawet na korespondencję, poza jednym listem, w którym oznajmił, że jego obrońcy wiedzą już wszystko, co powinni.

Nawet przy maksymalnie dobrej woli trudno było uznać to za normalne zachowanie. Coś było na rzeczy. Coś, co sprawiało, że wzmianka na temat Juliana Brencza właściwie zmieniła księdza nie do poznania.

– Co my w ogóle sądzimy? – podjął w końcu Kordian.
– Że przeprosiny bez zmian w zachowaniu są gówno warte.
– Chyłka...
– I że kabiny w publicznych kiblach powinny być projektowane przez rozsądnych ludzi, tak żeby rozciągały się od podłogi do sufitu. Bez tej, kurwa, dziury na dole.

Oryński uniósł bezradnie wzrok.
– No co? – rzuciła. – Myślałam, że pytasz o egzystencjalnie ważkie sprawy.
– Pytam.
– Bo jeśli idzie o księdza, to sytuacja jest jasna – powiedziała stanowczo Joanna.
– Chyba nie do końca.
– Do końca – uparła się. – Na tym etapie nie ma znaczenia, czy to zrobił, czy ktoś go wrobił.

Chyłka rozsiadła się nieco wygodniej.
– Poza tym nie mamy żadnych konkretów – dorzuciła. – Wszystko, co uzbieraliśmy, to jakieś strzępki wiedzy, wzajemnie wykluczające się wnioski i wątpliwe dowody. O ile w ogóle można coś w tej sprawie nazwać dowodem.

Najbliższe temu pojęciu były zeznania chłopaka z Wrońska, których sama wysłuchała. Nie miała jednak zamiaru tego przed kimkolwiek przyznać.

Skupiała się na tym, że brat jednego z rzekomo molestowanych był kumplem Brencza z więzienia. A Julian miał tam wielokrotnie kontakt z Kasjuszem. Prawda leżała gdzieś w tej konstelacji, nie sposób było tylko zlokalizować jej konkretnego położenia.

– Przy braku dowodów nie ma co stawiać hipotez – powiedziała.
– Mimo wszystko...
– Co?
– Dobrze by było wiedzieć, czy bronimy pedofila.

Fakt, dobrze by było, skwitowała w duchu Joanna. Nie łudziła się już jednak nawet, że w porę się dowiedzą, jaka jest prawda. Zmieniali zdanie tyle razy, że dalsze gdybanie wydawało się kompletnie bezsensowne.

Chyłka zamierzała zwerbalizować tę myśl, gdy nagle dostrzegła mężczyznę stojącego tuż przy ogródku. Patrzył na nich, najwyraźniej przysłuchując im się już od jakiegoś czasu.

Piorun.

Wyglądał tak, jak ostatnim razem, kiedy Joanna go widziała. Jedyna różnica polegała na tym, że nie miał ze sobą kumpli. Stał w bezruchu, z rękami w kieszeniach, patrząc na prawników.

Nie był zaskoczony ich widokiem, ewidentnie przyszedł tu, bo wiedział, gdzie ich szukać. Być może popytał, a być może po prostu dostrzegł ich z drugiej strony ulicy.

– Chłopak nie będzie zeznawał – odezwał się mężczyzna z tatuażem.

Oryński dopiero teraz go rozpoznał i już miał zamiar się poderwać, kiedy Joanna uspokajająco położyła mu dłoń na udzie.

– Jak to? – rzuciła.

– Jego rodzice tego nie chcą – wyjaśnił Piorun. – On sam też nie.

Chyłka na dobrą sprawę nie wiedziała, co odpowiedzieć. Rozmowa była dziwna, a wzrok tego człowieka nawet bardziej niż jego słowa. Obejrzał się przez ramię, jakby chciał zasugerować, że przekazał już wszystko, co zamierzał.

– Ale nie łudźcie się, że macie farta – dodał. – Ta prokuratorka wie o chłopaku.

– W takim razie…

– Rodzice prosili ją, by tego nie upubliczniała. Nie zgodziła się.

Zanim którekolwiek z adwokatów zdążyło coś dodać, Piorun obrzucił ich nieprzychylnym spojrzeniem, obrócił się i odszedł.

Chyłka wiedziała, że pomyliła się zarówno co do niego, jak i reszty tamtego towarzystwa spod Wrońska. Uświadomili jej to, kiedy pojechali do tej wioski, by mogła porozmawiać z chłopakiem.

Zamknęła oczy i potarła mocno twarz.

Nie chciała myśleć o moralnym horrorze, w którym się znaleźli. Ani o mowie końcowej, w której powinna praktycznie zmiażdżyć jakąkolwiek wiarygodność pokrzywdzonych.

Zakładała, że skoro do tej pory nie pojawił się temat chłopaka z Wrońska, Bielska zwyczajnie o nim nie wie. Sytuacja okazała się jednak inna – prokuratorka miała świadomość, że młody nie będzie zeznawał, więc zostawiła go sobie na mowę końcową. Zrzuci ładunek wybuchowy, który Joanna będzie musiała rozbroić.

Dwoje prawników niemal natychmiast po odejściu Pioruna pogrążyło się w rozmowie. Korygowali strategię, dokonywali ostatnich zmian w mowie Chyłki. Ostatecznie jednak musieli zmierzyć się ze świadomością, że gdyby wyrok zapadał w tej chwili, nie byłby uniewinniający.

Po ponad kwadransie opuścili Cafe Bar Paragraf i przeszli na drugą stronę ulicy. Chyłka wciąż popijała Kordmix, czego pożałowała nie tylko ze względów smakowych, ale także wizerunkowych – przed sądem stał bowiem tłum reporterów. Kilku z pewnością zrobi jej zdjęcie, a ona zostanie na zawsze utrwalona z kompromitującą miksturą.

– Pani mecenas – rzucił ktoś, wysuwając mikrofon w jej kierunku.

Joanna patrzyła przed siebie, jakby nie dostrzegła dziennikarza.

– Czy ma pani jakiś komentarz dotyczący sprawy? – dodał inny.

– Tak – odparła Chyłka i lekko zwolniła.

Dwa kolejne mikrofony natychmiast powędrowały w jej kierunku.

– Mój klient padł ofiarą nagonki – powiedziała bez wahania. – Zdaję sobie sprawę, że klimat polityczny ją uzasadnia, ale zabrakło w mediach kogoś, kto przypomniałby innym, że obowiązuje tam taka sama zasada, jak w świecie prawniczym.

– Czyli? – rzucił jeden z radiowców.

– *Homo praesumitur bonus donec probetur malus.*

Dziennikarze spojrzeli po sobie, bo żaden ewidentnie nie znał znaczenia tej łacińskiej paremii. Chyłka bynajmniej się nie dziwiła. Akurat tej sama nie pamiętała, nawet nie kojarzyła, by pojawiała się na studiach, wypierana przez *in dubio pro reo*. Znalazła ją dziś rano.

– Człowiek jest niewinny, dopóki nie udowodni mu się winy – powiedziała, a potem rozłożyła ręce. – Mojemu klientowi zaś przypisano ją już w momencie pojawienia się zarzutu. Tak nie powinny działać ani organy ścigania, ani media, bo w przeciwnym wypadku obudzimy się w świecie, w którym każdemu będzie można zarzucić wszystko, i tyle wystarczy, by zniszczyć człowieka.

Nie planowała ani dziękować, ani inaczej oznajmiać, że powiedziała już wszystko, co zamierzała. Weszła razem z Kordianem do środka, a potem oboje ruszyli prosto do bramek kontroli bezpieczeństwa.

Kiedy weszli schodami na górę i zatrzymali się pod salą sądową, spojrzeli na siebie niepewnie. W środku mogło zdarzyć się wszystko. Sami nie potrafili przesądzić, czy Kasjusz jest winny, czy nie. Co dopiero sędzia i dwóch ławników.

Naraz Joanna zorientowała się, że Oryński obrócił się w bok i zamarł.

– Co jest, Zordon?
– Nic dobrego.
– Hm?

Spojrzała w tamtym kierunku, ale nikogo ani niczego nie dostrzegła.

– Twoja matka tu jest – oznajmił. – A przynajmniej była przed sekundą, zanim się obróciłaś.

– A… no tak.

Kordian popatrzył na nią pytająco.

– Maciora czasem przyłazi – wyjaśniła. – Nie wiem po co.
– I chowa się po kątach?
– Widocznie nie chce, żebym wiedziała.

Zordon chciał coś odpowiedzieć, ale skutecznie uniemożliwiła mu to solówka z *Afraid to Shoot Strangers*. Ktokolwiek bowiem dzwonił, musiał robić to z ważkiego powodu – każdy, kto miał numer Chyłki, orientował się, że jest tuż przed istotną rozprawą.

Poczuła przypływ nadziei, widząc zdjęcie Kormaka. Zrobiła je dobre dwa, może nawet trzy lata temu, kiedy wparowała do Jaskini McCarthyńskiej i zastała go śpiącego na biurku. Kilkakrotnie apelował o zmianę, ale to tylko utwierdzało ją w przekonaniu, że wybrała mu dobre kontaktowe.

Kordian dostrzegł charakterystyczne ujęcie i stanąwszy obok, przyłożył ucho do telefonu tak, by też coś słyszeć.

– No? – rzuciła Chyłka. – Powiedz, że masz dla nas coś dobrego, suchotniku.

– Mam.

Krótkie, stanowcze potwierdzenie sprawiło, że nadzieja wzrosła. Kormak pracował do ostatniej chwili, nigdy się nie poddawał, nigdy nie schodził na niższe obroty. A im bliżej finału się znajdowali, z tym większym zapałem próbował pomóc.

I najwyraźniej tym razem jego upór popłacił.

– Jak wiecie, nie udało mi się ustalić, dlaczego Klaudia Bielska nie figuruje w żadnych…

– Nie mamy czasu na zwyczajowe wstępy, chudzielcze – ucięła Chyłka.

– Jasne, jasne, ale…

– Stoimy przed salą rozpraw. Rozumiesz?

– Co?

Joanna uniosła bezradnie wzrok.

– Która jest godzina? – spytał Kormak zagubionym głosem, jakby właśnie ni stąd, ni zowąd wrócił z innej rzeczywistości. – Dobra, nieważne. W każdym razie wykorzystałem to poprzednie fejkowe konto na Fejsie i kilka kolejnych, żeby zbudować jedno dość wiarygodne, znajdujące się w tych samych kręgach znajomych co Bielska i…

– Czyli podszyłeś się pod nieistniejącą postać – skwitował Kordian.

– Tak. To znaczy nie.
– Aha.
– W tym sensie nie, że nie mogłem się podszyć pod kogoś, kto nie istnieje. Byłem trochę jak ChatGPT albo Midjourney tworzący jakieś zdjęcia z niczego.
– Mniejsza o szczegóły, szkieletorze – włączyła się Chyłka.
– Okej. Więc udało mi się z tego konta pogadać z kilkoma ludźmi z otoczenia Bielskiej.
– I?

Chudzielec cicho przełknął ślinę.

– Przede wszystkim nie studiowała na UW, tylko na UŁa.
– Hę?
– Na Łazarskim.

Joanna i Oryński spojrzeli na siebie, kątem oka odnotowując, że otwierają się drzwi do sali sądowej.

– Nie figurowała tam ani pod imieniem, które znacie, ani pod obecnym nazwiskiem – ciągnął.

Oboje poszukali wzrokiem prokuratorki, ale na próżno. Trzymała się gdzieś na uboczu, z pewnością powtarzając na ostatnią chwilę wszystkie w jej przekonaniu destrukcyjne argumenty, które podniesie w mowie końcowej.

– Klaudia to jej drugie imię – dodał Kormak. – Zaczęła go używać jako pierwszego dopiero jakiś czas przed pójściem na aplikację. Mniej więcej wtedy wyszła też za mąż, za Piotra Bielskiego. Stąd nazwisko.

Para adwokatów milczała, starając się samodzielnie dopisać resztę tej historii. Nie mieli jednak koniecznych informacji, które posiadł szczypior.

– Wcześniej miała na imię Anna – oznajmił. – A na nazwisko Bohucka.

12

Sąd Okręgowy w Warszawie, al. Solidarności

Szczery wróg był znacznie cenniejszy niż kłamliwy sojusznik. Problem polegał na tym, że w oczach Kordiana najpewniej mieli do czynienia z tym drugim, z pierwszym zaś z całą pewnością nie.

Udało im się dorwać Bielską, kiedy ta wreszcie pojawiła się na korytarzu niemal jako ostatnia. Wszyscy weszli do środka, skład sędziowski miał za moment pojawić się na sali. Czasu nie było wiele – szczęśliwie słów, które musiały paść, także nie.

Dwoje adwokatów zatrzymało Klaudię parę metrów przed wejściem, by nikt nie miał okazji przysłuchiwać się rozmowie.

Prokuratorka miała na sobie togę, spod której widać było kilka tatuaży. Ani chybi pod spodem nosiła jedną ze swoich koszulek Metalliki, a przynajmniej tak wydawało się Kordianowi.

– Oho – rzuciła Bielska. – Czyżby?
– Czyżby co? – odparowała ostro Chyłka.
– Wasz klient w ostatniej chwili uznał, że jednak się przyzna?
– Niespecjalnie ma do czego. Chyba że stawiacie teraz zarzuty za podpijanie wina mszalnego.

Na twarzy Klaudii pojawił się niewielki uśmiech, ale dla dwójki obrońców nie ulegało wątpliwości, że nie zagości tam na długo. Prokuratorka obrzuciła ich nieprzychylnym, pełnym wyższości spojrzeniem, po czym chciała ich minąć.

Zagrodzili jej jednak drogę.

– Co jest, do...
– Masz pewien problem – oznajmiła Joanna.
– Doprawdy?
– Pomijając oczywiście kłopot z identyfikacją kapeli, która stoi na szczycie metalowej hierarchii.

Bielska wyraźnie zamierzała ich zignorować, uznając, że nie mają czasu na czcze przepychanki. Widok pustych dwóch najważniejszych ław na sali rozpraw z pewnością nie podziałałby na przewodniczącego kojąco.

– Odsuniecie się? – rzuciła.
– Nie.
– Sędzia i ławnicy zaraz...
– Cierpliwie poczekają.

Klaudia zmarszczyła brwi, wyraźnie nie wiedząc, co to wszystko ma oznaczać.

– Tak jak my cierpliwie czekaliśmy, żeby zrozumieć, jaka jest twoja rola – dodała Chyłka.
– O czym ty mówisz?

Kordian zbliżył się do niej o krok, a ona posłała mu ostrzegawcze spojrzenie.

– Naprawdę musisz pytać? – rzucił.
– Od samego początku w tym uczestniczysz – dopowiedziała Joanna. – Może nawet wymyśliłaś to wszystko, co?

Bielska zerknęła w kierunku otwartych drzwi.

– Nie wiem, z jakimi urojeniami się zmagacie, ale...
– Jedyną osobą z urojeniami jesteś ty – ucięła Chyłka, zrównując się z Kordianem. – Szczególnie jeśli myślałaś, że nie odkryjemy prawdy.
– Jakiej prawdy, do kurwy nędzy?

Oboje w jednym momencie uśmiechnęli się z widoczną satysfakcją.

– O tym, że jesteś siostrą Alana i Łukasza Bohuckich – odezwał się Zordon.

Kormak nie potwierdził wprawdzie koneksji rodzinnych, wydawało się to jednak najbardziej logicznym wnioskiem. Wiek się zgadzał, a skoro Klaudia brała udział w tej sprawie, to musiała mieć odpowiednio bliską relację z rzekomo molestowanym Bohuckim.

Teraz patrzyli w jej oczy, szukając w nich dowodu na to, że się nie mylą. Te pozostały nieruchome, jednak milczenie Bielskiej wystarczało za potwierdzenie.

Otworzyła usta, wyraźnie chcąc zaoponować, ale nie znalazła odpowiednich słów.

– I tyle? – rzuciła Joanna. – Będziesz teraz milczeć jak cielę marynowane?

Jej oczy w końcu drgnęły, usta lekko się rozchyliły. Dało się słyszeć, jak Klaudia ciężko wciąga powietrze, ale nic poza tym. Szukała właściwej odpowiedzi, z pewnością obracała w głowie każdy awaryjny plan, który przygotowała na podobną sytuację. Ewidentnie jednak żaden nie dawał najmniejszej nadziei powodzenia.

Chyłka bezradnie spojrzała na Oryńskiego.

– No i co, Zordon? – rzuciła. – Jak mamy prowadzić jakąkolwiek dyskusję?

– Chyba nie ma o czym.

– Tak myślisz?

– No.

– A ja bym powiedziała, że jest.

Kordian przyjął teatralnie zaintrygowany wyraz twarzy.

– To znaczy? – spytał.

– Przede wszystkim powstaje tu dość oczywiste pytanie, czy cała sytuacja nie została ukartowana przez rodzeństwo

Bohuckich – oznajmiła Joanna, patrząc Bielskiej prosto w oczy. – Wygląda to dość podejrzanie, nie uważasz?
– A ty wiesz, że może faktycznie?
Chyłka z wolna pokiwała głową.
– Jeśli dodamy do tego jeszcze udział Juliana Brencza, mamy już w ogóle ciekawą sytuację. Pamiętajmy, że on znał księdza. Wielokrotnie go widział, a jeszcze więcej razy słyszał o nim od swojej byłej żony i jej siostry.
– Czyli ciebie.
– Czyli mnie – pochwaliła jego spostrzegawczość Joanna. – Nieraz gadałyśmy między sobą, wymieniając się wspomnieniami związanymi z Kasjuszem. Brencz często był w pobliżu albo nawet uczestniczył w rozmowie. Wiedział nie tylko o Dziecięcym Kościele, ale też o naszych podejrzeniach, że zanim Kasjusz wstąpił do seminarium, oglądał się raczej za facetami niż kobietami.
– Miał kompleksowe informacje.
– Ano miał – potwierdziła Chyłka. – Przynajmniej na tyle, żeby zbudować zręby intrygi.
– Ale co potem?
– Jak to co? – spytała niewinnie Joanna. – Wystarczyło, że pogadał ze swoim nowym kumplem, Bohuckim, przekonał go do sfabrykowania zeznań, znalazł dwóch innych chłopaków i mogli ruszać.
– To by wystarczyło?
Joanna przekrzywiła głowę i uniosła wzrok, jakby pogrążała się w wyjątkowej zadumie.
– Może nie – odparła. – Przydałby się im jeszcze ktoś w prokuraturze.
– Po co?

– Żeby przepuścić wątpliwe dowody, przymknąć oko na sfabrykowane materiały, poprowadzić ich za rękę przez procedury i tak dalej. Ogólnie rzecz biorąc, żeby zbudować solidną scenę do wystawienia wyjątkowo ohydnego przedstawienia w sądzie.
– Myślisz, że łatwo o kogoś takiego?
– Myślę, że nie, Zordon – odparła ciężko Chyłka. – Cokolwiek by mówić o prokuratorach, większość nie skacze na główkę do otwartego szamba.
– Racja.
– No chyba że...
– Tak?
– Twoi bracia recydywiści nagle zagroziliby ci, że ujawnią twoją przeszłość rodzinną – odparła Joanna, a potem w geście zamyślenia dotknęła śladu po oparzeniu na szyi.

Pokiwała głową, jakby dopiero teraz dotarła do jakiejś konkluzji.

– Szczególnie jeślibyś wcześniej zadał sobie wiele trudu, by tę przeszłość ukryć – dorzuciła.
– Ale czemu miałbym to robić?
– Ot, choćby dlatego, że też nie byłeś święty. Albo że uczestniczyłeś w rodzinnym biznesie.
– Fakt. To by skomplikowało moją sytuację w prokuraturze.
– Właściwie podważyłoby twoją pozycję. Na tyle, że mógłbyś się pożegnać z dalszą karierą.

Dopiero teraz oboje skierowali wzrok na Bielską. Stała przed nimi w bezruchu, z wciąż lekko rozchylonymi wargami, jakby nozdrza dostarczały niewystarczająco dużo tlenu. Była blada, na jej twarzy pojawiło się kilka kropel potu. Nie zarejestrowała ich, inaczej pewnie przesunęłaby dłonią po czole.

Dwoje prawników niemal synchronicznie skrzyżowało ręce na piersi. Czekali, nie mając zamiaru dodawać nic więcej. Klaudia zaś w końcu pomiarkowała, że musi zareagować.

– Nie wiecie, o czym mówicie – rzuciła.

Chyłka wskazała jej czoło.

– To czemu wyglądasz, jakbyś miała zaraz paść na cyce? – spytała.

Bielska przeciągnęła przedramieniem nad łukiem brwiowym i gwałtownie się rozejrzała. Chyba dopiero teraz dotarło do niej, w jak beznadziejnej sytuacji się znalazła.

– To absurd – oceniła.

– Zgadzam się – odparła Joanna. – Chociaż mam też na twoje zachowanie inne określenia: debilizm, łajdactwo, skurwycórstwo, nikczemność, podłość…

Urwała, kiedy Klaudia nagle zbliżyła się do niej, jakby zamierzała przejść do rękoczynów. Chyłka od razu się spięła, gotowa odeprzeć atak.

– Nie masz o niczym pojęcia – syknęła Bielska.

– Mam całkiem niezłe o tym, jakie konsekwencje ci grożą.

Prokuratorka zacisnęła usta, patrząc prosto w oczy Joanny.

– Chuj z tobą – syknęła.

– I z duchem twoim.

– Naprawdę ci się wydaje, że…

– Nic nie musi mi się wydawać – ucięła Chyłka. – Fakty mówią same za siebie i w przeciwieństwie do opinii nie podlegają dyskusji.

Klaudia się zawahała, wciąż łypiąc konfrontacyjnie na rozmówczynię. Nie wydawało się, by nawet głęboki szok sprawił, że zdecyduje się na przepychankę tuż pod salą sądową.

Choć Kordian nie miał złudzeń, że gdyby znajdowali się gdzie indziej, już by do niej doszło.

Mimo tej ewidentnej gotowości Bielska dała pół kroku do tyłu.

– Tak, zmieniłam imię i nazwisko – odezwała się. – Ale to o niczym nie świadczy.

Dwoje obrońców wymieniło się rozbawionymi spojrzeniami. Owszem, czerpali z tej sytuacji niemałą satysfakcję. W końcu przecież zrewanżowali się kobiecie, która w absolutnie bezczelny sposób wywlekła na światło dzienne ich życie prywatne. Która zaatakowała ich personalnie i podniosła w sądzie nie tylko kwestię in vitro, ale także bezpłodności. Należało jej się lanie.

– Zazwyczaj jednak zmiana danych o czymś świadczy – odparł Oryński. – A w twoim wypadku ewidentnie chodziło o...

– Chciałam się od nich odciąć.

– Dobry ruch – pochwaliła ją Chyłka. – Szkoda, że się nie udało.

Klaudia znów zacisnęła usta.

– Musiałam zmagać się ze swoim pochodzeniem przez całe studia – oznajmiła. – Jak tylko ludzie na roku się dowiedzieli, że jestem z tych Bohuckich...

– Gen przestępczy jest w rodzinie mocny? – przerwała jej Joanna.

– Wśród mężczyzn.

– Jasne.

Bielska zignorowała ten oczywisty przytyk i zerknęła na zegarek, jakby chciała przypomnieć adwokatom, że spieszy im się równie bardzo jak jej. Z sali nie dobiegło jeszcze trzeszczenie ławek zwiastujące wejście składu orzekającego, ale z pewnością za moment tak się stanie.

– Wyszłam za mąż na ostatnim roku studiów, za mojego wieloletniego chłopaka. Szkolna miłość, znaliśmy się od gimnazjum. I nie miałam zamiaru zostawać przy swoim nazwisku.

– To zupełnie tak jak ty – zauważył z przekąsem Kordian, patrząc na Chyłkę.

Joanna zbyła to machnięciem ręki.

– Odcięłam się od rodziny, to prawda – kontynuowała Bielska. – Ale była to uzasadniona i słuszna decyzja, za którą nie sposób mnie winić.

Po prawdzie Oryńskiemu trudno było wejść z nią w polemikę w tej materii. Zresztą jeden z braci, zwany Bohunem, udowodnił zasadniczo właśnie to, że Klaudia się nie pomyliła.

– Nie miałam i nie mam z nimi nic wspólnego – dodała.

– Więc przypadkowo bierzesz udział w tej sprawie? – rzucił Kordian.

– Nie. Poprosiłam o ten przydział z jasnego powodu: bo mam w rodzinie kogoś, kto doświadczył molestowania przez księży.

Brzmiało to, jakby zdecydowała się na krotochwilę, mimo że operowała całkiem poważnym tonem.

– Rozumiecie już? – spytała ciszej. – Niczego nie ukartowałam, z nikim nie współdziałałam. Łukasz był molestowany, wiedziałam o tym, już kiedy byliśmy dziećmi. Nie miałam tylko pojęcia, kto za tym stoi. Kto sprawił, że mój brat nie mógł poradzić sobie z druzgocącymi wspomnieniami, nie odnajdywał się w otaczającym go świecie, nie potrafił nawiązać żadnej relacji, topił problemy w alkoholu i ćpał tyle, że…

— Ach, czyli uruchomił ci się tryb obrony rodziny — ucięła Chyłka.
— Nazywaj to, jak chcesz — odparowała ostro Bielska. — Prawda jest taka, że jak tylko zobaczyłam akta tej sprawy, wszystko było jasne. To wasz klient stał za tym, co przydarzyło się mojemu bratu. Być może braciom.
— Co?
— Zawsze podejrzewałam, że nie tylko Łukasz padł ofiarą tego człowieka.

Kordian chciał automatycznie skwitować te brednie, z jakiegoś powodu jednak się zawahał. Dopiero po chwili dotarło do niego, z czego wynika ta rezerwa.

Bielska albo miała wybitny talent aktorski, albo mówiła prawdę.

— Nie rozumiecie? — dodała. — Przystąpiłam do tej sprawy, żeby wreszcie, własnymi rękoma, wymierzyć temu człowiekowi sprawiedliwość.

Chyłka i Oryński milczeli, patrząc jej w oczy.

— Owszem, pod względem przepisów prawa nie powinnam była tego robić — przyznała, a potem wskazała ręką salę. — Możecie podnieść fakt zatajenia przeze mnie więzi rodzinnych i bez trudu dowieść, że zachodził tutaj konflikt interesów. Że powinnam była się wycofać, trzymać od tej sprawy z daleka, by nie było podstaw do jakichkolwiek zawodowych i etycznych wątpliwości. Zróbcie to, jeśli musicie. Sąd uzna, że całe postępowanie trzeba powtórzyć, a ja prawdopodobnie już nigdy nie poprowadzę żadnej sprawy. Dostanę karę dyscyplinarną, trafię za biurko na jakiejś zapadłej wsi. Może już nigdy nie wrócę do sądu.

Jeśli chciała wziąć ich na litość, to nie wybrała odpowiedniego tonu. Brzmiała bowiem niczym prezenterka wiadomości mechanicznie relacjonująca zdarzenia.

Czekała na reakcję, nie widać po niej było jednak najmniejszego napięcia.

W końcu Chyłka zmrużyła oczy.

— Za zatajenie faktów istotnych dla sprawy i swojego powiązania z pokrzywdzonym czekają cię dużo większe konsekwencje — odezwała się. — Wylecisz dyscyplinarnie.

— Być może.

— Być może? — rzuciła pod nosem Joanna. — Mogłabyś się łudzić, gdyby ktoś na górze postanowił cię kryć. Ale ty okłamałaś swoich przełożonych. Więcej, sama poprosiłaś o ten przydział, nie mówiąc im dlaczego.

Kordian pokiwał głową, jakby taki tok wypadków był właściwie bezsprzeczny.

— Ale to wszystko się nie wydarzy, jeśli zostawimy wiedzę o Annie Bohuckiej dla siebie — dorzuciła Chyłka.

Jeśli Klaudia była zdziwiona, że dotarli do tego miejsca w rozmowie, nie dała tego po sobie poznać. Cóż, może doskonale zdawała sobie sprawę z tego, że prędzej czy później usłyszy jakieś ultimatum.

Wszak gdyby zamierzali ją wsypać, staliby teraz przed sędzią, a nie przed nią.

— Czego chcecie? — rzuciła.

Chyłka wzruszyła niewinnie ramionami.

— Niczego wielkiego — odparła. — Właściwie tylko tego, żebyś uszanowała wolę chłopaka z Wrońska i jego rodziców.

Nie było o czym dyskutować.

Nie musieli przeciągać liny, przerzucać się argumentami i udawać, że na stole jest coś jeszcze do ugrania. Bielska musiała wygłosić solidną mowę końcową, inaczej naraziłaby siebie i ich na podejrzenia o zakulisowe machinacje. Dwójka adwokatów nie mogła wytrącić jej z ręki więcej atutów. Ten, o którym nie wiedział nikt poza nimi, był jedynym, który wchodził w grę.

Bielska przystała na to, była bowiem pewna, że wygra bez niego. Tak samo jak Chyłka i Oryński byli przekonani, że to oni będą górą.

Cała trójka zgodziła się na jedno ostatnie, decydujące starcie. To od mów końcowych miało zależeć, kto opuści salę sądową jako triumfator, a kto jako pokonany.

13

Sala rozpraw, Sąd Okręgowy w Warszawie

Wchodząc na rozprawę, Chyłka wciąż nie mogła poskładać wszystkiego w logiczną całość. Nie żeby musiała znać prawdę, by przedstawić ją w sądzie – nieraz tworzyła ją przecież na nowo, w zgodzie z tym, co korzystne dla klienta. Tym razem jednak musiała wiedzieć. Musiała zrozumieć.

Chwyciła lekko Bielską za ramię, kiedy przekroczyły próg. Ta raptownie się obróciła, jakby miała zamiar uderzyć ją na odlew, Joanna jednak szybko posłała jej uspokajające spojrzenie.

– Nie zareagowałaś, kiedy mówiliśmy o Brenczu – rzuciła.

– Co?

Klaudia zerknęła na miejsce, gdzie za moment zasiądzie cały skład orzekający, sugerując, że nie powinny już tracić czasu.

– Zupełnie zignorowałaś temat Juliana Brencza – wyjaśniła Chyłka. – Dlaczego?

– Bo nie mam pojęcia, kto to jest.

– Kumpel twojego brata z więzienia.

Bielska obojętnie wzruszyła ramionami, jakby naprawdę nie ciekawiły jej kontakty Alana Bohuckiego w białołęckim zakładzie karnym.

– Nie interesowałaś się, z kim tam przestaje? – odezwał się Kordian, stojący tylko krok przed prawniczkami.

Jego zaintrygowany ton i czujny wzrok kazały Chyłce sądzić, że ich myśli podążały w tym samym kierunku.

– Nie – odparła Klaudia, po czym rzuciła krótkie, wrogie spojrzenie Kasjuszowi. – Nie wiedziałam nawet, że sukinsyn,

który skrzywdził mojego brata, jest tam kapelanem. Gdybym choćby to zwęszyła, zapewniam was, że...
— Nie mieli tam ze sobą kontaktu — ucięła Joanna.
— Gówno prawda. Skurwiel zatrudnił się tam tylko po to, by mieć dostęp do Łukasza.
Oryński stanowczo pokręcił głową.
— Sprawdzaliśmy to u administracji — zaoponował. — I potwierdziliśmy, że twój brat i ksiądz się nie kontaktowali.
— Administracja łże. Czy tam, czy gdziekolwiek indziej.
Akurat z tym trudno było Chyłce polemizować. Przynajmniej co do zasady.
— Rzecz w tym, że musieliby mieć ku temu powód — odezwała się. — A ja nie mogę wymyślić żadnego, dla którego mieliby kryć Kasjusza.
— To bez znaczenia. Jest oczywiste, że nieprzypadkowo się tam znalazł i próbował dostać się do mojego brata. Może jego wynaturzonej duszy doskwierał jakiś brak... jakaś chora tęsknota...
Urwała i pokręciła głową, całkowicie zdegustowana. Ewidentnie nie miała zamiaru dopowiadać tej myśli i uznała rozmowę za zakończoną, ruszyła bowiem na swoją stronę sali sądowej.
— Czekaj — rzuciła Joanna.
Bielska się zatrzymała, choć wyglądała, jakby sama nie przesądziła, czy da Chyłce szansę powiedzieć coś więcej. Powinna. Wciąż mieli asa w rękawie, który stanowił dla niej duże zagrożenie.
Owszem, nie chcieli, by cały proces się wykoleił, ale gdyby przyszło co do czego, oni niczego by nie stracili. Ona zaś wszystko.

– Któryś z twoich braci wspominał kiedyś o Brenczu? – spytała Joanna.
– Nie. Pierwszy raz usłyszałam to nazwisko od was.
– Jesteś pewna?
– Spierdalaj – odparła Klaudia.

Drgnęła, znów mając zamiar odejść.

– Chcę, żeby Kasjusz złożył wyjaśnienia – rzuciła szybko Chyłka, sprawiając, że Bielska ponownie się zawahała.

Popatrzyła na swoją przeciwniczkę niepewnie, jakby spodziewała się, że ta zastawiła na nią jakieś sidła, których prokuratorka nie jest w stanie dostrzec.

– Żartujesz sobie?
– Nie. Oskarżony może składać wyjaśnienia na każdym etapie postępowania, na każdą okoliczność, w sprawie każdego dowodu.

Bielska wciąż sprawiała wrażenie co najmniej podejrzliwej – i całkiem słusznie. Pozwalanie oskarżonemu mówić rzadko bywało dobrym pomysłem. A już szczególnie, kiedy miało się to wydarzyć na sam koniec rozprawy.

– Chcę zadać mu kilka pytań – dodała Joanna.
– I nie mogłaś zrobić tego w cztery oczy?
– Rzecz w tym, że nie.
– Dlaczego?
– Zobaczysz – odparła Chyłka. – O ile pomożesz mi go przekonać, żeby zabrał głos.
– Ja?
– Jeśli ja to zrobię, będzie wiedział, co planuję. Ale jeżeli ty wyjdziesz z propozycją, a ja przez jakiś czas będę go odwodziła, nim się zgodzę, może uda się go przekonać.

Klaudia zmrużyła oczy, jakby aktywowała jakiś skaner wykrywający fałsz.

— Nic nie tracisz — powiedziała Joanna. — Też będziesz miała okazję go przemaglować.
— W dodatku wisisz nam przysługę — dodał Kordian, wzruszając ramionami.

Ostatecznie nie musieli długo jej przekonywać. Urobienie księdza Kasjusza także nie wymagało wiele roboty — Bielska rozegrała to dość dobrze, a Chyłka wystąpiła w roli na tyle wiarygodnie, że duchowny wszystko kupił.

Miał złożyć wyjaśnienia jeszcze przed mowami końcowymi.

Kiedy Joanna i Oryński usiedli na swoich miejscach, wymienili krótkie spojrzenia. Mówiły całkiem sporo, ale nie wszystko.

— Wiesz, co chcę osiągnąć? — odezwała się Chyłka.
— Wiem.
— I myślisz, że się uda?
— Nie mam pojęcia, Trucizno — odparł Kordian i westchnął. — Ale jeśli się nie mylisz, to…
— To wreszcie będziemy mieć odpowiedź na to, co się tu dzieje — dokończyła za niego Chyłka.

Obróciła się szybko do Kasjusza. Nie połapał się w sytuacji, nie spodziewał się kłopotów. Gdyby było inaczej, za żadne skarby nie zgodziłby się składać jakichkolwiek wyjaśnień.

Tymczasem jednak poddał się dość naturalnemu odruchowi, czy to u winnych, czy niewinnych. Jedni i drudzy pragnęli bowiem zabrać głos, przedstawić swoją wersję, zdjąć z siebie odium podejrzeń. I wszystkim dość naiwnie wydawało się, że będą w stanie to osiągnąć, mając przeciwko sobie profesjonalnych graczy.

Zaczęło się dość powoli i niewinnie. Kasjusz zapewnił, że nigdy nie skrzywdziłby jakiegokolwiek dziecka, że całe życie poświęcił na to, by im pomagać, a jego podopieczni mogą to potwierdzić. Janusz Hernas zadał mu parę pytań, które właściwie niewiele wnosiły, a potem przeniósł wzrok na Bielską. Ta nie miała zamiaru stosować taryfy ulgowej.

– Proszę księdza, wszyscy słyszeliśmy zeznanie Marcina Mazeranta o tym, że między nim a księdzem było coś więcej niż przyjaźń.

Kasjusz pokiwał głową, lekko zażenowany.

– Czy pociągali księdza też inni mężczyźni?

– Przed wstąpieniem do seminarium? Tak. Potem jednak...

– A, no tak, przed. Czyli właściwie musimy mówić o chłopakach, nie mężczyznach.

Duchowny zerknął kontrolnie na Joannę, jakby obrończyni mogła morse'em nadać mu właściwą odpowiedź. Ta nawet się nie poruszyła.

– Ja również byłem wtedy chłopakiem.

– Niewątpliwie – zgodziła się Klaudia. – Czy dochodziło wtedy do jakichś kontaktów seksualnych?

– Słucham?

– Czy współżył ksiądz z innymi chłopakami?

Czekała, by zadać to pytanie. Dokładnie w takiej formie, w jakiej padło.

– Nie – odparł Kasjusz. – Ani wtedy, ani później.

– Oczywiście.

Hernas zerknął na nią ostrzegawczo, ale wyraźnie nie miał zamiaru werbalizować swoich obiekcji. Bielska trzymała się jeszcze względnie bezpiecznych rejonów i nie przekraczała linii, za którą naraziłaby się na interwencję sędziego.

– Dlaczego w takim razie Daniel Gańko zarzucił księdzu, że padł jego ofiarą?

Nie wytrącaj mi argumentów z ręki, poprosiła w duchu Joanna. Wszystko, co miała przygotowane w mowie końcowej, musiało wybrzmieć wtedy po raz pierwszy.

– Nie wiem.
– Nie ma ksiądz nawet mętnego pomysłu?
– Nie mam.
– Czy ten chłopak przychodził do prowadzonego przez księdza Dziecięcego Kościoła?
– Tak.
– I znał go ksiądz dobrze?
– Dość dobrze.
– Były z nim problemy wychowawcze? – spytała Klaudia. – Zwykł kłamać, konfabulować, ubarwiać rzeczywistość?
– Nie – odparł spokojnie duchowny. – Był dobrym chłopcem. Niech Bóg ma go w opiece.

Po sali rozszedł się cichy szmer niezadowolenia. Wszyscy, którzy widzieli w Kasjuszu oprawcę, teraz zobaczyli w nim także wypranego z empatii potwora – tylko on bowiem byłby gotów na takie wrzutki na temat swojej ofiary.

– Czyli ni stąd, ni zowąd postanowił księdza oskarżyć.

Kasjusz milczał.

– Nie doczekamy się odpowiedzi?
– Naprawdę nie wiem, jakiej mógłbym udzielić.
– Ja niestety też nie – skwitowała cicho Bielska. – Przejdźmy w takim razie do drugiej z ofiar, które księdza oskarżyły.
– Dobrze.
– Znał ksiądz Łukasza Bohuckiego?
– Nie.
– Nigdy go ksiądz nie spotkał?
– Nigdy.
– Nie przychodził do Dziecięcego Kościoła?

Duchowny zachowywał stuprocentowy spokój, był wręcz do bólu opanowany. Wielu na jego miejscu poddałoby się emocjom choćby w niewielkim stopniu, on jednak skutecznie je tłumił.

Prawdę powiedziawszy, nie wyglądało to najlepiej. Chyłka wolałaby, żeby jej klient okazał nieco przymiotów zwyczajnego człowieka.

– Już pani poniekąd o to pytała – odezwał się Kasjusz. – Gdyby przychodził, tobym niewątpliwie go spotkał.

– Okej. A w więzieniu oskarżony się z nim widywał?

– W więzieniu?

– Był ksiądz przez jakiś czas kapelanem w zakładzie karnym, w którym Łukasz Bohucki odsiadywał karę pozbawienia wolności.

– Nie miałem o tym pojęcia.

Na jego twarzy wciąż gościł jedynie spokój, a Joannę naszła pewna nerwowość. Prokuratorka dorzucała kolejne kamyki do jej ogródka, a nie dotarła jeszcze do tego, co było dla niej najważniejsze.

– Ciekawe – skwitowała.

– Co w tym takiego ciekawego?

– Choćby to, że to nie jest jakieś przesadnie wielkie miejsce. Kapelan ma chyba kontakt ze wszystkimi więźniami?

– Tylko z tymi, którzy go chcą.

– Więc pokrzywdzony nie chciał.

Duchowny nie odpowiedział, jakby użycie tego określenia wykluczało kontynuowanie rozmowy. Klaudia na moment zamilkła, patrząc na niego wyczekująco. Kiedy uznała, że nie doczeka się żadnego konkretu, lekko skinęła głową.

– Skąd w takim razie Łukasz Bohucki wiedział o znamieniu na ciele księdza? – spytała.

- Być może widział mnie gdzieś, gdzie się przebierałem.
- Na przykład?
- Nie wiem. Ludzie zmieniają ubrania w różnych okolicznościach, księża również nie mogą wejść w sutannie do sauny, basenu czy...
- A w jakich innych okolicznościach ksiądz się rozbierał?

Chyłka się podniosła, a potem posłała bezsilny uśmiech sędziemu. Nie musiała nawet nic mówić, Hernas również nie. Sam jego wzrok wystarczył, by Bielska przepraszająco uniosła dłoń.

- Jeszcze jakieś pytania, pani prokurator? - spytał przewodniczący.

Klaudia się zawahała, a dwoje adwokatów wymieniło się krótkim, niepewnym spojrzeniem. Był to moment kluczowy, w którym Bielska musiała podjąć decyzję.

Albo wspomni o chłopaku z Wrońska, wbrew woli jego i rodziców, i zwiększy szanse skazania do stu procent, jednocześnie żegnając się z karierą - albo odpuści i ocali swoją zawodową przyszłość.

- Pani prokurator? - upomniał ją Hernas.

Nie patrzyła na Joannę ani Oryńskiego, co Chyłka brała za niezbyt dobry omen. Może w ostatniej chwili uznała, że na wszelki wypadek lepiej wytoczyć wszystkie działa? Może przekonała samą siebie, że nawet jeśli pokrzywdzony nie chce tego ujawniać, ona zrobi to dla jego dobra?

- Jeszcze jedno pytanie, Wysoki Sądzie - rzuciła Bielska.

Joanna miała wrażenie, że cały jej układ oddechowy ogarnął jakiś paraliż. Na bezdechu wlepiała wzrok w oskarżycielkę, niepewna, co usłyszy.

- Zgwałcił ksiądz Daniela Gańkę i Łukasza Bohuckiego? - spytała.

— Nie.
— To dlaczego obaj twierdzili, że tak było?
— Nie wiem.
Klaudia rozłożyła ręce, jakby nie trzeba było nic dodawać.
— Dziękuję, Wysoki Sądzie — powiedziała. — Nie mam więcej pytań.
Chyłka odetchnęła, choć tylko połowicznie. Musiała przyznać, że oponentka rozegrała to całkiem nieźle — brakowało alternatywnej wersji zdarzeń, więc prawdą zdawała się ta, która została już przedstawiona.
Kasjusz nie zaoferował żadnego sensownego wyjaśnienia, nawet nie próbował. Najwyraźniej liczył na to, że im mniej powie, tym większa szansa, że wyjdzie na tym dobrze. Wszak tylko winny się tłumaczy.
Problem polegał na tym, że w postępowaniu sądowym ta ludowa prawda doznawała solidnego uszczerbku.
— Pani mecenas? — odezwał się sędzia, patrząc na Joannę.
Chyłka podziękowała za oddanie jej głosu zdawkowym skinieniem, a potem zerknęła na swojego klienta.
Dotarli do momentu, w którym należało postawić wszystko na jedną kartę.
Istniało tylko jedno logiczne uzasadnienie tego, dlaczego Kasjusz nie powiedział im o kontaktach z Brenczem, nie przedstawił im żadnych szczegółów, gdy o to zapytali, i uciął jakąkolwiek współpracę, kiedy przyszło co do czego.
Joanna nabrała tchu, świadoma, że ksiądz nie będzie zadowolony z kierunku, w którym za moment poprowadzi wymianę zdań. Mogłaby zapytać go o te rzeczy poza salą sądową, wiedziała jednak, że tylko tutaj może uzyskać odpowiedź.
— Pani mecenas, nie mamy całego dnia — upomniał ją Hernas.

— Oczywiście, Wysoki Sądzie — odparła Chyłka i pochyliła się lekko nad ławą obrończą.
Wbiła nieruchome spojrzenie w oczy duchownego.
Nie miała wątpliwości, że ten znienawidzi ją za to, co miała zamiar zrobić.
— Wie ksiądz, z kim w zakładzie karnym dzielił celę Alan Bohucki, brat Łukasza? — rzuciła.
Kasjusz lekko zmarszczył brwi.
— Nie.
— Na pewno?
— Jak mówiłem pani prokurator, nigdy nie spotkałem tych ludzi. Nigdy z nimi nie rozmawiałem i nie znam ich.
— Ale może ksiądz o nich słyszał?
— Od kogo?
— Właśnie od osoby, z którą jeden z nich dzielił celę.
— Jak już powiedziałem...
— Może wyjaśnię, kogo mam na myśli — ucięła Joanna.
W tym momencie Kasjusz musiał już wiedzieć, co za moment się wydarzy.
— Chodzi o Juliana Brencza — podjęła. — Byłego męża mojej siostry i człowieka, który trafił za kratki po tym, jak dostarczyłam organom ścigania nagranie, na którym przyznawał się do szeregu przestępstw.
Duchowny lekko otworzył usta, mimo to nie wydobył się z nich najmniejszy dźwięk. Wargi jednak lekko zadrżały, oczy zamrugały szybko.
— Więc? — upomniała go Joanna.
— Przepraszam — odparł wyraźnie zmieszany Kasjusz. — Jakie było pytanie?
— Czy słyszał ksiądz o którymś Bohuckim od Juliana Brencza?

Duchowny z trudem przełknął ślinę.
– Bo zna ksiądz Juliana Brencza, prawda?
– Cóż...
Czekała na więcej, ale na próżno.
– To nie jest odpowiedź – zauważyła. – Zna go ksiądz czy nie?
– Owszem.
– W jakich okolicznościach się poznaliście?
Nogi zdradziły Kasjusza, kiedy przestąpił z jednej na drugą. Do tej pory trwał w bezruchu, latami szkolony do wystąpień publicznych. Teraz zaczął się wiercić, rozglądać i krzywić, kiedy tylko przełykał ślinę.
– O ile pamiętam, to było dopiero podczas sakramentów. Najpierw małżeństwa Magdaleny oraz Juliana, a następnie chrztu Darii Brencz – powiedział i zerknął na członków składu orzekającego. – Siostrzenicy pani mecenas.
– Utrzymywał ksiądz z nim kontakt?
– O tyle, o ile.
– To znaczy?
– Widywałem go podczas różnych okazji rodzinnych, kościelnych. Sama doskonale pamiętasz.
– Pamiętam, ale to nie ja składam wyjaśnienia – zauważyła. – Sędzia i ławnicy chcieliby to usłyszeć od księdza.
Znów na nich popatrzył, tym razem przepraszająco. Skorzystał z chwili oddechu, by otrzeć pot z czoła.
Wyglądało to tak, jakby miał zostać zgrillowany nie przez prokuratorkę, ale swoją obrończynię. Ta pierwsza siedziała ze skrzyżowanymi rękami po drugiej stronie sali, z zaciekawieniem przypatrując się temu, co się działo.
– Jak ksiądz określiłby waszą relację? – zapytała Joanna.

– Jako powierzchowną. Nigdy się nie zbliżyliśmy, bo większość czasu przy takich okazjach poświęcałem na rozmowy z tobą lub z Magdaleną.
– Jasne. Ale poznałby go ksiądz na ulicy?
– Oczywiście.
– I skojarzył ksiądz od razu, kiedy się okazało, że siedzi na Białołęce?
– Tak.
Odpowiedź padła szybko, ale z wyraźnym trudem.
– To on się zgłosił do księdza czy odwrotnie?
– On do mnie.
– I?
– I nasz kontakt był taki, jak kapelana z każdym innym osadzonym.
Chyłka głęboko wciągnęła powietrze do płuc.
– Co więcej może nam ksiądz powiedzieć o tym kontakcie?
– Nic.
– A gdybym jednak nalegała?
– To powiedziałbym, że chcesz wnikać w szczegóły tego, co między duchownym a wiernym.
– I co z tego? – rzuciła, rozkładając ręce. – Jesteśmy w sądzie, nie w kościele. Staramy się dojść prawdy, a ta może leżeć właśnie w tym, co księdza łączy z tym człowiekiem.
Powiodła wzrokiem po ławnikach, a potem utkwiła go w sędzim.
– Człowiekiem, przypomnę, który siedział w tej samej celi co jeden z braci Bohuckich.
– I co w związku z tym? – spytał Kasjusz.
– Świetne pytanie – odparowała ostro Joanna. – I wydaje mi się, że znam na nie odpowiedź.

Duchowny znów nerwowo się poruszył, doskonale zdając sobie sprawę z kierunku obranego przez Chyłkę.

Mimo to Joanna milczała, dając ciszy szansę na to, by okazała się jej najsilniejszym orężem.

– Pani mecenas? – włączył się w końcu sędzia.

Prawniczka wciąż tylko patrzyła na duchownego.

– Ma pani jeszcze jakieś pytania?

– Mam.

– W takim razie…

– Co wyjawił księdzu Julian Brencz? – rzuciła.

Dźwięk z trudem poruszającej się grdyki Kasjusza można było usłyszeć nawet w ostatnich rzędach. Panowało niczym niezmącone milczenie, które zdawało się dowodzić, że coś istotnego jest na rzeczy.

– Powtórzyć pytanie? – wycedziła Chyłka.

– Nie.

– To niech ksiądz odpowiada.

Krótkie wahanie.

– Nie – powiedział.

– Obawiam się, że będzie ksiądz musiał.

– Bynajmniej.

– Bo?

Usta Kasjusza lekko się zatrzęsły, jakby sam nie był pewien, czy w ogóle powinien powołać się na powód, dla którego milczy, czy po prostu nie odpowiadać.

– Ze względu na kanon 983 paragraf 1 Kodeksu prawa kanonicznego? – zapytała Chyłka.

Duchowny zamknął oczy.

– I wynikający z niego artykuł 178 punkt 2 Kodeksu postępowania karnego? – dodała.

Tym razem cisza, która jej odpowiedziała, była jak potwierdzenie.

– Nieobeznanym może przypomnę, że pierwszy z tych przepisów, znajdujący się w prawie kanonicznym, stanowi o nienaruszalności tajemnicy sakramentalnej – podjęła. – Drugi zaś, obecny w karnoprocesowym prawodawstwie państwowym, wyłącza możliwość przesłuchiwania duchownych jako świadków co do faktów, o których dowiedzieli się w trakcie spowiedzi.

Na sali znów rozległ się cichy szmer, a Chyłka uniosła lekko głowę.

– Spowiadał ksiądz w zakładzie karnym Juliana Brencza? – rzuciła.

– Odmawiam odpowiedzi.

– Poznał ksiądz w trakcie tej spowiedzi fakty, które naraziłyby Juliana Brencza na odpowiedzialność prawnokarną?

– Odmawiam odpowiedzi.

Joanna nabrała tchu.

– Czy Julian Brencz powiedział podczas spowiedzi o czymś, co ksiądz mógłby wykorzystać przeciwko niemu?

– Odmawiam odpowiedzi.

– Rozumiem – odparła Chyłka. – I nie mam więcej pytań.

14
Toaleta damska, Sąd Okręgowy w Warszawie

Kordian stał przed lustrem, patrząc, jak krople wody, którą przed momentem zrosił twarz, spływają po policzkach. Otarł je szybkim ruchem i odwrócił się do Joanny. Ta stała oparta o drzwi jednej z kabin – zadowolona, pewna siebie, z rękoma skrzyżowanymi na piersi.

– Trafiliśmy – odezwał się Oryński.
– Prosto między oczy, Zordon.

Chyłka zbliżyła się do niego, oparła o blat umywalki i także spojrzała w lustro. Wyraźnie chciała dodać coś jeszcze, ledwo jednak rozchyliła usta, drzwi toalety się otworzyły, a do środka weszła Klaudia Bielska.

Spojrzała na Joannę, po czym utkwiła wzrok w Kordianie.
– Nie pomyliło ci się coś? – rzuciła.
– Właściwie jestem tu już stałym bywalcem. I mam z tego miejsca całkiem miłe wspomnienia.

Prokuratorka wyglądała, jakby przez głowę przeszło jej zupełnie co innego, niż Oryński miał na myśli. Nie planował jednak prostować, szczególnie że zbyła temat machnięciem ręki i wskazała drzwi.

– Co wyście tam odjebali?

Chyłka spojrzała na nią w lustrze, nie odwracając się.
– Tak nazywasz proces dochodzenia do prawdy? – spytała.
– Jakiej prawdy?

Dopiero teraz Joanna się obróciła, a potem przysiadła na blacie.
- A jak ci się wydaje? – odparowała.
- Sprawa jest dość jednoznaczna – włączył się Kordian. – Nasz klient ewidentnie spowiadał faceta, który za tym wszystkim stoi.
- Nie potwierdził tego.
- Bo nie mógł – zauważyła Chyłka. – Zabrania mu tego Kodeks prawa kanonicznego. A nam pytania o to zabrania z kolei Kodeks postępowania karnego.

Klaudia nerwowo pokręciła głową.
- Brak dowodu nie jest dowodem – oznajmiła.
- Chyba że jest tak wymowny, jak zachowanie księdza – skontrował Oryński. – Sama musiałaś widzieć, że coś jest na rzeczy.
- I co to niby waszym zdaniem jest?

Chyłka lekko się uśmiechnęła.
- Żeby znać odpowiedź na to pytanie, musiałabyś znać Brencza.
- Cóż, nie miałam okazji, więc...
- Przejrzyj akta jego sprawy, zrozumiesz wszystko – ucięła Joanna. – Na razie powinnaś wiedzieć tylko tyle, że to zjeb.
- Świetnie.
- Zwykły psychol, który był gotów porwać własną córkę, by zrealizować swoje chore zamierzenia – uzupełniła Chyłka.

Prokuratorka milczała, dając im szansę na to, by wyjaśnili jej, jak konkretnie ich zdaniem przedstawia się prawdziwy obraz sytuacji. Joanna ani Oryński jednak specjalnie się nie spieszyli, mimo że czasu nie było wiele, a przerwa zarządzona przez Hernasa nie należała do najdłuższych w historii tej instytucji.

— Jaka jest wasza hipoteza? — ponagliła ich Bielska.
— Dość prosta — odparł Kordian. — Brencz dowiaduje się w więzieniu, że posługę pełni tam znajomy ksiądz. Zaczyna z nim rozmawiać, może po to, by zwyczajnie wyjść z celi, a może faktycznie ma jakąś potrzebę.
— Ja ci powiem, jaka to była potrzeba, Zordon — włączyła się Joanna. — Ten kretyn uznał, że dzięki Kasjuszowi dowie się, co u Magdaleny, co u mnie, co u Darii. Wiedział przecież, że jesteśmy jego parafiankami.
— Sensowne.
— Mhm — potwierdziła cicho Chyłka. — Podobnie jak to, że przy systematycznych spotkaniach Brencz w końcu zaczął się spowiadać. Może nawet zaufał Kasjuszowi, bo cokolwiek by o nim mówić, jest duszpasterzem z powołania. Umie dbać o swoją trzodę, czy jak oni tam to sobie nazywają.

Oryński powoli skinął głową.

— W trakcie którejś spowiedzi Brencz musiał wyjawić mu więcej, niż chciał — podjął. — Coś, co nie tylko stawiało go w niekorzystnym świetle, ale wręcz narażało na jeszcze większą odpowiedzialność karną.
— Ewentualnie jakiś fakt, który zamierzał pozostawić wyłącznie dla siebie, cholera wie — włączyła się Joanna. — Tak czy inaczej wtedy pewnie nie myślał o konsekwencjach. I dopóki siedział, jego los niespecjalnie mógł się pogorszyć. Sytuacja się zmieniła, kiedy za dobre sprawowanie i koneksje zastosowano warunkowe przedterminowe zwolnienie.
— Wtedy to, co powiedział Kasjuszowi, stało się gigantycznym problemem.
— Ani chybi mogło załatwić mu bilet powrotny prosto za kratki.

– Otóż to – potwierdził Kordian. – Wątpię, żeby ufał, że Kasjusz dochowa tajemnicy spowiedzi, kiedy przyjdzie co do czego.

– Szczególnie jeśli okazałoby się, że Julian ma jakieś plany wobec mojej siostry lub siostrzenicy.

– A pewnie ma – przyznał Oryński. – W takiej sytuacji Kasjusz niechybnie zrobiłby wszystko, by je chronić. W przekonaniu Brencza sprzeniewierzyłby się nawet tajemnicy sakramentu.

Bielska tylko słuchała, nie wtrącając niczego od siebie. Albo świadczyło to o tym, że cały ten ciąg zdarzeń wydaje jej się wiarygodny, albo wprost przeciwnie – nie chciała tracić czasu na obalanie hipotez, które w jej oczach nie trzymały się kupy.

– Musiał działać – kontynuował Kordian. – Skompromitować księdza, zniszczyć jego wiarygodność, całkowicie go spacyfikować. A jaki jest najlepszy sposób?

– Oskarżyć go o pedofilię – włączyła się Chyłka. – I spreparować kilka dowodów, które sprawią, że nie tylko trafi za kratki, ale i prawdopodobnie tam zginie, znienawidzony zarówno przez ludzi na zewnątrz, jak i w środku.

Klaudia w końcu zareagowała, marszcząc czoło.

– I waszym zdaniem przekonał Daniela Gańkę, młodego chłopaka, żeby kłamał?

– Tak – odparli unisono.

Bielska bezradnie uniosła wzrok.

– Jakie macie dowody? – rzuciła.

– Choćby wiadomość, którą chłopak zostawił nam przed śmiercią – odparł Oryński.

– Analiza grafologiczna jest niekonkretna – zauważyła Klaudia. – Równie dobrze liścik mógł zostać sfałszowany.

– Tak jak zeznania.

Bielska przez chwilę patrzyła Kordianowi prosto w oczy, jakby w ten sposób mogła przymusić go, by się z tego wycofał.

– Dzieci można zmanipulować – zabrała głos Chyłka. – Przekupić, zastraszyć, namącić im w głowie... Brencz byłby do tego zdolny.

– Byłby też zdolny do wykorzystania byłego kumpla z celi.

Klaudia drgnęła nerwowo, jakby dotarli do momentu, w którym nie pozwoli im na żadne dalsze spekulacje. Chciała bronić brata, bez względu na to, czego się dopuścił w przeszłości i jak wiele przepisów złamał.

– Szczególnie takiego kumpla z celi, którego brat faktycznie był molestowany – dodał Oryński.

– Więc co niby sugerujecie? – mruknęła Bielska. – Że Brencz miałby przekonać Łukasza, że to nie jakiś inny ksiądz, tylko Kasjusz go molestował?

– Być może – odparł Kordian.

– A być może twój brat po prostu wisiał mu przysługę. Może został opłacony. Może nie miał innego wyjścia.

Klaudia sprawiała wrażenie, jakby miała zaprzeczyć. Z jakiegoś powodu jednak tego nie zrobiła.

Znała swojego brata. Być może na tyle dobrze, by wiedzieć, że byłby gotów dopuścić się takich rzeczy?

– Jeśli chodzi o trzeciego rzekomego pokrzywdzonego, tego z Wrońska, sytuacja może być taka jak z Danielem Gańką – podjęła Chyłka. – Wystarczyłoby raz przekonać takie dziecko, by przedstawiło określoną wersję wydarzeń. Potem trzymałoby się jej do upadłego, nie chcąc za nic w świecie przyznawać się do kłamstwa.

– Tyle że ten chłopak z Wrońska mógł w istocie się przyznać i wycofać z zarzutów – zauważył Kordian. – I może dlatego rodzice prosili, by go nie angażować w żaden sposób.
– Może – przyznała Joanna.

Oboje wyczekująco spojrzeli na Bielską, jakby to ona była uosobieniem całego składu orzekającego, mającego postanowić o winie lub jej braku. Prokuratorka jednak się nie odzywała, wciąż szukając odpowiedniej reakcji.

– Julian Brencz ma zdjęcie Kasjusza paradującego w samych slipach – odezwała się Joanna.
– Co?
– Zrobiono mu je nad jakimś jeziorem, może wykonał je sam Mazerant – oznajmił Kordian. – Brencz pokazał mi je, kiedy poszedłem się z nim skonfrontować.

Było to gigantyczne uproszczenie całej historii, która się wówczas rozegrała, ale na swoje usprawiedliwienie Oryński miał to, że pamiętał jedynie jej strzępki. Wciąż na dobrą sprawę nie wiedział, co się wydarzyło w ConspiRacji.

– Dlaczego niby miałby to robić? – odparła Bielska.
Zordon wzruszył ramionami.
– Dla zabawy – odparł. – Albo po to, by sobie z nas zadrwić.

Nie zaprzeczyła w żaden sposób, nie oponowała przed takim założeniem. W tej chwili przywodziła na myśl neutralnego, niezaangażowanego w proces obserwatora, który chce dokonać oceny sytuacji na podstawie faktów, a nie domysłów.

W końcu odwróciła się, przeszła po toalecie, zatrzymała się na moment przy ostatniej z kabin, a potem ruszyła z powrotem ku dwójce adwokatów.

– To bez sensu – powiedziała.
– Dlaczego? – spytał Kordian. – Niewiele trzeba, żeby zniszczyć czyjeś życie.

– Szczególnie kiedy motywacja jest odpowiednia – dodała Chyłka. – A jemu jej nie brakowało, bo ważyły się jego losy.

Bielska przesunęła dłońmi po krótkich włosach i zamknęła oczy.

– Nie macie żadnego twardego dowodu – powiedziała.
– A naprawdę go potrzebujemy? – odparł Oryński. – Nie ma innego logicznego wytłumaczenia.
– Jest.
– Jakie?

Podniosła powieki i popatrzyła najpierw na jedno, potem na drugie.

– Ze ksiądz Kasjusz wykorzystywał dzieci – powiedziała. – A fakt, że spowiadał się u niego Brencz, jest tylko zbiegiem okoliczności.
– Wierzysz w nie?
– To nie kwestia wiary, tylko normalnej kolei rzeczy. Zbiegi okoliczności po prostu się zdarzają.
– I są sygnałami, których nie należy ignorować – skwitowała Chyłka.

Klaudia przez chwilę wyglądała, jakby miała zamiar podjąć rękawicę. Ostatecznie jednak spojrzała na zegarek i uświadomiła sobie, że czas na dyskusje się skończył.

– Tak tego nie rozstrzygniemy – oznajmiła. – Niech sąd zdecyduje, kto ma rację.

Cała trójka popatrzyła po sobie.

Potem ruszyli z powrotem do sali.

15

Sala rozpraw, Sąd Okręgowy w Warszawie

Jak zawsze w takich sytuacjach Chyłka powoli przesuwała wzrokiem po członkach składu orzekającego, licząc na to, że żaden na nią nie zerknie. Nie chciała odwracać oczu, chciała porządnie im się przyjrzeć, jakby istniała realna szansa, że z ich twarzy wyczyta, jaki wyrok zamierzają wydać.

Na tym etapie nie wyglądało to najlepiej. Bielska wyprowadziła wszystkie uderzenia, ewidentnie wygrywała na punkty, a okazji do nokautu Joanna bynajmniej nie miała. Mogła jedynie czekać, a potem doprowadzić do wyrównania.

– Czy któraś ze stron zamierza zgłosić jakiś wniosek dowodowy? – odezwał się Hernas.

Zarówno oskarżenie, jak i obrona zaprzeczyli.

– W takim razie zamykam przewód sądowy – oznajmił przewodniczący, a potem wbił wzrok w Bielską. – Proszę bardzo, pani prokurator.

Joanna sięgnęła po Kordmix, a potem machinalnie upiła łyk. Prokuratorka tymczasem podniosła się, by wygłosić mowę końcową.

A zatem to teraz wszystko miało się rozstrzygnąć.

– Wysoki Sądzie – podjęła Bielska. – W toku postępowania wykazaliśmy, że niezależne zeznania dwóch odrębnych pokrzywdzonych obarczają oskarżonego winą za ten sam haniebny czyn: przestępstwo zgwałcenia. Nie były one wymuszone, nie były sfabrykowane, jak twierdzić będzie mecenas Chyłka. Usłyszeliśmy bolesne świadectwo skrzywdzonego dziecka, a potem wspomnienia mężczyzny, który przez całe życie musi nosić na sobie piętno złego dotyku.

Zrobiła krótką pauzę, jakby sama niemal mogła je odczuć.

– Drugi z pokrzywdzonych podał szczegóły fizjonomii oskarżonego, których nie mógłby znać, gdyby nie widział go nago. Dowiedliśmy, że nie mija się z prawdą, wysłuchując zeznania mężczyzny, z którym oskarżony lata temu utrzymywał kontakty natury seksualnej. To potwierdza jego orientację.

Szybko odhaczała kolejne punkty swojego przemówienia, ewidentnie nie miała zamiaru marnować czasu sędziego ani ławników. Słusznie, na jej miejscu Chyłka postąpiłaby tak samo. Na dobrą sprawę wszyscy pamiętali, jakie argumenty przemawiają za winą Kasjusza.

– W dodatku wiemy, że odbył się sąd biskupi, po którym władze kościelne przeniosły oskarżonego na inną parafię. Wziąwszy pod uwagę, że pełnił posługę w Warszawie, a trafił do niewielkiej wioski, można postawić uzasadnioną tezę, że został zesłany na prowincję. Wiemy, jak działa w takich sytuacjach Kościół katolicki. Nie jest to pierwszy raz, kiedy roztacza się parasol ochronny nad duchownymi wykorzystującymi dzieci, usuwając ich z eksponowanych funkcji i zapewniając spokojne życie w małej parafii.

Klaudia chwilowo się zawahała. Aż prosiło się o to, by wspomniała, czego Kasjusz miał się dopuścić w tejże parafii. Ostatecznie jednak decyzję, by tego nie robić, podjęła już wcześniej.

Teraz w dodatku rozumiała, że jeśli zeznania pokrzywdzonych były sfabrykowane, chłopak z Wrońska mógł okazać się destrukcyjny dla całej sprawy.

– Czy oskarżony przedstawił jakąkolwiek wiarygodną alternatywną wersję zdarzeń, w którą moglibyśmy uwierzyć?

Nie. Czy przedstawił sensowne wyjaśnienia tego, dlaczego pokrzywdzeni mieliby kłamać? Również nie.
Prokuratorka miała minę, jakby nie musiała dodawać już niczego więcej.
– Pamiętajmy też o tym, co się stało w zakrystii kościoła we Wrońsku – podjęła. – Oskarżony odebrał tam życie niewinnemu człowiekowi, ojcu Daniela Gańki. I mimo że czyn ten będzie przedmiotem innego postępowania, nie możemy go ignorować. Pokazuje bowiem, że kiedy oskarżonego skonfrontowano z prawdą, zagrożono jej ujawnieniem, ten targnął się na życie człowieka.
Chyłka lekko się skrzywiła, ale nie mogła zaoponować.
– Co świadczy o tym, że nie była to samoobrona? – dodała Klaudia. – Proste: pozbycie się narzędzia zbrodni. A potem ustawiczne powtarzanie, że oskarżony nie wie, gdzie owo się znajduje. Zapomniał, że je wyrzucił? Że wyszedł z kościoła, skierował się do potoku, a potem je tam cisnął? Wysoki Sądzie, nie zapominajmy, że gdyby go tam nie odnaleziono, nie mielibyśmy dowodu rzeczowego. Szczęśliwie teraz go mamy, podobnie jak w wypadku czynów, za które ten człowiek jest dziś tutaj sądzony.
Bielska krótko nabrała tchu.
– Czego trzeba więcej niż zeznania dziecka? Wszyscy mieliśmy okazję wysłuchać tego, co przydarzyło się Danielowi, wszyscy przeżyliśmy to razem z nim, przynajmniej na tyle, na ile było to możliwe. Czy miałby powód kłamać? Nie. Czy potrafiłby ułożyć tak szczegółowy ciąg zdarzeń, opisać go z tak dotkliwymi detalami, gdyby nie był prawdziwy? Nie. I w końcu czy miałby jakikolwiek powód, by bezpodstawnie oczerniać księdza? Oczywiście, że nie. To dziecko, ten mały chłopak przedstawił nam horror, który zgotowała mu osoba

największego zaufania. Osoba, z której strony nie spodziewał się żadnej krzywdy. I wreszcie osoba, która zbyt długo pozostawała bezkarna.

Klaudia zamknęła oczy, sprawiając wrażenie, jakby zaraz miała je otworzyć. Zamiast tego jednak trwała w bezruchu.

– Proszę Wysoki Sąd, by postawił się w sytuacji chłopca – odezwała się. – By wyobraził sobie to wszystko, co usłyszeliśmy. Każdy dotyk, każde przekroczenie granicy, całe to zło, które Danielowi wyrządził oskarżony. I które sprawiło, że chłopiec targnął się na swoje życie zaraz po tym, jak musiał przeżyć to wszystko jeszcze raz na sali sądowej.

Kiedy w końcu otworzyła oczy, widać było, że stały się nieco wilgotne. Nie popłynęła ani jedna łza, ale bez trudu dało się dostrzec, że Bielska w istocie odczuwa rozpacz tego chłopaka, jego matki, a także ojca, który postanowił wziąć sprawy w swoje ręce.

Nabrała głęboko tchu, opanowując emocje, a potem kontynuowała wyważonym tonem:

– Pamiętajmy, że mamy do czynienia z okrutnym zachowaniem jednostki, ale nie tylko. Problem dotyczy bowiem systemu. Systemu, który pozwala osobom takim jak oskarżony nie tylko pozostawać bezkarnymi, ale także mieć świadomość, że w przyszłości nie dosięgnie ich sprawiedliwość. Bo zostaną otoczeni parasolem ochronnym, bo zostaną przeniesieni, bo wszystkie dowody ich uczynków zostaną zamknięte w archiwach kościelnych.

Powiodła spokojnym wzrokiem po składzie orzekającym, jakby była pewna, że są po jej stronie.

– Apeluję do Wysokiego Sądu, by na to nie pozwolił – dodała. – Czas najwyższy, by ktoś uświadomił Kościołowi w Polsce, że potrzebuje rewolucji kopernikańskiej. Niech ten wyrok skazujący, ten sygnał, dotrze do hierarchów i pokaże, że wszystko powinno kręcić się nie wokół nich, ale ofiar. Niech przypomni tej instytucji to, co znalazło się u jej podwalin. W czasie, kiedy Kościół się formował, liczył się bowiem człowiek, liczyła się jednostka. Nie hierarchowie, nie system, nie wpłaty. Był niewielką instytucją zrzeszającą ludzi, dbającą o nich zarówno w życiu doczesnym, jak i wiecznym.

Bielska skupiła wzrok na przewodniczącym.

– Ktoś musi sprawić, by ta patologia wreszcie się skończyła – dodała, po czym przeniosła spojrzenie na Kasjusza. – I pokazać, że w Polsce nie ma zgody na to, by koloratka dawała przyzwolenie na molestowanie dzieci. Dziękuję.

Usiadła, po czym poprawiła togę i zerknęła na swoich oponentów po przeciwnej stronie sali. Nie przedłużała, bo była pewna swego. W dodatku postawiła Chyłkę w pozycji, w której ta nie mogła odpowiedzieć nadmiernie długim wywodem.

– Pani mecenas, proszę bardzo – odezwał się Hernas.

Joanna złowiła jeszcze pokrzepiające spojrzenie Oryńskiego, zanim się podniosła. Potem poczuła na sobie wzrok wszystkich zebranych. Koncentrowali na niej całą swoją uwagę i trwali w zupełnej ciszy, czekając na jakiś erystyczny popis. Cud, który sprawi, że przestaną wierzyć ofiarom – i dadzą wiarę oskarżonemu.

– Wysoki Sądzie – odezwała się Chyłka. – Jak wiele potrzeba, by zniszczyć człowieka?

Zrobiła pauzę, patrząc Hernasowi prosto w oczy. Był rozsądnym, doświadczonym jurystą, potrafił zważyć dowody tak, by wyciągnąć z nich prawdę obiektywną – o ile ktoś, oczywiście, wierzył w jej istnienie.

Czy widział ją w tym wypadku? Nie. Na tym etapie z pewnością nie, zresztą Joanna sama nie była pewna, jak ona wygląda. Zamierzała jednak zrobić wszystko, by nakreślić ją w korzystnych dla klienta barwach.

– Czy jeden zarzut wystarczy, byśmy uznali, że ktoś jest winny? Chcemy wierzyć, że nie, bo nasz system prawny zbudowany jest na domniemaniu niewinności. Postawiliśmy ją na straży fundamentalnych kwestii, mamy bowiem świadomość, że nie każde oskarżenie jest prawdziwe, a motywacje ludzkie przejrzyste.

Zerknęła na ławników, ale nie zobaczyła w ich oczach jakiejkolwiek sympatii wobec niej czy Kasjusza.

– Ta kluczowa reguła doznaje jednak poważnego uszczerbku, kiedy słyszymy, jak dziecko opowiada o swojej krzywdzie – podjęła. – Nikt z nas nie potrafi być wówczas obiektywny. Nikt nie potrafi powściągać emocji ani domniemywać braku winy. Wierzymy dzieciom, bo uznajemy, że one nie kłamią. Ale jak jest w rzeczywistości? Przypomnijmy sobie czasy, kiedy mieliśmy dziesięć, jedenaście lat. Czy faktycznie mówiliśmy tylko prawdę? Nie ubarwialiśmy rzeczywistości, nie opowiadaliśmy rówieśnikom niestworzonych historii?

Chyłka płytko nabrała tchu.

– Oczywiście, że konfabulowaliśmy – dodała. – Człowiek jest istotą kłamliwą. Taka jest nasza natura, w toku ewolucji musieliśmy bowiem ten mechanizm wykształcić. Dla ochrony, dla usprawnienia kontaktów międzyludzkich i szeregu innych kwestii. Dzieci przychodzą na świat z tą zdolnością, dopiero w toku socjalizacji uczymy je, że kłamstwo jest rzeczą niepożądaną. Ale to wymaga czasu, odpowiednich warunków i osób, które dadzą dziecku kompas moralny.

Joanna nie chciała przedłużać, czuła jednak, że ten wstęp był konieczny. Miała tylko nadzieję, że w trakcie nie najdą ją nudności i nie będzie musiała wystrzelić z sali sądowej jak z procy.

– Czy rodzice Daniela Gańki dobrze wykonali swoje zadanie? Czy chłopak miał w ogóle dostatecznie dużo czasu, by przyswoić tę zasadę społeczną? Nie wiem. W tym rzecz, Wysoki Sądzie, że nikt z nas nie wie. Nie możemy wykluczyć, że ktoś, kto chciał zaszkodzić mojemu klientowi, zmanipulował to dziecko i nakłonił do złożenia fałszywych zeznań. A kiedy padło jedno nieprawdziwe słowo, instynkt podpowiadał mu, by w to brnąć.

Chyłka stuknęła palcem w ławę przed sobą.

– Aż do momentu, kiedy Daniel zorientował się, że robi źle. Zostawił wiadomość, w której przyznawał, że jego zeznania są nieprawdziwe.

Nie miała zamiaru dodawać, że analiza grafologiczna była niejednoznaczna i nikt ze stuprocentową pewnością nie mógł przesądzić, że to chłopak był autorem. Każdy z członków składu orzekającego doskonale o tym pamiętał.

– Czy Daniel Gańko zaraz po tym sam odebrał sobie życie? Być może. A być może pomógł mu w tym ktoś, kto zaczął się obawiać, że prawda wyjdzie na jaw.

Joanna lekko rozłożyła ręce.

– Jaka to prawda? – dorzuciła. – O to należałoby zapytać zarówno Łukasza Bohuckiego, jak i Alana Bohuckiego, którego kompan z celi, Julian Brencz, wielokrotnie spowiadał się u mojego klienta w więzieniu. Być może nawet to właśnie tę osobę powinniśmy tu wezwać, by złożyła zeznania. Szczególnie gdy mój klient odmówił udzielenia odpowiedzi.

Obróciła się na moment w stronę Kasjusza, ale ten nawet na nią nie patrzył.

– Próbowałam wyciągnąć z niego potencjalny motyw, jaki mógłby mieć Julian Brencz – kontynuowała Chyłka. – Jak sam Wysoki Sąd widział, mój klient nie był gotów podzielić się tym, co wie. Nie kierował się partykularnym interesem, nie brakuje mu woli współpracy. Zwyczajnie nie może złamać jednej z najważniejszych zasad, które przyświecają mu jako duchownemu: tajemnicy spowiedzi.

Na twarzach ławników wciąż nie zaszła żadna zmiana. Patrzyli jednak na nią z uwagą, podobnie jak Janusz Hernas.

– Czego ksiądz Kasjusz dowiedział się w trakcie rozmowy z Julianem Brenczem, nigdy się nie dowiemy. Dlaczego? Otóż nie z powodu tego, że tajemnica jest obwarowana przepisami prawnokarnymi. Przyczyna jest inna.

Znów zerknęła na duchownego.

– Mój klient jest bowiem człowiekiem głębokiej wiary, człowiekiem zasad. Nawet gdyby istniał sąd, który mógłby uchylić obowiązek dochowania sekretu, nie mam najmniejszych wątpliwości, że ksiądz Kasjusz niczego by nie wyjawił. Od kiedy pamiętam, otacza opieką bliźnich i nigdy nie zrobiłby nic, co mogłoby im zaszkodzić. Jest gotów spędzić resztę życia w więzieniu, byleby zadośćuczynić obowiązkowi, który nałożyły na niego święcenia kapłańskie.

Chyłka uniosła wzrok i na moment przerwała.

– Czy to jest człowiek, który mógłby wyrządzić krzywdę dziecku? Który wykorzystałby jedno, potem drugie, a następnie robił wszystko, by prawda nie wyszła na jaw? Czy porzuciłby wszystko, w co wierzy?

Joanna pokręciła głową, jakby odpowiedź była oczywista.

– Mamy mnóstwo dowodów na to, jak dobrym jest kapłanem – rzuciła. – I żadnego konkretnego na to, że jest przeciwnie. Oskarżenie podniosło, że Łukasz Bohucki wiedział o bliźnie. Owszem, ale czy tak trudno sobie wyobrazić, że widział księdza gdzieś na basenie, nad morzem, nad jeziorem? Wbrew temu, co sądzą niektórzy, duchowny to też człowiek. Opala się, chodzi do sauny. Okazji jest wiele, nie tylko, by zobaczyć go bez koszulki, ale także uwiecznić na zdjęciu.

Chyłka podniosła palec wskazujący i wymierzyła w prokuratorkę.

– Zdjęciu, które zostało zrobione mojemu klientowi właśnie w takiej sytuacji – dodała. – A potem dostarczone Łukaszowi Bohuckiemu.

Bielska w żaden sposób nie zaoponowała, co właściwie było zgodne z procedurą, ale także wymowne. Gdyby choćby częściowo okazała zdziwienie czy oburzenie, wysłałoby to jasny sygnał do składu orzekającego.

Bez tego musiało przynajmniej przejść im przez myśl, że Joanna nie mija się z prawdą. Ta dała im chwilę, by oswoili się z tą konkluzją.

– Wysoki Sądzie, nie mam złudzeń, że w łonie Kościoła są tacy, którzy nie tylko dopuściliby się tak ohydnych czynów, ale także bez mrugnięcia okiem staraliby się to ukryć – podjęła. – Mój klient nie należy jednak do tej grupy. Całą swoją wieloletnią posługą udowodnił, że ma na względzie tylko dobro wiernych. Czy przez cały ten czas pojawiały się z ich strony jakieś skargi? Nie. Czy ktokolwiek wcześniej stawiał mu podobne zarzuty? Również nie. Wszyscy parafianie, z którymi się stykał, mówią o nim w samych superlatywach. Nie pozwólmy, by wymuszone na jednym dziecku i sfabrykowane przez jednego mężczyznę oszczerstwa zniszczyły niewinnego, dobrego człowieka.

Przez moment trwała w bezruchu, patrząc w oczy Hernasowi.

– Mówi się, że sprawiedliwość jest ślepa – dodała. – To nieprawda. Kiedy tylko decyduje się przestać patrzeć przez pryzmat emocji i uczuć i zamiast tego widzi oczami, dostrzega wszystko, co należy. Dziękuję.

Chyłka usiadła i poprawiwszy togę, zerknęła na Zordona. Ten skinął lekko głową na znak, że odwaliła kawał dobrej roboty.

Sama nie była jednak przekonana.

Brakowało jej werwy, poczucia bycia niesioną wypowiadanymi słowami, a przede wszystkim...

Pewności.

Musiała przyznać to sama przed sobą – nie była pewna, że ksiądz Kasjusz jest niewinny. Gdyby znalazła się na miejscu sędziego, musiałaby pogodzić się ze świadomością, że zarówno argumenty oskarżenia, jak i obrony są zasadne.

Każdy z nich dało się obalić, każdemu dało się zaprzeczyć. A to dowodziło, że w tej sprawie nie było żadnych pewników.

Kiedy sąd ogłosił przerwę i ławnicy wraz z przewodniczącym udali się na naradę, Chyłka zabrała ze stołu Kordmixa i ruszyła w kierunku wyjścia. Kątem oka dostrzegła postać, która chwilę wcześniej starała się wymknąć z sali.

– Moja mać... – odezwała się pod nosem.

– Było dobrze – odparł Kordian.

Dopiero teraz dotarło do niej, że źle zrozumiał jej mamrotanie.

– Nie „kurwa mać" – rzuciła. – Moja mać. Chociaż w sumie to niewielka różnica.

– Jest tu?
– Właśnie się wymknęła jak don Pedro.
Oryński spojrzał na nią niepewnie.
– Szpieg z Krainy Deszczowców, Zordon – mruknęła Joanna. – Doedukuj się trochę w bajkach, bo marny będzie z ciebie ojciec.

Wyszli na korytarz, a potem oparli się o ścianę przy oknie, by mieć nieco prywatności.

– Zamierzam czytać nasciturusowi raczej rzeczy wydane później niż w latach sześćdziesiątych – oznajmił.
– Oho.
– Co?
– Czyli masz już zaplanowane lektury?

Kordian niewinnie wzruszył ramionami.

– Zdajesz sobie sprawę, że to wszystko podlega konsultacji?
– Z kim?
– Z matką dziecka, dla niepoznaki zwaną czasem twoją panią i władczynią.

Zordon rozejrzał się, jakby nie wiedział, o kim mowa, a Chyłka lekko go szturchnęła. Była zbyt zmęczona, by dobitniej uświadamiać mu, że powinien zachować większą ostrożność.

Zamknęła oczy i oparła głowę o ścianę. Dopiero teraz dotarło do niej, że w ostatnim czasie mało spała, bo budziły ją nudności. Niewiele jadła, a jeśli już udało jej się coś w siebie wmusić, zwracała wszystko.

– Chyłka?
– Mhm?
– Dobrze się czujesz?
– Jak ogórek w towarzystwie śmietany – burknęła.

Poczuła na ramieniu dłoń Kordiana, a kiedy otworzyła oczy, zobaczyła, że się do niej przybliżył. Zanim się zorientowała, co robi, przyciągnął ją do siebie i mocno objął. Owładnęło nią znajome, przyjemne uczucie zniknięcia ze świata.

Znów zamknęła oczy i pozwoliła sobie na to, by to przede wszystkim ręce Zordona ją podtrzymywały. Trwali tak, sama nie wiedziała jak długo, bez słów, które właściwie były zbędne.

Joannę niespecjalnie interesowali ludzie, którzy z pewnością przyglądali się parze w togach tulącej się do siebie tak, jakby ktoś zaraz miał rozdzielić ją na zawsze. Na dobrą sprawę zapomniała nawet, gdzie są.

– Pucio – odezwał się po jakimś czasie Oryński.

Chyłka otworzyła oczy.

– Coś ty powiedział?

– To taka seria książek. Dziecko uczy się dzięki Puciowi wielu rzeczy.

Joanna milczała.

– *Pucio mówi pierwsze słowa* – rzucił Zordon. – *Pucio rośnie zdrowo*, *Pucio chce siusiu*, *Pucio…*

– O sraniu też jest oddzielna część?

– O ile wiem, to nie.

– Powinna być. Tylko nie można sugerować tego tytułem tak wprost – odparła pod nosem Chyłka, a potem pogrążyła się w chwilowym namyśle. – *Pucio zostawia mały suwenir*.

Kordian cicho się zaśmiał, a potem objął ją jeszcze mocniej. Poprawiła nieco głowę, by lepiej wpasowała się w miejsce między jego barkiem a szyją. Było jak zaprojektowane dla niej.

– *Pucio knebluje Posejdona* – dodała. – Albo *Pucio stawia totema*.

— Przestaniesz?
— *Pucio rodzi Behemota.*

Choć nie widziała twarzy męża, miała świadomość, że pojawił się na niej szeroki uśmiech. Zaraz potem poczuła, jak Zordon lekko kręci głową.

Znów pogrążyli się w długim, kojącym milczeniu, zupełnie odseparowani od świata.

— Myślałem też o serii z Jadzią Pętelką... — podjął Kordian. — Ale w sumie boję się nawet wspominać o tytułach.

Chyłka parsknęła, a potem odsunęła się na tyle, by widzieć jego oczy. Przesunęła dłońmi po twarzy Oryńskiego i przez moment milczała.

— Zordon.
— Tak?
— Mam już kanon lektur, które będziesz czytał nasciturusowi.
— I co w nim jest? Biografia Teda Bundy'ego?
— Nie — odparła Chyłka, choć z pewnym wahaniem, jakby nie była pewna, czy aby nie dodać pozycji Ann Rule do listy. — Głównie kryminały i thrillery.
— Mhm.
— Zaczniemy oczywiście od *Millennium* Stiega Larssona — oznajmiła. — Możemy nawet czytać razem, zrobimy Chyłko-Zordonową superprodukcję. Potem przejdziemy do innych skandynawskich...
— Zdajesz sobie sprawę, że nasciturus będzie wtedy niemowlakiem?
— Zdaję.
— I nie sądzisz, że...
— I tak nic nie będzie pamiętał — ucięła Joanna. — A my przynajmniej coś z tego będziemy mieli.

– Cóż...

– Umrę na kurwicę przełyku, jak będę musiała czytać mu *Pucia* i tę *Jagodziankę*.

– *Jadzię Pętelkę*.

– Jeden pies – odparła pod nosem Chyłka, zsuwając dłonie po policzkach Zordona.

Ten uśmiechnął się lekko.

– Dlatego ja będę czytał – zauważył. – Ty wejdziesz do akcji, jak będzie można podsunąć nasciturusowi *Harry'ego Pottera*.

Joanna zawahała się, ale ostatecznie skinęła głową. Naraz nie mogła myśleć o niczym innym, jak tylko widoku, który prędzej czy później zastanie, wchodząc do pokoiku dziecięcego. Zordon będzie siedział przy łóżku lub kołysce i spokojnym głosem cicho czytał tę czy inną książkę.

Boże, co za przedziwna wizja. A jednocześnie tak wyczekiwana, tak naturalna i oczywista, jakby od zawsze stanowiła pewną przyszłość.

Stali przed sobą, niemal stykając się nosami i patrząc sobie w oczy. Chyłka nie miała najmniejszych wątpliwości, że Kordian pomyślał dokładnie o tym samym co ona.

– Co robimy? – rzucił w końcu.

– Idziemy się gzić.

– Gdzie?

– W sumie możemy tutaj – oznajmiła Joanna. – I tak ludzie patrzą już na nas jak na dwójkę przykładnych debili.

Oryński nawet nie obrócił się w kierunku grupy, która stała przed wejściem do sali sądowej. Zupełnie nie interesowali go inni, podobnie jak Chyłki. Mimo to zerknęła kontrolnie, głównie po to, by ustalić, czy jej matka nadal się tu kręci.

Większość zebranych się rozeszła, świadoma, że obrady składu orzekającego trochę potrwają. Być może w ogóle dziś nie doczekają się decyzji.

A przynajmniej tak się wydawało do momentu, kiedy z sali nagle wyłonił się protokolant.

Oznajmił, że sąd wyda wyrok.

16

Sala rozpraw, Sąd Okręgowy w Warszawie

Nie sposób było ocenić, co oznacza tak szybkie podjęcie decyzji przez skład orzekający. Jakakolwiek by była, oczywiste stało się, że właściwie zrezygnowano z dyskusji.

Kordian zajął miejsce obok Chyłki, czując na sobie spojrzenie siedzącej po drugiej stronie Bielskiej. Zignorował je, skupiając się na Joannie.

– Nie wygląda to najlepiej – ocenił.
– Bo?
– Bo narada zajęła im mniej czasu niż tobie wysuszenie włosów.

Chyłka wciągnęła głęboko powietrze i przytrzymała je w płucach. Nagle jednak dotknęła ust, jakby w ten sposób wywołała odruch wymiotny.

– Będziesz…
– Nie będę, Zordon. Muszę usłyszeć ten wyrok.

Oryński pokiwał niepewnie głową, doskonale zdając sobie sprawę, że kiedy jego żona wykonuje takie gesty, zazwyczaj jest już tylko o krok od pochylenia się nad sedesem.

– Jesteś pewna? – spytał cicho.
– Jak rzygnę, to na ciebie.
– Okej.
– Przyjmiesz to z godnością?
– Będę udawał, że nawet się nie zorientowałem.

Kiedy na niego spojrzała, zobaczył w jej oczach skrajne zmęczenie, które do tej pory jakimś cudem udawało jej się ukryć, a może nawet o nim zapomnieć. Dopiero kiedy z jej ust padło ostatnie zdanie mowy końcowej, jakaś tama pękła. Chyłka pozwoliła, by wszystko, co się za nią znajdowało, nagle ją zalało.

Teraz zrobiła kilka krótkich wdechów i wydechów, a potem razem z Oryńskim spojrzała wprost na Bielską. Prokuratorka zdawała się nieprzenikniona, chwilowe przyjrzenie się jej dawało jednak pojęcie o tym, że w istocie odczuwa satysfakcję. Była przekonana, że dowody są po jej stronie. I że jej mowa końcowa była lepsza niż Joanny.

– Muszą wziąć pod uwagę Brencza – zauważył Oryński.
– Wystarczyło, żeby wygooglali nazwisko...
– Hernas nie musi niczego googlać – odparła Chyłka. – Zna tamtą sprawę.
– Myślisz?
– No. Znają się ze Szwedem.

Arkadiusz Szwed. Kordian dawno nie słyszał tego imienia ani nazwiska, ale pamiętał przecież człowieka, który sądził w sprawie Klary Kabelis. W sprawie, która ostatecznie doprowadziła do postawienia Brenczowi zarzutów, wydania wyroku skazującego i umieszczenia go w zakładzie karnym.

– Okej... – odezwał się Oryński. – W dodatku mamy zdjęcie tłumaczące zeznanie Bohuckiego, ostatnią wiadomość od Daniela i...
– Zordon.
– No?
– Mam problemy z żołądkiem, nie z pamięcią.
– Jasne.
– I przestań się kotłować z myślami. Zaraz się wszystkiego dowiemy.

Tym razem to on skupił się na zrobieniu kilku głębszych wdechów i wydechów. Sędzia ani ławnicy nadal nie przyszli, zdawali się celowo przeciągać to oczekiwanie, pastwiąc się nad uczestnikami postępowania.

– Co byś zrobiła? – rzucił nerwowo Kordian.
– Hę?
– Na miejscu Hernasa.
– Poszłabym na inną aplikację.

Oryński uśmiechnął się, doceniając krótką uwagę, która skutecznie rozładowała przynajmniej część napięcia.

– A jeśli chodzi o wyrok? – spytał.

Chyłka chciała odpowiedzieć, ale w ostatniej chwili się powstrzymała. Dziwne. I dość niespotykane.

– Uznałabyś Kasjusza za winnego? – dodał Kordian.

Patrzył na nią tak długo, aż na jej twarzy pojawił się wyraz irytacji.

– Daj mi spokój, Zordon.
– Uniewinniłabyś go? – nie poddawał się. – Czy wysłała do więzienia?

Kiedy namyślała się nad odpowiedzią, sam zaczął zastanawiać się nad tym, jaką decyzję podjąłby na miejscu Hernasa i reszty.

Za czym przemawiały dowody?

Czy wizja całej tej machinacji Brencza była wiarygodniejsza niż zeznania choćby Daniela?

Chyłka w końcu się do niego obróciła, a on spojrzał w jej oczy i zobaczywszy w nich powagę, zrozumiał, że w końcu usłyszy odpowiedź. W dodatku od osoby, która znała ich klienta od dekad.

– Nie wiem, Zordon – powiedziała.

Właściwie mógł się pod tym podpisać.

Rzadko zazdrościł sędziom – a w sytuacjach takich jak ta szczególnie nie chciałby być na ich miejscu.

Kiedy ci w końcu wrócili na salę sądową, wszyscy się podnieśli. Pomieszczenie się nie zapełniło, nie każdy z publiki został poinformowany, niektórzy nie zdążyli wrócić. Ci, którzy mieli w tym interes prawny, byli jednak obecni.

Kordian obserwował, jak sędzia i dwóch ławników zajmują swoje miejsca. Z ich twarzy nie sposób było wyczytać nic poza tym, że podjęli decyzję, co do której nie mają najmniejszych wątpliwości.

Zamiast się wyprostować w oczekiwaniu na wyrok, Oryński nachylił się do Joanny.

– Gustaw – rzucił.
– Hm?
– Imię dla nasciturusa. Dodać do listy?

Joanna powoli na niego spojrzała.

– Mam już w domu jednego prawie Konrada – burknęła. – W zupełności mi to wystarczy.

– To może…

Zordon urwał, widząc, że przewodniczący poprawia łańcuch sędziowski i cicho odchrząka, lekko odchylony od mikrofonu. Zaraz potem przysunął pałąk tak, by znalazł się tuż przed jego ustami.

– Sąd odczyta teraz wyrok – odezwał się protokolant. – Proszę o powstanie.

Wszyscy zgromadzeni ponownie się podnieśli. Mieli trwać w tej niemal karnej i nabożnej postawie przez cały czas, gdy Hernas będzie referował wynik narady sędziowskiej, przedstawiając decyzję.

Kordian wciąż nie miał pojęcia, co mogli postanowić ci ludzie. Obydwa potencjalne rezultaty wydawały się równie prawdopodobne na tyle, że raz był przekonany, iż to Chyłka załatwiła sprawę mową końcową, a raz, że zrobiła to jej przeciwniczka.

Mogło okazać się również, że sąd odroczy wydanie wyroku o siedem dni. To tłumaczyłoby, dlaczego narada zakończyła się tak szybko.

Wszyscy czekali w napięciu, patrząc na Janusza Hernasa. Ten w końcu zabrał głos.

– Wyrok w imieniu Rzeczypospolitej Polskiej – zagrzmiał tubalnym, donośnym tonem.

A więc nie będzie odroczenia, nie będzie nerwowego oczekiwania przez tydzień. Kordian wstrzymał oddech, podczas gdy przewodniczący przedstawiał kolejne elementy związane z postępowaniem: datę, oznaczenie sądu, przedmiot rozpoznawany na rozprawach, a w końcu czyn, za który oskarżony był sądzony.

Sama litania zarzutów okazała się tak długa, jakby krótkie oznajmienie, iż podsądny trafił tutaj za rzekomy gwałt, było niewystarczające. Hernas długo nakreślał szczegóły, rozwodził się nad konkretnymi czynami, których miał dopuścić się Kasjusz, a także nad tym, kto miał być ich ofiarami.

Nie brzmiało to najlepiej. Zupełnie jakby sędzia podświadomie próbował się upewnić, że wydanie wyroku skazującego było słuszne.

Kurwa mać, jeśli tak się stanie, będą musieli kopać się z identycznymi dowodami w apelacji. A równocześnie ruszy proces w sprawie zabójstwa ojca Daniela Gańki. Niekorzystne rozstrzygnięcie tutaj będzie rzutowało na to, co wydarzy się na innej sali sądowej. Formalnie nie powinno, ale tak właśnie się stanie, Kordian nie miał co do tego żadnych złudzeń.

Kiedy Hernas w końcu dobrnął do końca formułki, nabrał głęboko tchu, nie odrywając wzroku od kartki, z której czytał.
— Nie patrzy na nas — rzucił Oryński.
— Cicho.
— Tylko mówię. Unika naszego wzroku.
Chyłka szturchnęła go lekko nogą, po czym skupiła całą uwagę na sędzim. Ten wygłosił tak długi wywód, że potrzebował chwili, by zaczerpnąć tchu. Wciąż nie podnosił wzroku, czego Kordian nie mógł brać za dobry omen.

Miał wrażenie, że orzekający często nie patrzą na oskarżonych, kiedy wysyłają ich na całe życie do więzienia.

Zerknął na ławników, ci jednak również sprawiali wrażenie, jakby nie widzieli ani obrońców, ani oskarżonego.

— Po rozważeniu wszystkich dowodów sąd postanowił, co następuje — ogłosił wreszcie Hernas.

Kiedy rzucił imię i nazwisko księdza, Kordian przymknął oczy. Wydawało mu się, że zaraz wraz z Joanną oberwą mocnym prostym w sam środek czoła.

— Sąd uznaje oskarżonego...

Musi się udać. Musi.

Nie mogli dalej męczyć się z tą sprawą, nie teraz, kiedy mieli w końcu skupić się na swoim życiu.

— ...za niewinnego zarzucanych mu czynów — dokończył Hernas.

Oryński wypuścił powietrze z płuc i uniósł głowę. Kątem oka odnotował, jakby pod Chyłką niemal ugięły się nogi, i drgnął, by ją podtrzymać. Kiedy jednak na nią spojrzał, zrozumiał, że wszystko jest w porządku.

Mimo to dotknął jej ramienia, chcąc się upewnić. Zamiast rozwiać jego wątpliwości, Joanna wskazała jednak wzrokiem sędziego, który właśnie zabierał się do krótkiego uzasadnienia wyroku.

Podniósł w nim z grubsza argumenty Chyłki z mowy końcowej. Zeznanie Łukasza Bohuckiego uznał za niewiarygodne, mając na uwadze jego kryminalną przeszłość. Zeznania Daniela Gańki uznał za równie wątpliwe, wskazując na fakt, że tuż przed śmiercią najprawdopodobniej odwołał je pisemnie.

– W takiej sytuacji wyrok skazujący w ocenie składu orzekającego byłby nadużyciem – ciągnął Hernas. – Niewątpliwie sprawa ta wymaga dalszego zbadania, nie jest jednak rolą sądu, by takie postępowanie prowadzić.

Zerknął w kierunku Klaudii Bielskiej, a Kordian dopiero teraz na dobre przypomniał sobie o jej istnieniu. Stała w bezruchu, z rękoma założonymi z tyłu. Przyjęła maskę całkowitej obojętności, jakby wszystko to, co mówił sędzia, niespecjalnie ją interesowało.

– Czy ktoś inny za tym stoi, jak sugerowała pani mecenas? – kontynuował Janusz Hernas. – Być może. Niewątpliwie są tu powiązania, których nie można zignorować. I niewątpliwie oskarżony do tej pory cieszył się nieposzlakowaną opinią. Nie istnieją też żadne dowody na to, by ktokolwiek z jego parafian składał na niego skargi do przełożonych. A pamiętajmy, że to pierwszy krok, jaki zostałby podjęty przez pokrzywdzonych lub ich opiekunów.

Kordian bynajmniej nie mógł się z tym zgodzić. Słyszał zbyt wiele historii, w których rodzice molestowanych dzieci bali się w ogóle rozmawiać o tym między sobą. Co dopiero iść do kurii i składać oficjalne pisma.

Fakt jednak, że Hernas to powiedział, był symptomatyczny.

Najwyraźniej trafił im się sędzia przychylny Kościołowi. Być może właśnie to przeważyło? Nie mowa końcowa Joanny, nie podanie w wątpliwość materiału dowodowego, ale wyznanie Hernasa?

Nie można było tego wykluczyć.

Przewodniczący kontynuował jeszcze przez chwilę, ale Oryński nie przykładał większej wagi do jego słów. Pogrążony w myślach, raz po raz zerkał na Bielską, która zdawała się przyjmować wyrok ze spokojem.

Po tym, jak sędzia skończył, na sali zaległa cisza. Skład orzekający powoli ją opuścił bocznym wyjściem, a publika zaczęła wychodzić na korytarz chwilę później.

– Bóg wam zapłać – rozległ się głos zza pleców Kordiana.

Razem z Chyłką obrócili się w kierunku swojego klienta. Wolnego człowieka, który zamiast trafić dziś z powrotem do celi, wróci na plebanię.

Uścisnął rękę Joannie, chowając ją w swoich dłoniach i przytrzymując dość długo, a potem potrząsnął prawicą Oryńskiego.

– Niech ksiądz pamięta, że to jeszcze nie koniec – zauważyła Chyłka. – Wciąż pozostaje kwestia tego, co stało się we Wrońsku.

– Oczywiście, ale mówiłaś…

– Mówiłam, że to ewidentne działanie w samoobronie. Ale mimo że powinno być inaczej, polski ustawodawca nie przypisał mi kompetencji do wydawania prawomocnych wyroków sądowych.

W odpowiedzi Kasjusz lekko się uśmiechnął. Był przekonany, że skoro z tego ambarasu udało mu się wydostać, tym bardziej poradzą sobie z drugim.

Miał rację.

Chyłka ani Zordon nie wątpili, że uda im się wykazać wypełnienie znamion kontratypu obrony koniecznej. Przeszkodzić mogło tylko jedno – pozbycie się narzędzia zbrodni. Bez trudu jednak wezwą na biegłego jakiegoś psychologa, który potwierdzi, że stało się to w stanie wielkiego wzburzenia i szoku, przez które duchowny może nie pamiętać, co zrobił.

Kasjusz zawahał się, a potem zbliżył do Chyłki i niespodziewanie ją objął. Kordian odniósł wrażenie, jakby coś w tym uścisku było nie w porządku, choć może chodziło po prostu o to, że miejsce było nieadekwatne.

Joanna poklepała duchownego po plecach, a na dokładkę uderzyła go jeszcze lekko w ramię.

– Teraz zostaje księdzu tylko przekonanie wiernych i przełożonych, że niczego złego nie zrobił.

Kasjusz odsunął się i cicho westchnął. Ulga, która przed momentem była widoczna na jego twarzy, bezpowrotnie zniknęła, zastąpiona wyrazem bólu.

– To nie będzie łatwe – odparł.

– Da sobie ksiądz radę. Wyrok sądowy jest, jaki jest, to mocna podpórka do odbudowy zaufania.

– Niestety chyba niezbyt mocna.

– Znaczy?

Kasjusz oparł się o ławę przed sobą i zwiesił głowę.

– Przed rozprawą rozmawiałem z wysłannikiem archidiecezji – podjął. – Nie wrócę do Warszawy.

– Chyba nie chce ksiądz powiedzieć, że zostanie we Wrońsku? – spytał Kordian. – Ludzie tam księdza rozszarpią gołymi rękami.

Kasjusz ze smutkiem pokręcił głową i przez chwilę milczał.

– Ustalenia były jasne – podjął. – W wypadku, gdyby zapadł wyrok uniewinniający, będę mógł pozostać w stanie kapłańskim. Ale zostaną mi powierzone zadania w archiwum, skupię się na pracy naukowej.

Dwoje prawników popatrzyło po sobie.

– Nie będę miał kontaktu z wiernymi – dodał duchowny. – Uznano bowiem, że... cóż, nawet przeniesienie mnie w inne miejsce niewiele pomoże. Sprawa była ogólnopolska, mnóstwo ludzi ją kojarzy, zna moją twarz. Moja wiarygodność duszpasterska została narażona na szwank i nie sposób zrobić nic, by tej sytuacji zaradzić.

Chyłka ani Kordian nie odpowiadali, bo właściwie nie było sposobu, w jaki mogliby pomóc. W obecnym klimacie społeczno-politycznym odsunięcie tak kontrowersyjnego księdza wydawało się dość zrozumiałym krokiem z punktu widzenia ochrony dobrego imienia całej instytucji.

Kasjusz wyraźnie także to rozumiał.

– Czasem wyrok nie ma znaczenia – dodał.

Posłał im krótki uśmiech, jakby chciał podnieść ich na duchu, a potem jeszcze raz podziękował za wszystko, co zrobili, i opuścił salę sądową. Dwoje adwokatów było ostatnimi osobami, które z niej wychodziły.

Chyłka niosła niemal pusty słoik po zielonej miksturze, Oryński taszczył ich nesesery. Nie odzywali się, kontemplując słodko-gorzki smak finału tej sprawy.

Na parkingu natknęli się na Bielską, która właśnie wsiadała do swojego auta. Nie miała już na sobie togi, znów widoczne były nie tylko tatuaże, ale także koszulka z Metallicą. Tym razem przedstawiająca okładkę albumu *Ride the Lightning*.

Podeszła do nich i podała rękę najpierw Chyłce, a potem Zordonowi.

– To była w miarę uczciwa walka – oznajmiła.

– W miarę.

Joanna wskazała jej koszulkę.

– A to w miarę dobra płyta – oceniła. – Choć z całego dorobku Metalliki najlepsza jest *Garage Inc.*

Prokuratorka zmarszczyła brwi.

– Są na niej same covery – zauważyła.

– No właśnie.

Kordian odchrząknął nerwowo i zrobił krok w kierunku Klaudii, chcąc zawczasu zapobiec kolejnej odsłonie konfliktu. O ile dobrze kojarzył, to właśnie na *Ride the Lightning* znajdował się kawałek, który mógł posłużyć jako most ku pojednaniu.

– Mamy szczególną słabość do *Fade to Black* – oznajmił.

Przez twarz Bielskiej przemknął wyraz uznania.

– Niedziwne – rzuciła. – Mocarny kawałek z równie solidnym tekstem.

Patrzyła na Chyłkę z wyraźnym oczekiwaniem, że ta się zgodzi. Joanna w końcu skinęła głową.

Tyle wystarczyło. Dwoje prawników wsiadło do iks piątki, a potem bez potrzeby konsultowania podkładu muzycznego włączyło odpowiedni numer. Samochód wypełniły melancholijne, zanurzone w depresyjnym cierpieniu dźwięki. Brudne riffy jakimś cudem idealnie spajały się z gitarą akustyczną i chrapliwym wokalem Jamesa Hetfielda, który czuł to, co śpiewał.

Atmosferze daleko było do triumfalnej. Ani Joanna, ani Oryński z jakiegoś powodu nie mieli nastroju do świętowania.

Kiedy pojechali w kierunku Saskiej Kępy, Kordian obrócił się do Chyłki i otworzył usta, by zadać to jedno, najważniejsze pytanie.

Czy wybronili niewinnego człowieka.

Nie miał jednak okazji, gdyż muzyka na moment przestała grać, a na wyświetlaczu pojawiło się połączenie przychodzące z nieznanego numeru. Chyłka się zawahała, po czym wcisnęła zieloną słuchawkę.
— Tak? — rzuciła.
Odpowiedziała jej cisza.
— Halo?
Wciąż nic, żadnego głosu. Słychać było jednak jakieś trzaski w tle, być może ktoś przekładał komórkę z jednej strony na drugą lub poprawiał jej ułożenie.
— Halo, kurwa — syknęła Joanna.
— Pani mecenas...
Kobiecy, nieznany głos. A przynajmniej Kordian nie kojarzył, by wcześniej go słyszał.
— No? — odparła ostro Chyłka. — Kto mówi?
— Przepraszam, ja...
Joanna i Oryński wymienili się krótkim, niepewnym spojrzeniem.
— Ostatni raz zapytam: kim jesteś? — rzuciła Chyłka.
Znów odpowiedziało im chwilowe milczenie.
— Matką Daniela — wydusiła w końcu kobieta.
Żadne z nich nie miało najmniejszego pojęcia, jak na to zareagować. Kobieta nie powinna mieć tego numeru. I z całą pewnością nie powinna pod niego dzwonić.
W jej głosie nie pobrzmiała jednak nawet najmniejsza nuta pretensji. Przeciwnie, rozmówczyni operowała tonem kojarzącym się z kimś, kto zawinił.
— Czego pani chce? — rzuciła Chyłka.
Tym razem słychać było głośne przełknięcie śliny.
— Przepraszam, może nie powinnam...

- Zdobyła pani numer, zadzwoniła, to niech pani mówi, o co chodzi.
Kobieta nabrała tchu.
- O prawdę – powiedziała.
- Znaczy?
- Powinni państwo ją znać – wyjaśniła trzęsącym się głosem. – Gdzie możemy porozmawiać?

17
ul. Argentyńska, Saska Kępa

Chyłka długo zastanawiała się nad tym, czy przystać na propozycję matki Daniela – nie tyle jeśli chodziło o samo spotkanie, ile o to, gdzie miałoby się odbyć. Kobieta nie chciała, by widziano ich w jakimkolwiek miejscu publicznym. Nie precyzowała swoich obaw, ale po jej głosie łatwo można było wnieść, że strach jest uzasadniony.

Ostatecznie dwójka prawników przystała na to, by spotkali się w mieszkaniu przy Argentyńskiej. Powiedzieli jedynie, że zapewnią bezpieczne miejsce, nie informując, że lokum należy do nich.

Po dwóch godzinach zadzwonili do Agaty Gańko i oświadczyli, że udało im się wszystko załatwić. Podali adres, a potem niecierpliwie czekali na przyjazd kobiety.

Chyłka siedziała przy stole w kuchni, bębniąc palcami o blat. Kordian stał przy blenderze, przygotowując kolejną porcję swojej mikstury.

– Dodaj trochę tequili – poradziła Joanna. – Nasciturus powinien się przyzwyczajać.

– Świetny pomysł.

– I tak wyrośnie na entuzjastę agawy, Zordon.

Oryński obejrzał się przez ramię z nie do końca ukontentowanym wyrazem twarzy.

– Nie mówię, że będzie alkoholikiem – zastrzegła szybko Chyłka. – Tylko że będzie miał dobry gust w zakresie trunków wyskokowych.

Kordian milczał.
– Dodajesz? – spytała Joanna.
– Tak. Ale kapusty pekińskiej i szpinaku...
Chyłka położyła łokcie na stole, po czym ukryła twarz w dłoniach.
– Do chuja ciasnego... – wymamrotała.
– Ta pierwsza ma sporo wapnia, potasu, kwas foliowego i witamin takich jak A, B6 i C. A szpinak jest bogaty w...
– Zaraz ty będziesz bogatszy w pełne majty, Zordon – ucięła Joanna. – Bo groźba, która sama mi się nasunęła, jest wyjątkowo okrutna.
Oryński obrócił się w jej kierunku.
– Znaczy co? – spytał. – Zamierzasz ugotować dzisiaj kolację?
Gdyby Chyłka miała w zasięgu chwytu chipsy, nerkowce czy właściwie cokolwiek innego, pofrunęłoby to w stronę Kordiana. Na stole było jednak pusto, rolę narzędzia zbrodni musiał zatem odegrać sam wzrok.
Oryński uśmiechnął się i wrócił do swojej roboty.
– Agata też niezgorsze – odezwał się, obrócony tyłem.
– Nawet.
– Dopisać do listy?
Joanna westchnęła i zawiesiła wzrok za oknem.
– Nie – odparła. – Będzie nam się kojarzyć z tą sytuacją.
– Za parę miesięcy zapomnimy.
– Tak ci się wydaje?
– Mhm – potwierdził bez jednoznacznego przekonania. – Zresztą każde imię z kimś nam się skojarzy.
Chyłka skrzyżowała ręce na piersi, wciąż wpatrując się w niebo za oknem.
– No nie wiem – odparła. – Znasz jakiegoś Troadiusza?

– Nie. I nie wiem, czy chciałbym go poznać akurat wtedy, kiedy przyjdzie na świat nasze dziecko.
– A Jozafatę?
Kordian zamilkł.
– Nie ma takiego imienia – odparł po chwili.
– Jest. Oznacza „Bóg osądził".
– I skąd to niby wiesz?
– Stąd, że jak idziesz spać, siadam do kompa i wyszukuję najbardziej wykręcone imiona dla dziecka.

Jeśli nawet Zordon cokolwiek by odpowiedział, Joanna nie byłaby w stanie go dosłyszeć, gdyż uruchomił blender. Stał przy nim z dłonią na wieczku, zupełnie jakby istniało ryzyko, że to nagle wystrzeli w górę i zaleje całą kuchnię zieloną mazią.

Kiedy przeraźliwy dźwięk w końcu wybrzmiał, Kordian przechylił głowę na bok, przyglądając się swojemu dziełu.
– Nieźle wygląda.

Chyłka podniosła się i podeszła do niego. Ledwo spojrzała na to, co znajdowało się w kielichu, skrzywiła się.
– Jak wymioty psa, który nażarł się trawy.
– To już nie sraka ropuchy?
– Też – odburknęła Joanna.

Kontynuowaliby zapewne jeszcze przez moment, gdyby nie to, że rozległ się dźwięk domofonu. Spojrzeli na siebie z rezerwą, jakby wciąż nie przesądzili, czy chcą otwierać – i czy chcą usłyszeć, co ta kobieta ma do powiedzenia.

Zamknęli sprawę na sali sądowej.

Zostawili ją za sobą i zamierzali stopniowo nabierać do niej coraz więcej dystansu.

Były teraz istotniejsze rzeczy, na których powinni się skupić. Chyłce nie udało się na dziś zarezerwować wizyty u ginekolożki, ale miała wybrać się tam jutro rano. Jeśli okaże się, że coś jest nie w porządku, trzeba będzie poświęcić całą uwagę i energię na to, by zapobiec jakimkolwiek większym problemom.

Poza tym należało zająć się całym szeregiem innych, prozaicznych spraw. Powoli myśleć o przygotowaniu pokoiku dziecięcego. Pogadać z Żelaznym i Klejnem o tym, jak będzie działać kancelaria, kiedy Chyłka pójdzie na macierzyński. Zastanowić się w ogóle, ile będzie trwał. I czy Zordon nie weźmie tacierzyńskiego.

Wybrać imię.

Przygotować dom, by dziecko mogło w nim bezpiecznie funkcjonować.

Kupić wszystkie niezbędne rzeczy i…

Chyłka urwała tok myśli, dochodząc do wniosku, że spotkanie z tą kobietą mogło być błędem. Prawda nic nie zmieni. Liczyło się tylko to, co udało się udowodnić w sądzie.

Mimo to chwilę później otworzyła drzwi Agacie.

Twarz kobiety była niemal w całości blada jak prześcieradło – jedynie sine usta i przekrwione oczy odcinały się na tle reszty. Włosy miała przetłuszczone, niemal jakby nie myła ich od śmierci syna. Nie fatygowała się o to, by jakkolwiek się pomalować, a jej oddech dowodził, że w ogóle nie dba o higienę.

Czarny sweter z golfem, który miała na sobie, był poplamiony i przesiąknięty nieprzyjemnym zapachem.

– Mogę wejść? – spytała.

Chyłka dała krok w tył, uznając, że to wystarczające zaproszenie. Nie było żadnych powitań, żadnych uprzejmych formułek. Gańko weszła do kuchni, a potem rozejrzała się, jakby czegoś szukała.

Joanna i Oryński usiedli obok siebie przy stole i wskazali jedno z krzeseł.

– Dziękuję – odparła Agata. – Nie zostanę długo.

Stanęła przy blacie kuchennym, spojrzała na zieloną miksturę w blenderze, a potem obróciła się do prawników. Uczucie padającego na Chyłkę wzroku tej kobiety było tak niecodzienne, że wydała się sobie obca we własnym domu. Chrząknęła cicho, po raz kolejny żałując, że dopuściła do tej sytuacji.

– Mówiła pani, że chce nam przedstawić prawdę – odezwał się Kordian.

Gańko potrząsnęła głową.

– Tak...

– A więc? – rzuciła Joanna.

Kobieta stała plecami do blendera, jakby z jakiegoś powodu chciała go zasłonić. Przysiadła na blacie, a potem uniosła głowę. Wyraźnie potrzebowała chwili, by zebrać myśli.

– Wiedzą państwo, kogo wybronili? – odezwała się.

Oboje niemal w ten sam sposób ściągnęli brwi.

– Nie, to źle zabrzmiało... – dodała Agata i przesunęła dłonią po twarzy. – Chciałam po prostu...

– Tak? – spytał Oryński.

– Chciałam zapytać, czy wierzą państwo w jego niewinność.

Nie wyglądało to na przyczynek do rozmowy, którą przez telefon obiecywała ta kobieta. Przeciwnie.

Nie spieszyli się z odpowiedzią, a Gańko wbijała intensywny wzrok to w jedno, to w drugie. Brakowało w nim jednak pretensji i Chyłce przeszło przez myśl, że to pytanie mogło nie być atakiem.

Oboje zastanawiali się nad odpowiedzią długo przed tym, nim padło. I ostatecznie Joanna doszła do wniosku, że przesądzenie o winie lub niewinności Kasjusza mówi więcej o nich samych niż o nim.

– Pan w to nie wierzy – oceniła w końcu Agata.

Kordian poruszył się lekko.

– Widzę to w pana oczach – dodała kobieta. – Zresztą pewnie zna pan statystyki, wie pan, ile jest takich przypadków w Kościele... Polska nigdy tego nie sprawdziła, ale Francja tak, dwa lub trzy lata temu. Molestowania dopuściło się tam trzy procent księży. W sumie ofiarą padło ponad dwieście tysięcy dzieci... dwieście tysięcy. Winnych było trzy tysiące duchownych. To jest plaga, wie pan o tym... widzę, że pan wie.

Unikała patrzenia na Chyłkę i nie sprawiała wrażenia, jakby spodziewała się jakiejkolwiek riposty. Musiała rozumieć, że wszystko, co mieli do powiedzenia, padło już na sali sądowej.

– A jak jest u nas? – dodała. – Nie wiemy, może nigdy nie będziemy wiedzieć. Dane zbiera episkopat na zasadzie dobrowolnych zgłoszeń przez jakieś formularze rozsyłane do kurii... Ale czy sytuacja może być dużo inna niż we Francji? Lepsza? Jeśli ktoś tak sądzi, to chyba jest ślepy na te wszystkie przypadki, które...

– Skończyła pani? – ucięła Chyłka.

Gańko otworzyła usta, ale jedynie po to, by nabrać tchu.

– Tak – odparła. – Przepraszam, to wszystko trudne...

Takim tonem i takim postawieniem sprawy właściwie wytrąciła Joannie z ręki wszelkie narzędzia, by ją ponaglić do wyjścia. Chyłka miała pełną świadomość, że rozmawia z kobietą, która straciła dziecko.

To samo w sobie sprawiało, że nie mogła sięgnąć po swoje zwyczajowe odpowiedzi, a musiała pamiętać także o tym, że Gańko w tym samym czasie straciła również męża. Została sama. Znajdowała się w samym środku czarnej dziury, nie mając żadnej szansy, by się z niej wyrwać.

– Chciała pani coś nam powiedzieć – odezwał się Oryński.

Gańko zwiesiła głowę.

– Daniel był dobrym dzieckiem – oznajmiła, jakby to miało coś tłumaczyć. – Nigdy nie sprawiał żadnych problemów…

Głos jej się łamał, nie podnosiła oczu i wyglądała, jakby za moment miała osunąć się na podłogę. Nagle jednak pociągnęła nosem i cicho parsknęła.

– Chodził do Dziecięcego Kościoła z własnej woli, wiecie? – spytała. – Nie my go tam wysłaliśmy. Sam chciał. Podobało mu się, cały czas mówił, że chce zostać księdzem, jak dorośnie…

Pokręciła głową, a potem otarła łzę z policzka.

– Pewnie wiele dzieci tak mówi – podjęła słabo. – Ale on robił to w taki sposób, że naprawdę zaczynaliśmy się zastanawiać… Bylibyśmy szczęśliwi, wiecie? Rozmawialiśmy o tym. Sami jesteśmy religijni…

Urwała, jakby fakt, że użyła liczby mnogiej i czasu teraźniejszego uświadomił jej, że została już sama.

Znów otarła twarz, a potem obróciła się tyłem do dwójki prawników.

Kiedy pochyliła się lekko nad blatem, niepostrzeżenie sięgnęła do kieszeni spodni po niewielką torebkę z białym proszkiem.

Rozdrobnione środki poronne bez wątpienia znikną w całej tej miksturze, która znajdowała się w kielichu.

Agata wykonywała spokojne, powolne ruchy, nie chcąc zaalarmować Chyłki ani Kordiana. Zaczęła otwierać woreczek, patrząc na proszek znajdujący się wewnątrz. Nie obracała się. Udawała, że potrzebuje chwili, by pozbierać myśli.

Tak naprawdę jednak przyszła tutaj w konkretnym celu. Nigdy nie miała zamiaru przedstawiać im żadnej prawdy, bo ta była oczywista.

Jej syn został zgwałcony przez Kasjusza. A potem odebrał sobie życie, bo nie potrafił poradzić sobie z tym, co się stało.

– Wszystko okej? – rzuciła nagle Chyłka.

Gańko przesunęła dłonią po włosach i pokiwała głową, wciąż obrócona tyłem do adwokatów. Czekała na to, aż będzie mogła niepostrzeżenie wsypać proszek do blendera.

Ta warzywna mikstura była ewidentnie świeżo zrobiona, co ułatwiało sprawę. Nie stężała jeszcze, była dość rzadka. Być może któreś z tej dwójki dorzuci do niej dodatkowe składniki, a potem ponownie zmiksuje.

Nie minie wiele czasu, nim Joanna Chyłka ją wypije.

Gańko nie miała bowiem wątpliwości, że znajduje się w mieszkaniu prawników. Całe to dwugodzinne oczekiwanie było tylko lichym wybiegiem, by myślała, że jest inaczej.

Jej jednak nie oszukają. I popamiętają ją, kiedy ta prawniczka wyda na świat martwy płód.

Agata pochyliła się jeszcze bardziej i zamknęła oczy, oswajając z tą świadomością. Dotychczas wydawało się to mrzonką, nie mogła w żaden sposób sprawić, że sproszkowane tabletki trafią tam, gdzie powinny. Chodziła do sądu, wyczekiwała okazji. Cały czas na marne.

Teraz jednak wszystko się urealniło. Podniosła woreczek z proszkiem i umieściła go tuż przy misie blendera.

Wreszcie.

W kuchni znów zaległa cisza tak absolutna, że słychać było jedynie oddechy zgromadzonych w niej ludzi.

– Też straciłam dziecko – odezwała się nagle Joanna.

Gańko się wzdrygnęła, a potem na moment obejrzała się na adwokatów. Chyłka patrzyła na coś za oknem, jej mąż wbijał wzrok w stół.

– Wiem, jaki to ból – dodała Joanna. – I wiem, jaka to pustka.

Agata w naturalnym odruchu była gotowa od razu zaprzeczyć, jakimś cudem jednak udało jej się powstrzymać. Nie chciała ich antagonizować, nie teraz, kiedy od zrobienia tego, na co czekała, dzieliły ją tylko sekundy.

– Nikt inny nie jest w stanie tego objąć rozumem – podjęła Chyłka. – Jedynie inna matka, która straciła dziecko.

Cisza znów wydawała się paraliżująca, a cały świat za oknem jakby się zatrzymał.

– Nie bez powodu mówi się, że żaden rodzic nie jest w stanie przeżyć śmierci swojego dziecka – dodała Joanna. – To prawda. Przestajemy wtedy żyć.

Gańko usłyszała, że prawniczka się podnosi, i opadła ją obawa, że zaraz podejdzie do niej i cały plan weźmie w łeb. Szczęśliwie jednak Chyłka wycofała się na drugą stronę kuchni i oparła o blat pod szafkami ściennymi.

– Nie ma większego cierpienia – odezwała się po chwili. – Strata małżonka, strata rodzica, strata rodzeństwa... Nic nie może się równać z tym, kiedy tracisz dziecko. Otchłań, która wtedy cię pochłania, jest bezgraniczna.

Agata znów ukradkowo się obejrzała, orientując się, że prawniczka mówi chyba bardziej do siebie niż do niej.

Kordian również pozwolił tym słowom wybrzmieć. Żadne z nich nie zwracało najmniejszej uwagi na kobietę w kuchni.

– Ta agonia wydaje się bezsensowna, nieskończona i niemożliwa do przezwyciężenia – kontynuowała nieobecnym tonem Chyłka, po czym cicho odchrząknęła. – Ale jest ceną, którą musimy zapłacić za to, by nasze dzieci żyły.

Gańko poczuła ukłucie w sercu, choć próbowała je zignorować.

– Bo mimo że były na świecie krótko, my niesiemy ich życie dalej. Do nas należy ich trwanie. I tak długo, jak pozostają żywe w naszej pamięci, są tu i teraz.

Agata zamknęła oczy i przez moment trwała w bezruchu.

– Nie chcę mówić, że wiem, co czujesz – dodała Joanna. – Ja straciłam dziecko, kiedy byłam jeszcze w ciąży. Nie miałam okazji go poznać, nigdy nawet go nie zobaczyłam. Nie słyszałam jego głosu, nie mogłam przyglądać się jego grymasom. Nigdy nie przekonałam się, jak się śmieje, jak płacze, jak domaga się uwagi. Wszystko to, co ty przeżyłaś, ja mogę jedynie sobie wyobrazić. Ale wierz mi, że potrafię.

Gańko zwiesiła głowę.

– Jak to się stało? – spytała.

– Zostałam zaatakowana.

– Przez kogo?

– To nieistotne – odparła niskim głosem Chyłka. – Kilka uderzeń w brzuch. Tyle było trzeba, żeby zniszczyć cały świat.

Agata spojrzała na swoje dłonie trzymające woreczek z białym proszkiem. W głowie miała zamęt, z którego nie mogła wyłowić właściwych słów.

– Spotkała cię ogromna, niewyobrażalna tragedia – podjęła Joanna. – Będzie ci towarzyszyła do końca życia, każdego dnia. Nie doświadczysz nawet jednego, który byłby całkowicie pozbawiony bólu. Ale możesz nauczyć się z nim żyć. Wcale nie musi cię paraliżować, rozumiesz?

Gańko stała z opuszczoną głową i zamkniętymi oczami, zaciskając palce na torebce.

Naraz uświadomiła sobie, co robi.

Chciała odrzeć tę kobietę z miłości, odebrać jej jedyne, co mogło wypełnić powstałą pustkę. Zamierzała całkowicie ją zniszczyć, zupełnie jakby jej cierpienie miało przywrócić jej syna.

Poczuła łzy cieknące po policzkach, ale je zignorowała. Kilka spadło na blat, reszta na woreczek, który przycisnęła do piersi.

Uświadomiła sobie, jak bardzo kobieta za jej plecami pragnęła dziecka, które teraz w sobie nosiła. I jak wielką zbrodnię sama by popełniła, gdyby wsypała proszek do tego przeklętego blendera.

Zamknęła woreczek, a potem schowała z powrotem do kieszeni. Upchnęła go głęboko, jakby czuła potrzebę, by natychmiast zapomnieć o tym, czego nieomal się dopuściła.

Pociągnęła nosem i otarła rękawem twarz.

Nie patrząc na prawników, ruszyła w kierunku wyjścia.

– Poczekaj – rzuciła za nią Joanna.

Gańko nie miała zamiaru zwalniać. Nie potrafiła nawet popatrzeć na tę kobietę. Złapała za klamkę, otworzyła drzwi, a potem wyszła na korytarz. Usłyszała jednak za sobą kroki.

– Co chciałaś nam powiedzieć? – rzuciła za nią Chyłka, zatrzymując się za progiem.

Agata zwolniła tylko na moment.

– Nic – odparła. – Wykonywaliście swoją pracę.

Joanna odprowadzała ją wzrokiem aż do momentu, kiedy kobieta znikła na klatce schodowej, znikając także z ich życia.

18
Kancelaria Żelazny & McVay, XXI piętro Skylight

Ksiądz Kasjusz zjawił się w biurowcu w sutannie i koloratce, co dla Kordiana stanowiło widok raczej niecodzienny. Przywykł bowiem do widywania duchownego w stroju więziennym – i musiał przed sobą przyznać, że właśnie z takimi ciuchami go kojarzył.

Teraz wyglądał jak inny człowiek, choć gdy spojrzało się głęboko w jego oczy, wciąż można było dostrzec tę samą pokonaną osobę.

Usiadł przy stoliku w gabinecie Chyłki, gotowy wysłuchać wszystkiego, co dwoje prawników miało mu do powiedzenia.

– Popytaliśmy w prokuraturze – zaczął Oryński. – I wygląda na to, że dla nich sytuacja jest równie jasna jak dla nas.

– To znaczy?

– Śmierć ojca Daniela Gańki wypełnia znamiona obrony koniecznej.

Ksiądz zamknął oczy i wciągnął głęboko powietrze do płuc. Przez chwilę trwał w bezruchu, zupełnie jakby dziękował Bogu za to, że przynajmniej ta część całego horroru się skończyła.

– Nie dojdzie do rozprawy? – spytał.

– Dojdzie – włączyła się Chyłka. – Ale nikt nie będzie tracił na to wiele czasu. Oskarżenie nie wystąpi nawet o areszt tymczasowy.

Wyraźna ulga pojawiła się na twarzy duchownego, ale zaraz potem znikła.

– A jeśli chodzi o apelację w poprzedniej sprawie? – spytał.
– Bielska raczej jej nie złoży – ocenił Kordian.
– Więc naprawdę jestem wolny?
– Niczym Zordon na autostradzie – skwitowała Joanna.

Oryński posłał jej wymowne spojrzenie, ale nie skomentował. Przy odrobinie dobrej woli mógł uznać, że ta wieloznaczność była przypadkowa.

– Czyli… – zaczął Kasjusz.
– Czyli nic tu po księdzu – oznajmiła Chyłka. – Zajmiemy się resztą.

Zawahał się, jakby nie mógł do końca uwierzyć, że to wszystko się skończyło, zanim zdążył wypić kawę. Powoli podniósł się z krzesła i powiódł wzrokiem po gabinecie. W końcu utkwił go w Joannie, a potem w Oryńskim.

– Coś jeszcze? – spytała Chyłka.
– Tak, właściwie to…

Pochylił lekko głowę i potarł kark.

– No? – ponagliła go Joanna. – Niech się ksiądz wysłowi. Uczą was tego przecież w tych seminariach.

Podniósł wzrok i uśmiechnął się blado.

– Chciałem o coś zapytać – odparł.
– Śmiało.
– Wierzycie mi?

Pytanie było tak bezpośrednie i niespodziewane, że zamiast odpowiedzieć, para adwokatów popatrzyła po sobie w milczeniu. Samo w sobie wydawało się to Kordianowi dostatecznie wymowne, ksiądz jednak ewidentnie czekał na konkretniejszą reakcję.

– A ma to jakieś znaczenie? – zapytał Oryński.
– Dla mnie owszem.

Znów zaczął przenosić wzrok z jednego na drugie.

— A więc? — spytał.
— Powiedzmy, że zdania w doktrynie są podzielone — odezwała się Chyłka.
Odpowiedź nie zdawała się ani go ugodzić, ani usatysfakcjonować. Przyjął ją uprzejmym skinieniem głowy.
— Liczy się zresztą tylko wyrok — skwitował Kordian. — A ten jest uniewinniający.
— To prawda, ale...
— Tak?
— Nie tylko on się liczy — odparł Kasjusz. — A z punktu widzenia Kościoła i wiernych właściwie nie liczy się wcale.
— Co ksiądz ma na myśli? — spytała Joanna.
Duchowny westchnął ciężko i z wyraźnym bólem.
— To mój koniec jako duszpasterza, nie mam dokąd wracać — podjął. — Czasem bowiem sam zarzut znaczy więcej niż skazanie.
Szybko machnął ręką i uśmiechnął się przez łzy, jakby nie chciał pozwolić, by którekolwiek z prawników odpowiedziało.
Lub by którekolwiek zastanowiło się nad tym, dlaczego władze kościelne odsunęły Kasjusza od jakichkolwiek kontaktów z wiernymi. Kordian myślał o tym nieustannie. Instytucja ta kojarzyła mu się w najlepszym wypadku raczej z dawaniem drugiej szansy, w najgorszym zaś z bezwstydnym kryciem winnych i zamiataniem spraw pod dywan.
Tymczasem ktoś podjął decyzję o zsyłce Kasjusza. Ktoś postanowił, że już nigdy nie odprawi mszy, nie będzie spowiadał, kontaktował się z dziećmi i tak dalej.
Dlaczego? Czy w archiwach kościelnych było więcej materiału dowodowego niż w sądzie?
Zordon skupił wzrok na duchownym. Zapewne nigdy się nie dowie, jaka jest prawda.

– Bóg zapłać raz jeszcze – odezwał się Kasjusz, ruszając do wyjścia.

Zatrzymał się w progu, a potem obejrzał przez ramię na Kordiana.

– Nigdy nie powiedziałeś wprost, czy wierzysz w Boga – zauważył.

– To prawda.

– Więc może teraz będziesz gotowy?

Oryński się zawahał.

– Wierzę, że świat nie powstał przez przypadek i z niczego – odparł w końcu.

– I to wszystko?

– A to mało?

Kasjusz przez chwilę patrzył na niego w milczeniu.

– Atomy pod mikroskopem nie wydają się przypadkowe – uzupełnił Kordian. – Struktura płatków śniegu czy liści też nie. Nasze istnienie, fakt, że znajdujemy się na tej, a nie innej planecie. Ogrom kosmosu. To wszystko zdaje się namacalnymi dowodami na to, że stoi za tym… coś. Coś większego niż tylko same procesy chemiczne, biologiczne, fizyczne. Coś większego niż to, co daje się zamknąć w ramach analizy naukowej.

Zordon rozłożył lekko ręce, jakby dowody na to właściwie ich otaczały.

– Skąd świadomość? – spytał. – Czym jest? Co się z nią dzieje, kiedy organizm przestaje działać? Pewnych rzeczy nie jesteśmy w stanie objąć umysłem. Nie potrafimy wyobrazić sobie naszego własnego nieistnienia czy świata bez nas, bo ilekroć próbujemy, umiejscawiamy gdzieś siebie jako obserwatora, a to już przeczy samemu założeniu. Nie możemy ogarnąć umysłem wielkości wszechświata ani tym bardziej jego nieskończoności. Zawsze widzimy jakąś granicę. Gdybyśmy próbowali przeprowadzić eksperyment myślowy z wyobrażeniem sobie bezbrzeżnie ekspandującego kosmosu, ponieślibyśmy klęskę, bo taki proces w naszej głowie musiałby trwać przez wieczność.

Oryński nabrał krótko tchu, uznając, że zasadniczo wyłożył chyba swój ogląd rzeczywistości. Być może jednak został źle zrozumiany, Kasjusz bowiem sprawiał wrażenie zadowolonego, jakby usłyszał deklarację wiary.

– Coś więcej musi za tym stać – dodał Kordian. – Ale nie widziałem żadnego twardego dowodu na to, by był to Bóg, którego ksiądz uznaje za stwórcę wszechświata.

– Rozumiem.

Na moment zaległa cisza, a Kordian potraktował ją jako zapowiedź pożegnania. Duchowny miał jednak jeszcze coś do powiedzenia.

– Kiedy cię o to zapytałem w areszcie, powiedziałeś, że obawiasz się, że Bóg istnieje.

– Zgadza się.

– Długo nad tym myślałem – odparł Kasjusz. – I wciąż nie mogę dojść, co konkretnie miałeś na myśli.

– Cóż…

– Obawiasz się, że może być złym demiurgiem? – dokończył ksiądz. – Że jeśli istnieje, to musi być okrutną istotą, bo pozwala na to, by tyle zła wydarzało się na świecie?

– Już o tym rozmawialiśmy. I właściwie niechętnie…

– Masz rację – uciął duchowny. – Ale nie powiedziałem wtedy, że owszem, jego moc jest nieograniczona, ale przecież nie pociąga za sznurki, czyniąc z drzew marionetki. Nie dmucha, wywołując tsunami. To nie greckie bóstwo, tylko Bóg Ojciec.

Kordian nawet się nie zastanawiał, czy podejmować rękawicę. W jego przekonaniu omówili wszystko, co istotne, podczas rozmowy w areszcie śledczym.

– A może zupełnie nie o to ci chodziło? – podjął ksiądz. – Może miałeś na myśli obawę, że jeśli nie wierzysz, a Bóg okaże się prawdziwy, to nie uzyskasz zbawienia? Że nie chodząc do kościoła, nie przyjmując sakramentów, jesteś z góry skazany na potępienie?

Oryński milczał.

– To poniekąd zrozumiały strach, od dziecka przecież zakreśla się w naszym społeczeństwie wizję czeluści piekielnych, jeśli tylko ukradnie się komuś ołówek czy długopis. – dodał Kasjusz. – Ale obawa, która z tego płynie, jest całkowicie bezzasadna. Powiedz, słyszałeś kiedyś o kręgach przynależności, ustanowionych na Soborze Watykańskim Drugim?

– Jakoś niespecjalnie.

I właściwie chyba nie miał ochoty słyszeć. Nie było jednak sensu oponować, duchowny ewidentnie przyszedł tutaj po to, by powiedzieć to, co zamierzał.

– Ustalono wówczas bardziej liberalną interpretację dogmatu, że nie ma zbawienia poza Kościołem. I pozwól, że posłużę się analogią księdza doktora Krzysztofa Niedałtowskiego – powiedział Kasjusz. – Otóż wyobraź sobie, że znajdujesz się na pustyni, gdzie jedynym źródłem wody jest studnia. Ta woda to zbawienie, chyba wszyscy możemy się co do tego zgodzić. Jeśli jesteś katolikiem, nie tylko znajdujesz się tuż przy samej studni, ale także masz do dyspozycji czerpak, kołowrót i linę. Wciąż musisz wykonać pewien wysiłek, woda sama do ciebie nie trafi, ale uzyskanie jej nie jest tak trudne. Jako chrześcijanin innej denominacji stoisz kawałek dalej, wciąż jednak możesz użyć liny i czerpaka. Jako wyznawca odmiennej religii monoteistycznej musisz przejść jeszcze dłuższą drogę i masz do dyspozycji jedynie sam czerpak. Im dalszy krąg, tym trudniej. Ale nigdy nie jesteś odcięty od wody. Jeśli tylko chcesz się do niej zbliżyć, wykonać wysiłek, to zawsze możesz to zrobić. Jedynie droga ku temu jest dłuższa.

Kasjusz pokiwał głową, jakby uznał, że nie musi nic więcej dodawać. Odczekał moment, licząc chyba na to, że Oryński jakkolwiek odpowie. Lub chociaż wyjaśni, o który rodzaj obawy mu chodziło.

Po prawdzie miał na myśli obydwie.

– Mam pytanie – odezwała się zamiast niego Chyłka.

Duchowny zogniskował na niej spojrzenie.

– Tak?

– Do którego wyznania trzeba się zapisać, żeby zamiast wody dostać tam tequilę i grenadynę?

Kasjusz cicho się zaśmiał, pokręcił głową, a potem otworzył drzwi. Do gabinetu natychmiast wdarł się gwar z korytarza, a ksiądz pstryknął palcami, jakby coś sobie przypomniał. Obrócił się i zerknął na swoją obrończynię.

– Jeszcze jedno – rzucił do Joanny. – Nie przychodź w kratkę na niedzielne sumy.

– Mhm.

– Ta eucharystia potwierdza całe inne działanie chrześcijańskie i…

– Tak, tak, wiem – ucięła Chyłka. – Ale wolę być jedną z tych, co chodzą w kratkę, niż z tych, co w każdą niedzielę są święci, a od poniedziałku do soboty szerzą skurwysyństwo.

– Joanno…

– Z panem Bogiem – ucięła.

Ksiądz Kasjusz uśmiechnął się, skłonił, a potem wyszedł na korytarz i zamknął za sobą drzwi. Dwoje prawników potrzebowało chwili w ciszy, by przesądzić, czy mają zamiar rozważać jego hipotetyczną winę, czy nie.

Ostatecznie odpuścili.

Nie mogli dojść do żadnych konstruktywnych wniosków i musieli pogodzić się z faktem, że czasem prawda sądowa jest jedyną, na którą można liczyć.

Kordian poszedł do swojego gabinetu, a potem zajął się innymi sprawami. Przejrzał akta, sprawdził, jacy nowi klienci trafili pod skrzydła kancelarii, po czym zrobił kontrolną rundkę po portalach prawniczych.

W ustawodawstwie trwało zwyczajowe rozwolnienie, sejm wypluwał kolejne nowelizacje, trybunał zastanawiał się, jak je interpretować, a juryści mnożyli glosy i komentarze.

Świat zdawał się wracać do normy. I od dzisiejszego poranka wydawał się nieco spokojniejszym, normalniejszym miejscem. Zaczęli bowiem z Chyłką dzień od wizyty w przychodni ginekologicznej – badania wyszły prawidłowo, a lekarka zapewniła ich, że z dzieckiem jest wszystko w porządku.

Utrzymujące się nudności mogły świadczyć o NWC lub HG, co jako akronimy brzmiało dla Oryńskiego dość niepokojąco. Dotyczyło jednak czegoś, co ginekolożka określiła jako niepowściągliwe wymioty ciężarnych – przypadłość dokuczliwą, aczkolwiek na tym etapie niezagrażającą dobrostanowi nasciturusa.

U sześćdziesięciu procent kobiet ustępowały po pierwszym trymestrze – i Kordian liczył, że w tym przypadku też tak będzie.

Wszystko było w porządku.

Nie musiał nawet sobie tego powtarzać, wbijać do głowy i przekonywać samego siebie, że to nie myślenie życzeniowe. Naprawdę nie działo się nic niepokojącego. A oni byli na drodze ku temu, by założyć szczęśliwą rodzinę.

Świadomość ta dopiero osiadała, kiedy w gabinecie Oryńskiego echem rozszedł się dźwięk nadchodzącej wiadomości. Kordian zerknął na leżącą na biurku komórkę i uniósł ją lekko, by złapała jego twarz.

Ememes pochodził z niezapisanego numeru, nie miał żadnej treści, jedynie zdjęcie.

Zordon zmarszczył brwi, a potem kliknął na miniaturkę.

To, co zobaczył, sprawiło, że natychmiast odepchnął się od biurka i uderzył krzesłem o ścianę. Odsunął raptownie telefon, jakby ten w ułamku sekundy stał się jakimś radioaktywnym materiałem, który skazi go na całe życie.

Zamrugał z niedowierzaniem, wpatrując się w fotografię przedstawiającą go w towarzystwie kobiety.

Zaraz potem nadeszła kolejna wiadomość. Chwilę później jeszcze dwie.

Przedstawiały ich w niedwuznacznej sytuacji. Na jednym siedziała mu na kolanach i całowała go w usta. Na drugim rozpinała mu koszulę. Na trzecim już jej nie miał, leżeli na jakiejś kanapie.

Dalszy ciąg był taki, jakiego Kordian mógł się spodziewać.

Machinalnie odłożył komórkę na biurko i zrobił to tak mocno, że miał wrażenie, jakby szybka miała pęknąć. Złapał się za głowę i zastygł w bezruchu.

Nie wiedział, jak długo tak trwał.

W końcu jednak z apatii wyrwał go dźwięk nadchodzącego połączenia.

Dzwoniła kobieta, która widniała na zdjęciach.
Nie był pewien, czy odebrać, odrzucić czy może udawać, że nie widzi połączenia. Rozmowa z nią wydawała się teraz najgorszym, co mógłby zrobić.
Mimo to coś popchnęło go do tego, by przyjąć połączenie. Może fakt, że mogła dzwonić akurat w tym momencie tylko z jednego powodu.
Na linii panowała jednak cisza. Kordian cicho odchrząknął.
– Też to dostałaś? – odezwał się.
– Tak.
Z trudem przełknął ślinę, mając wrażenie, że niewiele brakowało, a by się udławił. Oboje zamilkli, nie wiedząc, co więcej dodać.
– Pamiętasz coś z tego? – wydusił w końcu Oryński.
– Niewiele… – odparła rozmówczyni. – A ty?
– Nic.
Znów zaległo ciężkie milczenie.
– Zupełnie jakbym patrzył na kogoś innego – dodał.
Rozumiał, że ona nie ma aż tak dużej dziury w pamięci. Wiedział, dlaczego zjawiła się w ConspiRacji. Rozumiał to doskonale. Zdawał sobie także sprawę z tego, że podobnie jak jemu, jej także dodali coś do drinka. Może jednak w mniejszym stężeniu? A może wypiła mniej?
Tak czy inaczej pamiętała więcej. A zatem panowała też przynajmniej w pewnym stopniu nad tym, co się działo.
– Posłuchaj… – zaczął Kordian.
– Nie przez telefon.
– Okej.
– Możesz teraz się spotkać?
– Jestem w kancelarii, ale…

- To znajdź jakąś wymówkę – ucięła. – I spotkaj się ze mną na parkingu Złotych Tarasów.

Na samą myśl, że miałby opuścić Skylight pod fałszywym pretekstem, na twarzy Oryńskiego pojawił się wyraz bólu.

- Nie mów jej – dodała rozmówczyni.

Zaraz potem się rozłączyła, zostawiając Kordiana z natłokiem myśli, które pogrążyły go w niemożliwym do przezwyciężenia marazmie.

Nie wierzył w to, co się działo. Powtarzał sobie w głowie, że nie miał kontroli nad tym, co robił. Podano mu środek odurzający, jego świadomość właściwie się wyłączyła. Działał bez pojęcia o znaczeniu swoich czynów i...

Zamknął oczy i zwiesił głowę, urywając tok myśli. Cokolwiek by sobie wmawiał, to on widniał na tych zdjęciach. To on dopuścił się tego, co na nich utrwalono.

Podniósł się ciężko i schował komórkę do kieszeni, przypominając sobie słowa Kasjusza.

Za to, co się wydarzyło, każdy sąd by go uniewinnił, orzekając niepoczytalność. Czasem jednak sam zarzut znaczył więcej niż jakikolwiek wyrok.

Posłowie

Nie ma klienta straszniejszego od niewinnego człowieka – a przynajmniej tak twierdził J. Michael Haller w powieści *Prawnik z Lincolna* Michaela Connelly'ego. Prawda jest chyba jednak taka, że nie ma klienta straszniejszego od tego, który może być na równi winny i niewinny.

Chyłka i Zordon najczęściej wiedzą, kogo wybronili lub nie – a nawet jeśli ta wiedza nie jest stuprocentowa, to my zawsze jesteśmy w trochę lepszej sytuacji, bo dzięki narratorowi wiemy, co się wydarzyło.

Jest to jednak luksus, na który nie zawsze mogą liczyć prawnicy. Zaryzykowałbym nawet tezę, że w dużej części przypadków nie mają stuprocentowej pewności, czy ich klient w świetle prawa powinien ponieść konsekwencje, czy wprost przeciwnie.

Czekałem więc od pewnego czasu na okazję, by napisać któryś tom bez mocnej klamry fabularnej, pozostawiając zarówno Tobie, jak i sobie przestrzeń do interpretacji w kwestii samej winy oskarżonego.

Czy Kasjusz dopuścił się tego, za co był sądzony?

Czy może został wrobiony przez Brencza lub kogoś innego?

Chyłkowy eksszwagier mógłby mieć motyw – ale tylko mógłby. Cała hipoteza związana z tym, że wyjawił księdzu cokolwiek w trakcie spowiedzi, była przecież postawiona przez Chyłkę, a nie omnipotentnego narratora, który potrafiłby wejrzeć nawet do takich miejsc, jak konfesjonał.

Ostatecznie więc nigdzie w książce nie ma odpowiedzi na to pytanie. I tak jak w prawdziwej praktyce adwokackiej, czasem po prostu nie sposób jej poznać. Winny klient nie musi się przyznawać. Niewinny może być nieprzekonujący.

Nie tylko adwokaci mylą się w ocenie podsądnych – robią to przecież także składy orzekające na całym świecie. Wypuszcza się ludzi, którzy po latach okazują się prawdziwymi sprawcami; zamyka się tych, którzy po odsiedzeniu wyroku są uznawani za niesłusznie skazanych.

Świat prawa nie jest czarno-biały, ma wiele barw. Podobnie zresztą jak każdy inny – także ten, z którym będzie musiał zmierzyć się Zordon w kolejnym tomie. Nie wiem jeszcze, jak się zachowa, gdzie na mapie moralności umieści swoje zachowanie i jak rozłożą się akcenty na jego aksjologicznej piramidzie.

Wydaje mi się jasne, że postąpi tak, jak w jego przekonaniu najlepiej dla rodziny. Bo to o niej będzie teraz przede wszystkim myśleć.

Muszę przyznać, że czuję niemal bezbrzeżną radość na myśl o tym, że będę mógł opisać dalsze losy Chyłki i Kordiana właśnie pod tym kątem. Ręce już mnie świerzbią, by przekonać się, jak Joanna poradzi sobie w zaawansowanej ciąży, jak Zordon sprawdzi się w roli ojca *in spe*, a potem... cóż, jak oboje wejdą w rolę rodziców.

Fakt, że po siedemnastu tomach znaleźliśmy się w tym miejscu, jest dla mnie absolutnie niesamowitym potwierdzeniem tego, jak prawdziwa potrafi być literatura. Jak realnym przeżyciem jest czytanie. I jak magiczny proces towarzyszy nam w trakcie wspólnego konstruowania świata, bohaterów i ich historii.

Na koniec muszę jeszcze wspomnieć o pewnych karygodnych nadużyciach w procedurze karnej, na które sobie pozwoliłem. Idąc za tradycją tuzów gatunku, nic sobie nie robiłem z przepisów prawa formalnego regulujących kolejność przesłuchania świadków – napięcie i dramatyzm są bowiem dla pisarza istotniejsze niż normy zawarte w Kodeksie postępowania karnego. Podobnie postąpiłem, jeśli chodzi o przesłuchiwanie małoletniego, w szczególności ignorując regulacje zawarte w art. 185a k.p.k. i art. 185b k.p.k. mające chronić taką osobę przed wtórną wiktymizacją. W rzeczywistości wszelkie czynności na sali sądowej byłyby ograniczone do niezbędnego minimum, a Kasjusz nie byłby w ich trakcie obecny. Ale gdyby ktoś chciał postawić mi za to zarzut, przypominam, że prawo karne pod rządami koalicji UR-PDP przeszło parę zmian. A oprócz tego znam dwójkę dobrych prawników. I nie zawaham się ich użyć.

A skoro już o nich...

Siadając do każdej kolejnej odsłony tego cyklu, jestem wdzięczny Chyłce i Zordonowi za to, że mogę to robić. Ale nie tylko im. Wdzięczny jestem także okolicznościom, które do tego doprowadziły, wdzięczny nawet Żelaznemu za to, że jest taką pierdołą. Ale przede wszystkim wdzięczny Tobie za to, że wciąż tu jesteśmy.

Do zobaczenia na kolejnym etapie tej podróży.

Może wtedy przesądzimy, czy Kasjusz był winny, czy nie. Ale tylko może.

Z całą pewnością zaś przesądzimy, czy wykluje się chłopiec, czy dziewczynka.

¡No pasarán!

Remigiusz Mróz
Opole–Warszawa, 26 marca 2023 roku